BIBLIOTHÈQUE CONTEMPORAINE
1re série.

ALEXANDRE DUMAS

ŒUVRES COMPLÈTES

LES

DEUX DIANE

II

PARIS

MICHEL LÉVY FRÈRES, LIBRAIRES-ÉDITEURS

RUE VIVIENNE, 2 BIS

1854

OEUVRES COMPLÈTES

D'ALEXANDRE DUMAS

PARIS. — IMP. SIMON RAÇON ET COMP., RUE D'ERFURTH, 1.

LES
DEUX DIANE

PAR

ALEXANDRE DUMAS

II

PARIS

MICHEL LÉVY FRÈRES, LIBRAIRES-ÉDITEURS

RUE VIVIENNE, 2 BIS

—

1854

LES DEUX DIANE.

I.

OU DE NOMBREUX ÉVÉNEMENS SONT RASSEMBLÉS AVEC
BEAUCOUP D'ART.

Trois semaines s'étaient écoulées, on touchait aux derniers jours de septembre, et aucun changement notable ne
s'était opéré dans la situation des divers personnages de
cette histoire.

Jean Peuquoy avait, comme de raison, payé à lord Wentworth la faible rançon à laquelle il avait su se faire taxer.
De plus, il avait obtenu la permission de se fixer à Calais·
Mais nous devons dire qu'il ne se pressait nullement de
monter un établissement nouveau et de se remettre à l'ou-
vrage. Il paraissait fort curieux et fort nonchalant de sa
nature, l'honnête bourgeois ! et on le voyait, du matin au
soir, flâner sur les remparts et causer avec les soldats de la
garnison, sans paraître plus songer au métier de tisserand
que s'il eût été abbé ou moine.

Toutefois, il n'avait pas voulu ou n'avait pas pu entraîner
son cousin Pierre Peuquoy dans son désœuvrement, et ja-

mais l'habile armurier n'avait fourbi plus d'armes et de plus
belles.

Gabriel devenait de jour en jour plus triste. Il n'arrivait
jusqu'à lui, de Paris, que des nouvelles générales. La
France commençait à respirer. Les Espagnols et les Anglais
avaient perdu à prendre des bicoques un temps irréparable ; le pays avait pu se reconnaître, et Paris et le roi étaient
sauvés. Ces nouvelles, que l'héroïque défense de Saint-
Quentin n'avait pas peu contribué à faire si bonnes, ré-
jouissaient Gabriel sans doute ! mais quoi ? de Henri II,
de Coligny, de son père, de Diane, pas un mot ! Cette pensée assombrissait son front et l'empêchait de se livrer,
comme il l'eût fait peut-être en toute autre occasion, aux
amicales avances de lord Wentworth pour lui.

Le facile et expansif gouverneur semblait, en effet, s'être
pris de belle amitié pour son prisonnier. L'ennui et, depuis quelques jours, un peu de tristesse avaient sans doute
contribué à cette sympathie. C'était une distraction précieuse, dans ce morne Calais, que la compagnie d'un jeune
et spirituel gentilhomme de la cour de France. Aussi, lord
Wentworth ne passait jamais deux jours sans aller faire
visite au vicomte d'Exmès, et voulait le voir trois fois par
semaine au moins à sa table. Affection gênante, à tout
prendre ; car le gouverneur jurait en riant qu'il ne lâche-
rait son captif qu'à la dernière extrémité, qu'il ne se rési-
gnerait jamais à le laisser aller sur parole, et que ce ne serait que lorsque le dernier écu de la rançon de Gabriel lui
aurait été bien et dûment payé qu'il subirait la dure nécessité de se séparer d'un ami si cher.

Comme, au fond, cela pouvait n'être fort bien qu'une
façon élégante et seigneuriale de se défier de lui, Gabriel
n'osait pas insister, et, dans se délicatesse, souffrait sans se
plaindre, en attendant le rétablissement de son écuyer qui,
si l'on s'en souvient, devait aller chercher à Paris la rançon convenue pour la mise en liberté du vicomte d'Exmès.

Mais Martin-Guerre, ou plutôt son remplaçant Arnauld
du Thill, ne se rétablissait que bien lentement. Au bout de
quelques jours cependant, le chirurgien chargé de soigner
la blessure que le drôle avait reçue dans une rixe s'était

retiré, déclarant sa tâche achevée et son malade entièrement remis. Un ou deux jours de repos et les bons soins de la gentille Babette, sœur de Pierre Peuquoy, suffiraient pour compléter la guérison, si elle avait besoin d'être complétée.

Sur cette assurance, Gabriel avait annoncé à son écuyer qu'il partirait sans retard pour Paris le surlendemain. Mais le surlendemain au matin, Arnauld du Thill se plaignit d'éblouissemens et d'étourdissemens qui l'exposeraient à des chutes graves s'il faisait seulement quelques pas sans l'appui accoutumé de Babette. Nouveau délai, demandé et accordé, de deux jours. Mais, au bout de ce temps, une sorte de lassitude générale cassait bras et jambes au pauvre Arnauld ; il fallut combattre cette fatigue, causée par ses souffrances assurément, au moyen de bains et d'une diète assez sévère. Mais ce régime occasionna une faiblesse si grande qu'un autre délai fut jugé indispensable pour donner au fidèle écuyer le temps de rétablir sa vigueur par des fortifians et un peu de vin généreux. Du moins sa garde-malade Babette jurait en pleurant à Gabriel que, s'il exigeait de Martin-Guerre un départ immédiat, il l'exposait à périr d'inanition sur la grand'route.

Cette singulière convalescence se prolongeant ainsi bien au-delà de la maladie, malgré les soins, un médisant dirait grâce aux soins de Babette, deux semaines, gagnées jour par jour, s'écoulèrent ; ce qui faisait près d'un mois depuis l'arrivée de Gabriel à Calais.

Mais cela ne pouvait pas durer plus longtemps. Gabriel à la fin s'impatientait, et Arnauld du Thill lui-même, qui, dans le commencement, cherchait et trouvait des expédiens avec la meilleure volonté du monde, déclarait maintenant d'un air suffisant et vainqueur à Babette éplorée qu'il ne pouvait pas risquer de mécontenter son maître, et que le mieux était, après tout, de partir plus vite pour revenir plus vite aussi. Mais les yeux rouges et la mine abattue de la pauvre Babette prouvaient qu'elle n'entendait guères cette raison-là.

La veille du jour où, d'après sa déclaration formelle,

Arnauld du Thill devait enfin se mettre en route pour Paris, Gabriel alla souper chez lord Wentworth.

Le gouverneur semblait avoir plus de mélancolie encore que d'ordinaire à secouer, car il força sa gaîté jusqu'à la folie.

Quand il quitta Gabriel, après l'avoir reconduit jusqu'au préau, éclairé seulement à cette heure par une lampe déjà pâlissante, le jeune homme, au moment où il s'enveloppait de son manteau pour sortir, vit une des portières qui donnaient dans le préau s'entr'ouvrir. Une femme, que Gabriel reconnut pour une des camérières de la maison, se glissa jusqu'à lui, un doigt sur les lèvres, et lui tendant de l'autre main un papier :

— Pour le gentilhomme français que reçoit souvent lord Wentworth, dit-elle à voix basse en lui remettant let billet plié.

Et avant que Gabriel stupéfait eût eu le temps de l'interroger, elle avait déjà pris la fuite.

Le jeune homme, fort intrigué, et de sa nature un peu curieux et passablement imprudent, songea qu'il avait un quart d'heure de chemin à faire dans l'obscurité avant de pouvoir lire le billet à son aise dans sa chambre, et que c'était bien longtemps attendre le mot d'une énigme qui paraissait piquante. Donc, sans plus de façon, et pour savoir à quoi s'en tenir tout de suite, il regarda autour de lui, et, voyant qu'il était bien seul, il s'approcha de la lampe fumeuse, déploya le billet et lut, non sans quelque émotion, ce qui suit :

« Monsieur, je ne vous connais pas, je ne vous ai jamais vu ; mais une des femmes qui me sert me dit que vous êtes Français comme moi et prisonnier comme moi. Cela me donne le courage de crier vers vous dans ma détresse. Vous êtes sans doute reçu à rançon, vous. Vous retournerez probablement bientôt à Paris. Vous pourrez y voir les miens qui ignorent ce que je suis devenue. Vous pourriez leur dire où je suis, que lord Wentworth me retient sans me permettre de communiquer avec âme qui vive, sans vouloir accepter de prix pour ma liberté, et, qu'abusant du droit cruel que ma position lui donne, il ose chaque jour me parler d'un amour que je repousse avec horreur, mais que ce mépris même et la certitude de l'impunité peuven exciter au crime. Un gentilhomme et surtout un compatriote me doit certainement son aide dans cette misérable extrémité; mais je veux encore vous dire qui je suis pour que ce devoir... »

La lettre s'arrêtait là, non signée. Un obstacle inattendu, un accident subit l'avait fait interrompre probablement, et cependant on avait voulu l'envoyer, même inachevée, pour ne pas laisser perdre quelque précieuse occasion, et parce qu'ainsi incomplète elle disait pourtant encore tout ce qu'elle voulait dire, hormis le nom de la femme si indignement contrainte.

Ce nom, Gabriel ne le savait pas, cette écriture tremblante et hâtée il ne pouvait la connaître, et cependant un trouble étrange, un pressentiment inouï s'était glissé dans son cœur. Et, tout pâle d'émotion, il se rapprochait de la lampe pour mieux relire ce billet, quand une autre portière s'ouvrit et donna passage à lord Wentworth lui-même qui, précédé d'un petit page, traversait le préau pour se rendre à sa chambre.

En apercevant Gabriel, qu'il venait de reconduire cinq minutes auparavant, le gouverneur s'arrêta assez étonné.

— C'est vous encore, mon ami? lui dit-il en allant à lui avec l'intérêt qu'il lui témoignait d'habitude. Qui vous a retenu? ce n'est pas, du moins je l'espère, un accident, une indisposition?

Le loyal jeune homme, sans répondre à lord Wentworth, lui tendit seulement la lettre qu'il venait de recevoir. L'Anglais y jeta un coup d'œil et devint plus pâle que Gabriel, mais il sut garder son sang-froid, et, tout en feignant de lire, combina habilement sa réponse.

— La vieille folle! dit-il en froissant et en jetant à terre le billet avec un dédain bien joué.

Aucune parole ne pouvait désenchanter plus vite et mieux Gabriel, tout à l'heure perdu dans les rêves les plus émouvans, et maintenant fort refroidi déjà à l'endroit de l'inconnue. Pourtant, il ne se rendit pas encore tout de suite et reprit avec quelque défiance :

— Vous ne me dites pas quelle est cette prisonnière que vous retenez ici malgré elle, milord ?

— Malgré elle, je crois bien ! dit d'un ton dégagé Wentworth. C'est une parente de ma femme, cerveau fêlé, s'il en est au monde, que la famille a voulu éloigner d'Angleterre, et qu'on a fort mal à propos confiée à ma garde, dans cette ville où la surveillance est plus facile pour les insensés aussi bien que pour les prisonniers. Puisque vous avez pénétré dans ce secret de famille, mon cher ami, j'aime mieux vous dire tout de suite ce qu'il en est. La manie de lady Howe, qui a lu trop de poëmes de chevalerie, est de se croire, malgré ses cinquante ans et ses cheveux gris, une héroïne opprimée et persécutée, et de vouloir intéresser à sa cause, au moyen de fables plus ou moins bien trouvées, tout chevalier jeune et galant qui passe à sa portée. Et, Dieu me damne ! Gabriel, il me semble que les contes de ma vieille tante vous avaient touché. Allons ! convenez que sa missive vous avait un peu troublé, mon pauvre ami !

— L'histoire aussi est étrange, convenez-en vous-même, milord, reprit Gabriel assez froidement, et vous ne m'aviez jamais parlé, que je sache, de cette parente ?

— Non, en vérité, répondit lord Wentworth, et l'on ne se soucie pas d'ordinaire d'introduire des étrangers dans ses affaires d'intérieur.

— Mais comment votre parente se dit-elle Française, reprit Gabriel.

— Eh ! pour vous intéresser probablement, dit lord Wentworth avec un sourire qui commençait à être contraint.

— Mais cet amour dont elle se dit obsédée, milord ?

— Illusions de vieille qui prend des souvenirs pour des espérances ! reprit Wentworth, non sans marquer toutefois un peu d'impatience.

— Et c'est pour éviter le ridicule, n'est-ce pas, milord, que vous la tenez cachée à tous les regards ?

— Ah ! voilà bien des questions ! dit lord Wentworth en fronçant le sourcil, mais sans éclater toutefois. Je ne vous savais pas interrogatif à ce point, Gabriel. Mais il est neuf heures moins un quart, et je vous engage à rentrer chez vous avant que le couvre-feu ait sonné; car vos licences de prisonnier sur parole ne doivent pas aller jusqu'à enfreindre les réglemens de sûreté de Calais. Si lady Howe vous intéresse tellement, nous pourrons reprendre demain l'entretien sur ce sujet. En attendant, je vous demande le silence sur ces choses délicates de famille, et je vous souhaite le bonsoir, monsieur le vicomte.

Là-dessus, le gouverneur salua Gabriel et sortit. Il voulait rester maître de lui jusqu'au bout, et craignait de trop s'animer si la conversation se prolongeait.

Gabriel, après une minute d'hésitation et de réflexion, quitta l'hôtel du gouverneur pour retourner à la maison de l'armurier. Mais lord Wentworth ne s'était pas assez bien contenu jusqu'au bout pour effacer tout soupçon au cœur de Gabriel, et les doutes du jeune homme, doutes qu'un secret instinct encourageait, l'assaillirent de nouveau pendant le chemin.

Il résolut de garder désormais là-dessus le silence avec lord Wentworth, qui certes ne devait rien lui apprendre, mais d'observer, d'interroger et de s'assurer si véritablement la dame inconnue n'était pas une compatriote et la prisonnière de l'Anglais.

— Mais, mon Dieu! quand cela me serait prouvé jusqu'à l'évidence, se disait Gabriel, que pourrais-je faire? Ne suis-je pas moi-même prisonnier ici? N'ai-je pas les mains liées, et lord Wentworth ne peut-il pas me redemander cette épée que je ne porte que grâce à sa tolérance? Il faut que cela finisse, et qu'au besoin je puisse sortir de cette position équivoque. Il faut que définitivement et sans plus de délai Martin-Guerre parte demain. Je vais le lui signifier ce soir même.

En effet, Gabriel, à qui un apprenti de Pierre Peuquoy vint ouvrir, monta au second étage, au lieu de rester comme à l'ordinaire à son logement du premier. Toute la maison dormait à cette heure, et Martin-Guerre dormait sans doute comme les autres. Mais Gabriel voulait le réveiller pour lui intimer sa volonté expresse. Il s'avança pourtant sans faire de bruit jusqu'à la chambre de son écuyer, afin de ne troubler le sommeil de personne.

La clef était sur la première porte, et Gabriel l'ouvrit doucement. Mais la seconde porte était fermée, et Gabriel put seulement entendre, à travers la cloison, des éclats de rire et le bruit de verres qui se choquent. Il frappa alors avec quelque violence, et se nomma d'une voix impérieuse. Tout aussitôt, le silence se fit, et, comme Gabriel n'en élevait que plus haut la voix, Arnauld du Thill vint en hâte ouvrir les verrous à son maître. Mais justement il se hâta trop et ne laissa pas le temps à une robe de femme, qui s'enfuyait par une porte de côté, de disparaître complétement avant l'entrée de Gabriel.

Celui-ci crut à quelque amourette avec la servante de la maison, et comme, après tout, le jeune homme n'était pas d'une pruderie exagérée, il ne put s'empêcher de sourire en morigénant son écuyer.

— Ah! ah! dit-il, il me semble, Martin, que tu te portes mieux que tu ne le prétends! une table dressée, trois bouteilles, deux couverts! Il me paraît que j'ai mis l'autre convive en fuite. N'importe, j'ai vu assez de preuves flagrantes de ta guérison, et je crois plus que jamais pouvoir sans scrupule t'ordonner de partir demain.

— C'était, vous le savez, mon intention, monseigneur, dit Arnauld du Thill assez penaud, et précisément je faisais mes adieux...

— A un ami? c'est d'un bon cœur, dit Gabriel, mais il ne faut pas que l'amitié fasse oublier le devoir, et j'exige que demain, avant mon lever, tu sois sur la route de Paris. Tu as la passe du gouverneur, ton équipage est prêt depuis quelques jours, ton cheval reposé comme toi, ton escarcelle pleine, grâce à la confiance de notre excellent hôte, qui n'a qu'un regret, le digne homme! celui de ne pouvoir m'avancer ma rançon toute entière. Rien ne te manque, Martin, et, si tu pars demain matin de bonne heure, dans trois jours tu peux être à Paris. Là, tu te rappelles ce que as à faire.

— Oui, monseigneur; je vais sur-le-champ à l'hôtel de la rue des Jardins-Saint-Paul; je rassure votre nourrice sur

votre compte; je lui demande les dix mille écus de votre rançon, plus trois mille autres pour vos dépenses et vos
dettes ici, et, comme gage, je lui montre ce mot de vous
et votre anneau.

— Précautions inutiles, Martin, car ma bonne nourrice te connaît bien, mon fidèle serviteur; mais j'ai cédé à
tes scrupules. Seulement, fais que cet argent soit rassemblé un peu promptement, entends-tu ?

— Soyez tranquille, monseigneur. Et l'argent rassemblé
votre lettre à monsieur l'amiral remise, je reviens ici plu
vite encore que je ne suis parti.

— Et pas de mauvaises querelles en route, surtout !

— Il n'y a pas de danger, monseigneur.

— Allons ! adieu, Martin, et bonne chance !

— Dans dix jours d'ici vous me reverrez, monseigneur
et demain, au lever du soleil, je serai déjà loin de Calais.

Arnauld du Thill, cette fois, tint sa promesse. Il permit
seulement le lendemain matin à Babette de l'accompagner
jusqu'à la porte de la ville. Il l'embrassa une dernière fois,
lui jurant à elle aussi qu'elle le reverrait bientôt, puis il'piqua des deux, fort allègre en somme, comme un sacripant
qu'il était, et disparut bientôt à un angle du chemin.

La pauvre fille se dépêcha de rentrer avant que son terrible frère Pierre Peuquoy ne fût levé, mais elle fut obligée de se dire malade pour pouvoir pleurer seule à son
aise dans sa chambre.

Dès-lors, il serait difficile de dire si ce fut elle ou Gabriel qui attendit avec le plus d'impatience le retour de
l'écuyer.

Ils devaient attendre longtemps tous deux.

II.

COMMENT ARNAULD DU THILL FIT PENDRE ARNAULD DU THILL, A NOYON.

Arnauld du Thill, le premier jour, ne fit pas de mauvaise rencontre et poursuivit sa route sans trop d'obstacles. Il trouvait bien, de temps en temps, sur le chemin, des troupes d'ennemis, Allemands qui désertaient, Anglais licenciés, Espagnols insolens comme leur victoire ; car, dans cette pauvre France désolée, il y avait alors plus d'étrangers que de Français. Mais, à tous ces questionneurs de grand'route, Arnauld montrait fièrement le laissez-passer de lord Wentworth, et tous, non sans regrets et sans murmures, respectaient le porteur de la signature du gouverneur de Calais.

Néanmoins, le second jour, aux environs de Saint-Quentin, un détachement d'Espagnols lui chercha de mauvaises chicanes, prétendant que son cheval n'était pas compris dans le laissez-passer, et qu'il serait bon de le confisquer peut-être. Mais le faux Martin-Guerre déploya une grande fermeté, demandant à être conduit au chef, et on relâcha avec son cheval ce compagnon difficile.

L'aventure toutefois lui servit de leçon, et il résolut dorénavant d'éviter autant que possible les troupes qu'il rencontrerait. La chose était difficile : — l'ennemi, sans remporter depuis la prise de Saint-Quentin d'avantage décisif, avait pourtant occupé tout le pays. Le Catelet, Ham, Noyon, Chauny, lui appartenaient, et Arnauld arrivant, le soir de ce deuxième jour, devant Noyon, dut se déterminer, pour prévenir tout embarras, à tourner la ville et à n'aller coucher qu'au village suivant.

Mais pour cela il fallut quitter la route : Arnauld connaissait mal le pays, il s'égara, et, en cherchant son chemin, il tomba tout à coup, au détour d'un sentier, au milieu d'une troupe de reîtres ennemis qui paraissaient chercher aussi.

Or, quelle ne fut pas la satisfaction d'Arnauld en entendant l'un d'eux s'écrier, quand il l'aperçut :

— Holà ! hé ! ne serait-ce pas lui par hasard, ce misérable Arnauld du Thill ?

— Est-ce qu'Arnauld du Thill serait à cheval ? dit un autre reître.

— Grand Dieu ! se dit l'écuyer en pâlissant, il paraît que je suis connu par ici, et, si je suis connu, je suis perdu.

Mais il était trop tard pour reculer et fuir ; les reîtres l'entouraient. Heureusement la nuit se faisait déjà assez sombre.

— Qui êtes-vous ? et où allez-vous ? lui demanda l'un d'eux.

— Je m'appelle Martin-Guerre, répondit Arnauld tremblant, je suis l'écuyer du vicomte d'Exmès, actuellement prisonnier à Calais, et je vais chercher à Paris l'argent de sa rançon. Voici la passe de milord Wentworth, gouverneur de Calais.

Le chef de la troupe appela un des siens qui portait une torche, et se mit à vérifier gravement le laissez-passer d'Arnauld.

— Le sceau est bien authentique, dit-il, et la passe véritable. Vous avez dit la vérité, l'ami, et vous pouvez continuer votre route.

— Merci ! dit Arnauld qui respira.

— Un mot encore pourtant, l'ami. Vous n'auriez pas rencontré sur votre route un homme qui semblait fuir, un coquin, un pendard qui répond au nom d'Arnauld du Thill.

— Je ne connais pas du tout Arnauld du Thill, se hâta de crier Arnauld du Thill.

— Vous ne le connaissez pas, l'ami, mais vous auriez pu le rencontrer par ces sentiers. Il est de votre taille, et, autant qu'on en peut juger par cette soirée noire, un peu de votre tournure. Seulement, il n'est pas aussi bien ha-

billé que vous, il s'en faut. Il porte une cape brune, un
chapeau rond et des chausses grises, et il doit se cacher
du côté d'où vous venez, le brigand! Oh! qu'il nous tombe
sous la main, cet Arnauld du diable !

— Qu'a-t il donc fait ? demanda timidement Arnauld.

— Ce qu'il a fait ? c'est la troisième fois qu'il s'échappe.
Il prétend qu'on lui rend la vie trop dure. Je crois bien ! A
sa première escapade, il avait enlevé la maîtresse de son
maître. Cela méritait punition, il me semble. Et puis, il
n'a pas de quoi payer sa rançon ! on l'a vendu et revendu,
il passe de main en main, et c'est à qui n'en voudra plus.
Il est juste au moins, puisqu'il ne peut nous profiter, qu'il
nous amuse. Eh bien ! il fait le fier, il ne veut pas, il se
sauve. Voilà trois fois qu'il se sauve. Mais si nous le rat-
trapons, le scélérat !...

— Que lui ferez-vous ? demanda encore Arnauld.

— La première fois, on l'a battu ; la seconde, on l'a tué
à moitié ; la troisième, on le pendra.

— On le pendra ! répéta Arnauld effrayé.

— Tout de suite, l'ami ! et sans autre forme de procès.
Il est à nous. Cela nous divertira, et cela lui apprendra.
Regarde à ta droite, l'ami. Tu vois bien cette potence ? Eh
bien ! c'est à cette potence-là que nous pendrons immédiatement Arnauld du Thill si nous parvenons à le reprendre.

— Ah ! oui-dà ! dit Arnauld avec un rire un peu forcé.

— C'est comme je te l'affirme, l'ami ! et, si tu rencon-
tres le drôle, mets la main dessus et amène-nous-le ; nous
reconnaîtrons le service. Là-dessus, bon voyage !

Ils s'éloignaient. Arnauld, rassuré, les rappela.

— Pardon, mes maîtres, service pour service ! je me
suis égaré, voyez-vous, et je ne sais plus trop où je suis.
Orientez-moi donc un peu, s'il vous plaît.

— Mais c'est bien aisé, l'ami, dit le reître. Là, derrière
vous, ces murailles et cette poterne que vous distinguez
peut-être dans l'ombre, c'est Noyon. Vous regardez trop à
droite, du côté du gibet ! c'est là, à gauche, où vous devez voir briller les piques de nos camarades ; car c'est à
cette poterne que notre compagnie est de garde cette nuit.

A présent, retournez-vous, vous avez devant vous la route
de Paris à travers le bois. A vingt pas d'ici, la route se bi-
furque. Vous prendrez à gauche ou à droite, comme bon
vous semblera ; les deux chemins ne sont pas plus longs
l'un que l'autre, et tous deux se rejoignent au bac de
l'Oise, à un quart de lieue d'ici. Le bac traversé, allez toujours tout droit. Le premier village est Auvray, à une lieue
du bac. Maintenant vous voilà aussi bien renseigné que
nous, l'ami. Bon voyage !

— Merci ! et bonsoir, dit Arnauld en mettant au trot sa
monture.

Les indications qu'on lui avait données étaient exactes.
A vingt pas, il trouva le carrefour et laissa son cheval
prendre la route de gauche.

La nuit était épaisse, et la forêt aussi. Pourtant, au bout
de dix minutes, Arnauld du Thill arriva à une clairière
dans le bois, et la lune, à travers la nacre des nuages, ré-
pandit une faible lueur sur le chemin.

En ce moment, l'écuyer rêvait à la peur qu'il venait d'a-
voir et à la bizarre aventure qui avait éprouvé son sang-
froid. Rassuré sur le passé, il n'envisageait pas l'avenir
sans mélancolie.

— Ce ne peut être que le vrai Martin-Guerre qu'on poursuit ainsi sous mon nom, pensait-il. Mais s'il s'est échappé,
ce pendard ! je le retrouverai aussitôt que moi à Paris, et
un étrange conflit pourra s'en suivre. Je sais bien que
l'impudence peut me sauver, mais elle peut aussi me perdre. Quel besoin ce drôle avait-il de s'échapper ! il devient
bien gênant, en vérité ! et ce serait charité à ces braves
ennemis de me le pendre. Cet homme est décidément mon
mauvais génie.

Cet édifiant monologue durait encore quand Arnauld,
qui avait la vue très pénétrante et très exercée, aperçut,
ou crut apercevoir, à cent pas en avant, un homme, ou
plutôt une ombre qui, à son approche, disparut vitement
dans un fossé.

— Holà ! encore une mauvaise rencontre, quelque em-
buscade, pensa le prudent Arnauld.

Il essaya d'entrer dans le bois ; mais le fossé était impé-

nétrable pour le cavalier et pour le cheval. Il attendit
quelques minutes, puis se hasarda à regarder. Le fantôme,
qui s'était relevé, se jeta rapidement dans son fossé.

— Est-ce qu'il aurait peur de moi, comme moi de lui ?
se dit Arnauld. Est-ce que nous chercherions réciproque-
ment à nous éviter ? Mais il faut prendre un parti, puisque ces maudits taillis m'empêchent de gagner l'autre
route à travers bois. Faut-il rebrousser chemin ? ce serait
le plus prudent. Faut-il bravement mettre mon cheval au
galop et passer comme un éclair devant mon homme ? ce
serait le plus court. Il est à pied, et à moins qu'un coup
d'arquebuse... Mais ben ! je ne lui en laisserai pas le
temps.

Aussitôt résolu, aussitôt exécuté. Arnauld piqua des deux
et passa comme un trait devant l'homme embusqué ou caché.

L'homme ne bougea pas.

Ceci ôta à Arnauld sa frayeur, il arrêta court son cheval, et revint même de quelques pas en arrière, saisi de l'é-
clair d'une idée soudaine.

L'homme ne fit pas un seul mouvement.

Cela rendit à Arnauld tout son courage ; et, presque certain maintenant de son fait, il alla droit au fossé,

Mais, alors, et avant qu'il eût le temps de dire : Jésus !
l'homme s'élança d'un bond, et, dégageant subitement de
l'étrier la jambe droite d'Arnauld et la relevant avec violence, il jeta à bas de cheval l'écuyer, tomba avec lui sur lui,
et lui mit la main à la gorge et le genou sur la poitrine.

Tout cela n'avait pas duré vingt secondes.

— Qui es-tu ? et que veux-tu ? demanda le vainqueur à
son ennemi terrassé.

— Lâchez-moi, par grâce ! dit d'une voix fort étranglée
Arnauld qui sentit son maître. Je suis Français, mais j'ai
un laissez-passer de lord Wentworth, gouverneur de Calais.

— Si vous êtes Français, dit l'homme, et, en effet, vous
n'avez pas l'accent de tous ces étrangers du démon, je n'ai
pas besoin de votre laissez-passer. Mais qu'aviez-vous à
vous approcher si curieusement de moi ?

— J'avais cru voir un homme dans le fossé, reprit Arnauld sous une étreinte moins vigoureuse, et je m'avançais pour regarder s'il n'était pas blessé, et s'il n'y avait pas à lui porter secours.

— L'intention était bonne, dit l'homme en retirant sa main et en écartant son genou. Allons, camarade, relevez-vous, ajouta-t-il en tendant la main à Arnauld qui fut debout bien vite. Je vous ai peut-être accueilli un peu... sévèrement, excusez-moi. C'est qu'il ne vaut rien pour moi qu'on mette en ce moment le nez dans mes affaires. Mais vous êtes un compatriote, c'est différent, et, loin de nuire, vous me servirez. Nous allons nous entendre tout de suite. Moi je m'appelle Martin-Guerre, et vous ?

— Moi ? moi ? Bertrand, dit Arnauld tressaillant ; car seul avec lui, la nuit, dans ce bois, l'homme qu'il dominait d'ordinaire par la ruse et l'astuce le dominait à son tour par la force et le courage,

Heureusement, la nuit profonde assurait l'incognito d'Arnauld, et il déguisait encore sa voix de son mieux.

— Eh bien ! camarade Bertrand, continua Martin-Guerre, sachez que je suis un prisonnier fugitif échappé ce matin pour la deuxième fois, d'autres disent pour la troisième, à ces Espagnols, Anglais, Allemands, Flamands, bref, à toute cette séquelle ennemie qui s'est jetée sur notre pauvre pays comme une nuée de sauterelles. Car la France ressemble à cette heure, ou Dieu me confonde ! à la tour de Babel. Depuis un mois, j'ai appartenu, tel que vous me voyez, à vingt baragouineurs de nations différentes, et c'était toujours un nouveau patois plus rude et plus barbare à entendre. Je me suis lassé d'être promené de bourgade en bourgade, d'autant qu'il m'a semblé qu'on se moquait de moi et qu'on se faisait un jeu de me tourmenter. Ils me reprochaient toujours une jolie diablesse appelée Gudule qui m'avait aimé, à ce qu'il paraît, jusqu'à fuir avec moi.

— Ah ! ah ! fit Arnauld.

— Je vous dis ce qu'on m'a dit. Donc, leurs moqueries m'ont ennuyé, si bien qu'un beau jour, c'était à Chauny, je me suis enfui de rechef, mais tout seul. On m'a, par guignon, repris et roué de coups que je m'en faisais pitié à moi-même. Mais à quoi bon tout cela ? ils ont eu beau

menacer de me pendre si je recommençais, je n'en avais
que plus envie de recommencer, et, ce matin, trouvant
l'occasion belle, pendant qu'on m'emménageait à Noyon,
j'ai planté là bel et bien mes tyrans. Dieu sait comme ils
m'ont cherché pour me pendre !... Mais moi, qui y répugne, je m'étais juché, s'il vous plaît sur un gros arbre de
la forêt pour y attendre la nuit, et je ne pouvais m'empêcher de rire, quoique un peu pâle, en les voyant passer
maugréant et jurant sous mon arbre. Le soir arrivé, j'ai
quitté mon observatoire. Mais, premièrement, je me suis
égaré dans ce bois, n'étant jamais venu par ici, et, deuxiè-
mement, je meurs de faim, n'ayant rien mis sous ma dent,
depuis vingt-quatre heures, que quelques feuilles et quelques racines, maigre régal ! c'est ce qui fait que je tombe
de faiblesse, comme vous pouvez aisément le voir.

— Peuh ! dit Arnauld, je n'ai pas vu cela tout à l'heure,
et vous m'avez paru, je dois l'avouer, assez vigoureux au
contraire.

— Ah ! oui, reprit Martin, parce que je vous ai un peu
gourmé. Ne m'en tenez pas rancune. C'était en vérité la
fièvre de la faim qui me soutenait. Mais, à cette heure,
vous êtes ma providence, car puisque vous êtes un compatriote, vous ne me laisserez pas retomber aux mains de ces
ennemis, n'est-ce pas ?

— Non certainement, si j'y puis quelque chose, répondit Arnauld du Thill qui réfléchissait sournoisement au discours de Martin.

Il commençait à voir jour à reprendre ses avantages un
moment compromis par le poignet de fer de son sosie.

— Vous devez pouvoir beaucoup pour moi, continua
bonnement Martin-Guerre. Connaissez-vous un peu les
environs d'abord ?

— Je suis d'Auvray, à un quart de lieue d'ici, dit Arnauld.

— Vous y alliez ? reprit Martin.

— Non pas, j'en revenais, répondit, après un moment
d'hésitation, le maître fourbe.

— C'est donc par là, Auvray ? dit Martin, désignant le
côté où se trouvait Noyon.

— Par là justement, repartit Arnauld. C'est le premier village après Noyon sur la route de Paris.

— Sur la route de Paris ! s'écria Martin; eh bien ! voyez comme on se perd dans les bois. Je m'imaginais tourner le dos à Noyon et j'y revenais. Je m'imaginais marcher vers Paris et je m'en éloignais. Votre maudit pays m'est, comme je vous le disais, parfaitement inconnu. C'est donc du côté d'où vous arriviez qu'il faut que je me dirige pour ne pas tomber dans la gueule du loup.

— Comme vous dites, mon maître. Moi, je vais à Noyon; mais faites avec moi quelques pas. Nous allons trouver tout près d'ici, un peu avant le bac de l'Oise, une autre route qui vous conduira plus directement à Auvray.

— Grand merci ! ami Bertrand, dit Martin; il est certain que je souhaite fort épargner mes pas, car je suis bien las et de plus bien faible, me trouvant, comme je vous le disais encore, aussi à jeun qu'on peut l'être. Vous n'auriez pas sur vous, par hasard, quelques subsistances, ami Bertrand ? ce serait me sauver deux fois ! une fois de l'Anglais et une fois de la faim non moins horrible que l'Anglais.

— Hélas ! répondit Arnauld, je n'ai pas une miette dans mon havresac. Mais, si vous voulez boire un coup, j'ai ma grosse gourde pleine.

En effet, Babette avait eu soin d'emplir de petit Chypre, un vin assez chaud du temps, la gourde de son infidèle, et Arnauld, jusque là, avait prudemment ménagé sa bouteille, pour ménager sa raison un peu fragile au milieu des dangers du chemin.

— Je crois bien que je veux boire ! s'écria avec enthousiasme Martin-Guerre. Un coup de vin me ranimera toujours un peu.

— Eh bien ! prenez et buvez, mon brave homme, dit Arnauld en lui tendant sa gourde.

— Merci ! et que Dieu vous le rende, fit Martin.

Et il se mit à s'ingurgiter sans défiance ce vin, aussi traître que celui qui le lui offrait, et dont les fumées troublèrent presque aussitôt son cerveau vide.

— Eh ! dit-il, tout hilare, il ne manque pas d'ardeur votre clairet.

— Oh ! mon Dieu ! Il est bien innocent, dit Arnauld, et j'en bois à chaque repas deux bouteilles. Mais, tenez, la soirée est belle, asseyons-nous là sur l'herbe un instant, vous vous reposerez et vous boirez tout à votre aise. J'ai le temps, moi, et pourvu que j'arrive à Noyon avant dix heures, heure où les portes sont fermées, tout ira bien. Vous, de votre côté, bien qu'Auvray tienne toujours pour la France, vous pourrez encore rencontrer, si vous suivez la grande route de si bonne heure, des patrouilles embarrassantes, et, si vous quittez la grande route, vous vous égarerez de nouveau. Le mieux est de nous arrêter quelques minutes à causer là de bonne amitié. Où donc avez-vous été fait prisonnier ?

— Je ne sais pas au juste, dit Martin-Guerre, car il y a là-dessus, comme sur presque toute ma pauvre existence, deux versions contradictoires ; ce que je crois et ce qu'on me dit. Or, on m'assure que c'est à la bataille de Saint-Laurent que je me suis rendu à merci, et moi je m'imagine que je n'étais pas à cette journée, et que c'est plus tard que je suis tombé seul dans un détachement ennemi.

— Comment l'entendez-vous ? demanda Arnauld du Thill ouant l'étonnement. Vous avez donc deux histoires ? Vos aventures me paraissent devoir être intéressantes et instructives, au moins ! Il faut vous dire que j'aime les récits à en perdre la tête. Buvez donc cinq ou six gorgées pour vous donner de la mémoire, et racontez-moi quelque chose de votre vie, hein ! Vous n'êtes pas de la Picardie ?

— Non, répondit Martin, après une pause qu'il remplit en vidant la gourde aux trois quarts, non, je suis du midi, d'Artigues.

— Un beau pays, dit-on. Vous avez là votre famille ?

— Famille et femme, cher ami, répondit Martin-Guerre devenu, grâce au petit Chypre, très expansif et très confiant.

Et excité, moitié par les questions d'Arnauld, moitié par ses libations réitérées, il se mit à raconter avec volubilité son histoire dans ses plus intimes détails : sa jeunesse, ses amours, son mariage; que sa femme était charmante, à cela près d'un petit défaut à la main, qu'elle avait trop légère et trop lourde à la fois. A la vérité un soufflet de femme ne déshonorait pas un homme, mais à la longue cela l'ennuyait. C'est pourquoi Martin-Guerre avait quitté sa femme par trop expressive. Narration circonstanciée des causes, des accidens et des suites de cette rupture. Il l'aimait pourtant toujours, au fond, cette chère Bertrande ! il portait encore à son doigt l'anneau de fer de son mariage, et, sur son cœur, les deux ou trois lettres que Bertrande lui avait écrites, lors d'une première séparation. Ce disant, il pleurait, le bon Martin-Guerre. Il avait décidément le vin tendre. Il voulait raconter ensuite ce qui lui était arrivé, depuis qu'il était entré au service du vicomte d'Exmès, qu'un démon le poursuivait, que lui, Martin-Guerre était double et ne s'y reconnaissait pas du tout dans ses deux existences. Mais cette partie de son histoire paraissait moins intéresser Arnauld du Thill, lequel ramenait toujours le narrateur à son enfance, à la maison paternelle, aux amis, aux parens d'Artigues, aux grâces et aux défauts de Bertrande.

En moins de deux heu.res, le perfide Arnauld du Thill, au moyen du plus habile interrogatoire, sut tout ce qu'il voulait savoir sur les anciennes habitudes et les plus secrètes actions du pauvre Martin-Guerre.

Au bout de deux heures, Martin-Guerre, la tête en feu, se leva ou plutôt voulut se lever ; car dans son mouvement, il trébucha et retomba lourdement assis.

— Eh bien ! eh bien ! qu'est-ce que c'est ? dit-il en partant d'un éclat de rire qui se prolongea fort longtemps avant de s'éteindre. Je crois, Dieu me damne ! que ce petit vin impertinent fait des siennes Donnez-moi donc la main, mon camarade, que je voie à me tenir debout.

Arnauld le hissa courageusement et parvint à le rétablir sur ses jambes, mais non pas dans un équilibre classique.

— Holà ! hé ! que de lanternes ! s'écria Martin. Mais que je suis bête ! je prenais les étoiles pour des lanternes.

Puis il se mit à chanter d'une voix formidable :

> Par ta joy, envoyras-tu pas
> Au vin, pour fournir le repas
> Du meilleur cabaret d'Enfer,
> Le vieil ravasseur Lucifer.

— Mais voulez-vous bien vous taire, s'écria Arnauld. Si quelque troupe ennemie passait aux environs et vous entendait?

— Baste! je m'en moque beaucoup, dit Martin; qu'est-ce qu'ils pourraient me faire? me pendre? on doit être bien pendu! Vous m'avez fait trop boire, camarade. Moi qui suis sobre ordinairement comme un agneau, je ne sais pas me battre avec l'ivresse, et puis, j'étais à jeun, j'avais faim; maintenant j'ai soif.

Par ta foy, envoyras-tu pas...

— Chut! dit Arnauld. Allons! essayez de marcher. Ne voulez-vous pas aller coucher à Auvray?

— Oh! oui, me coucher! dit Martin. Mais pas à Auvray, là, sur l'herbe, sous les lanternes du bon Dieu

— Oui, reprit Arnauld, et demain matin une patrouille espagnole vous découvrira et vous enverra coucher chez le diable.

— Le vieil ravasseur Lucifer? dit Martin; non j'aime encore mieux prendre un peu sur moi et me traîner jusqu'à Auvray. C'est par là n'est-ce pas? j'y vais.

Mais il eut beau prendre sur lui, il décrivait des zigzags si extravagans qu'Arnauld vit bien que, s'il ne l'aidait un peu, Martin allait se perdre encore, c'est-à-dire cette fois se sauver. Or, ce n'était pas là le compte du vilain sire.

— Voyons, dit-il au pauvre Martin, j'ai l'âme charitable, et Auvray n'est pas si loin. Je vais vous conduire jusque-là. Laissez-moi détacher mon cheval, je le mènerai par la bride et vous me donnerez le bras.

— Ma foi! j'accepte, reprit Martin. Je n'ai aucune fierté, moi, et entre nous, je vous avouerai que je me crois un peu gris. J'en reviens à mon opinion, votre clairet ne manque pas d'ardeur. Je suis très heureux, mais un peu gris.

— Allons! en route, il se fait tard, dit Arnauld du Thill, en reprenant, avec son sosie sous le bras, le chemin par lequel il était venu, et qui conduisait directement à la poterne de Noyon. Mais, reprit-il, pour abréger le chemin, est-ce que vous n'allez pas me raconter encore quelque bonne histoire d'Artigues ?

— Voulez-vous que je vous raconte l'histoire de Papotte, dit Martin-Guerre, ah ! ah ! cette pauvre Papotte !

L'épopée de Papotte fut trop décousue pour que nous la relations ici. Elle était pourtant à peu près achevée lorsque, cahin caha, les deux ménechmes du XVIe siècle arrivèrent à la poterne de Noyon.

— Là ! dit Arnauld, je n'ai pas besoin d'aller plus loin. Vous voyez bien cette porte ? c'est la porte d'Auvray. Frappez, le gardien viendra vous ouvrir, vous vous recommanderez de moi, Bertrand, et il vous montrera à deux pas de là ma maison, où mon frère vous accueillera, et où vous trouverez bon souper et bon gîte. Là-dessus, adieu, camarade. Oui, une dernière poignée de main, et adieu !

— Adieu ! et merci, répondit Martin. Je ne suis qu'un pauvre hère qui ne peux pas reconnaître ce que vous avez fait pour moi. Mais, soyez tranquille ! le bon Dieu, qui est juste, saura bien vous payer, lui. Adieu, l'ami.

Chose étrange ! cette prédiction d'ivrogne fit frémir Arnauld, qui pourtant n'était pas superstitieux, et il eut, une minute, envie de rappeler Martin. Mais celui-ci frappait déjà à tour de bras à la poterne.

— Pauvre diable ! il frappe à sa tombe ! pensait Arnauld ; mais bah ! ce sont là des puérilités.

Cependant, Martin, qui ne se doutait pas que son compagnon de route l'observait de loin, criait à tue-tête :

— Hé ! le gardien ! Hé ! Cerbère ! veux-tu bien ouvrir, manant ! c'est Bertrand, le digne Bertrand qui m'envoie.

— Qui est là ? demanda la sentinelle à l'intérieur. On 'ouvre plus. Qui êtes-vous pour faire tant de tapage ?

— Qui je suis ? butor ! je suis Martin-Guerre, ou, si tu veux, Arnauld du Thill, ou, si tu veux l'ami de Bertrand. e suis plusieurs, moi, surtout quand j'ai bu. Je suis une ingtaine de gaillards qui allons te rosser d'importance si u ne m'ouvres pas sur-le-champ.

— Arnauld du Thill ! vous êtes Arnauld du Thill ? demanda la sentinelle.

— Oui, Arnauld du Thill en est, vingt mille charretées

de diables ! dit Martin-Guerre qui battait la porte des pieds
et des poings.

Il se fit alors derrière la porte une rumeur de soldats
appelés par la sentinelle.

Puis, on vint ouvrir avec une lanterne, et Arnauld du
Thill, embusqué derrière les arbres à quelque distance, entendit plusieurs voix s'écrier ensemble avec l'accent de la
surprise :

— C'est lui, ma foi ! c'est bien lui, Dieu me damne !

Pour Martin-Guerre, en reconnaissant ses tyrans, il jeta
un cri de désespoir qui vint frapper Arnauld dans sa ca-
chette comme une malédiction.

Puis, Arnauld jugea, aux piétinemens et aux cris, que
le brave Martin, voyant tout perdu, entreprenait une lutte
impossible. Mais il n'avait que ses deux poings contre vingt
épées. Le bruit diminua, puis s'éloigna, puis cessa. On
avait emmené Martin jurant et blasphémant.

— Si c'est avec des injures et des coups qu'il compte ac-
commoder ses affaires !... se disait Arnauld en se frottant
les mains.

Quand il n'entendit plus rien, il se livra pendant un quart
d'heure à ses réflexions ; car c'était un coquin très profond
qu'Arnauld du Thill. Le résultat de sa méditation fut qu'il
s'enfonça dans le bois à trois ou quatre cents pas, attacha
son cheval à un arbre, étendit à terre sur des feuilles mor-
tes la selle et la couverture du cheval, s'enveloppa de son
manteau, et, au bout de quelques minutes, s'endormit de
ce profond sommeil que Dieu permet au méchant endurci,
encore plus qu'à l'innocent timide.

Il dormit huit heures de suite.

Néanmoins, lorsqu'il se réveilla, il faisait nuit encore, et
il vit à la position des étoiles qu'il pouvait être quatre heures du matin. Il se leva, se secoua, et, sans détacher son
cheval, s'avança avec précaution jusqu'à la grande route.

Au gibet qu'on lui avait montré la veille, se balançait
doucement le corps du pauvre Martin-Guerre.

Un sourire hideux erra sur les lèvres d'Arnauld.

Il s'approcha sans trembler du cadavre. Mais le corps
pendait trop haut pour qu'il pût l'atteindre. Alors, il grimpa

le long du poteau du gibet, son épée à la main, et, parvenu à la hauteur nécessaire, coupa la corde du tranchant de son épée.

Le corps tomba à terre.

Arnauld redescendit, détacha du doigt du mort un anneau de fer qui ne valait pas la peine d'être pris, fouilla la poitrine du pendu et y trouva des papiers qu'il serra avec soin, remit son manteau, et se retira tranquillement, sans un regard, sans une prière pour le malheureux qu'il avait tant tourmenté pendant sa vie et qu'il volait encore dans a mort.

Il retrouva son cheval dans le taillis, le sella et s'éloigna au grand galop du côté d'Aulnay. Il était content, le misérable! Martin ne lui faisait plus peur.

Une demi-heure après, comme une faible lueur commençait à poindre au levant, un bûcheron passant par hasard sur la route vit la corde du gibet coupée, et le pendu 'sant à terre. Il s'approcha, à la fois craintif et curieux, u mort qui avait ses vêtemens en désordre et la corde ssez lâche autour du cou ; il se demandait si c'était le oids du corps qui avait cassé la corde ou quelque ami qui 'avait coupée, trop tard sans doute. Il se hasarda même toucher le patient pour s'assurer qu'il était bien mort.

Mais alors, à sa grande terreur, le pendu remua la tête t les mains, et se releva sur ses genoux, et le bûcheron pouvanté s'enfuit à toutes jambes dans le bois, en multiliant les signes de croix et en se recommandant à Dieu et ux saints.

III.

LES RÊVES BUCOLIQUES D'ARNAULD DU THILL.

Le connétable de Montmorency, revenu à Paris seulement de la veille, après avoir payé une rançon royale, s'était présenté au Louvre pour tâter tout de suite le terrain de sa faveur. Mais Henri II l'avait reçu avec une froideur sévère, et lui avait fait l'éloge de l'administration du duc de Guise, qui s'était arrangé, lui dit-il, de façon à atténuer, sinon à réparer, les malheurs du royaume.

Le connétable, pâlissant de colère et d'envie, avait du moins espéré trouver auprès de Diane de Poitiers quelque consolation. Mais la favorite lui avait battu froid aussi, et, comme Montmorency se plaignait de cet accueil et semblait craindre que l'absence ne lui eût fait tort, et qu'un plus heureux que lui eût succédé dans les bonnes grâces de la duchesse.

— Dame! reprit impertinemment madame de Poitiers, vous savez sans doute le nouveau dicton du peuple de Paris?

— J'arrive, madame, et j'ignore... balbutia le connétable.

— Eh bien! il dit, ce méchant peuple : C'est au ourd'hui la saint Laurent; qui quitte sa place la rend.

Le connétable devint blême, salua la duchesse, et sortit du Louvre, la mort dans le cœur.

En rentrant à son hôtel et dans sa chambre, il jeta violemment son chapeau à terre.

— Oh! les rois et les femmes, s'écria-t-il, race ingrate! cela n'aime que le succès.

— Monseigneur, lui dit un valet, il y a là un homme qui demande à vous parler.

— Qu'il aille au diable! reprit le connétable; je suis bien en train de recevoir! envoyez-le chez monsieur de Guise.

— Monseigneur, cet homme m'a prié de vous dire son nom, il s'appelle Arnauld du Thill.

— Arnauld du Thill! s'écria le connétable frappé, c'est différent, faites-le entrer.

Le valet s'inclina et sortit.

— Cet Arnauld, pensait le connétable, est habile, rusé et avide, de plus, sans scrupule et sans conscience. Oh! s'il pouvait m'aider à me venger de tous ces gens-là. Me venger! eh! qu'y gagnerais-je? s'il pouvait m'aider à rentrer en grâce plutôt! il sait beaucoup de choses. J'avais déjà songé à me servir de ce secret de Montgommery; mais si Arnauld peut me dispenser d'y avoir recours, ce sera mieux.

En ce moment Arnauld du Thill fut introduit.

La joie et l'impudence éclataient sur la figure du drôle. Il salua le connétable jusqu'à terre.

— Je te croyais prisonnier, lui dit Montmorency.

— Et je l'étais en effet, monseigneur, comme vous, dit Arnauld.

— Mais tu t'en es tiré, à ce que je vois, reprit le connétable.

— Oui, monseigneur, je les ai payés en ma monnaie, monnaie de singe. Vous vous êtes servi de votre argent, je me suis servi de mon esprit, et nous voilà libres tous les deux.

— Ah! çà, est-ce une impertinence, misérable? dit le connétable.

— Non monseigneur, répondit Arnauld, c'est de l'humilité, cela veut dire que je manque d'argent, voilà tout.

— Hum! fit Montmorency grondant, qu'est-ce que tu veux de moi?

— De l'argent, puisque j'en manque, monseigneur.

— Et pourquoi te donnerais-je de l'argent? reprit le connétable.

— Mais pour me payer, monseigneur, répondit l'espion.

— Pour te payer quoi?

— Les nouvelles que je vous apporte.

— Voyons tes nouvelles.

— Voyons vos écus,

— Drôle ! si je te faisais pendre ?

— Un détestable moyen pour me délier la langue que de me l'allonger, monseigneur.

— Il est bien insolent, se dit Montmorency, il faut qu'il se sache nécessaire.

Voyons, reprit-il tout haut, je consens encore à te faire quelques avances.

— Monseigneur est bien bon,' reprit Arnauld, et je lui rappellerai cette généreuse parole quand il se sera acquitté envers moi des dettes du passé.

— Quelles dettes ? demanda le connétable.

— Voici ma note, monseigneur, dit Arnauld en lui présentant la fameuse pancarte que nous lui avons vu si souvent grossir.

Anne de Montmorency y jeta un coup d'œil.

— Oui, dit-il, il y a là, à côté de services parfaitement chimériques et illusoires, des services qui auraient pu m'être utiles dans la situation où j'étais au moment où tu me les rendais, mais qui, à l'heure qu'il est, ne sont bons qu'à me donner des regrets tout au plus.

— Bah ! monseigneur, vous vous exagérez peut-être votre disgrâce aussi, dit Arnauld.

— Hein ? fit le connétable. Tu sais donc, on sait donc déjà que je suis en disgrâce ?

— On s'en doute et je m'en doute, monseigneur.

— Eh bien ! alors, Arnauld, reprit Montmorency avec amertume, tu dois te douter aussi qu'il ne me sert de rien à présent que le vicomte d'Exmès et Diane de Castro aient été séparés à Saint-Quentin, puisque, selon toute probabilité, le roi et la grande sénéchale ne voudront plus donner leur fille à mon fils.

— Mon Dieu ! monseigneur, reprit Arnauld, je crois, moi, que le roi consentirait de grand cœur à vous la donner, si vous pouviez la lui rendre.

— Que veux-tu dire ?

— Je dis, monseigneur, que Henri II, notre sire, doit être en ce moment bien triste, non-seulement de la perte de la ville de Saint-Quentin et de la bataille de Saint-Laurent, mais aussi de la perte de sa fille bien-aimée Diane de Castro, qui a disparu après le siège de Saint-Quentin, sans qu'on pût savoir au juste ce qu'elle était devenue ; car vingt bruits contradictoires ont couru sur cette disparition. Revenu d'hier seulement vous deviez ignorer cela, monseigneur ? je ne l'ai su moi-même que ce matin.

— J'ai en effet tant d'autres soucis ! reprit le connétable. Je devais naturellement penser plutôt à ma défaveur présente qu'à ma faveur passée.

— C'est juste, dit Arnauld. Mais cette faveur ne refleurirait-elle pas, monseigneur, si vous veniez dire au roi, par exemple : Sire, vous pleurez votre fille, vous la cherchez partout, vous la demandez à tous. Mais moi seul je sais où elle est, sire.

— Est-ce que tu le saurais, toi, Arnauld ? demanda vivement Montmorency.

— Savoir est mon métier, répondit l'espion. Je vous ai dit que j'avais des nouvelles à vendre, vous voyez que ma marchandise n'est pas de mauvaise qualité. Vous y réfléchissez ? réfléchissez, monseigneur.

— Je réfléchis, dit le connétable, que les rois se souviennent des échecs de leurs serviteurs, mais non de leurs mérites. Quand j'aurai rendu à Henry II sa fille, il sera d'abord transporté : tout l'or, tous les honneurs du royaume ne suffiraient pas dans le premier moment à me payer. Et puis, Diane pleurera, Diane dira qu'elle veut mourir si on la donne à un autre qu'à son vicomte d'Exmès, et le roi, obsédé par elle, vaincu par mes ennemis, se rappellera la bataille que j'ai perdue, et non plus l'enfant que je lui aurai retrouvé. Ainsi tous mes efforts auront abouti à rendre heureux le vicomte d'Exmès.

— Il faudrait donc, reprit Arnauld de son mauvais sourire, il faudrait qu'en même temps que madame de Castro reparût, le vicomte d'Exmès disparût. Ah ! ce serait bien joué cela, hein !

— Oui, mais ce sont là des moyens extrêmes dont il me répugne d'user, dit le connétable. Je sais que ton bras est sûr et ta bouche discrète. Cependant...

— Ah ! monseigneur se méprend à mes intentions, s'é-
cria Arnauld jouant l'indignation, monseigneur me ca-
lomnie ! Monseigneur a cru que je voulais le délivrer de ce
jeune homme par un procédé... violent. (Il fit un geste
expressif.) Non, cent fois non ! j'ai mieux que cela.

— Qu'as-tu donc ? demanda vivement le connétable.

— Faisons d'abord nos petits arrangemens, monseigneur, reprit Arnauld. Voyons, je vous dis l'endroit où
gîte la biche égarée. Je vous assure, au moins pour le
temps nécessaire à la conclusion du mariage du duc François, l'absence et le silence de son dangereux rival. Ce sont
là deux fameux services, monseigneur ! Vous, de votre
côté, que ferez-vous bien pour moi ?

— Que demandes-tu ? dit Montmorency.

— Vous êtes raisonnable, je le serai, reprit Arnauld.
Vous acquittez d'abord sans marchander, n'est-il pas vrai ?
la petite note du passé, que j'ai eu l'honneur de vous présenter tout à l'heure ?

— Soit, répondit le connétable.

— Je savais bien que nous n'aurions point de difficultés
sur ce premier point, monseigneur ; le total est une mi-
sère, et cet argent n'est pas pour payer mes frais de route
et quelques cadeaux dont je compte faire emplette avant
de quitter Paris. Mais l'or n'est pas tout en ce monde.

- Quoi ! dit le connétable étonné et presque effrayé,
c'est bien Arnauld du Thill qui vient de me dire que l'or
n'était pas tout en ce monde ?

—Arnauld du Thill lui-même, monseigneur, mais non
plus cet Arnauld du Thill gueux et avide que vous avez
connu, non : un autre Arnauld du Thill, content d'une
modique fortune qu'il s'est... acquise, et n'ayant plus d'autre désir hélas ! que de passer paisiblement le reste de sa
vie dans le pays qui l'a vu naître, sous le toit paternel,
au milieu de ses amis d'enfance, au sein de sa famille.
Ce fut toujours là mon rêve, monseigneur, ce fût là le but
tranquille et charmant de mon existence... agitée.

— Oui, en effet, dit Montmorency, si, pour jouir du calme il faut passer par la tempête, tu seras heureux, Arnauld. Mais tu es donc devenu riche ?

— A mon aise, monseigneur, à mon aise. Dix mille écus pour un pauvre diable comme moi, c'est une fortune, surtout dans mon humble village, au sein de ma modeste famille.

— Ta famille! ton village! reprit le connétable; moi qui te croyais sans feu ni lieu, et vivant au hasard avec un habit de rencontre et sous un nom de contrebande.

—Arnauld du Thill est de fait un nom supposé, monseigneur. Mon nom véritable est Martin-Guerre, et je suis né au village d'Artigues près Rieux, où j'ai laissé ma femme et mes enfans.

— Ta femme! répétait le vieux Montmorency de plus en plus stupéfait. Tes enfans!

— Oui, monseigneur, reprit Arnauld d'un ton sentimental le plus comique du monde, et je dois prévenir monseigneur qu'il n'a plus dorénavant à compter sur mes services, et que ces deux expédiens, dont je le secours en ce moment, seront assurément les derniers. Je me retire des affaires, et veux vivre honnêtement désormais, entouré de l'affection de mes parens et de l'estime de mes concitoyens.

— A la bonne heure! dit le connétable, mais si tu es devenu si modeste et pastoral que tu ne veuilles plus entendre parler d'argent, que demandes-tu donc pour prix des secrets que tu dis posséder?

— Je demande plus et moins que de l'argent, monseigneur, reprit Arnauld de son ton naturel cette fois, je demande de l'honneur, non pas des honneurs, cela s'entend, seulement un peu d'honneur, dont j'ai, je vous l'avoue, le plus urgent besoin.

— Explique-toi, dit Montmorency; car tu parles en énigmes, véritablement.

— Eh bien! voici, monseigneur: j'ai fait préparer un écrit qui atteste que moi, Martin-Guerre, je suis resté à votre service pendant tant d'années, en qualité... en qualité d'écuyer (il faut embellir la chose); que, durant tout ce temps, je me suis conduit en serviteur loyal et fidèle, de plus dévoué; et que ce dévouement, monseigneur, vous l'avez voulu reconnaître en me faisant don

d'une somme assez forte pour me mettre le reste de mes
jours à l'abri du besoin. Apposez au bas de cet écrit votre
sceau et votre signature, et nous serons quittes, monseigneur.

— Impossible, reprit le connétable. Je m'exposerais à
être faussaire, c'est-à-dire à être appelé faussaire et félon,
si je signais de pareils mensonges.

— Ce ne sont pas des mensonges, monseigneur ; car je
vous ai toujours servi fidèlement... dans mes moyens, et
je vous atteste que, si j'avais économisé tout l'argent que
j'ai obtenu de vous jusqu'ici, la somme irait à plus de dix
mille écus. Vous n'êtes donc exposé à aucun démenti, et
croyez-vous d'ailleurs que je ne me sois pas terriblement
exposé, moi, pour amener l'heureux résultat dont vous
n'aurez plus qu'à recueillir les fruits.

— Misérable ! cette comparaison...

— Est juste, monseigneur, reprit Arnauld. Nous avons
besoin l'un de l'autre, et l'égalité est fille de la nécessité.
L'espion vous rend votre crédit, rendez son crédit à l'espion. Allez ! personne ne nous entend, monseigneur, pas
de fausse honte ! concluez le marché : il est bon pour moi,
meilleur pour vous. Donnant, donnant. Signez, monseigneur.

— Non, après, reprit Montmorency. Donnant, donnant,
comme tu dis. Je veux d'abord connaître tes moyens
pour arriver au double résultat que tu me promets. Je
veux savoir ce qu'est devenue Diane de Castro et ce que
deviendra le vicomte d'Exmès.

— Eh bien ! monseigneur, à part quelques réticences que
je crois nécessaires, je veux bien vous satisfaire sur ces
deux points, et vous allez être forcé de convenir que le
hasard et moi nous avons assez bien arrangé les choses
dans votre intérêt.

— J'écoute, dit le connétable.

— Pour ce qui est d'abord de madame de Castro, reprit
Arnauld du Thill, elle n'a été ni tuée ni enlevée, mais seulement faite prisonnière à Saint-Quentin, et comprise parmi les cinquante personnages notables dont on devait tirer
rançon. Maintenant, pourquoi celui aux mains de qui elle

est tombée n'a-t-il pas publié sa capture ? comment madame de Castro elle-même n'a-t-elle pas donné de ses nouvelles ? c'est ce que j'ignore absolument. A vrai dire, je la croyais déjà libre, et, en arrivant à Paris, je pensais l'y trouver. C'est seulement ce matin que le bruit public m'a appris qu'on ne savait à la cour ce que la fille du roi était devenue, et que ce n'était pas là un des moindres soucis de Henry II. Peut-être, en ces temps de troubles, les messages de madame Diane ont-ils été détournés ou égarés, peut-être quelqu'autre mystère est-il caché sous ce retard. Mais enfin je puis lever sur ce point tous les doutes et dire positivement en quel endroit et de qui madame de Castro est prisonnière.

— Le renseignement est assez précieux en effet, dit le connétable, et quel est cet endroit, quel est cet homme ?

— Attendez donc, monseigneur, reprit Arnauld, ne voulez-vous pas avant tout être édifié également sur le compte du vicomte d'Exmès ? car, s'il est bien de savoir où sont ses amis, il est mieux de savoir où sont ses ennemis.

— Trêve de maximes ! dit Montmorency. Où est ce d'Exmès ?

— Prisonnier aussi, monseigneur, répondit Arnauld. Qui n'a pas été un peu prisonnier dans ces derniers temps ? C'était fort la mode ! Or, le vicomte d'Exmès s'est conformé à la mode, et il est prisonnier.

— Mais il saura bien donner de ses nouvelles, lui ! reprit le connétable, il doit avoir des amis, de l'argent ; il trouvera sans doute de quoi payer sa rançon, et nous tombera au premier jour sur les épaules.

— Vous l'avez fort bien conjecturé, monseigneur, Oui, le vicomte d'Exmès a de l'argent, oui, il est impatient de sortir de captivité et entend payer sa rançon le plus tôt possible. Il a même déjà envoyé quelqu'un à Paris pour aller chercher et lui rapporter au plus vite le prix de sa liberté.

— Que faire à cela ? dit Montmorency.

— Mais, par bonheur pour nous, par malheur pour lui, continua Arnauld, ce quelqu'un qu'il a envoyé à Paris en si grande hâte, c'est moi, monseigneur, moi qui servais le vicomte d'Exmès sous mon vrai nom de Martin-Guerre, en qualité d'écuyer. Vous voyez que je puis être écuyer sans invraisemblance.

— Et tu n'as pas fait la commission, drôle ? dit le connétable. Tu n'as pas ramassé la rançon de ton prétendu maître ?

— Je l'ai ramassée précieusement, monseigneur, on ne laisse pas ces choses-là à terre. Considérez d'ailleurs que ne pas prendre cet argent, c'était exciter des soupçons. Je l'ai pris scrupuleusement... pour le bien de l'entreprise. Seulement, soyez tranquille ! je ne le lui porterai d'ici à bien longtemps sous aucun prétexte. Ce seraient justement ces dix mille écus qui m'aideraient à passer pieusement et honnêtement le reste de ma vie, et que je serais censé tenir de votre générosité, monseigneur, d'après le papier que vous allez signer.

— Je ne le signerai pas, infâme ! s'écria Montmorency. Je ne me ferai pas sciemment le complice d'un vol.

— Oh ! monseigneur, reprit Arnauld, comment appelez-vous d'un nom si dur une nécessité que je subis pour vous rendre service ! Quoi ! je fais taire ma conscience par dévoûment et c'est ainsi que vous m'en récompensez ! Eh bien ! soit ! envoyons au vicomte d'Exmès cette somme d'argent, et il sera ici aussitôt que madame Diane, s'il ne la devance. Tandis que s'il ne la reçoit pas...

— S'il ne la reçoit pas ? dit le connétable.

— Nous gagnons du temps, monseigneur. Monsieur d'Exmès m'attend d'abord patiemment quinze jours. Il faut bien quelque délai pour recueillir dix mille écus, et sa nourrice ne me les a comptés en vérité que ce matin.

— Elle s'est donc fiée à toi, cette pauvre femme ?

— A moi, et à l'anneau et à l'écriture du vicomte, monseigneur. Et puis elle m'a bien reconnu. Nous disions donc quinze jours d'attente impatiente, une semaine d'attente inquiète, une autre semaine d'attente désolée. Ce n'est que dans un mois, un mois et demi que le vicomte d'Exmès désespéré enverra un autre messager à la recherche du premier. Mais le premier ne se retrouvera pas ; mais, si dix mille écus sont difficiles à réunir, dix mille autres sont presqu'impossibles. Vous aurez assez de loisir pour marier vingt fois votre fils, monseigneur ; car le vicomte d'Exmès va disparaître comme s'il était mort pendant plus de deux mois, et ne reviendra vivant et furieux que l'année prochaine.

— Oui, mais il reviendra ! dit Montmorency, et, ce jour-là, ne s'informera-t-il pas de ce qu'est devenu son bon écuyer Martin-Guerre ?

— Hélas ! monseigneur, reprit piteusement Arnauld, on lui répondra, j'ai le regret de vous l'apprendre, que le fît dèle Martin-Guerre, en venant retrouver son maître avec la rançon qu'il était allé chercher, est malheureusement tombé entre les mains d'un parti d'Espagnols qui, après l'avoir, selon toutes probabilités, pillé et dépouillé, l'ont cruellement pendu, pour s'assurer son silence, aux portes de Noyon.

— Comment ! Arnauld, tu seras pendu ?

— Je l'ai été, monseigneur, voyez jusqu'où va mon èle. Il n'y a que sur la date de la pendaison que les ver-ions se contrediront un peu. Mais croira-t-on aux reîtres illards intéressés à déguiser la vérité ? Allons ! monsei-eur, reprit gaîment et résolument l'impudent Arnauld. ensez donc que mes précautions sont habilement prises, t qu'avec un gaillard exprimenté comme moi, il n'y a pas e danger que votre Excellence soit jamais compromise. i la prudence était bannie de la terre, elle se réfugierait u cœur d'un... pendu. D'ailleurs, je le répète, vous n'affir-ez que la vérité : je vous sers depuis longtemps, nombre e vos gens peuvent l'attester comme vous, et vous m'avez 'en donné en somme dix mille écus, soyez-en sûr. Vou-z-vous, au reste, reprit magnifiquement le drôle, que je ous fasse mon reçu ?

Le connétable ne put s'empêcher de sourire.

— Oui, mais, coquin, dit-il, si, au bout du compte...

Arnauld du Thill l'interrompit :

— Allons ! monseigneur, dit-il, vous n'hésitez plus que our la forme, et qu'est-ce que la forme pour les esprits périeurs ? signez sans plus de façons.

Il mit sur la table devant Montmorency le papier qui n'attendait plus que cette signature.

— Mais, d'abord, le nom de la ville et le nom de l'homme qui tiennent Diane de Castro prisonnière ?

— Nom pour nom, monseigneur, le vôtre au bas de ce papier et vous saurez les autres.

— Allons ! dit Montmorency.

Il traça le paraphe hardi qui lui servait de signature.

— Et le sceau, monseigneur ?

— Le voici. Es-tu content ?

— Comme si monseigneur me donnait les dix mille écus.

— Eh bien ! maintenant, où est Diane ?·

— Entre les mains de lord Wentworth, à Calais, dit Arnauld en voulant prendre le parchemin au connétable qui le retint encore.

— Un instant, dit-il, et le vicomte d'Exmès ?

— A Calais, entre les mains de lord Wentworth.

— Mais alors Diane et lui se voient ?

— Non, monseigneur ; il demeure, lui chez un armurier de la ville appelé Pierre Peuquoy, et elle doit habiter, elle, l'hôtel du gouverneur. Le vicomte d'Exmès ne sait pas plus que moi, j'en jurerais, que sa belle est aussi près de lui.

— Je cours au Louvre, dit le connétable en lâchant le papier.

— Et moi à Artigues, s'écria Arnauld triomphant. Bonne chance, monseigneur ! tâchez de ne plus être connétable pour rire.

—Bonne chance, drôle ! tâche de ne pas être pendu pour tout de bon.

Ils sortirent chacun de leur côté.

IV.

LES ARMES DE PIERRE PEUQUOY, LES CORDES DE JEAN PEUQUOY, ET LES PLEURS DE BABETTE PEUQUOY.

A Calais, près d'un mois se passa sans apporter, à leur grand regret, aucun changement dans la situation de ceux que nous y avons laissés. Pierre Peuquoy confectionnait toujours des armes à force ; Jean Peuquoy s'était remis à tisser et, dans ses momens perdus, achevait des cordes d'une longueur invraisemblable ; Babette Peuquoy pleurait.

Pour Gabriel, son attente avait subi les phases prédites par Arnauld du Thill au connétable. Il avait patienté les uinze premiers jours ; mais, depuis, il s'impatientait.

Il n'allait plus que très rarement chez lord Wentworth, t ne lui rendait que de fort courtes visites. Il y avait du oid entre eux, depuis le jour où Gabriel était intervenu érairement dans les prétendues affaires du gouver- eur.

Celui-ci d'ailleurs, nous devons le dire avec satisfaction, evenait de jour en jour plus triste. Ce n'était pourtant pas es trois messages envoyés depuis le départ d'Arnauld de part du roi de France à de courts intervalles qui inquié- ient lord Wentworth. Tous trois, le premier avec poli- , le second avec aigreur, le troisième avec menace, emandaient, on peut s'en douter, la même chose, la li- erté de madame de Castro moyennant une rançon qu'on ssait au gouverneur de Calais le soin de fixer lui-même. ais à tous trois il avait fait la même réponse : qu'il enten- ait garder madame de Castro comme ôtage, pour l'échan- r, si besoin était, contre quelque prisonnier important endant la guerre, ou pour la rendre au roi sans rançon à la paix. Il était dans son droit strict, et bravait derrière ses fortes murailles la colère de Henri II.

Ce n'était donc pas cette colère qui le troublait, bien qu'il se demandât comment le roi avait appris la captivité de Diane; ce qui le troublait, c'était l'indifférence de plus en plus méprisante de sa belle prisonnière. Ni soumissions, ni prévenances n'avaient pu adoucir l'humeur fière et dédaigneuse de madame de Castro. Elle restait toujours triste, calme et digne devant le passionné gouverneur, et, lorsqu'il hasardait un mot de son amour, tout en restant fidèle, il faut le dire, à la réserve que lui imposait son titre de gentilhomme, un regard à la fois douloureux et hautain venait briser le cœur et offenser l'orgueil du pauvre lord Wentworth. Il n'avait osé parler à Diane ni de la lettre écrite par elle à Gabriel, ni des tentatives faites par le roi pour obtenir la liberté de sa fille, tant il craignait un mot amer, un reproche ironique de cette bouche charmante et cruelle.

Mais Diane, en ne revoyant plus dans l'hôtel la camérière qui avait osé remettre son billet, avait bien compris que cette chance désespérée lui échappait encore. Pourtant, elle n'avait pas perdu courage, la chaste et noble fille : elle attendait et elle priait. Elle se confiait en Dieu et en la mort, au besoin.

Le dernier jour d'octobre, terme que Gabriel s'était fixé à lui-même pour attendre Martin-Guerre, il résolut d'aller chez lord Wentworth, et de lui demander comme un service la permission d'envoyer à Paris un autre messager.

Vers deux heures, il quitta donc la maison des Peuquoy où Pierre polissait une épée, où Jean nattait une de ses cordes énormes, et où, depuis plusieurs jours, Babette, les yeux rougis par les larmes, tournait autour de lui sans pouvoir lui parler; et il se rendit directement à l'hôtel du gouverneur.

Lord Wentworth était pour le moment retenu par quelque affaire, et fit prier Gabriel de l'attendre cinq minutes. Il serait tout à lui ensuite.

La salle où se trouvait Gabriel donnait sur une cour intérieure. Gabriel s'approcha de la fenêtre pour regarder dans cette cour, et machinalement ses doigts jouaient et couraient sur les vitres. Tout à coup, sous ses doigts même, des caractères tracés sur le verre avec une bague en diamant appelèrent son attention. Il s'approcha pour mieux voir et put lire distinctement ces mots : *Diane de Castro.*

C'était la signature qui manquait au bas de la lettre mystérieuse qu'il avait reçue le mois précédent.

Un nuage passa devant les yeux de Gabriel, et il fut obligé de s'appuyer contre la muraille pour ne pas tomber. Ses pressentimens intérieurs ne lui avaient donc pas menti! Diane! c'était bien Diane, sa fiancée ou sa sœur, que ce Wentworth débauché tenait actuellement en son pouvoir! c'était à la pure et douce créature qu'il osait parler de son amour.

D'un geste involontaire, Gabriel portait la main à la garde de son épée absente.

En ce moment, lord Wentworth entra.

Comme la première fois. Gabriel, sans prononcer une parole le conduisit devant la fenêtre et lui montra la signature accusatrice.

Le gouverneur pâlit d'abord, puis, se remettant aussitôt avec cet empire sur lui-même qu'il possédait à un degré éminent :

— Eh bien! quoi? demanda-t-il.

— N'est-ce pas là le nom de cette parente folle que vous êtes obligé de garder ici, milord? dit Gabriel.

— C'est possible ; après? reprit lord Wentworth d'un air hautain.

— C'est que si cela était, milord, je connais cette parente... bien éloignée sans doute. Je l'ai vue souvent au Louvre. Je lui suis dévoué, comme tout gentilhomme français doit l'être à une fille de la maison de France.

— Et puis? dit lord Wentworth.

— Et puis, milord, je vous demanderais compte de la façon dont vous retenez et dont vous traitez une prisonnière de ce rang.

— Et si je refusais, monsieur. de vous rendre ce compte, comme je l'ai refusé déjà au roi de France?

— Au roi de France! répéta Gabriel étonné.

— Sans doute, monsieur, reprit lord Wentworth avec son inaltérable sang-froid. Un Anglais n'a pas, ce me semble, à répondre de ses actions à un souverain étranger, surtout quand son pays est en guerre avec ce souverain. Ainsi, monsieur d'Exmès, si à vous aussi je refusais de rendre compte?

— Je vous demanderais de me rendre raison, milord? s'écria Gabriel.

— Et vous espérez me tuer sans doute, monsieur, reprit le gouverneur, avec l'épée que vous ne portez que grâce à ma permission et que j'ai le droit de vous redemander tout à l'heure?

— Oh! milord milord! dit Gabriel furieux, vous me paierez aussi celle-là.

— Soit, monsieur, reprit lord Wentworth, et je ne renierai pas ma dette, quand vous aurez acquitté la vôtre.

— Impuissant! s'écriait Gabriel en se tordant les mains, impuissant dans un moment où je voudrais avoir la force de dix mille hommes!

— Il est en effet fâcheux pour vous, reprit lord Wentworth, que la convenance et le droit vous lient les mains; mais avouez aussi qu'il serait trop commode pour un prisonnier de guerre et pour un débiteur d'obtenir tout simplement sa quittance et sa liberté en coupant la gorge à son créancier et à son ennemi.

— Milord, dit Gabriel s'efforçant de recouvrer son calme, vous n'ignorez pas que j'ai envoyé, il y a un mois, mon écuyer à Paris pour m'aller chercher cette somme qui vous préoccupe si fort. Martin-Guerre a-t-il été blessé, tué sur les routes, malgré votre sauf-conduit? lui a-t-on volé l'argent qu'il rapportait? c'est ce que j'ignore. Le fait est qu'il ne revient pas, et je venais en ce moment même vous prier de me laisser envoyer de nouveau quelqu'un à Paris, puisque vous n'avez pas foi dans une parole de gentilhomme, et que vous ne m'avez pas offert d'aller chercher ma rançon moi-même. Maintenant, milord, cette permission que je venais vous demander, vous n'avez plus le droit de me la refuser, ou bien, moi, j'ai le droit de dire maintenant

que vous avez peur de ma liberté, et que vous n'osez pas
me rendre mon épée.

— Et à qui diriez-vous cela, monsieur, reprit lord Wentworth, dans une ville anglaise, placée sous mon autorité
immédiate, et où vous ne devez être regardé que comme
un prisonnier et un ennemi ?

— Je dirais cela tout haut, milord, à tout homme qui
sent et qui pense, à tout noble de cœur ou de nom, à vos
officiers qui s'entendent aux choses d'honneur, à vos ouvriers même que leur instinct éclairerait, et tous convien-
draient avec moi contre vous, milord, qu'en ne m'accor-
dant pas les moyens de sortir d'ici, vous avez démérité
d'être le chef de vaillans soldats.

— Mais vous ne songez pas, monsieur, reprit froidement
lord Wentworth, qu'avant de vous laisser répandre parmi
les miens l'esprit d'indiscipline, je n'ai qu'un mot à prononcer, qu'un geste à faire pour que vous soyez jeté dans
une prison où vous ne pourrez m'accuser que devant des
murailles.

— Oh! c'est vrai pourtant, mille tempêtes! murmurait
Gabriel les dents serrées et les poings fermés.

Cet homme de sentiment et d'émotion se brisait contre
l'impassibilité de cet homme de fer et d'airain.

Mais un mot changea la face de la scène et rétablit sou-
dain entre Wentworth et Gabriel l'égalité.

— Chère Diane! chère Diane! répéta le jeune homme
avec angoisse ; ne pouvoir rien pour toi dans ton danger!

— Qu'est-ce que vous avez dit, monsieur? demanda lord
Wentworth chancelant, vous avez dit, je crois : Chère
Diane! l'avez-vous dit ou ai-je mal entendu? est-ce que
vous aimeriez aussi madame de Castro, vous ?

— Eh bien! oui, je l'aime! s'écria Gabriel. Vous l'aimez
bien, vous! mais mon amour est aussi pur et dévoué que
vôtre est indigne et cruel. Oui, devant Dieu et les anges!
e l'aime avec idolâtrie.

— Qu'est-ce que vous veniez donc alors me parler de
lle de France et de protection que tout gentilhomme de-
ait à une telle opprimée! reprit lord Wentworth hors de
ui. Ah! vous l'aimez! et vous êtes celui qu'elle aime sans

doute! dont elle invoque le souvenir quand elle veut me torturer! Vous êtes l'homme pour l'amour duquel elle me méprise! l'homme sans lequel elle m'aimerait peut-être! Ah! celui qu'elle aime, c'est vous?

Lord Wentworth, tout à l'heure si railleur et dédaigneux, considérait maintenant avec une sorte de respectueuse terreur celui qu'aimait Diane, et Gabriel, de son côté, aux paroles de son rival, relevait peu à peu son front joyeux et triomphant.

—Ah! vraiment elle m'aime ainsi! s'écria-t il, elle pense à moi encore! elle m'appelle, comme vous le dites! Oh! bien, si elle m'appelle, j'irai, je la secourrai, je la sauverai. Allez, milord! prenez mon épée, bâillonnez-moi, liez-moi, emprisonnez-moi. Je saurai bien, malgré l'univers et malgré vous, la secourir et la préserver, puisqu'elle m'aime toujours, ma sainte Diane! Puisqu'elle m'aime toujours, je vous brave et je vous défie, et, vous armé, moi sans armes, je suis sûr de vous vaincre encore avec l'amour de Diane pour divine égide.

— C'est vrai, c'est vrai, je le crois bien! murmurait à son tour lord Wentworth écrasé.

— Aussi ne serait-il pas généreux à moi maintenant de vous appeler en duel, reprit Gabriel, faites venir vos gardes, et dites-leur de m'enfermer, si cela vous plaît. La prison près d'elle et en même temps qu'elle, c'est encore une sorte de bonheur.

Il se fit un assez long silence.

— Monsieur, reprit enfin lord Wentworth après quelque hésitation, vous veniez me demander, je crois, de laisser partir pour Paris un second envoyé qui rapporterait votre rançon?

— En effet, milord, répondit Gabriel, tel était d'abord mon dessein quand je suis arrivé ici.

— Et vous m'avez reproché dans vos discours, ce me semble, continua le gouverneur, de n'avoir pas eu foi dans votre honneur de gentilhomme et de ne vous avoir pas permis, avec votre parole pour garant, d'aller chercher votre rançon vous-même?

— C'est vrai, milord.

— Eh bien! monsieur, reprit Wentworth, vous pouvez dès aujourd'hui partir : les portes de Calais vous seront ou-vertes, votre demande vous est accordée.

— J'entends, dit Gabriel avec amertume, vous voulez m'éloigner d'elle. Et si je refusais de quitter Calais main-tenant ?

— Je suis le maître ici, monsieur, reprit lord Wentworth, et vous n'avez ni à refuser ni à accepter ma volonté, mais à la subir.

— Soit donc, dit Gabriel, je partirai, milord, sans tou-tefois vous savoir gré de cette générosité, je vous en pré-viens.

— Aussi, n'ai-je pas besoin, monsieur, de votre recon-naissance.

— Je partirai, poursuivit Gabriel, mais sachez que je ne resterai pas longtemps votre débiteur, et que je reviendrai bientôt, milord, pour vous payer toutes mes dettes en-semble. Et, comme je ne serai plus votre prisonnier alors, et que vous ne serez plus mon créancier, il n'y aura plus de prétexte pour que l'épée que j'aurai le droit de porter ne se rencontre pas avec la vôtre.

— Je pourrais refuser ce combat, monsieur, reprit lord Wentworth avec une sorte de mélancolie ; car les chances entre nous ne sont pas égales : si je vous tue, *elle* me haïra plus; si vous me tuez, *elle* vous aimera davantage. N'im-porte! il faut que j'accepte, et j'accepte. Mais ne craignez-vous pas, ajouta-t-il d'un air sombre, de me réduire par là à quelque extrémité? Quand tous les avantages sont de votre côté, ne pourrais-je pas, dites, abuser de ceux qui me restent?

— Dieu là-haut, et en ce monde la noblesse de tous les pays vous jugeront, milord, dit Gabriel frissonnant, si vous vous vengez lâchement sur ceux qui ne peuvent se défendre de ceux que vous n'aurez pas vaincus.

— Quoi qu'il en soit, monsieur, reprit Wentworth, je vous récuse parmi mes juges.

Il ajouta après une pause :

— Il est trois heures, monsieur, vous avez jusqu'à sept heures, heure de la fermeture des premières portes, pour faire vos apprêts et quitter la ville. J'aurai donné mes ordres pour qu'on vous laisse librement passer.

— A sept heures, milord, dit Gabriel, je ne serai plus à Calais.

— Et comptez, reprit Wentworth, que vous n'y rentrerez de votre vie, et que, quand même je mourrais tué par vous dans ce duel hors de nos remparts, mes précautions du moins seront prises, et bien prises, fiez-vous-en à ma jalousie! pour que vous ne possédiez et ne revoyiez jamais madame de Castro.

Gabriel avait déjà fait un pas pour sortir de la chambre. Il s'arrêta devant la porte.

— Ce que vous dites est impossible, milord, reprit-il, il est nécessaire qu'un jour ou l'autre je revoie Diane.

— Cela ne sera pourtant pas, monsieur, je vous le jure si la volonté d'un gouverneur de place ou le dernier ordre d'un mourant ont quelque chance de s'imposer.

— Cela sera, milord, je ne sais comment, mais j'en suis sûr, dit Gabriel.

— Alors, monsieur, reprit Wentworth avec un sourire dédaigneux, alors vous prendrez Calais d'assaut.

Gabriel réfléchit une minute.

— Je prendrai d'assaut Calais, dit-il. Au revoir, milord.

Il salua et sortit, laissant lord Wentworth pétrifié et ne sachant plus s'il devait s'épouvanter ou rire.

Gabriel retourna sur-le-champ à la maison des Peuquoy.

Il trouva Pierre qui polissait la lame de son épée, Jean qui faisait des nœuds à sa corde, et Babette qui soupirait.

Il raconta à ses amis la conversation qu'il venait d'avoir avec le gouverneur, et leur annonça son départ qui en était la suite. Il ne leur cacha même pas le mot téméraire peut-être avec lequel il avait pris congé de lord Wentworth.

Puis il leur dit :

— Maintenant je monte à ma chambre pour faire mes préparatifs, et je vous laisse à vos épées, Pierre, à vos cordes, Jean, à vos soupirs, Babette.

Il monta en effet afin de tout disposer en hâte pour son départ. Maintenant qu'il était libre, il tardait au vaillant jeune homme de revoir Paris pour sauver son père, puis, de revoir Calais pour sauver Diane.

Quand il sortit de sa chambre, une demi-heure après, il trouva sur le palier Babette Peuquoy.

— Vous partez donc, monsieur le vicomte? lui dit-elle. Vous ne me demanderez donc plus pourquoi je pleure?

— Non, mon enfant, car j'espère que lorsque je reviendrai, vous ne pleurerez plus.

— Je l'espère aussi, monseigneur, reprit Babette. Ainsi, malgré les menaces de notre gouverneur, vous comptez revenir, n'est-ce pas?

— Je vous en réponds! Babette.

— Avec votre écuyer Martin-Guerre, je suppose?

— Assurément.

— Comme cela, monsieur d'Exmès, reprit la jeune fille, vous êtes certain de le retrouver à Paris, Martin-Guerre? Ce n'est pas un malhonnête homme, n'est-ce pas? il n'a pas à coup sûr détourné votre rançon? il est incapable d'une... infidélité?

— J'en jurerais, dit Gabriel assez étonné de ces questions. Martin a l'humeur changeante, surtout depuis quelque temps, et il y a comme deux hommes en lui, l'un simple d'esprit et tranquille de mœurs, l'autre rusé et tapageur. Mais, à part ces variations de caractère, c'est un serviteur loyal et fidèle.

— Et, reprit Babette, il ne tromperait pas plus une femme que son maître, n'est-il pas vrai?

— Oh! ceci est plus chanceux, dit Gabriel, et je n'en répondrais plus, je l'avoue.

— Enfin, monseigneur, reprit la pauvre Babette pâlissant, auriez-vous la bonté de lui remettre cette bague? il saura de qui elle vient et ce qu'elle signifie.

— Je la remettrai, Babette, dit Gabriel surpris, en se rappelant cette soirée du départ de son écuyer. Je la remettrai, mais la personne qui l'envoie sait... que Martin-Guerre... est marié, je présume.

— Marié! s'écria Babette. Alors monseigneur, gardez cette bague, jetez-la, mais ne la lui remettez pas.

— Mais, Babette...

— Merci! monseigneur, et adieu, murmura la pauvre fille.

Elle s'enfuit au second étage, et, à peine rentrée dans sa chambre, tomba sur une chaise, évanouie.

Gabriel, chagrin et inquiet du soupçon qui, pour la première fois, lui traversait l'esprit, descendait pensif l'escalier de bois de la vieille maison des Peuquoy.

Au bas des marches, il trouva Jean qui s'approcha de lui avec mystère.

— Monsieur le vicomte, lui dit à voix basse le bourgeois, vous me demandiez toujours pourquoi je confectionnais des cordes d'une telle longueur. Je ne veux pourtant pas vous laisser partir, surtout après vos admirables adieux à ce Wentworth, sans vous donner le mot de l'énigme. En joignant par de petites cordes transversales deux longues et solides cordes comme celle que je fais, monsieur le vicomte, on obtient une immense échelle. Cette échelle, quand on est de la garde urbaine, comme Pierre depuis vingt ans, comme moi depuis trois jours, on peut la transporter à deux en deux fois sous la guérite de la plate-forme de la tour Octogone. Puis, par une matinée noire de décembre ou de janvier, on peut, par curiosité, étant en sentinelle, en attacher solidement deux bouts à ces tronçons de fer scellés dans les créneaux, et laisser tomber les deux autres bouts dans la mer, à trois cents pieds, où quelque hardi canot pourrait se trouver par mégarde.

— Mais, mon brave Jean... interrompit Gabriel.

— Assez sur ce point! monsieur le vicomte, reprit le tisserand. Mais, excusez-moi, je voudrais, avant de vous quitter vous laisser encore un souvenir de votre dévoué serviteur Jean Peuquoy. Voici un dessin tel quel, représentant le plan des murs et des fortifications de Calais. Je l'ai fait, en m'amusant, après ces éternelles promenades qui vous étonnaient si fort de ma part. Cachez-le sous votre pourpoint, et, quand vous serez à Paris, regardez-le quelquefois, je vous prie, par amitié pour moi.

Gabriel voulut interrompre encore, mais Jean ne lui en laissa pas le temps, et, lui serrant la main que lui tendai le jeune homme, s'éloigna en lui disant seulement :

— Au revoir, monsieur d'Exmès. Vous trouverez à la porte Pierre, qui vous attend pour vous faire aussi ses adieux. Ils complèteront les miens.

En effet, Pierre attendait devant sa maison, tenant en bride le cheval de Gabriel.

— Merci de votre bonne hospitalité, maître, lui dit le vicomte d'Exmès. Je vous enverrai sous peu, si même je ne vous rapporte pas moi-même, l'argent que vous avez bien voulu m'avancer. J'y joindrai, s'il vous plaît, une bonne gratification pour vos gens En attendant, veuillez offrir de ma part ce petit diamant à votre chère sœur.

— J'accepte pour elle, monsieur le vicomte, répondit l'armurier, mais à condition que vous accepterez aussi quelque chose de ma façon, ce cor que j'ai pendu à l'arçon de votre selle, ce cor que j'ai fabriqué de mes mains et dont je reconnaîtrais le son, fût-ce à travers les mugissemens de la mer orageuse, par exemple dans ces nuits du 5 de chaque mois, où je monte ma faction de quatre à six heures du matin sur la tour Octogone qui donne sur la mer.

— Merci! dit Gabriel, en serrant la main de Pierre de façon à lui prouver qu'il avait compris.

— Quant à ces armes que vous vous étonniez de me voir faire en si grande quantité, reprit Pierre, je me repens, en effet, d'en avoir chez moi un tel nombre : car, enfin, si Calais était assiégé quelque jour, le parti qui tient encore pour la France parmi nous pourrait s'emparer de ces armes, et faire, dans le sein même de la ville, une diversion dangereuse.

— C'est vrai ! dit Gabriel en serrant plus fort encore la main du brave citoyen.

— Là-dessus, je vous souhaite bon voyage et bonne chance, monsieur d'Exmès, reprit Pierre. Adieu et à bientôt!

— A bientôt ! dit Gabriel.

Il se retourna et salua une dernière fois de la main Pierre debout sur le seuil, Jean, la tête penchée à la fenêtre du premier étage, et même Babette qui le regardait aussi partir derrière un rideau du second.

3.

Puis il donna de l'éperon à son cheval, et s'éloigna au galop.

Des ordres avaient été envoyés par lord Wentworth à la porte de Calais; car on ne fit nulle difficulté pour laisser passer le prisonnier, qui se trouva bientôt sur la route de Paris, seul avec ses anxiétés et ses espérances.

Pourrait-il délivrer son père en arrivant à Paris? pourrait-il délivrer Diane en revenant à Calais?

V.

SUITE DES TRIBULATIONS DE MARTIN-GUERRE.

Les routes de France n'étaient pas plus sûres pour Gabriel de Montgommery que pour son écuyer, et il dut déployer toute l'intelligence et toute l'activité de son esprit pour éviter les obstacles et les encombres. Encore, malgré toute sa diligence, n'arriva-t-il à Paris que le quatrième jour après son départ de Calais.

Mais les périls du chemin préoccupaient peut-être moins Gabriel que son inquiétude touchant le but. Bien qu'il ne fût pas de sa nature fort porté aux songeries, sa marche solitaire le contraignait presque à rêver sans cesse à la captivité de son père et de Diane, aux moyens de délivrer ces êtres chers et sacrés, à la promesse du roi, au parti qu'il faudrait prendre si Henri II manquait à cette promesse. Mais non! Henri II n'était pas pour rien le premier gentilhomme de la chrétienté. L'accomplissement de son serment lui coûtait, et il attendait que Gabriel vînt le réclamer pour pardonner au vieux comte rebelle, mais il pardonnerait. Et s'il ne pardonnait pas pourtant?...

Gabriel, quand cette idée désespérante traversait son esprit, comme un poignard eût traversé son cœur; Gabriel donnait de l'éperon à son cheval et portait la main à la garde de son épée....

C'était d'ordinaire la douce et douloureuse pensée de Diane de Castro qui ramenait au calme son âme agitée.

Ce fut au milieu de ces incertitudes et de ces angoisses qu'il arriva enfin aux portes de Paris, le matin du quatrième jour. Il avait voyagé toute la nuit, et les clartés pâles de l'aube éclairaient à peine la ville, lorsqu'il traversa les rues qui avoisinaient le Louvre.

Il s'arrêta devant la maison royale fermée et endormie, et se demanda s'il devait attendre ou passer outre. Mais son impatience s'accommodait mal de l'immobilité. Il résolut d'aller tout de suite jusque chez lui, à la rue des Jardins-Saint-Paul, où il pourrait du moins apprendre quelque chose de ce qu'il souhaitait ou de ce qu'il redoutait.

Sa route le conduisait devant les sinistres tourelles du Châtelet.

Il s'arrêta aussi devant la porte fatale. Une sueur froide baignait son front. Son passé et son avenir étaient pourtant là, derrière ces humides murailles. Mais Gabriel n'était pas homme à donner aux émotions une longue partie du temps qu'il pouvait utilement consacrer à agir. Il secoua ces sombres pensées et se remit en marche en se disant : Allons !

Lorsqu'il arriva devant son hôtel, qu'il n'avait pas revu depuis si longtemps, une lumière brillait aux vitres de la salle basse. La vigilante Aloyse était debout déjà.

Gabriel frappa en se nommant. Deux minutes après, il était dans les bras de la bonne et digne femme qui lui avait servi de mère.

— Ah ! vous voilà donc, monseigneur ! vous voilà, mon enfant !

C'est tout ce qu'elle eut la force de dire.

Gabriel, après l'avoir tendrement embrassée, recula d'un pas et la regarda.

Il y avait dans ce profond regard une muette interrogation plus claire que toutes les paroles.

Aussi Aloyse comprit-elle, et cependant elle baissa la tête et ne répondit rien.

— Donc, aucune nouvelle de la cour ? demanda alors le

vicomte, comme si la révélation contenue dans ce silence ne lui suffisait pas.

— Aucune nouvelle, monseigneur, répondit la nourrice.

— Oh ! je m'en doutais bien. S'il s'était passé quelque chose d'heureux ou de malheureux, tu me l'aurais crié d'abord dans le premier baiser. Tu ne sais rien ?

— Rien, hélas !

— Oui, je conçois, reprit amèrement le jeune homme. J'étais prisonnier, mort peut-être ! On ne paie pas ses dettes à un prisonnier, encore moins à un mort. Mais me voici vivant et libre, et il faudra bien que l'on compte avec moi ; de gré ou de force, il le faudra.

— Oh ! prenez garde, monseigneur ! s'écria Aloyse.

— Ne crains rien, nourrice. Monsieur l'amiral est-il à Paris ?

— Oui, monseigneur. Il est venu et il a envoyé ici dix ois pour s'informer de votre retour.

— Bien. Et monsieur de Guise ?

— Il est revenu aussi. C'est sur lui que le peuple compte pour réparer les malheurs de la France et les douleurs des citoyens.

— Dieu veuille, reprit Gabriel, qu'il ne trouve pas des douleurs qu'on ne puisse plus réparer !

— Pour madame Diane de Castro, que l'on croyait perdue, continua Aloyse avec empressement, monsieur le connétable a découvert qu'elle était prisonnière à Calais, et l'on espère l'en tirer bientôt.

— Je le savais, et je l'espère comme eux, dit Gabriel avec un accent singulier. Mais, reprit-il, tu ne me parles pas de ce qui a si longtemps prolongé ma propre captivité, de Martin-Guerre, de son message en retard. Qu'est donc devenu Martin ?

— Il est ici, monseigneur, le fainéant, l'imbécile !

— Quoi ! ici ! Mais depuis quand ? que fait-il ?

— Il est couché là-haut et il dort, dit Aloyse, qui semblait parler du pauvre Martin avec quelque aigreur. Il se dit un peu malade, sous prétexte qu'on l'a pendu !

— Pendu ! s'écria Gabriel. Pour lui voler l'argent de ma rançon, probablement ?

— L'argent de votre rançon, monseigneur ? Oui, parlez-lui un peu à ce triple idiot de l'argent de votre rançon ! vous verrez ce qu'il vous répondra. Il ne saura pas ce que vous voudrez lui dire. Figurez-vous, monseigneur, qu'il arrive ici tout zélé, tout en hâte, et que, d'après votre lettre, je réunis bien vite et je lui compte dix mille beaux écus sonnans. Il repart tout chaud, sans perdre une minute. Quelques jours après, qui vois-je revenir ici, l'oreille basse et l'air piteux ? mon Martin-Guerre. Il prétend n'avoir pas reçu de moi un rouge denier. Prisonnier lui-même, bien avant la prise de Saint-Quentin, il ignore, dit-il, depuis trois mois, ce que vous êtes devenu. Vous ne l'avez chargé d'aucune mission. Il a été battu, pendu ! Il a réussi à s'échapper, et rentre à Paris, pour la première fois, depuis la guerre. Voilà les contes que Martin-Guerre nous rabâche, du matin au soir, quand on lui parle de votre rançon.

— Explique-toi, nourrice, dit Gabriel. Martin-Guerre n'a pas pu détourner cet argent, j'en jurerais. Ce n'est pas un malhonnête homme, assurément, et il m'est loyalement dévoué.

— Non, monseigneur, il n'est pas malhonnête homme, mais il est fou, j'en ai peur, fou sans idée et sans souvenir, fou à lier, croyez-moi. Bien qu'il ne soit pas encore méchant, il est dangereux du moins. Enfin, je ne suis pas la seule qui l'aie vu ici ! tous vos gens l'accablent de leur témoignage. Il a réellement reçu les dix mille écus. Maître Elyot a même eu quelque peine à me les ramasser si promptement.

— Il faudra pourtant, reprit Gabriel, qu'il réunisse de nouveau au plus vite une somme pareille, voire même une omme plus forte. Mais il ne s'agit pas encore de cela. Voici le grand jour. Je vais au Louvre, je vais parler au roi.

— Quoi ! monseigneur, sans prendre une minute de re-os ! dit Aloyse. En outre, vous ne réfléchissez pas qu'il

n'est guère plus de sept heures, et que vous trouveriez
fermées les portes qu'on ouvre seulement à neuf.

— C'est juste ! dit Gabriel, encore deux heures d'attente ! O mon Dieu ! donnez-moi la patience d'attendre
deux heures, puisque j'ai pu attendre deux mois. Mais du
moins, reprit-il, je puis trouver monsieur de Coligny et
monsieur de Guise.

— Non, car ils sont vraisemblablement au Louvre, dit
Aloyse. D'ailleurs, le roi ne reçoit pas avant midi, et vous
ne pourriez le voir plus tôt, je le crains. Vous aurez donc
trois heures pour entretenir monsieur l'amiral et monseigneur le lieutenant général du royaume. C'est, vous le
savez, le nouveau titre dont le roi, dans les circonstances
graves où nous sommes, a revêtu monsieur de Guise. En
attendant, monseigneur, vous ne me refuserez pas de
prendre quelques alimens, et de recevoir vos fidèles et anciens serviteurs, qui ont si longtemps langui après votre
retour.

Dans le même moment, et comme pour occuper en effet et distraire la douloureuse attente du jeune homme,
Martin-Guerre, averti sans doute de l'arrivée de son maître, se précipita dans la chambre, plus pâle encore de joie
que des suites de sa souffrance.

— Quoi ! c'est vous ! quoi ! vous voilà, monseigneur,
s'écria-t-il. Oh ! quel bonheur !

Mais Gabriel accueillit assez froidement les transports
du pauvre écuyer.

— Si je suis heureusement arrivé, Martin, lui dit-il, convenez que ce n'est pas de votre faute, et que vous avez
fait tout pour me laisser à jamais prisonnier !

— Allons ! vous aussi, monseigneur, dit Martin avec
consternation. Vous aussi, au lieu de me justifier du premier mot, comme je l'espérais, vous allez m'accuser d'a-
voir touché ces dix mille écus. Qui sait ? vous direz peut-
être même que vous m'aviez chargé de les recevoir et de
vous les rapporter ?

— Mais sans doute, reprit Gabriel stupéfait.

— Ainsi, repartit le pauvre écuyer d'une voix sourde,
vous me jugez capable, moi Martin-Guerre, de m'être ap-

proprié lâchement un argent qui ne m'appartenait pas,
un argent destiné à payer la liberté de mon maître ?

— Non, Martin, non, reprit vivement Gabriel, touché
de l'accent de son loyal serviteur, mes soupçons, je te le
jure, n'ont jamais été jusqu'à douter de ta probité, et nous
le disions à l'instant même avec Aloyse. Mais on a pu te
prendre cette somme, tu as pu la perdre sur le chemin
en venant me rejoindre.

— En venant vous rejoindre, répéta Martin. Mais où
monseigneur. Depuis notre première sortie de Saint-Quentin, que Dieu me foudroie si je sais où vous avez été ! Où
allais-je vous rejoindre ?

— A Calais, Martin. Quelque légère et folle que soit ta
tête, il est impossible que tu aies oublié Calais !

— Comment oublierais-je en effet ce que je n'ai jamais
connu, dit tranquillement Martin-Guerre.

— Mais, malheureux, peux-tu te renier à ce point ! s'é-
cria Gabriel.

Il dit tout bas quelques mots à la nourrice qui sortit.
S'approchant alors de Martin :

— Et Babette ? ingrat ! lui dit-il.

— Babette ! quelle Babette ? demanda l'écuyer stupéfait.

— Mais celle que tu as séduite, indigne.

— Ah ! bon ! Gudule ! dit Martin, vous vous trompez de
nom. Ce n'est pas Babette, c'est Gudule, monseigneur. Ah !
oui, la pauvre fille ! mais franchement je ne l'ai pas séduite, elle s'est séduite toute seule, je vous jure.

— Quoi ! une autre encore ! reprit Gabriel. Mais celle-là,
je ne la connais pas, et quoi qu'il en soit, elle ne peut être
aussi à plaindre que Babette Peuquoy.

Martin-Guerre n'osait pas s'impatienter ; mais s'il eût
été du rang du vicomte, il n'y eût pas manqué, certes.

— Tenez, monseigneur, ils disent tous ici que je suis
fou, et, à force de me l'entendre dire, je crois, par Saint-
Martin ! que je le deviendrai. Pourtant, j'ai bien encore
ma raison et ma mémoire, que diable ! et au besoin, monseigneur, quoique j'aie eu à subir des épreuves multipliées
et des malheurs,... pour deux, cependant, au besoin, je
vous raconterais de point en point ce qui m'est arrivé de-

puis trois mois, depuis que je vous ai quitté. Au moins, ajouta-t-il, ce que je me rappelle... pour ma part !

— Je serais curieux en effet, dit Gabriel, de savoir comment tu vas expliquer ton étrange conduite.

— Eh bien ! monseigneur, quand, au sortir de Saint-Quentin pour aller quérir les secours de monsieur de Vaulpergues, nous eûmes pris chacun notre route, comme vous devez vous en souvenir, ce que vous aviez prévu arriva. Je tombai entre les mains des ennemis. Je voulais, selon vos recommandations, payer d'audace ; mais, chose étrange ! les ennemis me reconnurent. J'étais déjà leur prisonnier.

— Allons ! interrompit Gabriel, voilà déjà que tu divagues !

— Oh ! monseigneur, reprit Martin, je vous en conjure en grâce, laissez-moi raconter ce que je sais comme je le sais. J'ai assez de peine à m'y reconnaître ! vous me critiquerez après. Du moment où les ennemis me reconnaissaient, monseigneur, j'avoue que je me résignai ; car je savais, et, au fond, vous savez bien comme moi, monseigneur, que je suis deux, et que, sans m'en prévenir, mon autre moi fait souvent des siennes. Donc, *nous* acceptâmes notre sort ; car dorénavant je veux parler de moi, de nous, dis-je, au pluriel. Gudule, une gentille Flamande que nous avions enlevée, nous reconnut aussi ; ce qui nous valut, par parenthèse, des grêles de coups. Il n'y a vraiment que nous qui ne nous reconnaissions pas. Vous raconter toutes les misères qui suivirent, et au pouvoir de combien de maîtres, tous embellis de patois différens, votre malheureux écuyer tomba successivement, ce serait trop long, monseigneur.

— Oui, abrège tes condoléances, dit Gabriel.

— J'en passe et des pires. Mon numéro 2 s'était déjà échappé une fois, et on m'avait fort éreinté pour sa peine. Mon numéro 1, celui dont j'ai conscience et dont je vous narre le martyre, parvint à s'échapper de nouveau, mais eut la sottise de se faire reprendre, et on me laissa pour mort sur la place. N'importe ! je pris une troisième fois la fuite ! Mais, rattrapé une troisième fois par une double

trahison, celle du vin et celle d'un passant, je voulus faire
un coup de tête, et gourmai mes estaffiers avec la fureur
du désespoir et de l'ivresse. Pour le coup, après m'avoir
bafoué et tourmenté toute la nuit de la façon la plus barbare, mes bourreaux me pendirent vers le matin.

— Ils te pendirent ! s'écria Gabriel jugeant que la mo-
nomanie de son écuyer le reprenait sans doute. Ils te pendirent, Martin ! qu'entends-tu par là ?

— J'entends, monseigneur, qu'ils me hissèrent entre
ciel et terre au bout d'une corde de chanvre solidement attachée à un gibet, autrement dit potence. Ce qui, dans toutes les langues et patois dont on m'a écorché les oreilles,
s'appelle vulgairement pendre, monseigneur ! Est-ce clair
cela ?

— Pas trop, Martin ; car enfin pour un pendu...

— Je me porte assez bien, monseigneur, c'est un fait ;
mais vous ne savez pas la fin de l'histoire. Ma douleur et
ma rage, quand je me vis pendre, firent que je perdis à
peu près connaissance. Quand je revins à moi, j'étais étendu sur l'herbe fraîche avec ma corde coupée autour du
cou. Quelque voyageur passant par la route avait-il voulu, touché de ma position, délivrer le gibet de son fruit
humain ? C'est ce que ma misanthropie actuelle me défend
de croire. J'imagine plutôt qu'un filou aura souhaité me
dépouiller et coupé la corde pour fouiller mes poches à
son aise. C'est ce que ma bague nuptiale et mes papiers en-
levés m'autorisent, je pense, à affirmer, sans trop faire
de tort à la race humaine. Toujours est-il que j'avais été
détaché à temps, et que, malgré mon cou un peu disloqué, je
pus m'enfuir une quatrième fois à travers bois et champs,
me cachant le jour, m'avançant la nuit avec précaution,
vivant de racines et d'herbes sauvages, une détestable
nourriture, et à laquelle les bestiaux doivent avoir bien de
la peine à s'accoutumer. Enfin, après m'être égaré cent
fois, j'ai pu, au bout de quinze jours, revoir Paris et cette
maison où je suis arrivé depuis douze jours, et où j'ai
été reçu plus médiocrement que je ne m'y attendais après
tant d'épreuves. Voilà mon histoire, monseigneur.

— Eh bien ! moi, dit Gabriel, en regard de cette histoire,

je pourrais bien t'en raconter une autre, une entièrement différente que je t'ai vu accomplir sous mes yeux.

— L'histoire de mon numéro 2, monseigneur ? dit tranquillement Martin. Ma foi! monseigneur, s'il n'y a pas d'indiscrétion, et si vous aviez cette bonté de m'en toucher deux mots, je serais assez curieux de la connaître.

— Railles-tu, coquin ? dit Gabriel.

— Oh! monseigneur connaît mon profond respect! Mais chose singulière! cet autre moi-même m'a causé bien des embarras, n'est-il pas vrai? il m'a fourré dans de cruelles passes! Eh bien! malgré cela, je ne sais pas, je m'intéresse à lui! je crois, ma parole d'honneur! que j'aurais à la fin la faiblesse de l'aimer, le drôle!

— Le drôle, en effet!... dit Gabriel.

Il allait entamer peut-être le récit des méfaits d'Arnauld du Thill; mais il fut interrompu par sa nourrice qui rentra suivie d'un homme en habit de paysan.

— Qu'est-ce encore que ceci ? dit Aloyse. Voici un homme qui se prétend envoyé ici pour nous annoncer votre mort, Martin-Guerre!

VI.

OU LA VERTU DE MARTIN-GUERRE COMMENCE A SE RÉHABILITER.

— Ma mort ? s'écria Martin-Guerre pâlissant aux terribles paroles de dame Aloyse.

— Ah! Jésus Dieu! s'écria de son côté le paysan dès qu'il eut dévisagé l'écuyer,

— Mon autre moi serait-il mort? bonté divine! reprit Martin. N'aurais-je plus d'existence de rechange? Bah! au fond, avec la réflexion, j'en serais bien un peu fâché, mais

cependant assez content. Parle, toi, l'ami, parle, ajouta-t-
il en s'adressant au paysan ébahi.

— Ah ! maître, reprit ce dernier quand il eut bien regardé et touché Martin, comment se fait-il que je vous retrouve arrivé avant moi ? Je vous jure pourtant, maître,
que je me suis dépêché autant qu'homme puisse se dépê-
cher, pour faire votre commission et gagner vos dix écus ;
et, à moins que vous n'ayez pris un cheval, il est absolument impossible, maître, que vous m'ayez dépassé sur la
route, où j'aurais dû, en tous cas, vous revoir.

— Ah çà ! mais mon brave, je ne t'ai jamais vu, moi !
dit Martin-Guerre, et tu me parles comme si tu me connaissais.

— Si je vous connais ! dit le paysan stupéfait ; ce n'est
pas vous peut-être qui m'avez donné la commission de
venir dire ici que M. Martin-Guerre était mort pendu ?

— Comment ! mais Martin-Guerre, c'est moi, dit Martin-Guerre.

— Vous ? impossible ! est-ce que vous auriez pu annoncer votre propre pendaison ? reprit le paysan.

— Mais pourquoi, où et quand t'ai-je annoncé de pa-
reilles atrocités ? demanda Martin.

— Il faut donc tout dire à cette heure ? dit le paysan.

— Oui, tout.

— Malgré la frime que vous m'avez recommandée ?

— Malgré la frime.

— Eh bien, alors, puisque vous avez si peu de mémoire, je vas tout dire ; tant pis pour vous si vous m'y forcez !
Il y a de cela six jours, au matin, j'étais en train de sar-
cler mon champ...

— Où est-il d'abord, ton champ ? demanda Martin.

— Est-ce la vérité vraie qu'il faut répondre, mon maître ? dit le paysan.

— Eh ! sans doute, animal !

— Pour lors, mon champ est derrière Montargis, là ! Je
travaillais, vous vîntes à passer sur la route, un sac de
voyage sur le dos.

— Eh ! l'ami, que fais-tu là ? C'est vous qui parlez.

— Je sarcle, notre maître. C'est moi qui réponds.

— Combien cela te rapporte-t-il, ce métier-là ?

— Bon an mal an, quatre sols par jour.

— Veux-tu gagner vingt écus en deux semaines ?

— Oh ! oh !

— Je te demande oui ou non.

— Oui-da.

— Eh bien ! tu vas partir sur-le-champ pour Paris. En marchant bien, tu y seras au plus tard dans cinq ou six jours ; tu demanderas la rue des Jardins-Saint-Paul et l'hôtel du vicomte d'Exmès. C'est à cet hôtel que je t'envoie. Le vicomte n'y sera pas ; mais tu trouveras la dame Aloyse, une bonne femme, sa nourrice ; et voici ce que tu lui diras. Ecoute bien. Tu lui diras : J'arrive de Noyon... Tu comprends ? Pas de Montargis, de Noyon. J'arrive de Noyon, où quelqu'un de votre connaissance a été pendu, il y a quinze jours. Ce quelqu'un s'appelle Martin-Guerre. Retiens bien ce nom : Martin-Guerre. On a pendu Martin-Guerre, après l'avoir dépouillé de l'argent qu'il portait, de peur qu'il ne s'allât plaindre. Mais, avant d'être conduit au gibet, Martin-Guerre a eu le temps de me charger de venir vous prévenir de ce malheur, afin, m'a-t-il dit, que vous puissiez ramasser une nouvelle rançon à son maître. Il m'a promis que pour ma peine vous me compteriez dix écus. Je l'ai vu pendre, et je suis venu.

— Voilà ce que tu diras à la bonne femme. As-tu compris ? m'avez-vous demandé.

— Oui, maître, ai-je répondu ; seulement, vous aviez dit vingt écus d'abord, et vous ne dites plus que dix.

— Imbécile ! fîtes-vous, voilà d'avance les dix autres.

— A la bonne heure ! fis-je. Mais si la bonne femme Aloyse me demande comment était fait ce monsieur Martin-Guerre que je n'ai jamais vu et que je dois avoir vu ?

— Regarde-moi.

— Je vous regarde.

— Eh bien ! tu peindras Martin-Guerre comme si c'était moi-même.

— C'est étrange ! murmura Gabriel, qui écoutait le narrateur avec une attention profonde.

— Maintenant, reprit le paysan, je suis venu, mon maî

tre, prêt à répéter ma leçon comme vous me l'avez apprise à deux fois et presque par cœur, et je vous retrouve ici avant moi! Il est bien vrai que j'ai flâné en route et rogné dans les cabarets du chemin vos dix écus, dans l'espérance de toucher bientôt les dix autres. Mais enfin je n'ai eu garde de dépasser le terme que vous m'aviez fixé. Vous m'aviez donné les six jours, et il y a précisément six jours aujourd'hui que j'ai quitté Montargis.

— Six jours! dit Martin-Guerre mélancolique et rêveur. J'ai passé à Montargis il y a six jours! j'étais, il y a six jours, sur la route de mon pays! Ton récit est extrêmement vraisemblable, l'ami, continua-t-il, et je le crois vrai.

— Mais non! interrompit vivement Aloyse; cet homme est évidemment un menteur, au contraire, puisqu'il prétend vous avoir parlé à Montargis il y a six jours, et que, depuis douze jours, vous n'êtes pas sorti de ce logis.

— C'est juste, dit Martin. Pourtant, mon numéro 2...

— Et puis, reprit la nourrice, il n'y a pas quinze jours que vous avez été pendu à Noyon; d'après vos dires mêmes, il y a un mois.

— C'est certain, repartit l'écuyer, et c'est justement aujourd'hui le quantième; j'y pensais en m'éveillant. Cependant, mon autre moi-même...

— Balivernes! s'écria la nourrice.

— Non pas, dit Gabriel intervenant, cet homme nous met, je le crois, sur la voie de la vérité.

— Oh! mon bon seigneur, vous ne vous trompez pas, dit le paysan. Aurai-je les dix écus?

— Oui, dit Gabriel, mais vous nous laisserez votre nom et votre adresse. Nous aurons peut-être quelque jour besoin de votre témoignage. Je commence, à travers des soupçons encore obscurs, à entrevoir bien des crimes.

— Cependant, monseigneur... voulut objecter Martin.

— En voilà assez là-dessus, interrompit Gabriel. Tu veilleras, ma bonne Aloyse, à ce que ce brave homme s'en aille satisfait. Cette affaire-ci aura son heure. Mais, tu le sais, ajouta-t-il en baissant la voix, avant de punir la trahison envers l'écuyer, j'ai peut-être à venger la trahison envers le maître.

— Hélas ! murmura Aloyse.

— Voilà huit heures, reprit Gabriel. Je ne verrai nos gens qu'au retour, car je veux me trouver à l'ouverture des portes du Louvre ; si je ne puis approcher le roi qu'à midi, je m'entretiendrai au moins avec l'amiral et monsieur de Guise.

— Et, après avoir vu le roi, vous reviendrez ici sur-le-champ, n'est-ce pas ? demanda Aloyse.

— Sur-le-champ, et tranquillise-toi, bonne nourrice. Quelque chose me dit que je sortirai vainqueur de tous ces ténébreux obstacles que l'intrigue et l'audace accumulent autour de moi.

— Oh ! oui, si Dieu entend ma prière ardente, cela sera ! dit Aloyse.

— Je pars, reprit Gabriel. Reste, Martin, il faut que je sois seul. Va, nous te justifierons et nous te délivrerons, ami. Mais, vois-tu, j'ai une autre justification et une autre délivrance à accomplir avant tout. A bientôt, Martin ; au revoir, nourrice.

Tous deux baisèrent les mains que leur tendait le jeune homme. Puis il sortit, seul, à pied, enveloppé d'un grand manteau, et prit, grave et fier, le chemin du Louvre.

— Hélas ! pensa la nourrice, voilà comme j'ai vu une fois partir son père, qui depuis n'est pas revenu.

Au moment où Gabriel, après avoir dépassé le Pont-au-Change, continuait sa route le long de la Grève, il remarqua de loin un homme couvert aussi d'un grand manteau, mais plus grossier et plus soigneusement fermé que le sien. De plus, cet homme s'efforçait de dérober les traits de son visage sous les larges rebords de son chapeau.

Gabriel, bien qu'il eût cru d'abord distinguer vaguement la tournure d'une personne amie, passait cependant son chemin. Mais l'inconnu, à l'aspect du vicomte d'Exmès, fit un mouvement, parut hésiter, puis enfin s'arrêtant tout à fait : — Gabriel ! mon ami ! dit-il avec précaution.

Il se découvrit à demi la figure, et Gabriel vit qu'il ne s'était pas trompé.

— Monsieur de Coligny ! s'écria-t-il sans toutefois élever la voix. Vous à cette place ! à cette heure !

— Chut ! fit l'amiral. Je vous avoue que je ne voudrais pas être en ce moment reconnu, épié, suivi. Mais en vous voyant, mon ami, après une si longue séparation et tant d'inquiétude sur votre compte, je n'ai pu résister au besoin de v us appeler et de vous serrer la main. Depuis quand donc êtes-vous à Paris ?

— De ce matin même, dit Gabriel, et j'allais avant tout vous voir au Louvre.

— Eh bien ! si vous n'êtes pas trop pressé, reprit l'amiral, faites quelques pas avec moi de mon côté. Vous me direz ce que vous étiez devenu pendant cette longue absence.

— Je vous dirai tout ce que je puis vous dire comme au plus loyal et au plus dévoué des amis, répondit Gabriel. Néanmoins, veuillez d'abord, monsieur l'amiral, me permettre une question sur un point qui m'intéresse plus que tout au monde.

— Je prévois cette question, dit l'amiral. Mais ne devez-vous pas, ami, prévoir aussi ma réponse ? Vous allez me emander, n'est-il pas vrai, si j'ai tenu la promesse que je vous avais faite ? si j'ai raconté au roi la part glorieuse et fficace que vous aviez prise à la défense de Saint-Quentin ?

— Non, monsieur l'amiral, reprit le vicomte d'Exmès, e n'est pas cela, en vérité ! que j'allais vous demander ; r je vous connais, j'ai appris à me fier à votre parole, et 'e suis bien sûr que votre premier soin, à votre retour ici, été de remplir votre engagement et de déclarer généreu- ement au roi, au roi lui seul, que j'avais été pour quelque hose dans la résistance de Saint-Quentin. Vous avez ême dû, je le crois, exagérer à Sa Majesté mes quelques ervices. Oui, monsieur, cela je le savais d'avance. Mais c que j'ignore et ce qu'il m'importe de savoir pourtant, 'est ce que Henri II a répondu à vos bonnes paroles.

— Hélas! Gabriel, dit l'amiral, Henri II n'a répondu u'en m'interrogeant sur ce que vous étiez devenu. J'étais ssez embarrassé de le lui dire. La lettre que vous aviez aissée pour moi en quittant Calais n'était guère explicite t me rappelait seulement ma promesse. J'ai répondu au

roi qu'à coup sûr vous n'aviez pas succombé, mais que, selon toutes les probabilités, vous aviez été fait prisonnier, et
que, par délicatesse, vous n'aviez pas voulu m'en instruire.

— Et le roi alors?... demanda Gabriel.

— Le roi, mon ami, a dit : — C'est bien ! Et un sourire
de satisfaction a effleuré ses lèvres. Puis, comme j'insistais
sur le mérite de vos faits d'armes et sur les obligations que
vous avaient le roi et la France.—En voilà assez là-dessus,
a repris Henri II, et, changeant impérieusement le sujet de
la conversation, il m'a contraint à parler d'autre chose.

— Oui, c'est bien ce que je présumais ! dit Gabriel avec
ironie.

— Ami, du courage ! reprit l'amiral. Vous vous rappelez
que, dès St-Quentin, je vous avais prévenu qu'il ne fallait
pas compter sur la reconnaissance des grands de ce monde.

— Oh ! mais, dit Gabriel d'un air menaçant, le roi a bien
pu vouloir oublier, alors qu'il m'espérait captif ou mort.
Mais quand je viendrai tantôt lui rappeler mes droits en
face, il faudra bien qu'il se souvienne !

— Et s'il persiste à manquer de mémoire ? demanda monsieur de Coligny.

— Monsieur l'amiral, dit Gabriel, quand on a subi quelque offense, on s'adresse au roi, qui vous fait justice.
Quand le roi lui-même est l'offenseur, on n'a plus besoin de
s'adresser qu'à Dieu, qui vous venge.

— D'ailleurs, reprit l'amiral, j'imagine que, s'il le fallait, vous vous feriez volontiers l'instrument de la vengeance divine?

— Vous l'avez dit, monsieur.

— Eh bien ! reprit Coligny, c'est peut-être ici le lieu et
le moment de vous rappeler une conversation que nous eûmes ensemble sur la religion des opprimés, et où je vous
parlai d'un moyen sûr de punir les rois, tout en servant la
vérité.

— Oh ! j'ai cet entretien présent à la pensée, dit Gabriel ;
la mémoire ne me fait pas défaut, à moi ? J'aurai peut-
être recours à votre moyen, monsieur, sinon contre
Henri II lui-même, du moins contre ses successeurs, puisque ce moyen est bon contre tous les rois.

— Cela étant, reprit l'amiral, pouvez-vous en ce moment me donner une heure ?

— Le roi ne reçoit qu'à midi. Mon temps vous appartient jusque-là.

— Venez donc avec moi là où je vais, dit l'amiral. Vous êtes gentilhomme, et j'ai vu votre caractère à l'épreuve, je ne vous demande donc pas de serment. Promettez-moi simplement de garder un secret inviolable sur les personnes que vous allez voir et les choses que vous allez entendre.

— Je vous promets un silence absolu dit Gabriel.

— Suivez-moi donc, reprit l'amiral, et, si vous essuyez au Louvre quelque injustice, vous aurez du moins d'avance entre les mains votre revanche. Suivez-moi.

Coligny et Gabriel traversèrent le Pont-au-Change et la Cité, et s'engagèrent ensemble dans les ruelles tortueuses qui avoisinaient alors la rue Saint-Jacques.

VII.

UN PHILOSOPHE ET UN SOLDAT.

Coligny s'arrêta, au commencement de la rue Saint-Jacques, devant la porte basse d'une maison de pauvre apparence. Il frappa, un guichet s'ouvrit d'abord, puis la porte, quand un gardien invisible eut reconnu l'amiral.

Gabriel, à la suite de son noble guide, traversa une longue allée noire, et gravit les trois étages d'un escalier vermoulu. Lorsqu'ils furent arrivés presque au grenier, à la porte de la chambre la plus haute et la plus misérable de la maison, Coligny frappa trois coups contre cette porte, non avec la main, mais avec le pied. On ouvrit, et ils entrèrent.

Ils entrèrent dans une chambre assez grande, mais triste et nue. Deux étroites fenêtres, l'une sur la rue Saint-Jacques, l'autre sur une arrière-cour, ne l'éclairaient que d'une lueur sombre. Pour tous meubles, il n'y avait là que quatre escabeaux et une table de chêne aux pieds tors.

A l'entrée de l'amiral, deux hommes qui paraissaient l'attendre vinrent à sa rencontre. Un troisième resta discrètement à l'écart, debout devant la croisée de la rue, et fit seulement de loin un profond salut à Coligny.

— Théodore, et vous, capitaine, dit l'amiral aux deux hommes qui l'avaient reçu, je vous amène et vous présente un ami, ami sinon dans le passé ou le présent, du moins, je le crois, dans l'avenir.

Les deux inconnus s'inclinèrent en silence devant le vicomte d'Exmès. Puis, le plus jeune, celui qui se nommait Théodore, se mit à parler à voix basse à Coligny avec vivacité. Gabriel s'éloigna un peu pour les laisser plus libres, et put alors examiner à son aise ceux à qui l'amiral venait de le présenter et dont il ignorait encore les noms.

Le capitaine avait les traits accentués et l'allure décidée d'un homme de résolution et d'action. Il était grand, brun et nerveux. On n'avait pas besoin d'être un observateur pour lire l'audace sur son front, l'ardeur dans ses yeux, l'énergique volonté aux plis de ses lèvres serrées.

Le compagnon de cet aventurier hautain ressemblait plutôt à un courtisan : c'était un gracieux cavalier, à la figure ronde et gaie, au regard fin, aux gestes élégans et faciles. Son costume, conforme aux lois de la mode la plus récente, contrastait singulièrement avec le vêtement, simple jusqu'à l'austérité, du capitaine.

Pour le troisième personnage, qui était resté debout et séparé du groupe des autres, malgré son attitude réservée sa puissante physionomie attirait d'abord l'attention ; l'ampleur de son front, la netteté et la profondeur de son coup-d'œil indiquaient assez aux moins clairvoyans l'homme de pensée, et, disons-le tout de suite, l'homme de génie.

Cependant Coligny, après avoir échangé quelques paroles avec son ami, se rapprocha de Gabriel.

— Je vous demande pardon, lui dit-il, mais je ne suis pas le seul maître ici, et j'ai dû consulter mes frères avant de vous révéler où vous êtes, et en compagnie de qui vous êtes

— Et maintenant puis-je le savoir ? demanda Gabriel.

— Vous le pouvez, ami.

— Où suis-je donc ?

— Dans la pauvre chambre où le fils du tonnelier de
Noyon, où Jean Calvin, a tenu les premières réunions secrètes des réformés, et d'où il a failli sortir pour marcher
au bûcher de l'Estrapade. Mais il est aujourd'hui triomphant et tout-puissant à Genève ; les rois de ce monde
comptent avec lui, et son seul souvenir suffit à faire res-
plendir les murs humides de ce taudis plus que les ara-
besques d'or du Louvre.

Gabriel en effet, à ce nom déjà grand de Calvin, se découvrit. Bien que l'impétueux jeune homme ne se fût
guère occupé jusque-là de questions de religion ou de
morale, cependant il n'eût pas été de son siècle si la vie
austère et laborieuse, le caractère sublime et terrible, les
doctrines hardies et absolues du législateur de la réforme,
n'eussent préoccupé plus d'une fois son esprit.

Il reprit toutefois avec assez de calme :

— Et quels sont ceux qui m'entourent dans la chambre
vénérée du maître?

— Ses disciples, répondit l'amiral : Théodore de Bèze, sa
plume ; La Renaudie, son épée.

Gabriel salua l'élégant écrivain qui devait être l'historien
des églises réformées, et l'aventureux capitaine qui devait
être le fauteur du Tumulte d'Amboise.

Théodore de Bèze rendit à Gabriel son salut avec la
grâce courtoise qui lui était habituelle, et, prenant à son
tour la parole :

— Monsieur le vicomte d'Exmès, lui dit-il en souriant,
bien que vous ayez été introduit ici avec quelques précautions, ne nous regardez pas, je vous prie, comme de trop
dangereux et ténébreux conspirateurs. Je me hâte de vous
déclarer que, si les principaux de la religion se réunissent
en secret dans cette maison trois fois par semaine, c'est
uniquement pour se communiquer les nouvelles de la réforme, et pour recevoir soit les néophytes qui, partageant
nos principes, demandent à partager nos périls, soit ceux
que, pour leur mérite personnel, nous serions jaloux de
gagner à notre cause. Nous remercions l'amiral de vous
avoir conduit ici, monsieur le vicomte ; car vous êtes certes de ces derniers.

— Et moi, messieurs, je suis des autres, dit en s'avançant d'un air simple et modeste l'inconnu qui était resté
jusque-là à l'écart. Je suis un de ces humbles songeurs que
la lumière de vos idées attire dans leur ombre, et qui voudrait s'en rapprocher.

— Mais vous ne tarderez pas, Ambroise, à compter entre
les plus illustres de nos frères, dit alors La Renaudie. Oui
messieurs, continua-t-il en s'adressant à Cofigny et à de
Bèze, celui que je vous présente, un praticien encore obscur, c'est vrai, encore jeune, comme vous le voyez, sera
pourtant, j'en réponds, une des gloires de la religion, car
il travaille et pense beaucoup ; et, puisqu'il vient de lui-
même à nous, il faut nous réjouir, car nous citerons bientôt
avec orgueil parmi les nôtres le chirurgien Ambroise Paré.

— Oh ! monsieur le capitaine ! se récria Ambroise.

— Par qui maître Ambroise Paré a-t-il été instruit ? demanda Théodore de Bèze.

— Par le ministre Chaudieu, qui m'a fait connaître monsieur de La Renaudie, répondit Ambroise.

— Et avez-vous abjuré déjà solennellement ?

— Pas encore, répondit le chirurgien. Je veux être sincère et ne m'engager qu'en connaissance de cause. Or, je
conserve quelques doutes, je l'avoue ; et, pour que je me
donne sans retour et sans réserve, certains points me sont
trop obscurs encore. C'est pour les éclaircir que j'ai souhaité connaître les chefs des réformés, et que j'irais, s'il le
fallait, à Calvin lui-même ; car la vérité et la liberté sont
mes passions.

— Bien dit ! s'écria l'amiral, et, soyez tranquille, maître,
nul de nous n'aurait garde de vouloir porter atteinte à votre rare et fière indépendance d'esprit.

— Que vous disais-je ? reprit La Renaudie triomphant.
Ne sera-ce pas là pour notre foi une précieuse conquête ?...
J'ai vu Ambroise Paré dans sa *librairie*, je l'ai vu au chevet des malades, je l'ai vu même sur les champs de bataille, et partout, devant les erreurs et les préjugés comme
devant les blessures et les maladies des hommes, il est
ainsi, calme, froid, supérieur, maître des autres et de lui-
même.

Gabriel reprit ici, tout ému de ce qu'il voyait et de ce qu'il entendait :

— Qu'on me permette de dire un mot : je sais maintenant où je suis, et je devine pour quels motifs mon généreux ami, monsieur de Coligny, m'a amené dans cette maison, où se réunissent ceux que le roi Henri II appelle des hérétiques, et considère comme ses mortels ennemis. Mais j'ai certainement plus besoin d'être instruit que maître Ambroise Paré. Comme lui, j'ai beaucoup agi peut-être, mais je n'ai guère réfléchi, hélas ! et il rendrait service à un nouveau venu dans toutes ces idées nouvelles, s'il voulait lui apprendre quelles raisons ou quels intérêts ont acquis au parti de la réforme sa noble intelligence.

— Ce ne sont pas des intérêts, répondit Ambroise Paré ; car, pour réussir dans mon état de chirurgien, mon intérêt serait de m'attacher aux croyances de la cour et des princes. Ce ne sont pas des intérêts, monsieur le vicomte, mais ce sont, comme vous le disiez, des raisons; et, si les éminens personnages devant qui j'élève la voix m'y autorisent, je vous ferai comprendre ces raisons en deux mots.

— Parlez! parlez! dirent à la fois Coligny, La Renaudie et Théodore de Bèze.

— J'abrégerai, reprit Ambroise, mon temps ne m'appartient pas. Sachez d'abord que j'ai voulu dégager l'idée de la réforme de toutes les théories et de toutes les formules. Ces broussailles une fois écartées, voici les principes qui me sont apparus et pour lesquels je me soumettrais assurément à toutes les persécutions...

Gabriel écoutait avec une admiration qu'il ne cherchait pas à cacher, ce confesseur désintéressé de la vérité.

Ambroise Paré poursuivit :

— Les pouvoirs religieux et politiques, l'église et la royauté ont jusqu'ici substitué leur règle et leur loi à la volonté et à la raison de l'individu. Le prêtre dit à chaque homme : crois ceci, et le prince : fais ceci. Or, les choses ont pu durer de cette façon tant que les esprits étaient enfans encore et avaient besoin de s'appuyer sur cette discipline pour marcher dans la vie. Mais, à cette heure, nous nous sentons forts : donc nous le sommes. Et cependant, le prince et le prêtre, l'église et le roi, ne veulent pas se départir de l'autorité qui est devenue pour eux une habitude. C'est contre cet anachronisme d'iniquité que *proteste*, selon moi, la réforme. Que toute âme dorénavant puisse examiner sa croyance et raisonner sa soumission, c'est là, ce me semble, que doit tendre la rénovation à laquelle nous consacrons nos efforts. Est-ce que je me trompe, messieurs ?

— Non, mais vous allez bien loin et bien avant, dit Théodore de Bèze, et cette audace de mêler aux questions morales les choses politiques...

—Ah! c'est justement cette audace-là qui me plaît à moi ! interrompit Gabriel.

— Eh! ce n'est pas de l'audace, mais de la logique ! reprit Ambroise Paré. Pourquoi ce qui est équitable dans l'Église ne le serait-il pas dans l'État ? Ce que vous admettez pour la pensée, comment le repousseriez-vous pour l'action ?

— Il y a bien des révoltes dans les paroles hardies que vous avez prononcées, maître, s'écria Coligny pensif.

— Des révoltes? reprit tranquillement Ambroise. Oh ! moi, je dis tout de suite des révolutions.

Les trois réformés s'entre-regardèrent avec surprise.

Cet homme est plus fort encore que nous ne le supposions, semblait signifier ce regard.

Pour Gabriel, il n'oubliait pas l'éternelle pensée de sa vie, mais il y rapportait ce qu'il venait d'entendre, et il songeait.

Théodore de Bèze dit vivement à l'audacieux chirurgien :

— Il faut absolument que vous soyez des nôtres. Que demandez-vous?

— Rien que la faveur de vous entretenir quelquefois, et de soumettre à vos lumières les quelques difficultés qui m'arrêtent encore.

— Vous aurez plus, dit Théodore de Bèze, vous correspondrez directement avec Calvin.

— Un tel honneur à moi? s'écria Ambroise Paré rougissant de joie.

— Oui, il faut que vous le connaissiez et qu'il vous connaisse, repartit l'amiral. Un disciple comme vous réclame un maître comme lui. Vous remettrez vos lettres à votre ami La Renaudie, et nous nous chargerons de les faire parvenir à Genève. C'est nous aussi qui vous rendrons les réponses. Elles ne se feront pas attendre. Vous avez entendu parler de la prodigieuse activité de Calvin ; vous serez content.

— Ah ! dit Ambroise Paré, vous me récompensez avant que j'aie rien fait. Comment donc ai-je mérité tant de faveur ?

— En étant ce que vous êtes, ami, dit La Renaudie. Je savais bien que vous les séduiriez du premier coup.

— Oh ! merci, merci mille fois ! reprit Ambroise. Mais, continua-t-il, il faut malheureusement que je vous quitte. Il y a tant de souffrances qui m'attendent !

— Allez ! allez ! dit Théodore de Bèze, vos motifs sont trop sacrés pour que nous voulions vous retenir. Allez ! faites le bien comme vous pensez le vrai.

— Mais, en nous quittant, reprit Coligny, répétez-vous bien que vous quittez des amis, et, comme nous le disons de ceux de notre religion, des frères.

Ils prirent ainsi cordialement congé de lui, et Gabriel, en lui serrant la main avec chaleur, s'unit à ce témoignage d'amitié.

Ambroise Paré sortit, la joie et la fierté au cœur.

— Une âme vraiment d'élite ! s'écria Théodore de Bèze.

— Quelle haine du lieu commun ! reprit La Renaudie.

— Et quel dévoûment sans calcul et sans arrière-pensée à la cause de l'humanité? dit Coligny.

— Hélas ! reprit Gabriel, comme à côté de cette abnégation mon égoïsme doit vous paraître mesquin, monsieur l'amiral ! Je ne subordonne pas, moi, comme Ambroise Paré, les faits et les personnes aux idées et aux principes, mais, au contraire, les principes et les idées aux personnes et aux faits. La Réforme, vous ne le savez que trop, ne serait pas pour moi un but, mais un moyen. Dans votre grand combat désintéressé, je combattrais pour mon propre compte. Je le sens, mes motifs sont trop personnels

pour que j'ose défendre une cause si pure, et vous ferez
très bien de me repousser dès à présent de vos rangs
comme indigne.

— Vous vous calomniez certainement monsieur d'Exmès,
dit Théodore de Bèze. Lors même que vous obéiriez à des
vues moins élevées que celles d'Ambroise Paré, les voies
de Dieu sont diverses, et l'on ne trouve pas la vérité dans
un seul chemin.

— Oui, dit La Renaudie, nous obtenons bien rarement
des professions de foi comme celle que vous venez d'entendre, quand nous adressons à ceux que nous voudrions enrôler dans notre parti cette question : Que demandez-
vous?

— Eh bien ! reprit Gabriel avec un sourire triste, Ambroise Paré, à cette question, a répondu : Je demande si
réellement la justice et le bon droit sont de votre côté.
Savez-vous ce que, moi, je demanderais ?

— Non, répondit Théodore de Bèze ; mais, sur tous les
points, nous serions prêts à vous satisfaire.

— Je demanderais, reprit Gabriel : Etes-vous sûrs qu'il
y ait de votre côté suffisamment de puissance matérielle et
de nombre, sinon pour vaincre, au moins pour lutter ?

De nouveau les trois réformés s'entreregardèrent avec
surprise. Mais cette surprise n'avait plus la même signifi-
cation que la première fois.

Gabriel les observait dans un mélancolique silence.
Théodore de Bèze, après une pause, repartit :

— Quel que soit, monsieur d'Exmès, le sentiment qui
vous dicte cette interrogation, je vous ai promis d'avance
de vous répondre sur tous les points, et je tiens ma promesse. Nous n'avons pas seulement pour nous la raison,
mais aussi désormais la force, grâce à Dieu ! Les progrès
de la religion sont rapides et incontestables. Depuis trois
ans une église réformée s'est établie à Paris, et les grandes
villes du royaume, Blois, Tours, Poitiers, Marseille, Rouen,
ont maintenant les leurs. Vous pourrez voir vous-même,
monsieur d'Exmès, le prodigieux concours qu'attirent nos
promenades au Pré-aux-Clercs. Le peuple, la noblesse et
la cour abandonnent les fêtes pour venir chanter avec nous

les psaumes français de Clément Marot. Nous comptons, l'an prochain, constater notre nombre par une procession publique, mais, dès à présent, j'affirmerais que nous avons pour nous le cinquième de la population. Nous pouvons donc nous intituler sans présomption un parti, et inspirer, je crois, à nos amis quelque confiance, et à nos ennemis quelque terreur.

— Cela étant, dit froidement Gabriel, je pourrai bien, moi, être avant peu au nombre des premiers, et vous aider à combattre les seconds.

— Mais si nous avions été plus faibles ?... demanda La Renaudie.

— J'aurais cherché d'autres alliés, je l'avoue, répondit Gabriel avec sa fermeté tranquille.

La Renaudie et Théodore de Bèze laissèrent échapper un geste d'étonnement.

— Ah ! s'écria Coligny, ne le jugez pas, amis, avec trop de promptitude et de sévérité. Je l'ai vu à l'œuvre au siége de Saint-Quentin, et, quand on risque sa vie comme il la risquait, on n'a point une âme vulgaire. Mais je sais qu'il lui faut accomplir un devoir sacré et terrible, qui ne laisse libre aucune part de son dévoûment.

— Et, à défaut de ce dévoûment, je voudrais vous apporter du moins la sincérité, dit Gabriel. Si les événemens me déterminent à être des vôtres, monsieur l'àmiral peut vous attester que je vous offrirai un bras et un cœur solides. Mais la vérité est que je ne puis pas me donner tout entier et sans calcul ; car j'appartiens à une œuvre nécessaire et redoutable que le courroux de Dieu et la méchanceté des hommes m'ont imposée, et, tant que cette œuvre ne sera pas achevée, il faut me pardonner, je ne suis pas le maître de mon sort. La destinée d'un autre réclame, à toute heure, en tout lieu, la mienne.

— On peut se dévouer à un homme aussi bien qu'à une idée, dit Théodore de Bèze.

— Et, dans ce cas, reprit Coligny, nous serons heureux, ami, de vous servir, comme nous serons fiers de nous servir de vous.

— Nos vœux vous accompagneront, et nos volontés vous aideront au besoin, continua La Renaudie.

— Ah ! vous êtes des héros et des saints! s'écria Gabriel.

— Seulement, prends-y garde, jeune homme, reprit l'austère La Renaudie dans son langage familier et grand ; prends-y garde, quand une fois nous t'appellerons notre frère, il faudra rester digne de nous. Nous pouvons admettre dans nos rangs un dévoûment particulier ; mais le cœur se trompe quelquefois lui-même. Es-tu bien sûr, jeune homme, que, lorsque tu te crois uniquement consacré à la pensée d'un autre, aucune pensée personnelle ne se mêle à tes actions? Dans le but que tu poursuis, es-tu absolument et réellement désintéressé ? n'es tu conseillé enfin par aucune passion, cette passion fût-elle la plus généreuse du monde?

— Oui, reprit Théodore de Bèze, nous ne vous demandons pas vos secrets ; mais descendez dans votre cœur, dites-nous que, si vous aviez le droit de nous en révéler tous les sentimens et tous les projets, vous n'éprouveriez d'embarras à aucun moment, et nous vous croirons sur parole.

— S'ils vous parlent ainsi, ami, dit à son tour l'amiral à Gabriel, c'est qu'il faut en effet pour défendre les causes pures des mains pures ; sinon, l'on porterait malheur et à sa cause et à soi-même.

Gabriel écoutait et regardait l'un après l'autre ces trois hommes, sévères pour autrui comme pour eux-mêmes, qui, debout autour de lui, pénétrans et graves, l'interrogeaient à la fois comme des amis et comme des juges.

Gabriel, à leurs paroles, pâlissait et rougissait tour à tour.

Lui-même il interrogeait sa conscience. Homme tout d'extérieur et de mouvement, il s'était trop peu accoutumé sans doute à réfléchir et se reconnaître. En ce moment, il se demandait avec terreur si dans sa piété filiale son amour pour madame de Castro n'avait pas une bien grande part ; s'il ne tenait pas autant à apprendre le secret de la naissance de Diane qu'à délivrer le vieux comte ; si enfin, en cette question de vie et de mort, il apportait autant de désintéressement qu'il en fallait, selon Coligny, pour mériter la faveur de Dieu.

Doute effrayant ! si, par quelque arrière-pensée d'égoïsme, il compromettait vraiment devant le Seigneur le salut de son père !

Il frémissait dans sa pensée inquiète. Une circonstance, en apparence insignifiante, le rappela à sa nature, à l'action.

Onze heures sonnèrent à l'église Saint-Séverin.

Dans une heure, il serait en présence du roi !

Alors, d'une voix assez ferme, Gabriel dit aux réformés :

— Vous êtes des hommes de l'âge d'or, et ceux qui se croyaient le plus irréprochables, quand ils se comparent à votre idéal, se sentent troublés et attristés dans leur estime d'eux-mêmes. Cependant il est impossible que tous ceux de votre parti soient semblables à vous. Que vous, qui êtes la tête et le cœur de la Réforme, vous surveilliez sévèrement vos intentions et vos actes, cela est utile et nécessaire ; mais, si je me donne, chef, à votre cause, ce ne sera pas comme chef, ce sera seulement comme soldat. Or, les souillures de l'âme sont seules indélébiles ; celles de la main peuvent se laver. Je serai votre main, voilà tout. Cette main courageuse et hardie, j'ose le dire, auriez-vous le droit de la refuser ?

— Non, dit Coligny, et nous l'acceptons dès cette heure, ami.

— Et je répondrais, continua Théodore de Bèze, qu'elle se posera aussi pure que vaillante sur la garde de son épée.

— Nous en voudrions pour tout garant, reprit La Renaudie, l'hésitation même qu'ont pu faire naître dans votre cœur scrupuleux nos paroles peut-être trop rudes et trop exigeantes. Nous savons juger les hommes.

— Merci, messieurs, dit Gabriel. Merci de ne pas vouloir altérer la confiance dont j'ai tant besoin dans la dure tâche que je vais remplir. Merci à vous surtout, monsieur l'amiral, qui, selon votre promesse, m'avez fourni d'avance les moyens de faire payer un manque de foi, même à un roi couronné. Il faut maintenant que je vous quitte, messieurs, et je ne vous dis pas adieu, mais au revoir. Bien que je sois de ceux qui obéissent plutôt aux événemens qu'aux abstractions, je crois pourtant que ce que vous avez semé aujourd'hui en moi germera plus tard.

— Nous le souhaitons pour nous, dit Théodore de Bèze.

— Il ne faudrait pas le souhaiter pour moi, reprit Gabriel ; car, je vous l'ai avoué, ce sera le malheur qui me donnera à votre cause. Adieu encore une fois, messieurs, je dois me rendre à cette heure au Louvre.

— Et je vous y accompagne, dit Coligny. J'ai à répéter à Henri II, devant vous, ce que je lui ai déclaré déjà, en votre absence. La mémoire des rois est courte, et il ne faut pas que celui-ci puisse oublier ou nier. Je vais avec vous,

— Je n'aurais pas osé vous demander ce service, monsieur l'amiral, dit Gabriel. Mais j'accepte votre offre avec reconnaissance.

— Partons donc, dit Coligny.

Quand ils eurent quitté la chambre de Calvin, Théodore de Bèze prit ses tablettes et y inscrivit deux noms :

Ambroise Paré,

Gabriel, vicomte d'Exmès.

— Mais, lui dit La Renaudie, il me semble que vous vous hâtez un peu trop en inscrivant ces deux hommes parmi les nôtres. Ils ne se sont nullement engagés.

— Ces deux hommes sont à nous, répondit de Bèze. L'un cherche la vérité, et l'autre fuit l'injustice. Je vous dis qu'ils sont à nous, et je l'écrirai à Calvin.

— La matinée aura été bonne pour la religion alors, reprit La Renaudie.

— Certes ! dit Théodore, nous y aurons conquis un profond philosophe et un valeureux soldat, une tête puissante et un bras fort, un gagneur de batailles et un semeur d'idées. Vous avez raison, La Renaudie : la matinée est bonne, en effet.

VIII.

OU LA GRACE DE MARIE STUART PASSE DANS CE ROMAN AUSSI FUGITIVEMENT QUE DANS L'HISTOIRE DE FRANCE.

Gabriel, en arrivant avec Coligny aux portes du Louvre, fut atterré du premier mot qu'il entendit.

Le roi ne recevait pas ce jour-là.

L'amiral, tout amiral et neveu de Montmorency qu'il était, se trouvait trop fortement entaché du soupçon d'hérésie pour avoir à la cour beaucoup de crédit. Quant au capitaine des gardes, Gabriel d'Exmès, les huissiers du logis royal avaient eu le temps d'oublier sa figure et son nom. Les deux amis eurent de la peine rien qu'à franchir les portes extérieures.

Ce fut bien pis au dedans. Ils perdirent plus d'une heure en pourparlers, séductions, menaces même. A mesure qu'ils avaient réussi à faire lever une hallebarde, un autre venait leur barrer le chemin. Tous ces dragons, plus ou moins invincibles, qui gardent les rois, semblaient se multiplier devant eux.

Mais lorsqu'ils furent arrivés, à force d'instances, dans la grande galerie qui précédait le cabinet de Henri II, il leur fut impossible de passer outre. La consigne était trop sévère. Le roi, enfermé avec le connétable et madame de Poitiers, avait donné les ordres les plus stricts pour qu'on ne le dérangeât sous aucun prétexte.

Il fallait que Gabriel, pour avoir audience, attendît jusqu'au soir.

Attendre, attendre encore, quand on croit enfin toucher au but poursuivi par tant de luttes et de douleurs! Ces quelques heures à traverser paraissaient à Gabriel plus redoutables et plus mortelles que tous les dangers qu'il avait jusque-là bravés et vaincus.

Sans entendre les bonnes paroles par lesquelles l'amiral essayait de le consoler et de lui faire prendre patience, il regardait tristement par la fenêtre la pluie qui commençait à tomber du ciel assombri, et, saisi de colère et d'angoisse, il tourmentait fiévreusement la poignée de son épée.

Comment renverser et dépasser ces gardes stupides qui l'empêchaient de parvenir jusqu'à la chambre du roi, et peut-être jusqu'à la liberté de son père?...

Tout à coup la portière de l'antichambre royale se souleva, et une forme blanche et rayonnante sembla au morne jeune homme illuminer l'atmosphère grise et pluvieuse.

La petite reine-dauphine, Marie Stuart, traversa la galerie.

Gabriel, comme d'instinct, jeta un cri et étendit les bras vers elle.

— Oh! madame! fit-il sans se rendre même compte de son mouvement.

Marie-Stuart se retourna, reconnut l'amiral et Gabriel, et vint tout de suite à eux, souriante comme toujours.

— Vous enfin de retour, monsieur le vicomte d'Exmès! dit-elle. Je suis heureuse de vous revoir; j'ai beaucoup entendu parler de vous dans ces derniers temps. Mais que faites-vous au Louvre à cette heure matinale, et que voulez-vous?

— Parler au roi! parler au roi, madame! répondit Gabriel d'une voix étranglée.

— Monsieur d'Exmès, dit alors l'amiral, a en effet bien besoin de parler sur-le-champ à Sa Majesté. La chose est grave pour lui et pour le roi lui-même, et tous ces gardes lui interdisent le passage, en le remettant à ce soir.

— Comme si je pouvais attendre à ce soir! s'écria Gabriel.

— C'est que, dit Marie Stuart, je crois que Sa Majesté achève en ce moment de donner des ordres importans. Monsieur le connétable de Montmorency est encore avec le roi, et, vraiment, je crains...

Un regard suppliant de Gabriel empêcha Marie d'achever sa phrase.

— Allons, voyons, tant pis ! je me risque, dit-elle.

Elle fit un signe de sa main mignonne. Les gardes s'écartèrent respectueusement. Gabriel et l'amiral purent passer.

— Oh ! merci, madame, dit l'ardent jeune homme. Merci à vous qui, pareille en tout à un ange, m'apparaissez toujours pour me consoler ou pour m'aider dans mes douleurs.

— Voilà le chemin libre, reprit en souriant Marie Stuart. Si Sa Majesté se met trop en colère, ne trahissez l'intervention de l'ange qu'à la dernière extrémité, je vous en prie.

Elle fit à Gabriel et à son compagnon un salut gracieux et disparut.

Gabriel était déjà à la porte du cabinet du roi. Il y avait, dans la dernière antichambre, un dernier huissier qui faisait encore mine de s'opposer à leur passage. Mais, au même instant, la porte s'ouvrait, et Henri II paraissait en personne sur le seuil, achevant de donner quelques instructions au connétable.

La vertu du roi n'était pas la résolution. A la vue subite du vicomte d'Exmès, il recula, et ne sut pas même s'irriter.

La vertu de Gabriel était la fermeté. Il s'inclina d'abord profondément devant le roi.

— Sire, dit-il, daignez agréer l'expression de mon respectueux hommage...

Puis, se tournant vers monsieur de Coligny, qui s'avançait derrière lui, et auquel il voulut éviter l'embarras des remières paroles

—Venez, monsieur l'amiral, lui dit-il, et, d'après la bienveillante promesse que vous m'avez faite, veuillez rappeler à Sa Majesté la part que j'ai pu prendre à la défense de Saint-Quentin.

— Qu'est-ce à dire, monsieur ? s'écria Henri qui commençait à recouvrer son sang-froid. Comment vous introduisez-vous ainsi jusqu'à nous, sans être autorisé, sans être

annoncé ? Comment osez-vous interpeller monsieur l'amiral en notre présence ?...

Gabriel, audacieux dans ces occasions décisives comme
devant l'ennemi, et comprenant bien que ce n'était pas le
moment de s'intimider, reprit d'un ton respectueux, mais
résolu :

— J'ai pensé, Sire, que Votre Majesté était toujours prête
quand il s'agissait de rendre justice, fût-ce au dernier de
ses sujets.

Il avait profité du mouvement en arrière du roi pour entrer hardiment dans le cabinet, où Diane de Poitiers, pâlissante et à demi-soulevée sur son fauteuil de chêne sculpté,
regardait faire et dire le téméraire, sans pouvoir, dans sa
fureur et sa surprise, trouver une seule parole.

Coligny était entré à la suite de son impétueux ami, et
Montmorency, aussi stupéfait qu'eux tous, avait pris le
parti de l'imiter.

Il y eut un moment de silence. Henri II, tourné vers sa
maîtresse, l'interrogeait du regard. Mais, avant qu'il eût
pris ou qu'elle lui eût dicté une résolution, Gabriel, qui
savait bien qu'en cette minute il jouait une partie suprême,
dit de nouveau à Coligny avec un accent suppliant et digne
à la fois :

— Je vous adjure de parler, monsieur l'amiral.

Montmorency fit rapidement à son neveu un signe né-
gatif ; mais le brave Gaspard n'en tint compte.

— Je parlerai en effet, dit-il, car c'est mon devoir et ma
promesse.

— Sire, reprit-il en s'adressant au roi, je vous répète
sommairement en présence de monsieur le vicomte d'Exmès ce que j'ai cru déjà devoir vous dire en détail avant
son retour. C'est à lui, à lui seul que nous devons d'avoir
prolongé la défense de Saint-Quentin au-delà du terme fixé
par Votre Majesté elle-même.

Le connétable fit ici un haut-le-corps significatif. Mais
Coligny, le regardant fixement, n'en reprit pas moins avec
calme :

— Oui, Sire, trois fois et plus, monsieur d'Exmès a sauvé
la ville, et, sans son courage, sans son énergie, la France,

à l'heure qu'il est, ne serait pas sans doute dans la voie de salut où l'on peut désormais espérer qu'elle se maintiendra.

— Allons donc! vous êtes trop modeste ou trop complaisant, notre neveu! s'écria monsieur de Montmorency, hors d'état de contenir plus longtemps l'expression de son impatience.

— Non, monsieur, dit Coligny, je suis juste et véridique, voilà tout. J'ai contribué pour ma part et de toutes mes forces à la défense de la cité qui m'était confiée. Mais le vicomte d'Exmès a ranimé le courage des habitans que, moi, je considérais déjà comme à jamais éteint ; le vicomte d'Exmès a su introduire dans la place un secours que je ne savais pas, moi, si voisin de nous ; le vicomte d'Exmès a déjoué enfin une surprise de l'ennemi que, moi, je n'avais pas prévue. Je ne parle pas de la façon dont il se comportait dans les mêlées : nous faisions tous de notre mieux. Mais ce qu'il a fait seul, je le proclame hautement, dût la part immense de gloire qu'il s'est acquise en cette occasion diminuer d'autant, ou même rendre tout à fait illusoire la mienne.

Et, se tournant vers Gabriel, le brave amiral ajouta :

— Est-ce ainsi qu'il fallait parler, ami! Ai-je rempli à votre gré mes engagemens, et êtes-vous content de moi ?

— Oh! je vous remercie et je vous bénis, monsieur l'amiral, pour tant de loyauté et de vertu, dit Gabriel ému en serrant les mains de Coligny. Je n'attendais pas moins de vous. Mais comptez sur moi, je vous prie, comme sur votre éternel obligé. Oui, de cette heure, votre créancier est devenu votre débiteur, et se souviendra de sa dette, je vous le jure.

Pendant ce temps, le roi, les sourcils froncés et les yeux baissés à terre, frappait impatiemment du pied le parquet et semblait profondément contrarié.

Le connétable s'était peu à peu rapproché de madame de Poitiers et échangeait avec elle quelques paroles à voix basse.

Ils parurent s'être arrêtés à une détermination, car Diane se mit à sourire ; et ce féminin et diabolique sourire fit frémir Gabriel, qui en ce moment portait par hasard ses yeux du côté de la belle duchesse.

Cependant Gabriel trouva la force d'ajouter :

— Je ne vous retiens plus, maintenant, monsieur l'amiral ; vous avez fait pour moi plus que votre devoir, et, si Sa Majesté daigne à présent m'accorder, comme première récompense, la faveur d'une minute d'entretien particulier...

— Plus tard, monsieur, plus tard, je ne dis pas non, reprit vivement Henri II ; mais, pour l'instant, la chose est impossible.

— Impossible ! s'écria douloureusement Gabriel.

— Et pourquoi, impossible, sire ? interrompit paisiblement Diane, à la grande surprise et de Gabriel et du roi lui-même.

— Quoi ! madame, balbutia Henri, vous pensez ?...

— Je pense, sire, que ce qu'il y a de plus pressé pour un roi, c'est de rendre à chacun de ses sujets ce qui lui est dû. Or, votre dette envers monsieur le vicomte d'Exmès est des plus légitimes et des plus sacrées, ce me semble.

— Sans doute, sans doute, dit Henri, qui cherchait à lire dans les yeux de sa maîtresse, et je veux...

— Entendre monsieur d'Exmès sur-le-champ, reprit Diane; c'est bien, sire, c'est justice.

— Mais Sa Majesté sait, dit Gabriel de plus en plus stupéfait, que j'ai besoin de lui parler seul ?

— Monsieur de Montmorency se retirait comme vous entriez, monsieur, reprit madame de Poitiers. Quant à monsieur l'amiral, vous avez pris vous-même la peine de lui dire que vous ne le reteniez plus. Pour moi, qui ai été témoin de l'engagement contracté par le roi envers vous, et qui saurais même, s'il le fallait, en rappeler à Sa Majesté les termes précis, vous me permettrez de demeurer peut-être ?

— Assurément, madame, je vous le demande, murmura Gabriel.

— Nous prenons congé, mon neveu et moi, de Sa Majesté et de vous, madame, dit Montmorency.

Il fit à Diane, en s'inclinant devant elle, un signe d'encouragement dont elle ne paraissait pourtant pas avoir besoin.

De son côté, Coligny osa serrer la main de Gabriel ; puis il sortit sur les pas de son oncle.

Le roi et la favorite restèrent seuls avec Gabriel, tout épouvanté de l'imprévue et mystérieuse protection que lui accordait la mère de Diane de Castro.

IX.

L'AUTRE DIANE.

Malgré sa rude puissance sur lui-même, Gabriel ne put empêcher la pâleur de couvrir son visage et l'émotion de briser sa voix, quand, après une pause, il dit au roi :

— Sire, c'est en tremblant, et pourtant avec une confiance profonde en votre royale promesse, que j'ose, échappé d'hier seulement de la captivité, rappeler à Votre Majesté l'engagement solennel qu'elle a daigné prendre envers moi. Le comte de Montgommery vit encore, sire ! sans quoi, vous auriez arrêté depuis longtemps déjà mes paroles...

Il s'arrêta la poitrine oppressée. Le roi resta immobile et muet. Gabriel reprit :

— Eh bien ! sire, puisque le comte de Montgommery est vivant encore, et que, d'après l'attestation de monsieur l'amiral, j'ai prolongé au delà du terme fixé la résistance de Saint-Quentin, sire, j'ai dépassé ma promesse, tenez la vôtre ; sire, rendez-moi mon père !

— Monsieur !... dit Henri II hésitant.

— Il regardait Diane de Poitiers, dont le calme et l'assurance ne paraissaient pas se troubler.

Le pas était cependant difficile. Henri s'était habitué à

regarder Gabriel comme mort ou prisonnier, et n'avait pas prévu la réponse à sa terrible demande.

Devant cette hésitation, Gabriel sentait l'angoisse lui serrer le cœur.

— Sire, reprit-il avec une sorte de désespoir, il est impossible que Votre Majesté ait oublié ! Votre Majesté certainement se rappelle ce solennel entretien ; elle se rappelle quel engagement j'ai pris au nom du prisonnier, mais quel engagement elle a pris aussi envers moi.

Le roi fut, malgré lui, saisi de la douleur et de l'effroi du noble jeune homme ; ses instincts généreux s'éveillèrent en lui.

— Je me souviens de tout, dit-il à Gabriel.

— Ah ! sire, merci ! s'écria Gabriel dont le regard brilla de joie.

Mais madame de Poitiers reprit en ce moment avec tranquillité :

— Sans doute, le roi se souvient de tout, monsieur d'Exmès ; mais c'est vous qui me paraissez avoir oublié.

La foudre tombant à ses pieds au milieu d'une belle journée de juin n'eût pas davantage épouvanté Gabriel.

— Comment ! murmura-t-il, qu'ai-je donc oublié, madame ?

— La moitié de votre tâche, monsieur, répondit Diane. Vous avez dit en effet à Sa Majesté, et si ce ne sont pas vos propres paroles, c'en est du moins le sens ; vous avez dit : Sire, pour racheter la liberté du comte de Montgommery, j'arrêterai l'ennemi dans sa marche triomphale vers le centre de la France.

— Eh bien ! ne l'ai-je pas fait, madame ? demanda Gabriel éperdu.

— Oui, répondit Diane. Mais vous avez ajouté : *Et même, s'il le fallait, d'attaqué devenant agresseur, je m'emparerais d'une des places dont l'ennemi est le maître.* Voilà ce que vous avez dit, monsieur. Or, vous n'avez fait, ce me semble, que la moitié de ce que vous aviez dit. Que pouvez-vous répondre à cela ? Vous avez maintenu Saint-Quentin durant un certain nombre de jours, c'est fort bien, et je ne le nie pas. Voilà la ville défendue, mais la ville prise, où est-elle ?

— Oh ! mon Dieu ! mon Dieu ! put seulement dire Gabriel anéanti.

— Vous voyez, reprit Diane avec le même sang-froid, que ma mémoire est encore meilleure et plus présente que la vôtre. Pourtant, j'espère que maintenant, à votre tour, vous vous souvenez ?

— Oui, c'est vrai, je me souviens maintenant ! s'écria amèrement Gabriel. Mais, en disant cela, je voulais dire seulement qu'au besoin je ferais l'impossible ; car prendre en ce moment une ville aux Espagnols ou aux Anglais, est-ce possible ? je vous le demande, sire ? Votre Majesté, en me laissant partir, a tacitement accepté la première de mes offres, sans me laisser croire qu'après cet effort héroïque, après cette longue captivité, j'aurais encore à exécuter la seconde. Sire ! c'est à vous, à vous que je m'adresse, une ville pour la liberté d'un homme, n'est-ce donc pas assez ? ne vous contenterez-vous pas d'une rançon pareille ? et faudra-t-il que, sur une parole en l'air échappée à mon exaltation, on m'impose à moi, pauvre Hercule humain, une autre tâche cent fois plus rude que la première, et même, cela se comprend, sire, irréalisable.

Le roi fit un mouvement pour parler ; mais la grande sénéchale se hâta de le prévenir.

— Est-il donc plus facile et plus réalisable, dit-elle, y a-t-il donc moins de dangers et de folie, malgré vos promesses, à rendre à la liberté un redoutable captif, un criminel de lèze-majesté ? Pour obtenir l'impossible, vous avez offert l'impossible, monsieur d'Exmès ; mais il n'est pas juste que vous exigiez l'accomplissement de la parole du roi, quand vous n'avez pas tenu jusqu'au bout la vôtre. Les devoirs d'un souverain ne sont pas moins graves que ceux d'un fils ; d'immenses et surhumains services rendus à l'État pourraient seuls excuser l'extrémité qui ferait imposer silence par Sa Majesté aux lois de l'État. Vous avez à sauver votre père, soit ; mais le roi a la France à garder.

Et, d'un regard expressif commentant ses paroles, Diane rappelait deux fois à Henri quels risques il y avait à laisser sortir de la tombe le vieux comte de Montgommery et son secret.

Aussi, lorsque Gabriel, tentant un dernier effort, s'écria en étendant les mains vers le roi :

— Sire, c'est à vous, c'est à votre équité, c'est à votre clémence même que j'en appelle ! Sire, plus tard, avec l'aide du temps et des circonstances, je m'engage encore à rendre à la patrie cette ville, ou à mourir à la tâche. Mais en attendant, sire, faites, de grâce, que je voie mon père !

Henri, conseillé par le regard fixe et par toute l'attitude de Diane, répondit en affermissant sa voix :

— Tenez votre promesse jusqu'au bout, monsieur, et je jure Dieu qu'alors, mais alors seulement, je remplirai la mienne. Ma parole ne vaut qu'autant que la vôtre.

— C'est votre dernier mot, sire, dit Gabriel.

— C'est mon dernier mot.

Gabriel courba un moment la tête, écrasé, vaincu et tout frémissant de cette terrible défaite.

En une minute il remua un monde de pensées.

Il se vengerait de ce roi ingrat et de cette femme perfide; il se jetterait dans les rangs des réformés ! il remplirait la destinée des Montgommery ! il frapperait mortellement Henri, comme Henri avait frappé le vieux comte ! il ferait renvoyer Diane de Poitiers honteuse et sans honneurs ! Ce serait là désormais le but unique de sa volonté et de sa vie, et ce but, quelque éloigné et invraisemblable qu'il parût pour un simple gentilhomme, il saurait l'atteindre à la fin !

Mais quoi ! son père, pendant ce temps, serait mort vingt fois ! Le venger était bien, le sauver était mieux. Dans sa position, prendre une ville n'était pas plus difficile peut-être que de punir un roi. Seulement, ce but-là était saint et glorieux, et l'autre criminel et impie !

Avec l'un il perdait Diane de Castro à jamais; avec l'autre, qui sait s'il ne la gagnerait pas !

Tous les événemens qui s'étaient accomplis depuis la prise de Saint-Quentin passèrent devant les yeux de Gabriel comme un éclair.

En dix fois moins de temps que nous n'en mettons à écrire tout ceci, l'âme vaillante et toujours prête du jeune homme s'était relevée. Il avait arrêté une résolution, conçu un plan, entrevu une issue.

Le roi et sa maîtresse le virent avec étonnement, et presque avec effroi, redresser son front pâle, mais calme.

— Soit! dit-il seulement.

— Vous vous résignez? reprit Henri.

— Je me décide, répondit Gabriel.

— Comment? expliquez-vous! dit le roi.

— Écoutez-moi, sire. L'entreprise par laquelle je tenterais de vous rendre une ville pour celle que les Espagnol, vous ont occupée, vous paraîtrait désespérée, impossible, insensée, n'est-ce pas? Soyez de bonne foi, sire, et vous aussi, madame, c'est ainsi qu'au fond vous la jugiez?

— C'est vrai, répondit Henri.

— Je le crains, ajouta Diane.

— Selon toutes les probabilités, poursuivit Gabriel, cette tentative me coûterait la vie, sans produire d'autres résultats que de me faire passer pour un fou ridicule.

— Ce n'est pas moi qui vous l'ai proposée, dit le roi.

— Et il sera sage sans doute d'y renoncer, reprit Diane.

— Je vous ai dit pourtant que j'y étais déterminé, dit Gabriel.

Henri et Diane ne purent retenir un mouvement d'admiration.

— Oh! prenez garde! s'écria le roi.

— A quoi! à ma vie? reprit en riant tout haut Gabriel, il y a longtemps que j'en ai fait le sacrifice. Seulement, sire, pas de malentendu et de faux-fuyant cette fois. Les termes du marché que nous concluons ensemble devant Dieu sont clairs et nets à présent. Moi, Gabriel, vicomte d'Exmès, vicomte de Montgommery, je ferai de telle sorte que, par moi, une ville, actuellement au pouvoir des Espagnols ou des Anglais, tombera au vôtre. Cette ville ne sera pas une bicoque ou une bourgade, mais une place forte aussi importante que vous puissiez la souhaiter. Pas d'ambiguïté là-dedans, je pense!

— Non vraiment, dit le roi troublé.

— Mais aussi, reprit Gabriel, vous, de votre côté, Henri II, roi de France, vous vous engagez à ouvrir, à ma première réquisition, le cachot de mon père, et à me rendre le comte de Montgommery. Vous vous y engagez? c'est dit?

Le roi vit le sourire d'incrédulité de Diane et dit :

— Je m'y engage.

— Merci, Votre Majesté! Mais ce n'est pas tout: vous pouvez bien accorder une garantie de plus à ce pauvre insensé qui se jette les yeux ouverts dans l'abîme. Il faut être indulgent pour ceux qui vont mourir. Je ne vous demande pas d'écrit signé qui puisse vous compromettre, vous me refuseriez sans doute. Mais voici là une Bible. Sire, posez dessus votre main royale et jurez ce serment : « En échange d'une ville de premier ordre que je devrai au seul Gabriel de Montgommery, je m'engage sur les saints livres à rendre au vicomte d'Exmès la liberté de son père, et déclare d'avance, si je viole ce serment, ledit vicomte dégagé envers moi et les miens de toute fidélité; dis que tout ce qu'il fera pour punir le parjure sera bien fait, et l'absous devant les hommes et devant Dieu, fût-ce d'un crime sur ma personne. » Jurez ce serment-là, sire.

— De quel droit me le demandez-vous? reprit Henri.

— Je vous l'ai dit, sire, du droit de celui qui va mourir.

Le roi hésitait encore. Mais la duchesse, avec son dédaigneux sourire, lui faisait signe qu'il pouvait bien s'engager sans crainte.

En effet, elle pensait que, pour le coup, Gabriel avait tout à fait perdu la raison, et haussait les épaules de pitié.

— Allons! je consens, dit Henri avec un entraînement fatal.

Et il répéta, la main sur l'Evangile, la formule de serment que lui dicta Gabriel.

— Au moins, dit le jeune homme quand le roi eut fini, cela suffirait pour m'épargner tout remords. Le témoin de notre nouveau marché, ce n'est plus seulement madame, c'est Dieu. Maintenant, je n'ai plus de temps à perdre. Adieu, sire. Dans deux mois d'ici je serai mort, ou j'embrasserai mon père.

Il s'inclina devant le roi et la duchesse, et sortit précipitamment.

Henri, malgré lui, resta un moment sérieux et pensif, mais Diane éctata de rire.

— Allons! vous ne riez pas, sire! dit-elle. Vous voyez bien que ce fou est perdu, et que son père mourra en prison. Vous pouvez rire, allez! sire.

— Ainsi fais-je, dit le roi en riant.

X.

UNE GRANDE IDÉE POUR UN GRAND HOMME.

Le duc de Guise, depuis qu'il portait le titre de lieutenant général du royaume, occupait un logement dans le Louvre même. C'était maintenant dans le château des rois de France que dormait, ou plutôt que veillait, chaque nuit, l'ambitieux chef de la maison de Lorraine.

Quels rêves rêvait-il tout éveillé sous ces lambris peuplés de Chimères! N'avaient-ils pas fait bien du chemin, ses songes, depuis le jour où il confiait à Gabriel sous sa tent de Civitella ses projets sur le trône de Naples? s'en contenterait-il à présent? l'hôte de la maison royale ne se disait-il pas dès-lors qu'il en pourrait bien devenir le maître? ne sentait-il pas déjà vaguement autour de ses tempes le contact d'une couronne? ne regardait-il pas avec un sourire de complaisance sa bonne épée, qui, plus sûre que la baguette d'un magicien, pouvait transformer son espérance en réalité?

Il est permis de supposer que, même à cette époque, François de Lorraine nourrissait de telles pensées. Voyez! le roi lui-même, en l'appelant à son secours dans sa détresse, n'autorisait-il point ses ambitions les plus audacieuses? Lui confier le salut de la France dans cette passe désespérée, c'était le reconnaître le premier capitaine du temps! François I⁰ⁿ n'eût pas agi avec cette modestie! il eût saisi son épée de Marignan. Mais Henri II, quoique personnellement fort brave, manquait de la volonté qui commande et de la force qui exécute.

Le duc de Guise se disait tout cela, mais il se disait aussi qu'il ne suffisait pas de se justifier à soi-même ces espoirs téméraires, il fallait les justifier aux yeux de la France ; il fallait. par des services éclatans, par des succès signalés, acheter ses droits et conquérir sa destinée.

L'heureux général, qui avait eu la chance d'arrêter à Metz la seconde invasion du grand empereur Charles-Quint, sentait bien pourtant qu'il n'avait pas encore assez fait pour tout oser. Quand bien même, à cette heure, il repousserait de nouveau jusqu'à la frontière les Espagnols et les Anglais, ce n'était pas assez non plus. Pour que la France se donnât ou se laissât prendre, il ne fallait pas seulement réparer ses défaites, il fallait lui remporter des victoires.

Telles étaient les réflexions qui occupaient d'ordinaire le grand esprit du duc de Guise, depuis son retour d'Italie.

Il se les répétait ce jour même où Gabriel de Montgommery concluait avec Henri II son nouveau pacte insensé et sublime.

Seul dans sa chambre, François de Guise, debout à la fenêtre, regardait sans voir dans la cour, et tambourinait machinalement des doigts contre la vitre.

Un de ses gens gratta à la porte avec discrétion, et, entrant sur la permission du duc, lui annonça le vicomte d'Exmès.

— Le vicomte d'Exmès ! dit le duc de Guise qui avait la mémoire de César, et qui d'ailleurs avait de bonnes raisons pour se rappeler Gabriel. Le vicomte d'Exmès ! mon jeune compagnon d'armes de Metz, de Renty et de Valenza ! Faites entrer, Thibault, faites entrer sur-le-champ.

Le valet s'inclina et sortit pour introduire Gabriel.

Notre héros (nous avons bien le droit de lui donner ce nom), notre héros n'avait pas hésité. Avec cet instinct qui illumine l'âme aux heures de crise, et qui, s'il éclaire tout le cours ordinaire de l'existence, s'appelle le génie, Gabriel, en quittant le roi, comme s'il eût pressenti les se-

crètes pensées que caressait dans le moment même le duc
de Guise, s'était rendu tout droit au logement du lieutenant général du royaume.

C'était peut-être le seul homme vivant qui dût le comprendre et qui pût l'aider.

Gabriel, d'ailleurs, eut lieu d'être touché de l'accueil que
lui fit son ancien général.

Le duc de Guise vint au-devant de lui jusqu'à la porte,
et le serra dans ses bras.

— Ah! c'est vous enfin, mon vaillant! lui dit-il avec
effusion. D'où arrivez-vous? qu'êtes-vous devenu depuis
Saint Quentin? Que j'ai souvent pensé à vous et parlé de
vous, Gabriel!

— Vraiment, monseigneur, j'aurais gardé dans votre
souvenir quelque place?

— Pardieu! il le demande! s'écria le duc. Aussi bien
n'avez-vous pas des façons à vous de vous rappeler aux
gens? Coligny, qui vaut mieux à lui tout seul que tous les
Montmorency ensemble, m'a raconté (quoiqu'à mots couverts, je ne sais pourquoi) une partie de vos exploits là-
bas, à Saint-Quentin; et encore il m'en taisait, à ce qu'il
disait, la meilleure moitié.

— J'en ai trop peu fait, pourtant! dit en souriant tristement Gabriel.

— Ambitieux, reprit le duc.

— Bien ambitieux, en effet! dit Gabriel en secouant la
tête avec mélancolie.

— Mais, Dieu merci! reprit le duc de Guise, vous voilà
de retour? nous voilà réunis, ami! et vous savez les projets que nous faisions ensemble en Italie! Ah! mon pauvre Gabriel, c'est maintenant que la France a plus que jamais besoin de votre bravoure. A quelles tristes extrémités
ils ont réduit la patrie!

— Tout ce que je suis et tout ce que je puis, dit Gabriel,
est consacré à son soutien et je n'attends que votre signal,
monseigneur.

— Merci, ami, répondit le duc, j'userai de l'offre, soyez-
en certain, et mon signal ne se fera pas attendre.

— Ce sera donc à moi à vous remercier, monseigneur !
s'écria Gabriel.

— A vrai dire pourtant, reprit le duc de Guise, plus je
regarde autour de moi, plus je trouve la situation embar-
rassante et grave. J'ai dû courir d'abord au plus pressé,
organiser autour de Paris la résistance, présenter une li-
gne formidable de défense à l'ennemi, arrêter ses progrès
enfin. Mais ce n'est rien, cela. Il a Saint-Quentin ! il a le
nord ! je dois, je veux agir. Mais comment ?...

Il s'arrêta, comme pour consulter Gabriel. Il connaissait
la haute portée de l'esprit du jeune homme, et s'était en
plus d'une occasion trouvé bien de ses avis ; mais, cette
fois, le vicomte d'Exmès se tut, observant lui-même le duc
et le laissant venir, pour ainsi dire.

François de Lorraine reprit donc :

— N'accusez point ma lenteur, ami. Je ne suis point,
vous le savez, de ceux qui hésitent, mais je suis de ceux
qui réfléchissent. Vous ne m'en blâmerez pas, car vous
êtes un peu comme moi, à la fois résolu et prudent. Et
même, ajouta le duc, la pensée de votre jeune front me
semble encore plus austère que par le passé. Je n'ose vous
interroger sur vous-même. Vous aviez, je m'en souviens,
à vous acquitter de graves devoirs et à découvrir de dangereux ennemis. Auriez-vous à déplorer d'autres malheurs
que ceux de la patrie ? J'en ai peur ; car je vous ai quitté
sérieux et je vous retrouve triste.

— Ne parlons pas de moi, monseigneur, je vous prie,
dit Gabriel. Parlons de la France, ce sera encore parler de
moi.

— Soit ! reprit le duc de Guise. Je veux donc vous dire
à cœur ouvert ma pensée et mon souci. Il me semble que
ce qui serait actuellement nécessaire, ce serait de relever
par quelque coup d'éclat le moral de nos gens et notre
vieille réputation de gloire, ce serait de mettre la défense
dans l'attaque, ce serait enfin de ne pas se borner à remédier à nos revers, mais de les compenser par un succès.

— Cet avis, c'est le mien, monseigneur ! s'écria vivement Gabriel, surpris et ravi d'une coïncidence si favorable à ses propres desseins.

— C'est votre avis, n'est-ce pas ? reprit le duc de Guise, et vous avez songé plus d'une fois sans doute aux dangers de notre France et aux moyens de l'en retirer ?

— J'y ai songé souvent en effet, dit Gabriel.

— Eh bien ! reprit François de Lorraine, êtes-vous, ami, plus avancé que moi ? Avez-vous envisagé la difficulté sérieuse ? Ce coup d'éclat, que vous jugez comme moi nécessaire, où, quand et comment le tenter ?

— Monseigneur, je crois le savoir.

— Se peut-il ? s'écria le duc. Oh ! parlez, parlez, mon ami !

— Mon Dieu ! j'ai peut-être déjà parlé trop vite, dit Gabriel. La proposition que j'ai à vous faire est de celles qui auraient besoin sans doute de longues préparations. Vous êtes très grand, monseigneur ; mais, c'est égal ! la chose que j'ai à vous dire pourra bien encore vous paraître à vous-même démesurée.

— Je ne suis guère sujet au vertige, dit le duc de Guise en souriant.

— N'importe, monseigneur, reprit le vicomte d'Exmès. Au premier aspect, mon projet, je le crains et je vous en préviens, va vous paraître étrange, insensé, irréalisable même ! Il n'est cependant que difficile et périlleux.

— Mais c'est un attrait de plus, cela ! dit François de Lorraine.

— Ainsi, continua Gabriel, il est convenu, monseigneur, que vous ne vous en effraierez pas d'abord. Il y aura, je le répète, de grands risques à courir. Mais les moyens de réussite sont en mon pouvoir, et quand je vous les aurai développés, vous en conviendrez vous-même.

— S'il en est ainsi, parlez donc, Gabriel, dit le duc. Mais, ajouta-t-il avec impatience, qui vient nous interrompre encore ? Est-ce vous qui frappez, Thibault ?

— Oui, monseigneur, dit le valet survenant. Monseigneur m'avait ordonné de l'avertir quand il serait l'heure du conseil, et voilà deux heures qui sonnent, monsieur de Saint-Remy et ces messieurs vont venir dans l'instant prendre monseigneur.

— C'est vrai, c'est vrai, reprit le duc de Guise, il y a

conseil tout à l'heure, et conseil important. Il est indispensable que j'y assiste. C'est bien, Thibault, laissez-nous.
Vous introduirez ces messieurs quand ils arriveront. Vous
voyez, Gabriel, que mon devoir va m'appeler près du roi.
Mais, en attendant que vous puissiez ce soir me dévelop-
per à loisir votre dessein, qui doit être grand puisqu'il est
de vous, satisfaites brièvement, je vous en supplie, ma curiosité et mon impatience. En deux mots, Gabriel, que
prétendriez-vous faire ?

— En deux mots, monseigneur, *prendre Calais*, dit
tranquillement Gabriel.

— Prendre Calais ! s'écria le duc de Guise en reculant
de surprise.

— Vous oubliez, monseigneur, reprit Gabriel avec le
même sang-froid, que vous aviez promis de ne pas vous
effrayer de la première impression.

— Oh ! mais y avez-vous bien songé aussi ? dit le duc.
Prendre Calais défendu par une garnison formidable, par
des remparts imprenables, par la mer ! Calais au pouvoir
de l'Angleterre depuis plus de deux siècles ! Calais gardé
comme on garde la clef de la France quand on la tient :
j'aime ce qui est audacieux. Mais ceci ne serait-il pas téméraire ?

— Oui, monseigneur, répondit Gabriel. Mais c'est justement parce que l'entreprise est téméraire, c'est parce
qu'on ne peut même en concevoir la pensée ou le soupçon, qu'elle a des chances meilleures de réussite.

— C'est possible, au fait, dit le duc rêvant.

— Quand vous m'aurez entendu, monseigneur, vous
direz : C'est certain ! La conduite à tenir est marquée
d'avance : garder le plus absolu secret, donner le change
à l'ennemi par quelque fausse manœuvre, et arriver devant la ville à l'improviste. En quinze jours, Calais sera à
nous.

— Mais, reprit vivement le duc de Guise, ces indications
générales ne suffisent pas. Votre plan, Gabriel, vous avez
un plan ?

— Oui, monseigneur, il est simple et sûr...

Gabriel n'eut pas le temps d'achever. En ce moment, la

porte s'ouvrit, et le comte de Saint-Remy entra, suivi de nombre de seigneurs attachés à la fortune des Guise.

— Sa Majesté attend au conseil monseigneur le lieutenant général du royaume, dit Saint-Remy.

— Je suis à vous, messieurs, reprit le duc de Guise en saluant les arrivans.

Puis, revenant rapidement à Gabriel, il lui dit à voix basse :

— Il faut, vous le voyez, que je vous quitte, ami. Mais l'idée inouïe et magnifique que vous venez de jeter dans mon esprit ne me quittera pas de la journée, je vous en réponds ! Si vraiment vous croyez un tel prodige exécutable, je me sens digne de vous comprendre. Pouvez-vous revenir ici ce soir à huit heures ? nous aurons à nous toute la nuit, et nous ne serons plus interrompus.

— A huit heures, je serai exact, dit Gabriel, et j'emploierai bien mon temps d'ici là.

— Je ferai observer à monseigneur, dit le comte de Saint-Remy, qu'il est maintenant plus de deux heures.

— Me voici ! me voici ! répondit le duc.

Il fit quelques pas pour sortir, puis se retourna vers Gabriel, le regarda, et, se rapprochant encore de lui, comme pour s'assurer de nouveau qu'il avait bien entendu :

— Prendre Calais ? répéta-t-il tout bas avec une sorte d'interrogation.

Et Gabriel, inclinant affirmativement la tête, de répondre avec son sourire doux et calme :

— Prendre Calais.

Le duc de Guise sortit, et le vicomte d'Exmès quitta derrière lui le Louvre.

XI.

DIVERS PROFILS DE GENS D'ÉPÉE.

Aloyse guettait avec angoisse le retour de Gabriel à la fenêtre basse de l'hôtel. Quand elle l'aperçut enfin, elle leva au ciel ses yeux pleins de larmes, larmes de bonheur et de gratitude, cette fois.

Puis elle courut elle-même ouvrir la porte à son maître bien-aimé.

— Dieu soit béni ! je vous revois, monseigneur, s'écria-t-elle. Vous sortez du Louvre ? vous avez vu le roi ?

— Je l'ai vu, répondit Gabriel.

— Eh bien ?

— Eh bien ! ma bonne nourrice, il faut encore attendre.

— Attendre encore ! répéta Aloyse en joignant les mains. Sainte Vierge ! c'est pourtant bien triste et bien difficile d'attendre.

— Ce serait impossible, dit Gabriel, si, en attendant, je n'agissais pas. Mais j'agirai, Dieu merci ! je pourrai me distraire de la route en regardant le but.

Il entra dans la salle et jeta son manteau sur le dossier d'un fauteuil.

Il n'apercevait pas Martin-Guerre assis dans un coin et plongé dans des réflexions profondes.

— Eh bien, Martin, eh bien, paresseux ! cria dame Aloyse à l'écuyer, vous ne venez seulement pas aider monseigneur à se débarrasser de son manteau ?

— Oh ! pardon ! pardon ! fit Martin en s'éveillant de sa rêverie et en se levant précipitamment.

— C'est bon, Martin, ne te dérange pas, dit Gabriel. Aloyse, je ne veux pas que tu tourmentes mon pauvre Martin ; son zèle et son dévouement me sont en ce moment plus que jamais nécessaires, et j'ai à m'entendre avec lui de choses graves.

Tout désir du vicomte d'Exmès était sacré pour Aloyse. Elle favorisa l'écuyer rentré en grâce de son plus aimable sourire, et sortit discrètement, pour laisser Gabriel plus libre de l'entretenir.

— Çà, Martin, dit celui-ci quand ils furent seuls, que faisais-tu donc là, de fait ? et sur quel sujet méditais-tu si gravement ?

— Monseigneur, répondit Martin-Guerre, je me creusais, s'il vous plaît, la cervelle pour deviner un peu l'énigme de l'homme de ce matin.

— Eh bien! l'as-tu trouvée ? reprit Gabriel en souriant.

— Très peu, hélas! monseigneur. S'il faut vous l'avouer, j'ai beau m'écarquiller les yeux, je ne vois absolument que la nuit noire.

— Mais je t'ai annoncé, moi, Martin, que je croyais voir autre chose.

— En effet, monseigneur, mais quoi ? c'est ce que je me tue à chercher.

— Le moment n'est pas venu de te le dire, reprit Gabriel. Écoute : tu m'es dévoué, Martin ?

— Est-ce une question que fait monseigneur ?

— Non, Martin, c'est ton éloge. J'invoque ce dévouement dont je parle. Il faut, pour un temps, t'oublier toi-même, oublier l'ombre qu'il y a sur ta vie et que nous dissiperons plus tard, je te le promets. Mais à présent, j'ai besoin de toi, Martin.

— Ah! tant mieux! tant mieux! tant mieux! s'écria Martin-Guerre.

— Mais entendons-nous bien, reprit Gabriel. J'ai besoin de toi tout entier, de toute ta vie, de tout ton courage. veux-tu te fier à moi, ajourner tes inquiétudes personnelles et te donner à ma seule fortune ?

— Si je le veux! s'écria Martin. Mais, monseigneur, c'est mon devoir, et qui plus est, mon plaisir. Par saint Martin! je n'ai été que trop longtemps séparé de vous! je veux réparer les jours perdus, grêle et tempête! Quand il y aurait des légions de Martin-Guerre à mes trousses, o yez tranquille, monseigneur, je m'en moquerai entièrement. Dès que vous serez là, devant moi, je ne verrai que vous au monde.

— Brave cœur ! dit Gabriel. Réfléchis pourtant, Martin, que l'entreprise où je te demande de t'engager est pleine de dangers et d'abîmes.

— Baste ! on saute par dessus ! dit Martin en faisant claquer ses doigts avec insouciance.

— Nous jouerons cent fois nos existences, Martin.

— Tant vaut l'enjeu, tant vaut la partie, monseigneur !

— Mais cette partie terrible, une fois qu'elle sera engagée, ami, il ne nous sera plus permis de la quitter.

— On est beau joueur ou on ne l'est pas, reprit fièrement l'écuyer.

— N'importe ! dit Gabriel, malgré toute ta résolution, tu ne prévois pas les chances redoutables et étranges que comporte la lutte surhumaine dans laquelle je vais te conduire ; et tant d'efforts resteront peut-être, songes-y bien, sans récompense ! Martin, pense à ceci : le plan qu'il me faut accomplir, quand je l'envisage, il me fait peur à moi-même.

— Bon ! les périls et moi nous nous connaissons, dit Martin d'un air capable, et quand on a eu l'honneur d'être pendu...

— Martin, reprit Gabriel, il faudra braver les élémens, se réjouir de la tempête, rire de l'impossible !...

— Nous rirons ! dit Martin-Guerre. A vous parler franchement, monseigneur, depuis mon gibet, les jours que je vis me paraissent des jours de grâce, et je ne vais pas chicaner le bon Dieu sur la portion de surplus qu'il veut bien m'octroyer. Ce que le marchand vous accorde par-dessus le marché, il ne faut pas le compter ; sans quoi, l'on est un ingrat ou un sot.

— C'est dit alors, Martin ! reprit le vicomte d'Exmès, tu partages mon sort et tu me suivras.

— Jusqu'en enfer, monseigneur ! pourvu toutefois que ce soit pour narguer Satan, car on est bon catholique.

— Ne crains rien là-dessus, dit Gabriel. Tu compromet-

tras peut-être avec moi ton salut en ce monde, mais non
pas dans l'autre.

— C'est tout ce qu'il me faut, reprit Martin. Mais est-ce
que monseigneur n'avait pas à me demander autre chose
que ma vie?

— Si vraiment, dit Gabriel en souriant de la naïveté héroïque de cette question; si vraiment, Martin-Guerre, il
faut encore que tu me rendes un service.

— De quoi s'agit-il, monseigneur?

— Te ferais-tu bon, reprit Gabriel, de me chercher et de
me trouver le plus promptement possible, aujourd'hui
même s'il se pouvait, une douzaine de compagnons de ta
trempe, braves, forts, hardis, qui ne redoutent ni le fer ni
le feu, qui sachent supporter la faim et la soif, le chaud et
le froid, qui obéissent comme des anges et se battent
comme des démons? Cela se peut-il?

— C'est selon. Seront-ils bien payés? demanda Martin-
Guerre.

— Une pièce d'or pour chaque goutte de leur sang, dit
Gabriel. Ma fortune est la moindre chose que je regrette,
hélas! dans la pieuse et rude tâche que je dois mener à
bout.

— À ce taux-là, monseigneur, reprit l'écuyer, je vous
ramasserai en deux heures de bons chenapans qui, je vous
en réponds, ne plaindront pas leurs blessures. En France,
et surtout à Paris, on ne chôme jamais de larrons pareils.
Mais qui serviront-ils?

— Moi-même, dit le vicomte d'Exmès. Ce n'est pas
comme capitaine des gardes, c'est comme volontaire que
je vais faire la campagne qu'on prépare. Il me faut des
gens à moi.

— Oh! s'il en est ainsi, monseigneur, dit Martin, j'ai
d'abord sous la main, et prêts au premier signal, cinq ou
six de nos anciens gaillards de la guerre de Lorraine. Ils
jaunissent, les pauvres diables, depuis que vous les avez
congédiés. Vont-ils être contens de retourner au feu avec
vous! Ah! c'est pour vous-même que je vais recruter? Oh!
bien alors, dès ce soir, je vous présenterai votre galerie
complète.

— Bien! dit Gabriel. Une condition nécessaire de leur enrôlement, c'est qu'ils devront se disposer à quitter Paris à toute heure et à me suivre partout où j'irai, sans questions ni commentaires, sans seulement regarder si nous marchons vers le sud ou vers le septentrion.

— Ils marcheront vers la gloire et l'argent les yeux bandés, monseigneur.

— Je compte donc sur eux et sur toi, Martin. Pour ta part, à toi...

— N'en parlons pas, monseigneur, interrompit Martin.

— Parlons-en, au contraire. Si nous survivons à la bagarre, mon brave serviteur, je m'engage ici solennellement à faire pour toi ce que tu auras fait pour moi, et à te servir à mon tour contre tes ennemis, sois tranquille. En attendant, ta main, mon fidèle.

— Oh! monseigneur! dit Martin-Guerre en baisant respectueusement la main que lui tendait son maître.

— Allons, va, Martin, reprit le vicomte d'Exmès; mets-toi tout de suite en quête. Discrétion et courage! J'ai besoin maintenant d'être seul.

— Pardon! monseigneur va-t-il rester à l'hôtel? demanda Martin.

— Oui, jusqu'à sept heures. Je ne dois aller au Louvre qu'à huit.

— En ce cas, reprit l'écuyer, avant sept heures, monsieur le vicomte, j'espère pouvoir vous présenter au moins quelques échantillons du personnel de votre troupe.

Il salua et sortit, tout fier et tout préoccupé déjà de sa haute mission.

Gabriel, resté seul, passa le reste du jour enfermé, à consulter le plan que lui avait remis Jean Peuquoy, à écrire des notes, à marcher de long en large dans sa chambre et à méditer.

Il ne fallait pas qu'il laissât le soir une seule objection du duc de Guise sans réponse.

Il s'interrompait seulement de temps en temps pour répéter d'une voix ferme et d'un cœur ardent :

— Je te sauverai, mon père! Ma Diane, je te sauverai!

Vers six heures, Gabriel, sur les instances d'Aloyse, ve-

nait de prendre quelque nourriture, Martin-Guerre entra
d'un air grave et composé :

— Monseigneur, dit-il, vous plairait-il recevoir six ou
sept de ceux qui aspirent à l'honneur de servir sous vos
ordres la France et le roi?

— Quoi! déjà six ou sept! s'écria Gabriel.

— Six ou sept inconnus de monseigneur. Nos anciens de
Metz compléteraient les douze. Ils sont tous enchantés de
risquer leur peau pour un maître tel que vous, et acceptent
toutes les conditions que vous voudrez bien leur faire.

— Diable! tu n'as pas perdu de temps, dit le vicomte
d'Exmès. Eh bien! voyons, introduis tes hommes.

— L'un après l'autre, n'est-ce pas? reprit Martin-Guerre.
Monseigneur pourra mieux les juger ainsi.

— L'un après l'autre, soit! dit Gabriel.

— Un dernier mot, ajouta l'écuyer. Je n'ai pas besoin
d'avertir monsieur le vicomte que tous ces hommes me
sont connus, soit par moi-même, soit par des informations exactes. Ils sont d'humeurs diverses et d'instincts
variés; mais leur caractère commun, c'est une bravoure
à l'épreuve. Je puis répondre à monseigneur de cette qualité essentielle, s'il veut bien être indulgent d'ailleurs à l'endroit de quelques petits travers.

Après cette harangue préparatoire, Martin-Guerre sortit
un instant, et revint presque aussitôt suivi d'un grand
gaillard au teint basané, à la tournure leste, à la physionomie insouciante et spirituelle.

— Ambrosio, dit Martin-Guerre en le présentant.

— Ambrosio! c'est un nom étranger. N'est-il pas Français? demanda Gabriel.

— Qui le sait? dit Ambrosio. On m'a trouvé enfant, et
j'ai vécu homme dans les Pyrénées, un pied en France,
un pied en Espagne, et ma foi! j'ai gaîment pris mon
parti de ma double bâtardise, sans en vouloir autrement
ni au bon Dieu, ni à ma mère.

— Et comment viviez-vous? reprit Gabriel.

— Ah! voilà, dit Ambrosio. Impartial entre mes deux
patries, je tâchais toujours, dans la limite de mes faibles
moyens, d'annuler entre elles les barrières, d'étendre à

6

chacune d'elles les avantages de l'autre, et, par ce libre échange des dons qu'elles tiennent séparément de la Providence, de contribuer, en fils pieux, de tout mon pouvoir à leur mutuelle prospérité.

— En un mot, reprit Martin-Guerre, Ambrosio faisait la contrebande.

— Mais, continua Ambrosio, signalé aux autorités espagnoles comme aux autorités françaises, méconnu et poursuivi à la fois par mes ingrats compatriotes des deux versans pyrénéens, j'ai pris le parti de leur céder la place et de venir à Paris, ville de ressources pour les braves...

— Où Ambrosio serait heureux, ajouta Martin, de mettre au service du vicomte d'Exmès son intrépidité, son adresse et sa longue habitude de la fatigue et du danger.

— Accepté Ambrosio le contrebandier ! dit Gabriel. A un autre.

Ambrosio sortit, ravi, et fit place à un personnage de mine ascétique et de façons discrètes, vêtu d'une longue cape brune, avec un chapelet à gros grains autour du cou.

Martin-Guerre l'annonça sous le nom de Lactance.

— Lactance, ajouta-t-il, a déjà servi sous les ordres de monsieur de Coligny, qui le regrette et qui en rendra bon témoignage à monseigneur. Mais Lactance est un zélé catholique, et il lui répugnait d'obéir à un chef entaché d'hérésie.

Lactance, sans mot dire, approuvait par signes de la tête et de la main les paroles de Martin, qui continua :

— Ce pieux soudard fera, comme c'est son devoir, tous ses efforts pour contenter monsieur le vicomte d'Exmès ; mais il demande que toutes facilités et libertés lui soient laissées pour accomplir rigoureusement les pratiques de religion qu'exige son salut. Obligé par la profession des armes qu'il a embrassée, et par sa vocation naturelle, à se battre contre ses frères en Jésus-Christ et à les tuer le plus possible, Lactance estime sagement qu'il lui faut du moins compenser à force d'austérités ces nécessités cruelles. Plus Lactance est enragé à la bataille, plus Lactance est ardent à la messe, et il a renoncé à compter les jeûnes et les pénitences qu'il s'est imposées pour les morts et les blessés qu'il a envoyés avant leur heure au pied du trône du Seigneur.

— Accepté Lactance le dévot ! dit en souriant Gabriel.

Lactance, toujours silencieux, s'inclina profondément et sortit en marmottant une prière de reconnaissance au Très-Haut qui venait de lui accorder la faveur d'être agréé par un si vaillant capitaine.

Après Lactance, Martin-Guerre introduisit, sous le nom d'Yvonnet, un jeune homme de taille moyenne, à la figure distinguée et fine, aux mains petites et soignées. Depuis sa fraise jusqu'à ses bottes, son costume était non-seulement propre, mais coquet. Il salua Gabriel le plus gracieusement du monde, et se tint debout devant lui, dans une pose aussi respectueuse qu'élégante, secouant légèrement de la main quelques grains de poussière qui s'étaient attachés à sa manche droite.

— Voilà, monseigneur, le plus déterminé de tous, dit Martin-Guerre. Yvonnet, dans les mêlées, est un vrai lion déchaîné que rien n'arrête. Il frappe d'estoc et de taille avec une sorte de frénésie. Mais c'est surtout à l'assaut qu'il brille. Il faut toujours qu'il mette le pied le premier sur la première échelle, et qu'il plante le premier étendard français sur les murailles ennemies.

— Mais c'est donc un vrai héros ? dit Gabriel.

— Je fais de mon mieux, reprit modestement Yvonnet, et monsieur Martin-Guerre apprécie sans doute au delà de leur valeur mes faibles efforts.

— Non, je vous rends justice, dit Martin, et la preuve, c'est qu'après avoir vanté vos vertus, je vais signaler vos défauts. Yvonnet, monseigneur, n'est le diable sans peur dont je vous parle que sur le champ de bataille. Il est nécessaire à sa bravoure qu'autour d'elle le tambour retentisse, les flèches sifflent, le canon tonne. Hors de là, et dans la vie ordinaire, Yvonnet est timide, impressionnable et nerveux comme une jeune fille. Sa sensibilité exige les plus grands ménagemens. Il n'aime pas rester seul dans l'obscurité, il a en horreur les souris et les araignées, et perd volontiers connaissance pour une égratignure. Il

ne retrouve enfin sa belliqueuse audace que lorsque l'o-
deur de la poudre et la vue du sang l'enivrent.

— N'importe, dit Gabriel, comme ce n'est pas au bal,
mais au carnage que nous le menons, accepté Yvonnet le
délicat !

Yvonnet fit au vicomte d'Exmès un salut dans toutes les
règles, et s'éloigna, souriant, en tortillant de sa main
blanche sa fine moustache noire.

Deux colosses blonds, raides et calmes lui succédèrent.
L'un paraissait avoir quarante ans ; l'autre n'en accusait
guère que vingt-cinq.

— Heinrich Scharfenstein et Frantz Scharfenstein, son
neveu, annonça Martin-Guerre.

— Diantre ! qui sont ceux-là ? dit Gabriel ébloui. Qui
êtes-vous, mes braves ?

— *Wir versteen nur ein wenig das franzosich*, dit
l'aîné des colosses.

— Comment ? demanda le vicomte d'Exmès.

— Nous comprendre français mal, reprit le géant ca-
det.

— Ce sont des reîtres allemands, dit Martin-Guerre ; en
italien, des condottieri ; en français, des soldats. Ils ven-
dent leurs bras au plus offrant et tiennent la bravoure à
juste prix. Ils ont travaillé déjà pour les Espagnols et les
Anglais. Mais l'Espagnol paie trop mal, et l'Anglais marchande trop. Achetez-les, monseigneur, et vous vous
trouverez bien de l'acquisition. Jamais ils ne discutent un
ordre, et iraient se placer à la bouche d'un canon avec un
sang-froid inaltérable. Le courage est pour eux une affaire
de probité, et, pourvu qu'ils touchent exactement leurs
appointemens, ils subiront sans une plainte les éventualités périlleuses ou même mortelles de leur genre de com-
merce.

— Je retiens donc ces manœuvres de gloire, dit Gabriel,
et, pour plus de sûreté, je leur paie un mois d'avance.
Mais le temps presse. A d'autres.

Les deux Goliaths germaniques portèrent militairement
et mécaniquement la main à leur chapeau, et se retirèrent

ensemble tout d'une pièce en emboîtant le pas avec précision.

— Le suivant, dit Martin-Guerre, a nom Pilletrousse. Le voici.

Une espèce de brigand, à la mine farouche, aux habits déchirés, fit son entrée en se dandinant avec embarras, et en détournant les yeux de Gabriel comme d'un juge.

— Pourquoi paraissez-vous honteux, Pilletrousse? lui demanda Martin-Guerre avec aménité. Monseigneur que voici m'a demandé des gens de cœur. Vous êtes un peu plus... accentué que les autres, mais, en somme, vous n'avez pas à rougir.

Il reprit gravement en s'adressant à son maître :

— Pilletrousse, monseigneur, est ce que nous appelons un routier. Dans la guerre générale contre les Espagnols et les Anglais, il a fait jusqu'ici la guerre pour son propre compte. Pilletrousse rôde sur nos grands chemins, remplis à cette heure de pillards étrangers, et Pilletrousse pille les pillards. Pour ses compatriotes, non-seulement il les respecte, mais il les protége. Donc, Pilletrousse conquiert, il ne vole pas, Pilletrousse vit de butin, non de larcins. Néanmoins, il a éprouvé le besoin de régulariser sa profession... errante, et d'inquiéter moins... arbitrairement les ennemis de la France. Aussi a-t-il accepté avec empressement l'offre de s'enrôler sous la bannière du vicomte d'Exmès...

— Et moi, dit Gabriel, sous ta caution, Martin-Guerre, je le reçois, à condition qu'il ne prendra plus pour théâtre de ses exploits les routes ou les sentiers, mais les villes fortes et les champs de bataille.

— Rends grâce à monseigneur, drôle, tu es des nôtres, dit au routier Martin-Guerre, qui semblait avoir un faible pour ce coquin.

— Oh ! oui, merci, monseigneur, reprit avec effusion Pilletrousse. Je vous promets de ne plus jamais me battre maintenant un contre deux ou trois, mais un contre dix toujours.

— A la bonne heure ! dit Gabriel.

Celui qui vint après Pilletrousse était un individu pâle,

mélancolique et même soucieux, qui semblait envisager l'univers avec découragement et tristesse. Ce qui ajoutait surtout au cachet lugubre de sa figure, c'étaient les balafres et cicatrices dont elle était largement et abondamment couturée.

Martin-Guerre présenta cette septième et dernière recrue sous l'appellation funèbre de Malemort.

— Monseigneur le vicomte d'Exmès serait réellement coupable s'il refusait le pauvre Malemort, ajouta-t-il. Malemort est, en effet, atteint d'une passion, d'une passion sincère et profonde, à l'endroit de Bellone, pour parler un peu mythologiquement. Mais cette passion a jusqu'ici été bien malheureuse. L'infortuné a un goût fini et prononcé pour la guerre ; il ne se plaît que dans les combats, il n'est heureux que devant un beau carnage, et il n'a encore, hélas ! goûté à son bonheur que du bout des lèvres. Il se jette si aveuglément et si furieusement dans les mêlées, que toujours il vous attrape, du premier bond, quelque estafilade qui le met sur le flanc et le renvoie d'abord à l'ambulance, où il passe le reste de la bataille à gémir, moins de sa blessure que de son absence. Tout son corps n'est qu'une plaie ; mais il est robuste, Dieu merci ! il se relève promptement. Seulement il lui faut attendre une autre occasion ! Ce long désir inassouvi le mine plus que tout le sang qu'il a si glorieusement perdu. Monseigneur voit qu'il y aurait vraiment conscience à exclure ce mélancolique batailleur d'une joie qu'il peut lui procurer avec avantage réciproque.

— Aussi j'accepte Malemort avec enthousiasme, mon cher Martin, dit Gabriel.

Un sourire de satisfaction effleura la face pâle de Malemort. L'espérance ranima d'une étincelle ses yeux éteints, et il alla rejoindre ses camarades d'un pas plus allègre que lorsqu'il était entré.

— Sont-ce là tous ceux que tu as à me présenter ? demanda Gabriel à son écuyer.

— Oui, monseigneur, je n'en ai pas, pour le moment, d'autres à vous offrir. Je n'osais espérer que monseigneur les accepterait tous.

— Je serais difficile, dit Gabriel; tu as le goût bon et sûr, Martin. Reçois tous mes complimens sur ces heureux choix.

— Oui, dit modestement Martin-Guerre, j'aime à penser au fond que Malemort, Pilletrousse, les deux Scharfenstein, Lactance, Yvonnet et Ambrosio ne sont pas précisément des gaillards à dédaigner.

— Je le crois bien! dit Gabriel. Quels rudes compagnons!

— Si monseigneur, ajouta Martin, consent à leur adjoindre Landry, Chesnel, Aubriet, Contamine et Balu, nos vétérans de la guerre de Lorraine, j'estime, avec monseigneur à notre tête, et quatre ou cinq des gens d'ici pour nous servir, que nous aurons une troupe véritablement bonne à montrer à nos amis, et, mieux encore, à nos ennemis.

— Oui, certes, dit Gabriel, des bras et des têtes de fer! u feras armer et équiper ces douze braves dans le plus ref délai, Martin. Mais repose-toi aujourd'hui. Tu as bien mployé ta journée, ami, et je t'en remercie ; la mienne, uoique pleine aussi d'activité et de douleur, n'est cependant pas encore achevée.

— Où donc monseigneur va-t-il ce soir ? demanda Martin-Guerre.

— Au Louvre, auprès de monsieur de Guise, qui m'attend à huit heures, dit Gabriel en se levant. Mais, grâce à promptitude de ton zèle, Martin, j'espère que quelques es des difficultés qui pouvaient se présenter dans mon tretien avec le duc sont d'avance levées.

— Oh! j'en suis bien heureux, monseigneur.

— Et moi donc, Martin! Tu ne sais pas à quel point j'ai esoin de réussir! Oh! mais je réussirai!

Et le noble jeune homme se répétait dans son cœur, en dirigeant vers la porte pour se rendre au Louvre :

— Oui, je te sauverai, mon père! ma Diane, je te sauverai !

XII.

ADRESSE DE LA MALADRESSE

Franchissons par la pensée soixante lieues et deux semaines, et retournons à Calais vers la fin du mois de novembre 1557.

Vingt-cinq jours ne s'étaient pas écoulés depuis le départ du vicomte d'Exmès, quand un messager se présenta
de sa part aux portes de la ville anglaise.

Cet homme demandait à être mené à milord Wentworth,
le gouverneur, auquel il devait remettre la rançon de son
ancien prisonnier.

Il paraissait d'ailleurs assez maladroit et peu avisé, ledit
messager ! car on avait eu beau lui indiquer son chemin,
il avait passé vingt fois sans y entrer devant la grande
porte qu'on se tuait à lui désigner, et s'en était toujours
allé stupidement frapper à des poternes et à des portes
condamnées: si bien qu'il fit en pure perte, l'imbécile !
presque tout le tour des boulevards extérieurs de la place.

Enfin, à force d'informations plus précises les unes que
les autres, il voulut bien se laisser mettre dans la vraie
route, et tel était déjà, en ce temps lointain, le pouvoir
magique de ces mots : J'apporte dix mille écus au gouverneur ! que les précautions de rigueur accomplies du reste,
après avoir fouillé notre homme, après être allé prendre
les ordres de lord Wentworth, on laissa volontiers pénétrer
dans Calais le porteur d'une somme aussi respectable.

Décidément, il n'y a que le siècle d'or qui n'ait pas été
un siècle d'argent !

L'inintelligent envoyé de Gabriel s'égara encore plus
d'une fois dans les rues de Calais avant de trouver l'hôtel
du gouverneur, que des âmes compatissantes lui indi-

quaient pourtant tous les cent pas. Il semblait croire, à chaque corps-de-garde qu'il rencontrait, que c'était là qu'il fallait demander lord Wentworth, et, vite, il courait de ce côté.

Après avoir dépensé une heure à faire un chemin qui eût pris dix minutes à tout autre, il atteignit enfin l'hôte du gouverneur.

Il fut introduit presque aussitôt en présence de lord Wentworth, qui le reçut de son air grave, poussé même ce jour-là jusqu'à une tristesse morne.

Quand il eut expliqué l'objet de son message et posé sur la table un sac gonflé d'or :

— Le vicomte d'Exmès, lui demanda l'Anglais, vous a-t-il seulement chargé de me remettre cet argent, sans rien ajouter pour moi ?

Pierre, ainsi se nommait l'envoyé, regarda lord Wentworth avec une mine d'étonnement qui continuait à faire peu d'honneur à ses moyens naturels.

— Milord, dit-il enfin, je n'ai rien à faire auprès de vous qu'à vous remettre cette rançon. Mon maître du moins ne m'a rien ordonné de plus, et je ne comprends pas...

— A la bonne heure ! interrompit lord Wentworth avec un dédaigneux sourire. Monsieur le vicomte d'Exmès est devenu plus raisonnable là-bas, à ce que je vois ! Je l'en félicite. L'air de la cour de France est fait d'oubli ! tant mieux pour ceux qui le respirent !

Il murmura à voix basse, comme se parlant à lui-même.

— L'oubli, c'est la moitié du bonheur souvent !

— Milord, de son côté, n'a rien à mander à mon maître ? reprit le messager qui paraissait écouter d'un air fort insouciant et assez stupide les aparté mélancoliques de l'Anglais.

— Je n'ai rien à dire à monsieur d'Exmès, puisqu'il ne me dit rien, repartit sèchement lord Wentworth. Cepen-ant, prévenez-le, si vous voulez, que durant un mois en-re, jusqu'au 1er janvier, tenez, je l'attendrai et serai à ses ordres, et comme gentilhomme et comme gouverneur 'e Calais. Il comprendra.

— Jusqu'au 1er janvier ? répéta Pierre. Je le lui dirai, milord.

— Bien ! voici votre reçu, l'ami, de plus, pour vous, un petit dédommagement des peines de ce long voyage. Prenez. Prenez donc !

L'homme, qui avait paru d'abord hésiter, se ravisa et accepta la bourse que lui offrait lord Wentworth.

— Merci, milord, dit-il. Mais milord m'accordera-t-il encore une grâce !

— Qu'est-ce que c'est ! demanda le gouverneur de Calais.

— Outre cette dette que je viens d'acquitter envers milord, reprit le messager, le vicomte d'Exmès en a contracté une autre, pendant son séjour ici, envers un des habitans de cette ville, un nommé... Comment est-ce donc qu'on le nomme ? Un nommé Pierre Peuquoy, dont il a été l'hôte.

— Eh bien ? dit lord Wentworth.

— Eh bien ! milord, me sera-t-il permis d'aller présentement chez ce Pierre Peuquoy pour lui rembourser ses avances ?

— Mais sans doute, dit le gouverneur. On vous montrera sa maison. Voici votre laissez-passer pour sortir de Calais. Je voudrais pouvoir vous permettre d'y séjourner quelques jours ; vous auriez peut-être besoin de vous reposer du voyage. Mais les règlemens de la place défendent d'y garder un étranger, un Français surtout. Adieu donc, l'ami, et bonne route !

— Adieu, et bonne chance, milord, avec tous mes remercîmens.

En quittant l'hôtel du gouverneur, le messager, non sans s'être trompé encore dix fois de chemin, se rendit rue du Martroi, où demeurait, si nos lecteurs veulent bien se le rappeler, l'armurier Pierre Peuquoy.

L'envoyé de Gabriel trouva Pierre Peuquoy plus triste encore dans son atelier que lord Wentworth dans son hôtel. L'armurier, qui le prit d'abord pour une pratique, le reçut avec une indifférence marquée.

Néanmoins, quand l'autre s'annonça comme venant de la part du vicomte d'Exmès, le front du brave bourgeois s'éclaircit soudainement.

— De la part du vicomte d'Exmès ! s'écria-t-il.

Puis, s'adressant à un de ses apprentis, qui tout en rangeant l'établi pouvait écouter :

— Quentin, lui dit-il négligemment, laissez-nous et allez tout de suite avertir mon cousin Jean qu'un messager du vicomte d'Exmès vient d'arriver.

L'apprenti, désappointé, sortit sur cet ordre.

— Parlez maintenant, ami, reprit avec vivacité Pierre Peuquoy. Oh ! nous savions bien que ce digne seigneur ne nous oublierait point ! Parlez vite. Que nous apportez-vous de sa part ?

— Ses complimens et remercîmens cordiaux, cette bourse d'or et ces mots : *Souvenez-vous du 5* ! qu'il a dit que vous comprendriez.

— C'est tout ? demanda Pierre Peuquoy.

— Absolument tout, maître. Sont-ils exigeans dans ce pays-ci ! pensa le messager. Il paraît qu'ils ne tiennent guère aux écus. Seulement, ils vous ont des prétentions secrètes auxquelles le diable ne comprendrait rien.

. — Mais, reprit l'armurier, nous sommes trois dans cette maison. Il y a aussi Jean mon cousin et ma sœur Babette. Vous vous êtes acquitté de votre commission envers moi ; c'est bien. Mais n'en avez-vous point quelque autre pour Babette ou pour Jean ?

Jean Peuquoy, le tisserand, entra justement pour entendre le messager de Gabriel répondre.

— Je n'ai rien à dire qu'à vous, maître Pierre Peuquoy, et je vous ai dit tout ce que j'avais à vous dire.

— Eh bien ! tu le vois, frère, reprit Pierre en se tournant vers Jean, tu le vois, monsieur le vicomte d'Exmès ous remercie ; monsieur le vicomte d'Exmès nous renvoie en toute hâte cet argent ; monsieur le vicomte d'Exmès nous fait dire : Souvenez-vous !... Mais lui ne se souvient pas !

— Hélas ! dit une voix faible et douloureuse derrière la porte.

C'était la pauvre Babette qui avait tout entendu.

— Un instant ! reprit Jean Peuquoy, qui s'obstinait à espérer. L'ami, continua-t-il en s'adressant à l'envoyé, si vous êtes de la maison de monsieur d'Exmès, vous devez connaître, parmi ses serviteurs et vos compagnons, un nommé Martin-Guerre ?

— Martin-Guerre ?... Ah ! oui, Martin-Guerre l'écuyer ? Oui, maître, je le connais.

— Il est toujours au service de M. d'Exmès ?

— Toujours.

— Mais a-t-il su que vous veniez à Calais ?

— Il l'a su, répond t l'homme. Il était même là, je m'en souviens, quand j'ai quitté l'hôtel de monsieur d'Exmès. Il m'a accompagné avec son... avec notre maître jusqu'à la porte, et m'a vu me mettre en route.

— Et il ne vous a rien dit pour moi, ni pour personne de cette maison ?

— Rien du tout, je vous le répète.

— Attendez, Pierre, reprit Jean, ne vous impatientez pas encore ! L'ami, Martin-Guerre vous a peut-être recommandé de rendre votre message secrètement ? Apprenez que la précaution est devenue inutile. Nous savons maintenant la vérité. La douleur de... la personne à qui Martin-Guerre doit une réparation ne nous a rien laissé ignorer. Vous pouvez donc parler en notre présence. Au surplus, s'il vous restait sur ce point des scrupules, nous nous retirerons, et cette personne à laquelle je fais allusion, et que Martin-Guerre vous a désignée, viendra seule s'entretenir avec vous sur-le-champ.

— Par ma foi ! je vous jure, reprit le messager, que je ne comprends pas un mot à tous vos discours.

— Il suffit, Jean, et vous devez en avoir assez ! s'écria Pierre Peuquoy, dont la prunelle s'enflamma d'un éclair d'indignation. Par la mémoire de mon père ! je ne vois pas, Jean, que)plaisir vous pouvez trouver à insister sur l'affront qu'on nous fait subir.

Jean baissa douloureusement la tête sans rien ajouter. Il trouvait que son cousin n'avait que trop raison.

— Daignerez-vous compter cet argent, maître ? demanda le messager assez embarrassé de son rôle.

— Ce n'en est pas la peine, dit Jean, plus calme, sinon moins triste, que Pierre. Prenez ceci pour vous, l'ami. Je vais, en outre, vous faire apporter à manger et à boire.

— Merci pour l'argent ; reprit l'envoyé, qui semblait pourtant assez gêné de le prendre. Quant à boire et à manger, je n'ai ni faim ni soif, ayant déjeuné tantôt à Nieullay. Il faut même que je reparte sur-le-champ ; car votre gouverneur m'a défendu de séjourner longtemps dans votre ville.

— Nous ne vous retenons donc pas, l'ami, reprit Jean Peuquoy. Adieu. Dites à Martin-Guerre... Mais non ! à lui nous n'avons rien à dire. Dites seulement à monsieur d'Exmès que nous le remercions, et que nous nous souvenons du 5. Mais, nous l'espérons, de son côté aussi, lui se souviendra.

— Écoutez, de plus, ajouta Pierre Peuquoy qui sortit un moment de sa sombre méditation. Vous direz encore à votre maître que nous persisterons à l'attendre tout un mois. En un mois, vous pouvez retourner à Paris, et il pourra renvoyer quelqu'un ici. Mais si la présente année se termine sans que nous recevions de ses nouvelles, nous croirons que son cœur n'a pas de mémoire, et nous en serons fâchés pour lui autant que pour nous. Car, enfin, sa probité de gentilhomme, qui se rappelle si bien l'argent prêté, devrait se souvenir encore mieux des secrets confiés. Là-dessus, adieu, l'ami.

— Que Dieu vous garde ! dit le messager de Gabriel en se levant pour partir. Toutes vos questions et tous vos avis seront fidèlement rapportés à mon maître.

Jean Peuquoy accompagna l'homme jusqu'à la porte de la maison. Pour Pierre, il resta atterré dans son coin.

Le messager flâneur, après maints détours et maint nouvelle erreur dans cette ville embrouillée de Calais qu'il avait tant de peine à comprendre, regagna enfin la porte principale, où il exhiba son laissez-passer, et, quand on l'eut soigneusement fouillé, put sortir dans la campagne.

Il marcha trois quarts d'heure, d'un pas allègre, sans s'arrêter, et ne ralentit sa marche qu'à une lieue environ de la place.

Alors, il se permit à lui-même de se reposer, s'assit sur

un tertre de gazon, parut réfléchir, et un sourire de contentement illumina ses yeux et ses lèvres.

—Je ne sais pas, se dit-il, ce qu'ils ont dans cette ville de Calais à être plus tristes et plus mystérieux les uns que les autres. Le Wentworth me paraît avoir un compte à régler avec monsieur d'Exmès, et les Peuquoy me semblent garder quelque rancune à ce Martin-Guerre. Mais bah! qu'est-ce que cela me fait au bout du compte? Je ne suis pas triste, moi! J'ai ce que je veux et ce qu'il me faut! Pas un trait de plume, pas un brin de papier, c'est vrai! mais tout est là, dans ma tête, et, avec le plan de monsieur d'Exmès, je reconstruirai aisément dans ma pensée cette place, qui rend les autres si mornes et dont le souvenir me rend si joyeux, moi.

Il repassa rapidement, dans son imagination, par les rues, boulevards et postes fortifiés, où sa prétendue balourdise l'avait si à propos conduit.

— C'est cela! se dit-il. Tout est net et clair comme si je voyais tout encore. Le duc de Guise sera content. Grâce à ce voyage et aux précieuses indications du capitaine des gardes de Sa Majesté, nous pourrons l'amener en force, ce cher vicomte d'Exmès, et son écuyer avec lui, au rendez-vous que leur assignent dans un mois lord Wentworth et Pierre Peuquoy. Dans six semaines, si Dieu et 'es circonstances nous favorisent, nous serons les maîtres de Calais, ou j'y perdrai mon nom!

Et nos lecteurs conviendront que c'eût été dommage, quand ils sauront que ce nom était celui du maréchal Pierre Strozzi, l'un des plus célèbres et des plus habiles ingénieurs du quatorzième siècle.

Au bout de quelques minutes de repos, Pierre Strozzi se remit en route, comme s il eût eu hâte d'être déjà de retour à Paris. Il pensait beaucoup à Calais et fort peu à ses habitans.

XIII.

LE 31 DÉCEMBRE 1557.

On a deviné sans doute pourquoi Pierre Strozzi avait trouvé lord Wentworth si amer et si chagrin, et pourquoi le gouverneur de Calais parlait encore du vicomte d'Exmès avec tant de hauteur et d'aigreur.

C'est que madame de Castro paraissait le haïr de plus en plus.

Quand il lui faisait demander la permission d'aller lui rendre visite, elle cherchait toujours des prétextes pour se dispenser de le recevoir. Si pourtant elle était forcée parfois de subir sa présence, son accueil glacial et cérémonieux trahissait trop clairement ses sentimens pour lui et le laissait chaque fois plus désolé.

Lui, cependant, ne se lassait pas encore dans son amour. Sans espérer rien, il n'en était pas à désespérer. Il voulait, du moins, rester pour Diane le parfait gentilhomme qui avait laissé à la cour de Marie d'Angleterre une réputation de courtoisie exquise. Il accablait, c'est le mot, sa prisonnière de ses prévenances. Elle était servie avec des égards et un luxe princiers. Il lui avait donné un page français, Il avait engagé pour elle un de ces musiciens italiens si recherchés au siècle de la renaissance. Diane trouvait parfois dans sa chambre des parures et des atours du plus grand prix ; c'était lord Wentworth qui les avait fait venir de Londres à son intention ; mais elle ne les regardait seulement pas.

Une fois, il donna en son honneur une grande fête à laquelle il convia tout ce qu'il y avait d'Anglais illustres à Calais et en France. Ses invitations traversèrent même le détroit. Mais madame de Castro refusa obstinément d'y paraître.

Lord Wentworth, en présence de tant de froideurs et de dédains, se répétait chaque jour qu'il vaudrait assurément mieux, pour son repos, accepter la rançon royale que lui faisait offrir Henri II, et rendre Diane à la liberté.

Mais c'était, en même temps, la rendre à l'amour heureux de Gabriel d'Exmès, et l'Anglais ne trouvait jamais dans son cœur assez de force et de courage pour accomplir un si rude sacrifice.

— Non, non, se disait-il, si je ne l'ai pas, personne du moins ne l'aura !

Au milieu de ces irrésolutions et de ces angoisses, les jours, les semaines, les mois s'écoulaient.

Le 31 décembre 1557, lord Wentworth avait réussi à se faire admettre dans le logement de madame de Castro. Nous l'avons dit, il ne respirait que là, bien qu'il en sortît toujours plus triste et plus épris. Mais voir Diane, même sévère, l'entendre, même ironique, était devenu pour lui le plus impérieux besoin.

Lui debout, elle assise devant la haute cheminée, ils causaient.

Ils causaient sur l'unique et navrant sujet qui les réunissait et les séparait à la fois.

— Enfin, madame, disait l'amoureux gouverneur, si pourtant, outré de votre cruauté, exaspéré de vos mépris, j'oubliais que j'étais gentilhomme et votre hôte ?...

— Vous vous déshonoreriez, milord, vous ne me déshonoreriez pas, répondit Diane avec fermeté.

— Nous serions déshonorés ensemble ! reprit lord Wentworth. Vous êtes en mon pouvoir ! Où vous réfugieriez-vous ?

— Mais, mon Dieu ! dans la mort, répondit-elle tranquillement.

Lord Wentworth pâlit et frissonna. Lui, causer la mort de Diane !

— Une telle obstination n'est point naturelle, reprit-il en secouant la tête. Au fond, vous craindriez de me pousser à bout, si vous ne conserviez quelque espérance insensée, madame. Vous croyez donc toujours à je ne sais quelle chance impossible ? Voyons, dites, de qui pouvez-vous cependant attendre du secours à cette heure ?

— De Dieu, du roi... répondit Diane.

Il y eut dans sa phrase une suspénsion et dans sa pensée, une réticence que lord Wentworth ne comprit que trop.

— A coup sûr, elle songe à ce d'Exmès ! se dit-il.

Mais c'était là un dangereux souvenir qu'il n'osa pas aborder ou réveiller.

Il se contenta donc de reprendre avec amertume :

— Oui, comptez sur le roi ! comptez sur Dieu ! Mais si Dieu avait voulu vous secourir, madame, c'est le premier jour qu'il vous eût sauvée, ce me semble ! et voici une année qui finit aujourd'hui sans qu'il ait étendu sur vous sa protection.

— J'espère donc en l'année qui commence demain, répliqua Diane, en levant ses beaux yeux au ciel, comme pour implorer le céleste appui.

— Quant au roi de France, votre père, poursuivit lord Wentworth, il a, j'imagine, sur les bras des affaires assez lourdes pour employer toute sa puissance et toute sa pensée. La France est encore dans un plus urgent danger que sa fille.

— C'est vous qui le dites ! reprit Diane avec un accent de doute.

— Lord Wentworth ne ment pas, madame. Savez-vous où en sont les choses pour le roi, votre auguste père ?...

— Que puis-je apprendre dans cette prison ? répondit 'ane, qui pourtant n'avait pu retenir un mouvement d'intérêt.

— Vous n'auriez qu'à m'interroger, reprit lord Wentworth, heureux d'être un moment écouté, fût-ce comme essager de malheur. Eh bien ! sachez que le retour de onsieur le duc de Guise à Paris n'a nullement amélioré usqu'ici la situation de la France. On a organisé quelques roupes, renforcé quelques places, rien de plus. A l'heure ù nous sommes, ils hésitent et ne savent trop que faire. outes leurs forces rassemblées sur les frontières du Nord nt bien pu arrêter la marche triomphante des Espagnols,

mais n'entreprennent rien pour leur compte. Attaqueront-
elles le Luxembourg ? Se dirigeront-elles sur la Picardie ?
on l'ignore. Essayeront-elles de prendre Saint-Quentin ou
Ham ?...

— Ou Calais ? interrompit Diane, en levant vivement
les yeux sur le gouverneur, pour saisir sur son visage
l'effet de ce nom jeté.

Mais lord Wentworth ne sourcilla pas, et, avec un superbe sourire :

— Oh ! madame, reprit-il, permettez-moi de ne pas
même me poser cette question-là. Quiconque a seulement
une idée de la guerre n'admettra pas cette folle supposition
une minute, et monsieur le duc de Guise a trop d'expérience pour s'exposer, par une tentative aussi étrange-
ment irréalisable, à la risée de tout ce qui porte une épée
en Europe.

En ce même moment, il se fit quelque bruit à la porte,
et un archer entra précipitamment.

Lord Wentworth se levant alla à lui avec impatience.

— Qu'y a-t-il donc pour qu'on ose venir me déranger
ainsi ? demanda-t-il irrité.

— Que milord me pardonne ! répondit l'archer. C'est
lord Derby qui m'envoie en hâte.

— Et pour quel si pressant motif ? Expliquez-vous,
voyons !

— C'est, reprit l'archer, qu'on vient d'annoncer à lord
Derby qu'une avant-garde de deux mille arquebusiers
français avait été vue à dix lieues de Calais hier, et lord
Derby m'a donné ordre d'en venir sur-le-champ avertir,
milord.

— Ah ! s'écria Diane qui ne chercha pas à dissimuler un
mouvement de joie.

Mais lord Wentworth reprit froidement en s'adressant à
l'archer :

— Et c'est pour cela que vous avez pris l'audace de me
poursuivre jusqu'ici, drôle ?

— Milord, dit le pauvre diable stupéfait, lord Derby...

— Lord Derby, interrompit le gouverneur, est un myope

qui prend des mottes de terre pour des montagnes. Allez
le lui dire de ma part.

— Ainsi, milord, reprit l'archer, les postes que lord
Derby voulait faire doubler au plus vite ?

— Qu'ils restent comme ils sont ! et qu'on me laisse tranquille avec ces paniques ridicules !

L'archer s'inclina respectueusement et sortit.

— Pourtant, milord, dit Diane de Castro, vous voyez que,
dans l'opinion même de l'un de vos meilleurs lieutenans,
mes prévisions si insensées pourraient se réaliser à la rigueur.

— Je suis obligé de vous détromper plus que jamais sur
ce point, madame, reprit lord Wentworth avec son imperturbable assurance. Je puis vous donner en deux mots
l'explication de cette fausse alerte, à laquelle je ne conçois pas que lord Derby se soit laissé prendre.

— Voyons, dit madame de Castro, avide de lumière sur
un point où se concentrait maintenant sa vie.

— Eh bien ! madame, continua lord Wentworth, de deux
choses l'une : où messieurs de Guise et de Nevers, qui sont,
je le reconnais, d'habiles et prudens capitaines, veulent ra-
vitailler Ardres et Boulogne, et dirigent de ce côté les
troupes qu'on a signalées, ou bien ils font vers Calais un
mouvement simulé pour tranquilliser Ham et Saint-Quentin ; puis, revenant brusquement sur leurs pas, ils vont
tâcher de surprendre une de ces deux villes.

— Et qui vous dit, en somme, monsieur, reprit madame
de Castro plus imprudente que patiente, qui vous dit que
ce n'est pas vers Ham ou Saint-Quentin qu'ils ont dirigé
leur feinte, pour surprendre plus sûrement Calais ?

Heureusement, elle avait affaire à une conviction solide
et ancrée à la fois sur l'orgueil national et l'orgueil indivi-
duel.

— J'ai déjà eu l'honneur de vous affirmer, madame,
reprit lord Wentworth avec dédain, que Calais est une de
ces villes qu'on ne saurait ni surprendre ni prendre. Avant
qu'on pût seulement en approcher, il faudrait emporter le
fort Sainte-Agathe, se rendre maître du fort de Nieullay.
Il faudrait quinze jours de lutte victorieuse sur tous les

points, et, pendant ces quinze jours, l'Angleterre avertie aurait quinze fois le temps d'accourir tout entière au secours de sa précieuse cité. Prendre Calais ! Ah ! ah ! je ne puis m'empêcher de rire quand j'y songe !

Madame de Castro blessée repartit avec quelque amertume :

— Ce qui fait ma douleur fait votre joie. Comment voulez-vous que nos âmes parviennent jamais à s'entendre ?

— Eh ! madame, s'écria lord Wentworth pâlissant, je voudrais justement anéantir vos illusions qui nous séparent. Je voudrais vous prouver, clair comme le jour, que vous vous leurrez de chimères, et que, pour concevoir seulement l'idée de la tentative que vous rêvez, il faudrai qu'à la cour de France on fût atteint de folie.

— Il y a des folies héroïques, milord, dit fièrement Diane, et je sais en effet des insensés grandioses qui ne reculeraient pas devant cette sublime extravagance, par amour de la gloire, ou simplement par dévoûment.

— Ah ! oui, monsieur d'Exmès par exemple ! s'écria lord Wentworth emporté par une fureur jalouse qu'il fut incapable de maîtriser.

— Qui vous a dit ce nom ? demanda madame de Castro stupéfaite.

— Ce nom, madame, reprit le gouverneur, avouez que vous l'avez sur les lèvres depuis le commencement de cet entretien, et qu'en même temps que Dieu et votre père, vous invoquiez dans votre pensée ce troisième libérateur.

— Ai-je à vous rendre compte de mes sentimens ? dit Diane.

— Ne me rendez compte de rien, je sais tout, reprit le gouverneur. Je sais ce que vous ignorez vous-même, madame, et ce qu'il me plaît de vous apprendre aujourd'hui, pour vous montrer quel fonds il faut établir sur la belle passion de ces romanesques amoureux ! Je sais notamment que le vicomte d'Exmès, fait prisonnier à Saint-Quentin en même temps que vous, a été amené en même temps que vous ici, à Calais.

— Se peut-il ! s'écria Diane au comble de la surprise.

— Oh ! mais il n'y est plus, madame ! Sans cela je ne

vous le dirais pas. Depuis deux mois, monsieur d'Exmès est libre.

— Et j'ai ignoré qu'un ami souffrait avec moi, si près de moi ! reprit Diane.

— Oui, vous l'ignoriez, mais il ne l'ignorait pas, lui, madame, dit le gouverneur. Je dois même avouer que, lorsqu'il l'a su, il s'est répandu contre moi en menaces fort redoutables. Non-seulement il m'a provoqué en duel, mais, oussant, comme vous l'avez prévu avec une sympathie admirable, l'amour jusqu'à la folie, il m'a déclaré en face sa résolution nette de prendre Calais.

— J'espère donc plus que jamais ! reprit Diane.

— N'espérez pas trop, madame, dit lord Wentworth ; car, .e vous le répète, depuis que monsieur d'Exmès m'a adressé s adieux effrayans, deux mois se sont écoulés. J'ai bien u, il est vrai, dans ces deux mois, des nouvelles de mon gresseur ; il m'a envoyé à la fin de novembre, avec une rupuleuse exactitude, l'argent de sa rançon. Mais de son er défi, plus un mot.

— Attendez, milord, reprit Diane. Monsieur d'Exmès ura payer tous ses genres de dettes.

— J'en doute, madame ; car le jour de l'échéance est ientôt passé.

— Que voulez-vous dire ? demanda madame de Castro.

— J'ai fait annoncer, madame, au vicomte d'Exmès, par 'homme qu'il m'a envoyé, que j'attendrais l'effet de sa ouble provocation jusqu'au 1er janvier 1558. Or, nous voici u 31 décembre...

— Eh bien ! interrompit Diane, il a encore douze heures evant lui.

— C'est juste, madame, dit lord Wentworth. Mais si deain, à pareille heure, je n'ai pas de ses nouvelles...

Il n'acheva pas. Lord Derby tout effaré se précipita en ce oment dans la chambre.

— Milord ! s'écria-t-il, milord, je le disais bien ! c'étaient es Français ! et c'est à Calais qu'ils en veulent.

— Allons donc ! reprit lord Wentworth qui changea de ouleur malgré sa feinte assurance. Allons donc ! c'est impossible! Qui vous prouve cela ? encore des bruits, des propos, des terreurs chimériques ?...

— Hélas! non, des faits, par malheur, répondit lord Derby.

— Plus bas, Derby, alors, parlez plus bas, dit le gouverneur en se rapprochant de son lieutenant; voyons, du sang-froid. Que voulez-vous dire avec vos faits?

Lord Derby reprit à voix basse, comme l'exigeait son supérieur qui ne voulait pas faiblir devant Diane.

— Les Français ont attaqué à l'improviste le fort Sainte-Agathe. Rien n'était préparé pour les recevoir, ni les murs, ni les hommes ; et j'ai bien peur qu'à l'heure qu'il est ils ne soient déjà maîtres de ce premier boulevard de Calais.

— Ils seraient loin de nous encore! dit vivement lord Wentworth.

— Oui, reprit lord Derby, mais rien dès-lors ne leur ferait obstacle jusqu'au pont de Nieullay, et le pont de Nieullay est à deux milles de la place.

— Avez-vous envoyé des renforts aux nôtres, Derby ?

— Oui, milord, excusez-moi ; sans vos ordres et malgré vos ordres.

— Vous avez bien fait, dit lord Wentworth.

— Mais ces secours seront encore arrivés trop tard, reprit le lieutenant.

— Qui sait? Ne nous effrayons point. Vous allez m'accompagner sur-le-champ à Nieullay. Nous ferons payer cher à ces imprudents leur audace! Et, s'ils ont déjà Sainte-Agathe, eh bien! nous en serons quitte pour les en chasser.

— Dieu le veuille ! dit lord Derby. Mais ils ont bien fermement engagé la partie.

— Nous aurons la revanche, répondit lord Wentworth. Qui les commande, savez-vous?

— On l'ignore ; monsieur de Guise probablement, ou, au moins, monsieur de Nevers. L'enseigne qui, au grand galop de son cheval, est accouru ici apporter l'incroyable nouvelle de leur subite arrivée, m'a dit seulement avoir reconnu lui même de loin, aux premiers rangs, votre ancien prisonnier, vous vous rappelez, ce vicomte d'Exmès...

— Damnation ! s'écria le gouverneur en serrant les poings. Venez, Derby, venez vite !

Madame de Castro, avec cette finesse de perception qu'on trouve dans les grandes circonstances, avait entendu presque tout le rapport, fait pourtant à voix basse, de lord Derby.

Quand lord Wentworth prit congé d'elle, en lui disant :

— Vous m'excuserez, madame, il faut que je vous quitte. Une affaire importante...

— Allez, milord, interrompit Diane, non sans quelque malice de femme ; allez tâcher de reprendre vos avantages si cruellement compromis. Mais sachez, en attendant, deux choses : d'abord, que les illusions les plus fortes sont précisément celles qui ne doutent pas, et puis, qu'il faut toujours compter sur la parole d'un gentilhomme français. Nous ne sommes pas au 1er janvier, milord.

Lord Wentworth, furieux, sortit sans répondre.

XIV.

PENDANT LA CANONNADE.

Lord Derby ne s'était guère trompé dans ses conjectures. Voici ce qui était arrivé :

Les troupes de monsieur de Nevers s'étant rapidement unies, la nuit, à celles du duc de Guise, étaient arrivées inopinément, grâce à une marche forcée, devant le fort Sainte-Agathe. Trois mille arquebusiers, soutenus de vingt-cinq à trente chevaux, avaient emporté ce fort en moins d'une heure.

Lord Wentworth n'arriva avec lord Derby au fort de Nieullay, que pour voir sur le pont les siens en fuite accourir demander un refuge à ce second et meilleur rempart de Calais.

Mais, le premier moment de saisissement passé, nous

devons convenir que lord Wentworth se redressa vaillamment. C'était, après tout, une âme d'élite, et qui puisait dans l'orgueil particulier à sa race une grande énergie.

— Il faut que ces Français soient véritablement fous ! dit-il de très bonne foi à lord Derby. Mais nous leur ferons payer cher leur folie. Il y a deux siècles, Calais a tenu une année contre les Anglais, et tiendrait dix ans avec eux. Nous n'aurons pas, au surplus, besoin de si longs efforts. Avant la fin de la semaine, Derby, vous verrez l'ennemi battre honteusement en retraite. Il a gagné tout ce qu'il pouvait emporter par surprise. Mais nous sommes sur nos gardes à présent. Qu'on se rassure donc, et qu'on rie avec moi de cette bévue de monsieur de Guise.

— Allez-vous faire venir des renforts d'Angleterre ? demanda lord Derby.

— A quoi bon ? répondit superbement le gouverneur. Si nos étourdis persistent dans leur imprudence, avant trois jours, et tandis que Nieullay les tiendra en échec, les troupes espagnoles et anglaises qui sont en France viendront d'elles-mêmes à notre aide. Si ces fiers conquérans s'entêtent tout à fait, en vingt-quatre heures un avis transmis à Douvres nous amènera dix mille hommes. Mais, jusque-là, ne leur faisons pas trop d'honneur par trop d'appréhension. Nos neuf cents soldats et nos bonnes murailles leur donneront assez de besogne. Ils n'iront pas plus loin que le pont de Nieullay !

Toujours est-il que le lendemain, 1er janvier 1558, les Français étaient déjà à ce pont que lord Wentworth leur marquait pour dernier terme. Ils avaient ouvert la tranchée pendant la nuit, et, dès midi, leurs canons battaient le fort de Nieullay en brèche.

Ce fut donc au bruit formidable et régulier des deux artilleries tonnantes qu'une scène de famille, solennelle et triste, se passa dans la vieille maison de Peuquoy.

Les questions pressantes adressées par Pierre Peuquoy au messager de Gabriel l'ont déjà, sans nul doute, appris au lecteur, Babette n'avait pu cacher longtemps à son frère et à son cousin ses larmes, et la cause de ses larmes.

Elle n'était pas en effet malheureuse à moitié, la pauvre fille ! Et la réparation que lui devait le prétendu Martin-Guerre n'était plus seulement nécessaire pour elle, elle l'était aussi pour son enfant.

Babette Peuquoy allait être mère.

Toutefois, en avouant sa faute et la dure conséquence de sa faute, elle n'avait pas osé convenir vis-à-vis de Pierre et de Jean que son avenir était sans issue, que Martin-Guerre était marié.

Elle n'en convenait pas vis-à-vis de son propre cœur ; elle se disait que c'était impossible, que monsieur d'Exmès s'était trompé, et que Dieu, qui est bon, n'accable pas ainsi sans ressource une pauvre misérable créature dont tout le crime est d'avoir aimé ! Elle se répétait naïvement, tout le jour, ces raisonnemens d'enfant, et elle espérait. Elle espérait dans Martin-Guerre, elle espérait dans le vicomte d'Exmès. Quoi ? elle ne le savait pas ; mais enfin elle espérait.

Néanmoins, le silence gardé pendant ces deux mois éternels, par le maître et par le serviteur, lui avait porté n coup affreux.

Elle attendait avec une impatience mêlée d'épouvante 1er janvier, cette dernière limite que Pierre Peuquoy vait osé assigner au vicomte d'Exmès lui-même.

Aussi, le 31 décembre, la nouvelle, d'abord vague et ientôt certaine, que les Français marchaient sur Calais, ui causa un tressaillement de joie indicible.

Elle entendait dire à son frère et à son cousin que sûre-ent le vicomte d'Exmès était parmi les assaillans. Donc artin-Guerre y était aussi : donc, Babette avait eu raison 'espérer.

Ce fut cependant avec un certain serrement de cœur e, le lendemain 1er janvier, elle reçut de Pierre Peu-uoy l'invitation de se rendre dans la salle basse, où ils llaient s'entendre avec Jean, devant elle, sur ce qu'il y vait lieu de faire dans les circonstances actuelles.

Elle se présenta toute pâle et tremblante devant cette rte de tribunal domestique, composé pourtant des deux uls êtres qui lui portaient une affection presque pater-elle.

— Mon cousin, mon frère, dit-elle d'une voix émue, me voici à vos ordres.

— Asseyez-vous, Babette, lui dit Pierre en lui montrant une chaise préparée pour elle.

Puis, il reprit avec douceur, mais avec gravité :

— Au commencement, Babette, lorsque, vaincue par nos instances et nos alarmes, vous nous avez confié la triste vérité, je n'ai pas, je m'en souviens à regret, été le maître d'un premier mouvement de colère et de douleur, je vous ai injuriée, menacée même ; mais Jean est heureusement intervenu entre nous.

— Qu'il soit béni pour sa générosité et son indulgence ! dit Babette en tournant vers son cousin son regard noyé de larmes.

— Ne parlez pas de cela, Babette, n'en parlez pas, reprit Jean plus remué qu'il n'eût voulu le paraître. Ce que j'ai fait est bien simple, et, après tout, ce n'était pas le moyen de remédier à vos peines que de vous en infliger de nouvelles.

— C'est ce que j'ai compris, reprit Pierre. D'ailleurs, Babette, votre repentir et vos larmes m'ont touché ; ma fureur s'est adoucie en pitié, ma pitié en tendresse, et je vous ai pardonné la tache que vous aviez faite à notre nom jusque-là sans tache.

— Jésus sera bon pour vous comme vous avez été bon pour moi, mon frère.

— Et puis, continua Pierre, Jean me faisait encore remarquer que votre malheur n'était peut-être pas sans remède, et que celui qui vous avait entraînée dans la faute avait pour droit et pour devoir de vous en retirer.

Babette courba plus bas son front rougissant. Lorsqu'un autre qu'elle paraissait croire à cette réparation, elle n'y croyait plus.

Pierre poursuivit :

— Malgré cet espoir, que j'accueillis avec transport, de voir votre honneur et le nôtre réhabilités, Martin-Guerre se taisait toujours, et le messager que monsieur d'Exmès a envoyé, il y a un mois, à Calais ne nous a même appor-té de votre séducteur aucune nouvelle. Mais voici les

Français devant nos murs. Le vicomte d'Exmès et son écuyer sont avec eux, j'imagine.

— Dites que cela est certain, Pierre, interrompit le brave Jean Peuquoy.

— Ce n'est pas moi qui vous contredirai là-dessus, Jean. Admettons donc que monsieur d'Exmès et son écuyer ne sont séparés de nous que par les murailles et les fossés qui nous gardent, ou plutôt qui gardent les Anglais. En ce cas, si nous les revoyons, Babette, comment estimez-vous que nous devions nous comporter envers eux ? Seront-ils des amis ou des ennemis pour nous ?

— Ce que vous ferez sera bien fait, mon frère, dit Babette, effrayée du tour que prenait l'entretien.

— Mais, Babette, ne présumez-vous rien de leurs intentions ?

— Rien, mon Dieu ! J'attends, voilà tout.

— Ainsi, vous ne savez pas s'ils viennent pour vous sauver ou pour vous abandonner, et si le canon qui sert d'accompagnement à mes paroles annonce à notre famille des libérateurs qu'il faut bénir, ou des infâmes qu'il faut punir ? Vous n'en savez rien, Babette ?

— Hélas ! dit Babette, pourquoi me demandez-vous cela, à moi, triste fille sans pensée, qui ne sais plus que prier et me résigner ?

— Pourquoi je vous demande cela, Babette ? Écoutez. Vous vous rappelez dans quels sentimens nous a élevés notre père à l'endroit de la France et des Français. Les Anglais n'ont jamais été pour nous des compatriotes, mais des oppresseurs, et, il y a trois mois, nulle musique n'eût été plus agréable à mes oreilles que celle qui retentit en ce moment.

— Ah ! pour moi, s'écria Jean, c'est toujours comme la voix de ma patrie qui m'appelle.

— Jean, reprit Pierre Peuquoy, la patrie, c'est le foyer en grand ; c'est la famille multipliée, c'est la fraternité élargie. Mais sied-il de lui sacrifier l'autre fraternité, l'autre foyer, l'autre famille ?

— Mon Dieu ! à quoi voulez-vous donc en venir, Pierre ? demanda Babette.

— A ceci, répondit Pierre : dans les rudes mains plébéiennes et travailleuses de ton frère, Babette, réside peutêtre, à la minute où nous sommes, le sort de la ville de Calais. Oui, ces pauvres mains, noircies par le travail de chaque jour, peuvent rendre au roi de France la clef de la France.

— Et elles hésitent ! s'écria Babette qui avait véritablement sucé avec le lait la haine du joug étranger.

— Ah ! noble fille ! dit Jean Peuquoy ; oui, tu étais bien digne de notre confiance !

— Ni mon cœur ni mes mains n'hésiteraient, reprit Pierre imperturbable, si j'avais la possibilité de restituer directement sa belle cité au roi Henri II, ou à son représentant monsieur le duc de Guise. Mais les circonstances sont telles que nous serions forcés de nous servir de l'intermédiaire de monsieur d'Exmès.

— Eh bien ? demanda Babette surprise de cette réserve.

— Eh bien ! reprit Pierre, autant je serais heureux et fier d'associer à cette grande action celui qui fut notre hôte, et dont l'écuyer devrait devenir mon frère, autant il me répugnerait de faire cet honneur au gentilhomme sans entrailles qui aurait contribué à nous ôter l'honneur.

— Lui, monsieur d'Exmès, si compatissant, si loyal ! s'écria Babette.

— Il n'en est pas moins vrai, dit Pierre, que monsieur d'Exmès, par ta confidence, Babette, comme Martin-Guerre par sa conscience, a su ton malheur, et tu vois bien que tous deux ils se taisent.

— Mais que pouvait dire et faire monsieur d'Exmès ? demanda Babette.

— Il pouvait, ma sœur, dès son retour à Paris, faire venir Martin-Guerre, et lui commander de te donner son nom ! Il pouvait, au lieu de cet inconnu, renvoyer ici son écuyer, et nous payer ainsi à la fois la dette de sa bourse et la dette de son cœur !

— Non, non, il ne le pouvait pas, dit la sincère Babette en hochant tristement la tête.

— Quoi ! il n'était pas libre de donner un ordre à son serviteur ?

— Et à quoi bon donner cet ordre ? reprit Babette.

— Comment ! à quoi bon ? s'écria Pierre Peuquoy. A quoi bon réparer un crime ? à quoi bon sauver une réputtion ? mais devenez-vous folle, Babette ?

— Hélas ! non, pour mon malheur ! dit la pauvre fille n larmes. Les fous oublient.

— Alors, continua Pierre, comment, si vous avez votre aison, pouvez-vous dire que monsieur d'Exmès a bien fait e ne pas user de son autorité de maître pour contraindre otre séducteur à vous épouser ?...

— M'épouser ! m'épouser ! eh ! le pourrait-il ? dit Babette perdue.

— Mais qui donc l'en empêcherait ? s'écrièrent en même mps Jean et Pierre.

Tous deux s'étaient levés d'un mouvement irrésistible. bette tomba sur ses genoux.

— Ah ! s'écria-t-elle égarée, pardonnez-moi une fois de lus, mon frère !... Je voulais vous cacher cela... Je me le chais à moi-même !... Mais voilà que vous venez me arler de notre honneur flétri, de la France, de monsieur 'Exmès, de cet indigne Martin-Guerre... que sais-je ?... Ah ! a tête se perd. Vous me demandiez si je devenais folle ? crois qu'en effet la démence me saisit. Voyons, vous qui tes plus calmes, dites-moi si je me trompe, si j'ai rêvé, ou 'en si c'est vraiment possible ce qu'il m'a annoncé, mon-eur d'Exmès ?...

— Ce qu'il vous a annoncé ! répéta Pierre saisi d'épou-ante.

— Oui, dans ma chambre, le jour de son départ, quand le priais de remettre à Martin cette bague... Je n'osais s lui avouer, à lui étranger, ma faute. Et cependant il a û me comprendre. Et s'il m'a comprise, comment a-t-il u me dire ?...

— Quoi ? Que t'a-t-il dit ? Achève ! s'écria Pierre.

— Hélas ! que Martin-Guerre était déjà marié ! dit Ba-ette.

— Malheureuse ! s'écria Pierre Peuquoy s'élançant, hors e lui, et levant la main sur sa sœur.

— Ah ! c'est donc vrai ! dit d'une voix mourante la malheureuse enfant ; je sens que c'est vrai à présent.

Et elle tomba sur le parquet, évanouie.

Jean avait eu le temps de prendre Pierre par le corps et de le rejeter en arrière.

— Que fais-tu donc, Pierre ? lui dit-il sévèrement. Ce n'est pas la malheureuse qu'il faut frapper, c'est le misérable.

— C'est juste, reprit Pierre Peuquoy, honteux de sa colère aveugle.

Il se retira à l'écart, farouche et sombre, tandis que Jean, penché sur Babette, s'efforçait de la rappeler à la vie. Il y eut un assez long silence.

Au dehors, par intervalles presque réglés, le canon grondait toujours.

Enfin, Babette rouvrit les yeux, et, d'abord, essaya de rappeler ses souvenirs.

— Que s'est-il donc passé ? demanda-t-elle.

Elle regarda, avec un regard vague, le visage incliné vers elle de Jean Peuquoy.

Chose étrange ! Jean ne paraissait pas trop triste. Il y avait même sur son excellente physionomie, en même temps qu'un attendrissement profond, une sorte de contentement secret.

— Mon bon cousin ! dit Babette en lui tendant la main.

Le premier mot de Jean Peuquoy à la chère affligée fut :

— Espérez, Babette, espérez !

Mais les yeux de Babette s'arrêtèrent en ce moment sur la figure morne et désolée de son frère, et elle tressaillit, car tout lui revint à la mémoire à la fois.

— Oh ! Pierre, pardon ! pardon ! cria-t-elle.

Sur un signe touchant de Jean Peuquoy pour l'exhorter à la miséricorde, Pierre s'avança vers sa sœur, la releva, la fit s'asseoir.

— Rassure-toi, lui dit-il. Ce n'est pas à toi que j'en veux. Tu as dû tant souffrir ! Rassure-toi. Je te répéterai après Jean : Espère.

— Ah ! que puis-je espérer maintenant ? dit-elle.

— Non plus la réparation, c'est vrai, mais du moins la vengeance, répondit Pierre les sourcils froncés.

— Et moi, lui glissa Jean à voix basse, moi, je vous dis : la vengeance et la réparation en même temps.

Elle le regarda avec surprise. Mais, avant qu'elle pût l'interroger, Pierre reprit :

— De nouveau, pauvre sœur, je te pardonne. Ta faute, en somme, n'est pas plus grande parce qu'un lâche t'a trompée deux fois. Je t'aime, Babette, comme je t'ai toujours aimée.

Babette, heureuse dans sa douleur, se jeta dans les bras, de son frère.

— Mais, reprit Pierre Peuquoy quand il l'eut embrassée, ma colère ne s'est pas éteinte, elle s'est seulement déplacée. Celui qu'elle voudrait maintenant atteindre c'est, je le répète, cet infâme suborneur, cet odieux Martin-Guerre !...

— Mon frère ! interrompit douloureusement Babette.

— Non, pour lui pas de pitié ! s'écria le bourgeois rigide. Mais à son maître, à monsieur d'Exmès, je dois une réparation, ma loyauté en convient sans peine.

— Je vous l'avais bien dit, Pierre, reprit Jean Peuquoy.

— Oui, Jean, vous aviez raison, comme toujours, et j'avais mal jugé ce digne seigneur. Désormais, tout s'explique. Son silence même était de la délicatesse. Pourquoi nous eût-il cruellement rappelé un malheur irréparable ? J'avais tort ! Et quand je songe que, par une méprise funeste, j'allais peut-être mentir aux convictions et aux instincts de toute ma vie, et faire payer à cette France que j'aime tant une faute qui n'existait même pas !

— A quoi tiennent, mon Dieu ! les grands événements de ce monde ! reprit philosophiquement Jean Peuquoy ; mais par bonheur, rien n'est perdu encore, ajouta-t-il, et, grâce à la confiance de Babette, nous savons maintenant que le vicomte d'Exmès n'a pas démérité de notre amitié. Oh ! je connaissais son noble cœur ; car je n'ai jamais eu qu'à l'admirer, hormis dans son hésitation première, quand nous lui avons d'abord proposé la revanche de la prise de Saint-Quentin. Mais cette hésitation, m'est avis qu'il

contribue en ce moment à la réparer d'une éclatante façon.

Et le brave tisserand faisait signe qu'on écoutât le son
formidable du canon, qui semblait retentir à coups de plus
en plus pressés.

— Jean, reprit Pierre Peuquoy, savez-vous ce que dit
pour nous cette canonnade ?

— Elle nous dit que monsieur d'Exmès est là, répondit
Jean.

— Oui, frère, mais, ajouta Pierre à l'oreille de son cousin, elle nous dit encore : *Souvenez-vous du* 5 !

— Et nous nous en souviendrons, Pierre, n'est-il pas
vrai ?

Ces confidences à voix basse alarmaient Babette, qui,
toute à son idée fixe, murmura :

— Que complotent-ils ? Jésus ! Si monsieur d'Exmès est
là, Dieu veuille que du moins ce Martin-Guerre n'y soit pas
avec lui !

— Martin-Guerre ? reprit Jean qui l'entendit. Oh ! monsieur d'Exmès aura honteusement chassé ce serviteur indigne ! Et il aura bien fait dans l'intérêt même du lâche ;
car nous l'eussions provoqué et tué, à son premier pas
dans Calais ; n'est-ce pas, Pierre ?

— En tout cas, reprit le frère de son accent inflexible,
si ce n'est à Calais, ce sera à Paris ; je le tuerai !

— Oh ! s'écria Babette, ce sont justement ces représailles
que je craignais ! non pas pour lui, que je n'aime plus,
que je méprise, mais pour vous, Pierre, pour vous Jean,
tous deux si fraternels et si dévoués !

— Ainsi, Babette, dit Jean Peuquoy ému, dans un combat entre lui et moi ce n'est pas pour lui c'est pour moi
que vous feriez des vœux.

— Ah ! reprit Babette, cette seule question, Jean, est la
plus cruelle punition de ma faute que vous puissiez m'infliger. Entre vous si bon et si clément et lui si vil et si traître, comment donc pourrais-je hésiter aujourd'hui ?

— Merci ! s'écria Jean. Ce que vous dites là me fait du
bien, Babette, et croyez que Dieu vous en récompensera.

— Je suis sûr, moi du moins, reprit Pierre, que Dieu

punira le coupable. Mais ne songeons pas encore à lui, ami, dit-il à Jean, nous avons actuellement d'autres choses à faire, et trois jours seulement pour préparer ces choses. Il faut sortir, voir nos amis, compter les armes...

Il répéta à voix basse :

— Jean, souvenons-nous du 5 !

Un quart d'heure après, tandis que Babette, retirée plus calme dans sa chambre, remerciait Dieu, sans trop savoir de quoi, de leur côté, l'armurier et le tisserand sortaient tout affairés par la ville.

Ils ne paraissaient plus penser à Martin-Guerre, lequel, en ce moment, pour le dire en passant, se doutait aussi fort peu du mauvais parti qu'on lui préparait dans cette ville de Calais où il n'avait jamais mis le pied.

Cependant, les canons tonnaient toujours, et, comme dit Rabutin, *chargeaient et déchargeaient, de furie esmerveillable, leur tempête d'artillerie.*

XV.

SOUS LA TENTE.

Trois jours après cette scène, le 4 janvier au soir, les Français, en dépit des prédictions de lord Wentworth, avaient encore fait du chemin.

Ils avaient dépassé, non-seulement le pont, mais aussi le fort de Nieullay, dont ils étaient depuis le matin les maîtres, ainsi que de toutes les armes et munitions qu'il contenait.

De cette position, ils pouvaient désormais fermer le passage à tout secours d'Espagnols ou d'Anglais venant de terre.

Un tel résultat valait bien, certes, les trois jours de lutte acharnée et meurtrière qu'il avait coûtés.

— Mais c'est un rêve ! s'était écrié le hautain gouverneur de Calais, quand il avait vu ses troupes fuir en désordre vers la ville, malgré ses courageux efforts pour les retenir à leur poste.

Et, comble d'humiliation ! il avait dû les suivre. Son devoir était de mourir le dernier.

— Par bonheur, lui dit lord Derby quand ils furent en sûreté, par bonheur, Calais et le Vieux-Château, même avec le peu de forces qui nous restent, tiendront bien deux ou trois jours encore. Le fort de Risbank et l'entrée par mer demeurent libres, et l'Angleterre n'est pas loin !

Le conseil de lord Wentworth assemblé déclara en effet avec assurance que là était le salut. Mais ce n'était plus le temps d'écouter l'orgueil. Un avis devait être sur-le-champ expédié à Douvres. Le lendemain, au plus tard, de puissans renforts arriveraient, et Calais était sauvé !

Lord Wentworth adopta ce parti avec résignation. Une barque partit aussitôt, emportant un message pressant pour le gouverneur de Douvres.

Puis, les Anglais prirent des mesures pour concentrer toute leur énergie sur la défense du Vieux-Château.

C'était là le côté vulnérable de Calais. Car la mer, les dunes et une poignée de milices urbaines suffisaient, et au-delà, à protéger le fort de Risbank.

Tandis que les assiégés organisent dans Calais la résistance sur le point attaquable, voyons un peu, hors de la ville, où en sont les assiégeans, et ce que notamment deviennent, dans cette soirée du 4, le vicomte d'Exmès, Martin-Guerre, et leurs vaillantes recrues.

Leur besogne étant celle de soldats et non de mineurs, et leur place n'étant pas aux tranchées et travaux du siége, mais au combat et à l'assaut, ils doivent se reposer, à l'heure qu'il est. Nous n'aurons en effet qu'à soulever la toile de cette tente placée un peu à l'écart sur la droite du camp français, pour retrouver Gabriel et sa petite troupe de volontaires.

Le tableau qu'ils présentaient était pittoresque et surtout varié.

Gabriel, la tête baissée, assis dans un coin sur le seul

beau qu'il y eût, paraissait absorbé par une préoccu-
tion profonde.

A ses pieds, Martin-Guerre raccommodait la boucle
ceinturon. Il relevait de temps en temps les yeux vers
n maître avec sollicitude, mais il respectait la silencieuse
ditation où il le voyait plongé.

Non loin d'eux, sur une sorte de lit formé de manteaux,
it et geignait un blessé. Hélas! ce blessé n'était autre
core que le malencontreux Malemort.

A l'autre extrémité de la tente, le pieux Lactance age-
uillé égrenait son chapelet avec activité et ferveur. Lac-
ce avait eu le malheur d'assommer le matin, à la prise
fort Nieullay, trois de ses frères en Jésus-Christ. Il re-
vait donc à sa conscience trois cents *Pater* et autant
Ave. C'était le taux ordinaire que lui avait imposé pour
morts son confesseur. Ses blessés ne comptaient que
ur moitié.

Près de lui, Yvonnet, après avoir soigneusement décrotté
brossé ses habits tachés par la boue et la poudre, cher-
ait des yeux un coin du sol qui ne fût pas trop humide
de s'y étendre et de prendre un peu de repos, les
lles et fatigues trop prolongées étant tout à fait con-
res à son tempérament délicat.

A deux pas d'Yvonnet, Scharfenstein oncle et Scharfens-
n neveu faisaient sur leurs doigts énormes des calculs
pliqués. Ils supputaient ce que pourrait leur rapporter
butin de la matinée. Scharfenstein neveu avait eu le ta-
t de mettre la main sur une armure de prix, et ces dignes
tons, le visage épanoui, partageaient d'avance l'argent
'ils comptaient tirer de cette riche proie.

our le reste des soudards, groupés au centre de la tente,
jouaient aux dés, et joueurs et parieurs suivaient avec
imation les chances diverses de la partie.

Une grosse chandelle fumeuse, fichée à même la terre,
airait leurs physionomies joyeuses ou désappointées, et
jetait même quelques lueurs incertaines jusqu'aux au-
s figures, aux expressions opposées, que nous avons
hé de découvrir et d'esquisser dans la pénombre.

A un gémissement plus douloureux poussé par le pauvre

Malemort, Gabriel releva la tête, et, interpellant son écuyer

— Martin-Guerre, quelle heure peut-il être maintenant! lui demanda-t-il.

— Monseigneur, je ne sais pas trop, répondit Martin cette nuit pluvieuse a éteint toutes les étoiles. Mais j'estime qu'il ne doit pas être loin de six heures; car il y a plui d'une heure qu'il fait nuit fermée.

— Et ce chirurgien t'a bien promis de venir à six heures reprit Gabriel.

— A six heures précises, monseigneur. Et tenez, on soulève la portière, c'est lui, le voilà.

Le vicomte d'Exmès jeta un seul coup d'œil sur le nou vel arrivant, et sur-le-champ le reconnut. Il ne l'avait pour tant vu qu'une fois. Mais la figure du chirurgien était de celles que l'on n'oublie pas quand on les a rencontrées.

— Maître Ambroise Paré ! s'écria Gabriel en se levant.

— Monsieur le vicomte d'Exmès ! dit Paré avec un pro fond salut.

— Ah !-maître, je ne vous savais pas au camp, si près de nous, reprit Gabriel.

— Je tâche d'être toujours à l'endroit où je puis me rendre le plus utile, répondit le chirurgien.

— Oh ! je vous reconnais bien là, généreux cœur ; et je vous sais doublement gré aujourd'hui d'être ainsi, car je vais recourir à votre science et à votre habileté.

— Pas pour vous, j'espère, dit Ambroise Paré. De quoi s'agit-il?

— C'est un de mes gens, reprit Gabriel, qui, ce matin, en se ruant avec une espèce de frénésie sur les fuyards anglais, a reçu de l'un d'eux un coup de lance dans l'épaule.

— Dans l'épaule? ce n'est peut-être pas grave, dit le chirurgien.

— J'ai peur du contraire, reprit Gabriel en baissant la voix; car un des camarades du blessé, Scharfenstein que voilà, a si rudement et si maladroitement essayé de déga ger le bois de la lance, qu'il l'a cassée, et le fer est resté dans la plaie.

Ambroise Paré laissa échapper une grimace de mauvais augure.

— Voyons cela, dit-il cependant avec son calme accoutumé.

On le mena au lit du patient. Tous les soudards s'étaient levés et entouraient le chirurgien, laissant là, qui son jeu, qui ses calculs, qui son nettoyage. Lactance seul continua à marmotter dans son coin. Lactance, quand il faisait pénitence de ses prouesses, ne s'interrompait jamais que pour en commettre d'autres.

Ambroise Paré écarta les linges qui enveloppaient l'épaule de Malemort, et examina attentivement la blessure secoua la tête avec doute et mécontentement, mais il dit tout haut :

— Ce ne sera rien.

— Heuh ! grommela Malemort. Si ce n'est rien, pour-' je demain retourner me battre ?

— Je ne crois pas, dit Ambroise Paré qui sondait la laie.

— Aïe ! mais vous me faites un peu mal, savez-vous? prit Malemort.

— Pour cela, je le crois, dit le chirurgien; du courage, on ami !

— Oh! j'en ai, fit Malemort. Après tout, jusqu'ici c'est rt tolérable. Sera-ce plus dur quand il faudra extirper ce amné tronçon ?

— Non, car le voici, dit Ambroise Paré triomphant, en evant et montrant à Malemort le fer de lance qu'il venait 'extraire.

— Je vous suis bien obligé, monsieur le chirurgien, re-tit poliment Malemort.

Un murmure d'admiration et d'étonnement accueillit le up de maître d'Ambroise Paré.

— Quoi! tout est fini ? dit Gabriel. Mais c'est un pro-'ge !

— Il faut convenir aussi, reprit Ambroise en souriant, e le blessé n'était pas douillet.

— Ni l'opérateur maladroit, par la messe! s'écria der-re les soldats un survenant, que dans l'anxiété générale rsonne n'avait vu entrer.

Mais, à cette voix bien connue, tous s'écartèrent respectueusement.

— Monsieur le duc de Guise ! dit Paré en reconnaissant le général en chef.

— Oui, maître, reprit le duc, monsieur de Guise qui est stupéfait et ravi de votre savoir-faire. Par Saint-François, mon patron ! j'ai vu là-bas tout à l'heure, à l'ambulance, des ânes bâtés de médecins qui, j'en jure, faisaient plus de mal à nos soldats avec leurs instrumens que les Anglais avec leurs armes. Mais vous avez arraché ce pieu, vous, aussi aisément qu'un cheveu blanc. Et je ne vous connaissais pas ! Comment vous appelle-t-on, maître ?

— Ambroise Paré, monseigneur, dit le chirurgien.

— Eh bien ! maître Ambroise Paré, reprit le duc de Guise, je vous réponds que votre fortune est faite, à une condition toutefois.

— Et peut-on savoir laquelle, monseigneur ?

— C'est que s'il m'arrive plaie ou bosse, ce qui est fort possible, et ces jours-ci plus que jamais, vous vous chargiez de moi et me traitiez sans plus de façon et de cérémonie que ce pauvre diable-là.

— Monseigneur, je le ferais, dit Ambroise en s'inclinant. Tous les hommes sont égaux devant la souffrance.

— Hum ! reprit François de Lorraine, vous tâcherez donc, au cas que je vous dis, qu'ils le soient aussi devant la guérison.

— Monseigneur me permettra-t-il actuellement, dit le chirurgien, de fermer et de bander la plaie de cet homme. Tant d'autres blessés ont besoin de mes soins aujourd'hui !

— Faites, maître Ambroise Paré ! reprit le duc. Faites sans vous occuper de moi. J'ai hâte moi-même de vous renvoyer délivrer le plus de patiens possible des mains de nos Esculapes jurés. D'ailleurs, j'ai à m'entretenir avec monsieur d'Exmès.

Ambroise Paré se remit donc tout de suite au pansement de Malemort.

— Monsieur le chirurgien, je vous remercie de nouveau, lui dit le blessé. Mais, pardonnez-moi, j'ai encore un service à vous demander.

— Qu'est-ce que c'est, mon vaillant? demanda Ambroise.

— Voici, monsieur le chirurgien, reprit Malemort. Maintenant que je ne sens plus dans ma chair cet horrible bâton qui me gênait atrocement, il me semble que je dois être à peu près guéri?

— Oui, à peu près, dit Ambroise Paré tout en serrant les ligatures.

— Eh bien! alors, fit Malemort d'un ton simple et dégagé, voulez-vous avoir la bonté de dire à mon maître, à monsieur d'Exmès, que, si l'on se bat demain, je suis parfaitement en état de me battre.

— Vous battre demain! s'écria Ambroise Paré. Ah çà! mais vous n'y songez pas!

— Oh! si fait! j'y songe, reprit Malemort avec mélancolie.

— Mais, malheureux, dit le chirurgien, sachez que je vous ordonne huit jours de repos absolu, au moins huit jours de lit, huit jours de diète!

— Diète de nourriture, soit, reprit Malemort, mais pas diète de bataille, je vous en prie.

— Vous êtes fou! continua Ambroise Paré; si vous vous leviez seulement, la fièvre vous prendrait, vous seriez perdu. J'ai dit huit jours, je n'en rabats pas une heure.

— Heuh! beugla Malemort, dans huit jours le siége sera bâclé. Je ne me battrai donc jamais tout mon saoul.

— Voilà un rude gaillard! dit le duc de Guise qui avait prêté l'oreille à ce singulier dialogue.

— Malemort est comme cela, reprit en souriant Gabriel, et je vous prierai même, monseigneur, de donner des ordres pour qu'on le transporte à l'ambulance et pour qu'on l'y surveille; car s'il entend le bruit de quelque mêlée, il est capable de vouloir se lever malgré tout.

— Eh bien! rien de plus simple, dit le duc de Guise. Faites-le transporter vous-même par ses camarades.

— C'est que, monseigneur, reprit Gabriel avec quelque embarras, j'aurai peut-être besoin de mes hommes cette nuit.

— Ah! fit le duc, en regardant le vicomte d'Exmès avec surprise.

— Si monsieur d'Exmès le désire, dit Ambroise Paré qui s'approcha après avoir terminé son pansement, je vais envoyer deux de mes aides avec un brancard pour prendre ce blessé batailleur.

— Je vous remercie et j'accepte, dit Gabriel. Je le recommande à votre attention la plus vigilante, n'est-ce pas !

— Heuh ! clama de nouveau Malemort avec désespoir.

Ambroise Paré sortit après avoir pris congé du duc de Guise. Les gens de monsieur d'Exmès, sur un signe de Martin-Guerre, se retirèrent tous à l'extrémité de la tente, et Gabriel put rester dans une sorte de tête-à-tête avec le général commandant le siége.

XVI.

LES PETITES BARQUES SAUVENT LES GROS NAVIRES.

Quand le vicomte d'Exmès se trouva ainsi à peu près seul avec le duc de Guise, il commença en lui disant :

— Eh bien! êtes-vous content, monseigneur ?

— Oui, ami, répondit François de Lorraine, oui, content du résultat obtenu, mais, je l'avoue, inquiet du résultat à obtenir. C'est cette inquiétude qui m'a fait sortir de ma tente, errer par le camp, et venir chercher auprès de vous bon encouragement et bon conseil.

— Mais qu'y a-t-il donc de nouveau ? reprit Gabriel. L'événement a, ce me semble, dépassé toutes vos espérances. En quatre jours, vous voilà maître des deux boucliers de Calais. Les défenseurs de la ville même et du Vieux-Château ne tiendront pas maintenant plus de quarante-huit heures.

— C'est vrai, dit le duc, mais ils tiendront quarante-huit heures, et cela suffit pour nous perdre et les sauver.

— Oh ! monseigneur me permettra encore d'en douter, dit Gabriel.

— Non, ami, ma vieille expérience ne me trompe point, reprit le duc de Guise. A moins d'un coup de fortune imprévu, d'une chance hors des calculs humains, notre entreprise est manquée. Croyez-moi quand je vous le dis.

— Et comment cela ? demanda Gabriel avec un sourire qui répondait mal à la tristesse d'une telle confidence.

— Je vais vous le démontrer en deux mots, et sur votre plan même. Suivez-moi bien.

— Je suis tout attention, dit Gabriel.

— La tentative étrange et hasardeuse où votre jeune ardeur a entraîné ma prudente ambition, reprit le duc, n'avait d'issue possible que par l'isolement et l'étonnement de la garnison anglaise. Calais était imprenable, soit, mais n'était pas insurprenable. C'est d'après cette idée que nous avons raisonné notre folie, n'est-il pas vrai ?

— Et jusqu'à présent, reprit Gabriel, les faits n'ont pas trop donné tort à nos calculs.

— Non, sans doute, dit le duc de Guise, et vous avez prouvé, Gabriel, que vous saviez aussi bien juger les hommes que voir les choses, et que vous aviez étudié le cœur du gouverneur de Calais aussi habilement que l'intérieur de sa ville. Lord Wentworth n'a démenti aucune de vos conjectures. Il a cru que ses neuf cents hommes et ses redoutables avant-postes suffiraient pour nous faire repentir de notre audacieuse équipée. Il nous a estimé trop peu pour s'alarmer, et n'a pas daigné appeler à son secours une seule compagnie, ni sur le continent ni en Angleterre.

— J'avais été à même, dit Gabriel, de préjuger comment son dédaigneux orgueil se comporterait en pareille circonstance.

— Aussi, reprit le duc de Guise, avons-nous, grâce à cette outrecuidance, emporté le fort Saint-Agathe presque sans coup férir, et le fort de Nieullay par trois jours de lutte heureuse.

— Si bien qu'à présent, dit joyeusement Gabriel, les Anglais ou les Espagnols venant secourir, du côté de la terre, leur compatriote ou leur allié, trouveraient, au lieu des canons de lord Wentworth pour les seconder, les batteries du duc de Guise pour les écraser.

— Ils s'en défieront et ne s'approcheront qu'à distance, reprit en souriant François de Guise, que gagnait la bonne humeur du jeune homme.

— Eh bien, n'avons-nous pas conquis là un point important ? reprit Gabriel.

— Sans doute, sans doute, dit le duc ; mais ce n'est malheureusement pas le seul, ce n'est même pas le plus important. Nous avons fermé aux auxiliaires extérieurs de Calais un des chemins qu'ils pouvaient prendre, une des portes de la place. Mais il leur reste une autre porte, un second chemin.

— Lequel donc, monseigneur ? demanda Gabriel, qui feignait de chercher.

— Jetez les yeux sur cette carte, refaite par le maréchal Strozzi, d'après le plan que vous nous aviez remis, dit le général en chef. Calais peut être secouru par deux extrémités : par le fort de Nieullay qui défend les chaussées et avenues de terre.

— Mais qui les défend pour nous à présent, interrompit Gabriel.

— Sans doute, reprit le duc de Guise ; mais là, du côté de la mer, protégé par l'Océan, les marais et les dunes, il y a, voyez ! le fort de Risbank, ou, si vous l'aimez mieux, la tour Octogone ; le fort de Risbank, qui commande tout le port et qui l'ouvre et le ferme aux navires. Qu'un avertissement en parte pour Douvres, en quelques heures les vaisseaux anglais amènent assez de renforts et de vivres pour assurer la place pendant des années. Ainsi, le fort de Risbank garde la ville, et la mer garde le fort de Risbank. Or, savez-vous, Gabriel, ce qu'après son échec de tantôt, fait à cette heure lord Wentworth ?

— Parfaitement, répondit avec calme le vicomte d'Exmès. Lord Wentworth, sur l'avis unanime de son conseil, expédie en toute hâte à Douvres un avertissement jusqu'ici trop retardé, et compte recevoir demain, à pareille heure, les renforts qu'il reconnaît enfin nécessaires.

— Après ? vous n'achevez pas ? dit monsieur de Guise.

— Mais j'avoue, monseigneur, que je ne vois pas beaucoup plus loin, reprit Gabriel. Je n'ai pas la prescience de Dieu.

— Il suffit ici de la prévoyance d'un homme, reprit François de Lorraine, et, puisque la vôtre s'arrête à moitié chemin, je continuerai pour elle.

— Que monseigneur veuille donc m'apprendre ce qui, selon lui, adviendra, dit Gabriel en s'inclinant.

— C'est fort simple, reprit monsieur de Guise. Les assiégés, secourus au besoin par l'Angleterre entière, pourront, dès demain, nous opposer, au Vieux-Château, des forces supérieures, des forces désormais invincibles. Si néanmoins nous tenons bon, d'Ardres, de Ham, de Saint-Quentin, tout ce qui se trouve d'Espagnols et d'Anglais en France va s'amasser, comme la neige hivernale, aux environs de Calais. Puis, quand ils se jugeront assez nombreux, ils nous assiégeront à leur tour. J'admets qu'ils ne reprennent pas tout de suite le fort de Nieullay, ils finiront bien par reprendre celui de Sainte-Agathe. Ce sera assez pour nous foudroyer entre deux feux.

— Une telle catastrophe serait épouvantable en effet, dit paisiblement Gabriel.

— Elle n'est que trop probable pourtant ! reprit le duc de Guise, qui serrait sa main contre son front avec découragement.

— Mais, dit le vicomte d'Exmès, vous n'avez pas été, monseigneur, sans songer aux moyens de la prévenir, cette catastrophe terrible ?

— Je ne songe qu'à cela, parbleu ! dit le duc de Guise.

— Ah ! Eh bien ? demanda négligemment Gabriel.

— Eh bien! la seule chance, chance trop précaire, hélas ! qui nous reste, c'est, je crois, de donner demain au Vieux-Château, en tout état de choses, un assaut désespéré. Rien ne sera prêt comme il faut sans doute, quoique 'on doive pousser cette nuit les travaux avec toute l'acti- ité possible. Mais il n'y a pas d'autre parti à prendre, et cela est moins fou encore que d'attendre l'arrivée des ren- forts d'Angleterre. La *furie française*, comme ils disent en

Italie, viendra peut-être à bout, dans son impétuosité prodigieuse, de ces inabordables murailles.

— Non, elle s'y brisera repartit froidement Gabriel. Pardonnez-moi, monseigneur, mais il me semble que l'armée
de France n'est, en ce moment, ni assez forte ni assez
faible pour l'aventurer ainsi dans l'impossible. Une responsabilité terrible pèse sur vous, monseigneur. Il est vraisemblable qu'après avoir perdu la moitié de notre monde,
nous serions finalement repoussés. Que compte faire alors
le duc de Guise?

— Ne pas s'exposer du moins à une ruine totale, à un
échec complet, dit douloureusement François de Lorraine,
retirer de ces murs maudits les troupes qui me resteront,
et les conserver pour de meilleurs jours au roi et à la patrie.

— Le vainqueur de Metz et de Renty battre en retraite !
s'écria Gabriel.

— Cela vaut toujours mieux que de s'obstiner dans la
défaite, comme le connétable à la journée de Saint-Laurent, dit le duc de Guise.

— N'importe! reprit Gabriel, le coup serait désastreux
et pour la gloire de la France et pour la réputation de
monseigneur.

— Eh! qui le sait mieux que moi! s'écria le duc de
Guise. Voilà ce que c'est que le succès et que la fortune !
Si j'avais réussi, j'eusse été un héros, un grand génie, un
demi-dieu. J'échoue, et je ne serai plus qu'un esprit pré-
somptueux et vain qui méritera la honte de sa chute. La
même tentative qu'on eût appelée grandiose et surpre-
nante, si elle eût heureusement abouti, va m'attirer les
huées de l'Europe, et ajourner, ou même détruire dans
leur germe, tous mes projets et toutes mes espérances. A
quoi tiennent les pauvres ambitions de ce monde !...

Le duc se tut, consterné. Il y eut un assez long silence
que Gabriel, à dessein, se garda d'interrompre.

Il voulait laisser monsieur de Guise mesurer de son œil
expert les terribles difficultés de sa situation.

Puis, quand il jugea que le duc les avait de nouveau bien
sondées, il reprit:

— Je vous vois, monseigneur, dans un de ces momens
de doute qui, au milieu même des plus grandes œuvres,
saisissent les plus grands ouvriers. Un mot cependant. Ce
n'est pas certainement un génie supérieur, un capitaine
consommé comme celui auquel j'ai l'honneur de parler,
qui a pu s'engager à la légère dans une entreprise aussi
grave que celle-ci. Les moindres détails, les éventualités
les plus improbables en ont été prévus dès Paris, dès le
Louvre. Vous avez dû trouver d'avance des dénouemens à
toutes les péripéties et des remèdes à tous les maux. Comment se fait-il que vous hésitiez et cherchiez encore ?

— Mon Dieu ! dit le duc de Guise, votre enthousiasme
et votre assurance juvéniles m'ont, je crois fasciné et
aveuglé, Gabriel.

— Monseigneur !... reprit le vicomte d'Exmès avec reproche.

— Oh ! ne vous blessez pas, je ne vous en veux point,
ami ! j'admire toujours votre idée qui était grande et pa-
triotique. Mais la réalité aime justement à tuer les beaux
rêves. Néanmoins, je m'en souviens bien, je vous avais
posé mes objections sur cette même extrémité où nous
voilà, et vous aviez détruit ces objections.

— Et comment, s'il vous plaît, monseigneur ? demanda
Gabriel.

— Vous m'aviez promis, dit le duc de Guise, que si nous
nous rendions maîtres en peu de jours des deux forts de
Sainte-Agathe et de Nieullay, les intelligences que vous
aviez dans la place mettraient dans nos mains le fort de
Risbank, et qu'ainsi Calais ne pourrait plus être secouru
ni par mer, ni par terre. Oui, Gabriel, je me le rappelle,
et vous devez vous le rappeler aussi, vous m'aviez promis
cela.

— Eh bien !... dit le vicomte d'Exmès, sans paraître
troublé le moins du monde.

— Eh bien! reprit le duc, vos espérances vous ont menti, n'est-ce pas ? vos amis de Calais n'ont pas tenu parole,
c'est l'usage. Ils ne sont pas encore certains de notre victoire, et ils ont peur, et ils ne se montreront que si nous
n'avons plus besoin d'eux.

— Excusez-moi, monseigneur ; qui vous a dit cela ? demanda Gabriel.

— Mais, mon ami, votre silence même. L'instant est venu où vos auxiliaires secrets devraient nous servir et pourraient nous sauver. Ils ne bougent pas et vous vous taisez. J'en conclus que vous ne comptez plus sur eux, et qu'il faut renoncer à ce secours.

— Si vous me connaissiez mieux, monseigneur, reprit Gabriel, vous sauriez que je n'aime guère parler quand je puis agir.

— Eh quoi ? espérez-vous toujours ? dit le duc de Guise.

— Oui, monseigneur, puisque je vis, répondit Gabriel avec une expression mélancolique et grave.

— Ainsi le fort de Risbank ?...

— Vous appartiendra, si je ne suis mort, quand cela sera nécessaire.

— Mais, Gabriel, ce serait nécessaire demain, demain au matin !

— Nous l'aurons donc demain, au matin ! répondit avec calme Gabriel, à moins, je le répète, que je ne succombe ; mais alors vous ne pourrez pas reprocher un manque de parole à celui qui aura donné sa vie pour tenir sa promesse.

— Gabriel, dit le duc de Guise, qu'allez-vous faire ? braver quelque danger mortel, courir quelque chance insensée ? Je ne veux pas je ne veux pas ! La France n'a que trop besoin d'hommes tels que vous.

— Ne vous inquiétez de rien, monseigneur, reprit Gabriel. Si le péril est grand le but est grand aussi, et la partie vaut bien les risques qu'elle entraîne. Ne pensez qu'à profiter du résultat, et laissez-moi maître des moyens. Je ne réponds que de moi, et vous répondez de tous.

— Que pourrais-je faire pour vous seconder du moins ? dit le duc de Guise. Quelle part me laissez-vous dans vos desseins ?

— Monseigneur, reprit Gabriel, si vous ne m'aviez fait la grâce de venir ce soir sous cette tente, mon intention était d'aller vous trouver dans la vôtre et de vous adresser une requête...

— Parlez, parlez ! dit vivement François de Lorraine.

— Demain, 5 du mois, au point du jour, monseigneur, c'est-à-dire sur les huit heures, les nuits sont longues en janvier, veuillez poster quelqu'un de sûr à ce promontoire d'où l'on voit le fort de Risbank. Si le drapeau anglais continue d'y flotter, hasardez l'assaut désespéré que vous aviez résolu, car j'aurai échoué, en d'autres termes je serai mort.

— Mort ! s'écria le duc de Guise. Vous voyez bien, Gabriel, que vous allez vous perdre.

— N'employez pas, en ce cas, votre temps à me regretter, monseigneur, dit le jeune homme. Que seulement tout soit prêt et animé pour votre dernier effort, et je prie Dieu qu'il vous soit donné d'y réussir. Allez ! que tout marche et combatte ! Les secours d'Angleterre ne pourront arriver avant midi ; vous aurez quatre heures d'héroïsme pour prouver, avant de battre en retraite, que les Français sont intrépides autant que prudens.

— Mais vous, Gabriel, reprit le duc, répétez-moi du moins que vous avez quelques chances de succès.

— Oui, j'en ai, rassurez-vous, monseigneur. Aussi, restez calme et patient comme un homme fort que vous êtes. Ne donnez pas trop vite le signal d'un assaut trop précipité. Ne vous jetez pas, avant l'ordre de la nécessité, dans cette extrémité hasardeuse. Enfin ! vous n'aurez qu'à faire continuer tranquillement par monsieur le maréchal Strozzi et ses mineurs les travaux du siége, et vos soldats et artilleurs pourront attendre l'instant favorable pour l'assaut, si, à huit heures, on vous signale sur le fort de Risbank l'étendard de France.

— L'étendard de France sur le fort de Risbank ! s'écria le duc de Guise.

— Où sa vue, je pense, continua Gabriel, ferait immédiatement rebrousser chemin aux navires qui arriveraient d'Angleterre.

— Je le pense comme vous, dit monsieur de Guise. Mais, ami, comment ferez-vous ?...

— Laissez-moi mon secret, je vous en supplie, monseigneur, dit Gabriel. Si vous connaissiez mon dessein étrange, vous voudriez m'en détourner peut-être. Or, ce n'est plus l'heure de réfléchir et de douter. D'ailleurs, je ne compromets en tout ceci ni l'armée, ni vous. Les hommes qui sont là, les seuls que je veuille employer, sont tous des volontaires à moi, et vous vous êtes engagé à me laisser libre avec eux. Je désire accomplir mon projet sans aide ou mourir.

— Et pourquoi, cette fierté ? demanda le duc de Guise.

— Ce n'est point fierté, monseigneur, mais je veux payer de mon mieux la grâce inappréciable que vous avez bien voulu me promettre à Paris, et que vous vous rappelez, j'espère.

— De quelle grâce inappréciable parlez-vous, Gabriel ? dit le duc de Guise. Je passe pour avoir bonne mémoire, à l'endroit de mes amis surtout. Mais j'avoue à ma honte qu'ici je ne me souviens pas...

— Hélas ! monseigneur, reprit Gabriel, la chose est pourtant pour moi bien importante ! Voici en effet ce que j'avais sollicité de votre bonté : s'il vous devenait prouvé que, par l'exécution comme par l'idée, on me devait, à moi seul, la prise de Calais, je vous avais demandé, non point de m'en faire publiquement l'honneur, cet honneur vous revient à vous, chef de l'entreprise, mais seulement de déclarer au roi Henri II la part que j'aurais eue, sous vos ordres, dans cette conquête. Or, vous aviez bien voulu me laisser espérer que cette récompense me serait accordée.

— Quoi ! est-ce là cette faveur inouïe à laquelle vous faisiez allusion, Gabriel ? reprit le duc. Du diable si je m'en doutais ! Mais, mon ami, ce ne sera pas une récompense cela, ce sera une justice ; et, secrètement ou publiquement, à votre gré, je serai toujours prêt à reconnaître et attester comme je le dois vos mérites et vos services.

— Mon ambition ne va pas au delà, monseigneur, dit Gabriel. Que le roi soit informé de mes efforts, il a dans les mains un prix qui vaudra pour moi tous les honneurs et tous les bonheurs du monde. '

— Le roi saura donc tout ce que vous aurez fait pour lui Gabriel. Mais moi ne puis-je rien de plus pour vous ?

— Si fait, monseigneur, j'ai encore quelques services à réclamer de votre bienveillance.

— Parlez, dit le duc.

— D'abord, reprit Gabriel, j'ai besoin du mot de passe pour pouvoir cette nuit, à quelque heure que ce soit, sortir du camp avec mes gens.

— Vous n'avez qu'à dire : *Calais et Charles,* les sentinelles vous livreront passage.

— Ensuite, monseigneur, dit Gabriel, si je succombe et que vous réussissiez, j'ose vous rappeler que madame Diane de Castro, la fille du roi, est prisonnière de lord Wentworth, et a les droits les plus légitimes à votre courtoise protection.

— Je me souviendrai de mon devoir d'homme et de gentilhomme, répondit François de Lorraine. Après ?

— Enfin, monseigneur, dit le vicomte d'Exmès, je vais contracter cette nuit une dette considérable envers un pêcheur de ces côtes appelé Anselme. Si Anselme périt avec moi, j'ai écrit à maître Élyot, celui qui a soin de mes domaines, de pourvoir à la subsistance et au bien-être de sa famille privée désormais de soutien. Mais, pour plus de sûreté, monseigneur, je vous serais obligé de veiller à l'exécution de mes ordres.

— Ce sera fait, dit le duc de Guise. Est-ce tout ?

— C'est tout, monseigneur, reprit Gabriel. Seulement, si vous ne me revoyez plus, pensez parfois, je vous prie, à moi avec quelque regret, et parlez de moi avec quelque estime, soit au roi qui sera certainement content de ma mort, soit à madame de Castro qui en sera peut-être fâchée. Et maintenant je ne vous retiens plus, et vous dis adieu, monseigneur.

Le duc de Guise se leva.

— Chassez donc vos tristes idées, ami, dit-il. Je vous quitte pour vous laisser tout entier à votre mystérieux projet, et je conviens que jusqu'à demain huit heures je serai bien inquiet et ne dormirai guère. Mais ce sera surtout à cause de cette obscurité qui pour moi plane sur ce que vous allez faire. Quelque chose me dit que je vous reverrai, et je ne vous dis pas adieu, moi.

— Merci de l'augure, monseigneur ! dit Gabriel ; car, si vous me revoyez, ce sera dans Calais ville française.

— Et, en ce cas, reprit le duc de Guise, vous pourrez vous vanter d'avoir tiré d'un grand péril et l'honneur de la France, et le mien propre.

— Les petites barques, monseigneur, sauvent quelquefois les gros navires, dit en s'inclinant Gabriel.

Le duc de Guise, sur le seuil de la tente, serra une dernière fois, dans une accolade amicale, la main du vicomte d'Exmès, et rentra tout songeur à son logis.

XVII.

OBSCURI SOLA SUB NOCTE...

Quand Gabriel revint à sa place, après avoir reconduit jusqu'à la porte monsieur de Guise, il fit de loin un signe à Martin-Guerre, qui se leva sur-le-champ et sortit, sans paraître avoir besoin d'autre explication.

L'écuyer rentra, un quart-d'heure après, accompagné d'un homme au teint hâve, et vêtu misérablement.

Martin s'approcha de son maître qui était retombé dans ses réflexions. Pour les autres compagnons, ils jouaient ou dormaient à qui mieux mieux.

— Monseigneur, dit Martin-Guerre, voici notre homme.

— Ah! bien! dit Gabriel. C'est vous qui êtes le pêcheur Anselme dont Martin-Guerre m'a parlé? ajouta-t-il en s'adressant au nouveau venu.

— Je suis le pêcheur Anselme, oui, monseigneur, dit l'homme.

— Et vous savez, reprit le vicomte d'Exmès, le service que nous attendons de vous?

— Votre écuyer me l'a dit, monseigneur, et je suis prêt.

— Martin-Guerre a dû cependant vous dire aussi, continua Gabriel, que dans cette expédition vous couriez avec nous risque de la vie.

— Oh! reprit le pêcheur, cela il n'avait pas besoin de
me le dire. Je le savais aussi bien et mieux que lui.

— Et pourtant vous êtes venu? dit Gabriel.

— Me voilà tout à vos ordres, repartit Anselme.

— Bien! ami, c'est le fait d'un vaillant cœur.

— Ou d'une existence perdue, reprit le pêcheur.

— Comment cela? demanda Gabriel. Que voulez-vous
dire?

— Eh! par Notre-Dame de Grâce! fit Anselme, je brave
tous les jours la mort pour rapporter quelque poisson, et
bien souvent je ne rapporte rien. Il n'y a donc pas grand
mérite à hasarder aujourd'hui ma peau hâlée pour vous,
qui vous engagez, si je meurs ou si je vis, à assurer le
sort de ma femme et de mes trois enfants.

— Oui, dit Gabriel, mais le danger que vous affrontez
journellement est douteux et caché. Vous ne vous embar-
quez jamais par la tempête. Cette fois le péril est visible et
certain.

— Ah! reprit le pêcheur, il est sûr qu'il faut être un fou
ou un saint pour s'aventurer sur la mer par une nuit pareille. Mais la chose vous regarde et je n'ai rien à y reprendre, si c'est votre idée. Vous m'avez payé d'avance ma
barque et mon corps. Seulement vous devrez à la Sainte-
Vierge une fameuse chandelle de vraie cire, si nous arri-
vons sains et saufs.

— Et une fois arrivés, Anselme, reprit Gabriel, votre tâche n'est pas finie. Après avoir ramé, vous devez, au besoin, vous battre, et faire œuvre de soldat après avoir fait
œuvre de marin. Partant, il y a deux dangers pour un, ne
l'oubliez pas.

— C'est bon, dit Anselme, ne me découragez pas trop.
On vous obéira. Vous me garantissez la vie de ceux qui me
sont chers. Je vous donne la mienne. Marché conclu, n'en
parlons plus.

— Vous êtes un brave homme, reprit le vicomte d'Exmès. Pour votre femme et vos enfants, soyez tranquille, ils
ne manqueront jamais de rien. J'ai écrit à mon intendant
Élyot mes ordres à ce sujet, et monsieur le duc de Guise
lui-même s'en occupera.

— C'est plus qu'il ne m'en faut, dit le pêcheur, et vous êtes plus généreux qu'un roi. Je ne ferai pas le finaud avec vous. Vous ne m'auriez donné que cette somme qui nous a, par ces temps si durs, tiré d'embarras, je ne vous aurais pas demandé mon reste. Mais si je suis content de vous, j'espère que vous le serez de moi.

— Voyons, reprit Gabriel, pourrons-nous bien tenir quatorze dans votre barque ?

— Elle en a tenu vingt, monseigneur.

— Il vous faut des bras pour vous aider à ramer, n'est-ce pas ?

— Ah ! oui, par exemple ! dit Anselme. J'aurai déjà assez à faire au gouvernail et à la voile, si la voile peut tenir.

— Nous avons, dit Martin-Guerre, Ambrosio, Pilletrousse et Landry qui rameront comme s'ils n'avaient fait que cela toute leur vie, et moi-même je nage aussi bien avec du bois qu'avec mes bras.

— Oh! bien, reprit gaîment Anselme, j'aurai l'air d'un patron huppé, j'espère, avec tant et de si bons compagnons à mon service ! Maître Martin ne m'a plus maintenant laissé ignorer qu'une chose, c'est le point précis où nous devons débarquer.

— Le fort de Risbank, répondit le vicomte d'Exmès.

— Le fort de Risbank ! vous avez dit le fort de Risbank ? s'écria Anselme avec stupéfaction.

— Eh ! sans doute, dit Gabriel, qu'avez-vous à objecter à cela ?

— Rien, reprit le pêcheur, sinon que l'endroit n'est guère abordable, et que, pour ma part, je n'y ai jamais jeté l'ancre. C'est tout rocher.

— Refusez-vous de nous conduire? dit Gabriel.

— Ma foi ! non, et, quoique je connaisse mal ces parages-là, je ferai de mon mieux. Mon père, qui était comme moi pêcheur de naissance, avait coutume de dire : Il ne faut vouloir régenter ni le poisson ni la pratique. Je vous mènerai au fort de Risbank, si je puis. Une jolie promenade que nous ferons là !

— A quelle heure faudra-t-il nous tenir prêts? demanda Gabriel.

— Vous voulez arriver à quatre heures, je crois ? reprit
Anselme.

— De quatre à cinq, pas plus tôt.

— Eh bien! du lieu dont nous partons afin de n'être pas
vus et de n'exciter nul soupçon, il faut compter, à vue de
nez, deux heures de navigation : l'essentiel est de ne pas
nous fatiguer inutilement en mer. Puis, pour se rendre
d'ici à la crique, calculons une heure de marche.

— Nous quitterions alors le camp à une heure après mi-
nuit, dit Gabriel.

— C'est cela, répondit Anselme.

— Je vais donc à présent avertir mes hommes, reprit le
vicomte d'Exmès.

— Faites, monseigneur, dit le pêcheur. Je vous demanderai seulement la permission de dormir jusqu'à une heure
un somme avec eux. J'ai fait mes adieux chez nous ; la
barque nous attend soigneusement cachée et solidement
amarrée ; je n'ai donc plus rien qui m'appelle dehors.

— Reposez-vous, vous avez raison, Anselme, dit Gabriel ; vous aurez assez de fatigue cette nuit. Martin-Guerre, préviens les compagnons maintenant.

— Hé! vous autres, les joueurs et les dormeurs! cria
Martin-Guerre.

— Quoi ? Qu'est-ce qu'il y a ? dirent-ils en se levant et
s'approchant.

— Remerciez monseigneur. Il y a expédition particulière
à une heure, dit Martin.

— Bon! très bien! parfait! répondirent en chœur unanime les soùdards.

Malemort mêlait aussi son hourrah de joie à ces marques
non équivoques de satisfaction.

Mais, dans le moment, entrèrent quatre aides d'Ambroise
Paré, annonçant qu'ils venaient chercher le blessé pour le
transporter à l'ambulance.

Malemort se mit à jeter les hauts cris.

En dépit de ses protestations et de sa résistance, on le
plaça et on le maintint sur un brancard. Il adressa vainement à ses camarades les plus durs reproches, appelant
même déserteurs et traîtres ces lâches qui allaient se bat-

tre sans lui. On ne tint compte de ses injures, et on l'emporta maugréant et jurant.

— Il nous reste actuellement, dit Martin-Guerre, à régler toutes nos dispositions et à assigner à chacun son rôle et son rang.

— Quelle espèce de besogne aurons-nous à faire ? demanda Pilletrousse.

— Il s'agit d'une sorte d'assaut, répondit Martin.

— Oh ! alors, c'est moi qui monte le premier ! s'écria Yvonnet.

— Soit ! dit l'écuyer.

— Non, c'est injuste ! réclama Ambrosio. Yvonnet accapare toujours la première place au danger. On dirait qu'il n'y en a que pour lui, vraiment !

— Laissez faire, dit le vicomte d'Exmès intervenant. Dans l'ascension périlleuse que nous allons tenter, celui qui montera le premier sera le moins exposé, je pense. La preuve en est que je veux monter le dernier, moi !

— Alors, Yvonnet est volé ! reprit Ambrosio en riant.

Martin-Guerre désigna à chacun son numéro d'ordre, soit pour la marche, soit dans la barque, soit à l'assaut. Ambrosio, Pilletrousse et Landry furent avertis qu'ils auraient à ramer. On prévit enfin tout ce qui pouvait être prévu, afin d'éviter autant que possible les malentendus et la confusion.

Lactance prit un instant Martin Guerre à part.

— Pardon, lui dit-il, croyez-vous que nous ayons à tuer ?

— Je ne sais pas au juste ; mais c'est fort possible, répondit Martin.

— Merci, reprit Lactance, en ce cas, je vais toujours me mettre en avance dans mes prières pour trois ou quatre morts et autant de blessés.

Quand tout fut réglé, Gabriel engagea ses gens à prendre une heure ou deux de repos. Il se chargeait de les réveiller lui-même lorsqu'il le faudrait.

— Oui, je dormirai volontiers un peu, dit Yvonnet ; car mes pauvres nerfs sont horriblement excités ce soir, et j'ai tant besoin d'être dispos et frais quand je me bats !

Au bout de quelques minutes, on n'entendit plus sous

la tente que les ronflemens réguliers des soudards et les
monotones patenôtres de Lactance.

Encore ce dernier bruit s'éteignit-il bientôt. Lactance
s'assoupit aussi, vaincu par le sommeil.

Gabriel seul veillait et pensait.

Vers une heure, il éveilla sans bruit et un à un ses hommes. Tous se levèrent et s'armèrent en silence. Puis, ils
sortirent doucement de la tente et du camp.

Aux mots *Calais et Charles* prononcés à voix basse par
Gabriel, les sentinelles les laissèrent passer sans obstacle.

La petite troupe, guidée par Anselme le pêcheur, s'avança
alors par la campagne, le long des côtes. Pas un ne pro-
nonçait un mot On n'entendait que le vent qui pleurait et
la mer qui dans le lointain se lamentait.

La nuit était noire et brumeuse. Personne ne se trouva
sur le chemin de nos aventuriers. Mais, quand même ils
eussent rencontré quelqu'un, on ne les eût pas vus peut-
être, et si on les eût vus, à cette heure et par cette ombre,
on les eût certainement pris pour des fantômes.

Dans l'intérieur de la ville, il y avait aussi quelqu'un qui,
à ce moment, veillait encore.

C'était lord Wentworth le gouverneur.

Et cependant, comptant pour le lendemain sur les secours qu'il avait envoyé demander à Douvres, lord Wentworth s'était retiré chez lui pour prendre quelques instans de repos.

Il n'avait pas dormi, en effet, depuis trois jours, s'expo-
sant, il faut le dire, aux endroits les plus périlleux avec
une infatigable valeur, se multipliant sur tous les points
où sa présence était nécessaire.

Le soir du 4 janvier, il avait encore visité la brèche du
Vieux-Château, posé lui-même les factionnaires, passé en
revue la milice urbaine chargée de la facile défense du
fort de Risbank.

Mais, malgré sa fatigue, et bien que tout fût certain et
tranquille, il ne pouvait dormir.

Une crainte vague, absurde, incessante, le tenait éveillé
sur son lit de repos.

Toutes ses précautions étaient pourtant bien prises. L'in-

nemi ne pouvait matériellement pas tenter un assaut noc-
turne par une brèche aussi peu avancée que celle du Vieux
Château. Quant aux autres points, ils se gardaient d'eux-
mêmes par les marais et par l'Océan.

Lord Wentworth se répétait tout cela mille fois, et cependant il ne pouvait dormir.

Il sentait vaguement circuler dans la nuit autour de la
ville un danger redoutable, un ennemi invisible.

Cet ennemi n'était pas, dans sa pensée, le maréchal
Strozzi, ce n'était pas le duc de Nevers, ce n'était pas même
le grand François de Guise.

Quoi! était-ce donc son ancien prisonnier que, de loin,
du haut des remparts, sa haine avait plusieurs fois reconnu
dans la mêlée? Était-ce vraiment ce fou, ce vicomte d'Exmès, l'amoureux de madame de Castro?

Risible adversaire pour le gouverneur de Calais dans sa
ville encore si formidablement gardée!

Cependant, lord Wentworth, quoiqu'il fît, ne pouvait ni
maîtriser cet effroi indistinct, ni l'expliquer.

Mais il le sentait et ne dormait pas.

XVIII.

ENTRE DEUX ABIMES.

Le fort de Risbank, qu'à cause de ses huit pans on nommait aussi la tour Octogone, était bâti, comme nous l'a-
vons dit, à l'entrée du port de Calais, en avant des dunes,
et posait sa masse noire et formidable de granit sur une
autre masse aussi sombre et aussi énorme de rocher.

La mer, quand elle était haute, venait briser ses lames
contre le rocher, mais n'atteignait jamais aux dernières
assises de la pierre.

Or, la mer était bien forte et bien menaçante dans la

nuit du 4 au 5 janvier 1558, vers quatre heures du matin. Elle poussait de ces immenses et lugubres gémissemens qui la font ressembler à une âme toujours inquiète et toujours désolée.

A un moment, un peu après que la sentinelle de deux à quatre heures eût été remplacée, sur la plate-forme de la tour, par la sentinelle de quatre à six, une sorte de cri humain, comme échappé à une bouche de cuivre, se mêla, mais distinctement, dans la raffale, à la plainte éternelle de l'Océan.

Alors on eut pu voir le nouveau factionnaire tressaillir, prêter l'oreille, et, après avoir reconnu la nature de ce bruit étrange, poser son arbalète contre la muraille. Ensuite, quand il se fut assuré que nul œil ne pouvait l'observer, il souleva d'un bras puissant sa guérite de pierre, et en tira un monceau de cordes formant une longue échelle à nœuds, qu'il assujétit fortement à des crampons de fer scellés dans les créneaux du fort.

Enfin, l'homme attacha solidement l'un à l'autre ces divers fragmens de cordes, puis, les déroula par dessus les créneaux, et deux lourdes balles de plomb les firent bientôt descendre jusqu'au roc sur lequel le fort était assis.

L'échelle mesurait deux cent douze pieds de longueur et le fort de Risbank deux cent quinze.

A peine la sentinelle avait-elle achevé son opération mystérieuse, qu'une ronde de nuit parut au haut de l'escalier de pierre qui menait à la plate-forme.

Mais la ronde trouva le factionnaire debout près de sa guérite, lui demanda et reçut le mot de ralliement, et passa sans avoir rien vu.

La sentinelle, plus tranquille, attendit. Le premier quart de quatre heures était déjà passé.

Sur la mer, après plus de deux heures de lutte et d'efforts surhumains, une barque montée par quatorze hommes parvint enfin à aborder au rocher du fort de Risbank. Une échelle de bois fut dressée contre le rocher. Elle atteignait à une première excavation de la pierre où cinq à six hommes pouvaient se tenir debout.

Un à un et en silence, les hardis aventuriers de la bar-

9.

que gravirent cette échelle, et, sans s'arrêter à l'excavation, continuèrent à grimper, s'aidant seulement des pieds et des mains, en profitant de tous les accidens du terrain.

Leur but était certainement d'arriver au pied de la tour. Mais la nuit était noire, la roche était glissante ; leurs ongles s'arrachaient, leurs doigts s'ensanglantaient sur la pierre. Le pied manqua à l'un d'eux, il roula sans pouvoir se retenir et tomba dans la mer.

Heureusement, le dernier des quatorze hommes était encore dans la barque, qu'il cherchait, mais inutilement, à amarrer avant de se confier à l'échelle.

Celui qui était tombé, et qui d'ailleurs en tombant avait eu le courage de ne pas pousser un seul cri, nagea vigoureusement vers la barque. L'autre lui tendit la main, et malgré les impatiences de la barque mouvante sous ses pieds, eut la joie de le recueillir sain et sauf.

— Quoi ! c'est toi, Martin-Guerre ? dit-il, croyant le reconnaître dans l'ombre.

— Moi-même, je l'avoue, monseigneur, répondit l'écuyer.

— Comment as-tu pu te laisser glisser, maladroit ? reprit Gabriel.

— Il vaut encore mieux que cela soit arrivé à moi qu'à un autre, dit Martin.

— Et pourquoi ?

— Un autre eût peut-être crié, dit Martin-Guerre.

— Allons ! aide-moi, puisque te voilà, dit Gabriel, à passer cette corde derrière cette grosse racine. J'ai renvoyé Anselme avec les autres et j'ai eu tort.

— La racine ne tient guère, monseigneur, reprit Martin. Une secousse la brisera, et la barque sera perdue et nous avec.

— Il n'y a pas mieux à faire, répondit le vicomte d'Exmès. Ainsi agissons, ne parlons pas.

Quand ils eurent fixé la barque du mieux qu'ils purent

— Monte, dit Gabriel à son écuyer.

— Après vous, monseigneur ; qui vous tiendrait l'échelle ?

— Monte donc, te dis-je ! reprit Gabriel en frappant du pied avec impatience.

Le moment n'était pas propice aux discussions et céré-monies. Martin-Guerre grimpa jusqu'à l'excavation, et, arrivé là, maintint d'en haut, de toutes ses forces, le montant de l'échelle, tandis que Gabriel la gravissait à son tour.

Il avait le pied sur le dernier échelon, quand une vague violente secoua la barque, brisa le câble et emporta en pleine mer échelle et chaloupe.

Gabriel était perdu si Martin, au risque de se perdre avec lui, ne se fût penché sur l'abîme d'un mouvement plus prompt que la pensée, et n'eût saisi son maître au collet de son pourpoint. Ensuite, avec la vigueur du désespoir, le brave écuyer ramena à lui Gabriel, sans blessure comme lui, sur le rocher.

— Tu m'as sauvé à ton tour, mon vaillant Martin, reprit Gabriel.

— Oui, mais la barque est loin ! reprit l'écuyer.

— Bah ! comme dit Anselme, elle est payée ! répondit Gabriel avec une insouciance qui voulait cacher son in-quiétude.

— C'est égal ! dit le prudent Martin-Guerre en hochant la tête, si votre ami ne se trouve pas en faction là-haut, si l'échelle ne pend pas à la tour ou se rompt sous notre poids, si la plate-forme est occupée par des forces supé-rieures, toute chance de retraite, tout espoir de salut nous est enlevée avec cette maudite barque.

— Eh bien, tant mieux ! dit Gabriel, il nous faut main-tenant réussir ou mourir.

— Soit ! répondit Martin avec son indifférente et héroï-que naïveté.

— Allons ! reprit Gabriel, les compagnons doivent être arrivés au bas de la tour, puisque je n'entends plus de bruit. Il faut les rejoindre. Fais attention, Martin, à bien te tenir cette fois, et à ne jamais lâcher une main que lorsque l'autre sera fixée solidement.

— Soyez tranquille, je tâcherai, dit Martin.

Ils commencèrent leur périlleuse ascension, et, au bout

de dix minutes, après avoir vaincu des difficultés et des dangers innombrables, ils rejoignirent leurs douze compagnons qui les attendaient, pleins d'anxiété, groupés sur le roc, au bas du fort de Risbank.

Le troisième quart de quatre heures s'était, et au-delà, écoulé.

Gabriel aperçut, avec une joie inexprimable, l'échelle de cordes qui pendait sur le rocher.

— Vous le voyez, amis, dit-il à voix basse à sa troupe, nous sommes attendus là-haut. Remerciez-en Dieu, car nous ne pouvons plus regarder en arrière : la mer a emporté notre barque. Donc, en avant ! et que Dieu nous sauve !

— Amen ! dit Lactance.

Il fallait que ce fussent véritablement des hommes déterminés ceux qui entouraient Gabriel ! En effet, l'entreprise, qui jusque-là était déjà bien téméraire, devenait presque insensée ; et pourtant, à la terrible nouvelle que toute retraite leur était interdite, pas un ne bougea.

Gabriel, à la lueur noire qui tombe du ciel le plus couvert, regarda attentivement leurs mâles visages et les trouva tous impassibles.

Ils répétèrent tous après lui :

— En avant !

— Vous vous souvenez de l'ordre convenu ? dit Gabriel. Vous passez le premier, Yvonnet, puis Martin-Guerre, puis chacun à la suite, à son rang désigné, jusqu'à moi, qui veux monter le dernier. La corde et les nœuds de cette échelle sont solides, j'espère !

— La corde est du fer, monseigneur, dit Ambrosio. Nous l'avons essayée, elle en porterait trente aussi bien que quatorze.

— Allons donc, mon brave Yvonnet, reprit le vicomte d'Exmès ; tu n'as pas la part la moins dangereuse de l'entreprise. Marché, et du courage !

— Du courage, je n'en manque pas, monseigneur ! dit Yvonnet, surtout quand le tambour bat et le canon gronde. Mais je vous avoue que je n'ai pas plus l'habitude des assauts silencieux que de ces cordages flottans. Aussi suis-je bien aise de passer le premier, pour avoir derrière moi les autres.

— Prétexte modeste pour t'assurer le poste d'honneur ! dit Gabriel qui ne voulait pas s'engager dans une discussion dangereuse. Allons ! pas de phrases ! Quoique le vent et la mer couvent nos paroles, il faut faire et non dire. En avant, Yvonnet ! et souvenez-vous tous qu'au cent cinquantième échelon seulement il est permis de se reposer. Vous êtes prêts ! Le mousquet attaché sur le dos, l'épée aux dents ?... Regardez en haut et non en bas, et pensez à Dieu et non au danger. En avant !

Yvonnet mit le pied sur le premier échelon.

Quatre heures venaient de sonner ; une deuxième ronde de nuit venait de passer devant la sentinelle de la plate-forme.

Alors, lentement et en silence, ces quatorze hommes intrépides se hasardèrent, l'un derrière l'autre, sur cette frêle échelle balancée au vent.

Ce ne fut rien tant que Gabriel, qui venait le dernier, resta à quelques pas du sol. Mais à mesure qu'ils avançaient, et que leur grappe vivante vacillait davantage, le péril prenait des proportions inouïes.

C'eût été un spectacle superbe et terrible que de voir, dans la nuit et dans la raffale, ces quatorze hommes taciturnes, ces quatorze démons escalader la noire muraille, au haut de laquelle était la mort possible, au bas de laquelle était la mort certaine.

Au cent cinquantième nœud, Yvonnet s'arrêta. Tous en firent autant.

Il était convenu qu'on se reposerait là, le temps de réciter chacun deux *Pater* et deux *Ave.*

Quand Martin-Guerre eut fini ses prières, il vit avec étonnement qu'Yvonnet ne bougeait pas. Il crut s'être trompé, et, se reprochant son trouble, recommença consciencieusement un troisième *Pater* et un troisième *Ave.*

Mais Yvonnet restait toujours immobile.

Alors, bien qu'on ne fût plus qu'à une centaine de pieds de la plate-forme, et qu'il devînt assez dangereux de par-

ler, Martin-Guerre prit le parti de frapper sur les jambes
d'Yvonnet et de lui dire :

— Avance donc !

— Non, je ne peux plus, dit Yvonnet d'une voix étranglée.

— Tu ne peux plus, misérable, et pourquoi? demanda
Martin frémissant.

— J'ai le vertige, dit Yvonnet.

Une sueur froide perla au front de Martin-Guerre.

Il resta une minute sans savoir à quoi se résoudre. Si le
vertige prenait Yvonnet et qu'il se précipitât, tous étaient
entraînés dans sa chute. Redescendre n'était pas moins
chanceux. Martin se sentit incapable d'accepter une responsabilité quelconque dans cette effrayante conjoncture.
Il se contenta de se pencher vers Anselme, qui le suivait,
et de lui dire :

— Yvonnet a le vertige.

Anselme frémit comme avait frémi Martin, et dit à son
tour à Scharfenstein son voisin :

— Yvonnet a le vertige.

Et chacun, retirant une minute son poignard d'entre ses
dents, dit ainsi à celui qui venait après lui :

— Yvonnet a le vertige, Yvonnet a le vertige.

Jusqu'à ce qu'enfin la fatale nouvelle arrivât à Gabriel,
qui pâlit et trembla à son tour en l'entendant.

XIX.

ARNAULD DU THILL, ABSENT EXERCE ENCORE SUR CE PAUVRE MARTIN-GUERRE UNE MORTELLE INFLUENCE.

Ce fut un moment d'angoisse terrible et de crise suprême.

Gabriel se voyait entre trois dangers. Au-dessous de lui,
la mer mugissante semblait appeler sa proie de sa voix

formidable. Devant lui, douze hommes effrayés, immobiles, ne pouvant plus reculer ni avancer, lui barraient pourtant par leur masse le chemin vers le troisième péril, les piques et les arquebuses anglaises qui les attendaient peut-être là-haut.

De toutes parts, sur cette échelle vacillante, s'offraient l'épouvante et la mort.

Heureusement, Gabriel n'était pas homme à hésiter longtemps, même entre des abîmes, et, en une minute, il eut pris son parti.

Il ne se demanda point si la main n'allait point lui échapper et s'il ne se briserait pas le crâne contre les rochers d'en bas. Il se souleva, en se cramponnant à la corde sur le côté, par la seule force de ses poignets, et passa successivement par-dessus les douze hommes qui le précédaient.

Grâce à sa prodigieuse vigueur de corps et d'âme, il arriva ainsi jusqu'à Yvonnet sans encombre, et put enfin poser ses pieds à côté de ceux de Martin-Guerre.

— Veux-tu avancer ? dit-il alors à Yvonnet d'une voix brève et impérieuse.

— J'ai... le vertige... répondit le malheureux dont les dents claquaient, dont les cheveux se hérissaient.

— Veux-tu avancer? répéta le vicomte d'Exmès.

— Impossible!... dit Yvonnet. Je sens... que si mes pieds et mes mains... quittent les échelons qu'ils serrent .. je me laisserai tomber.

— Nous allons voir! dit Gabriel.

Il s'éleva jusqu'à la ceinture d'Yvonnet et lui mit la pointe de son poignard dans le dos.

— Sens-tu la pointe de mon poignard, lui demanda-t-il.

— Oui, monseigneur, ah ! grâce! j'ai peur, grâce!

— La lame est fine et acérée, poursuivit Gabriel avec un merveilleux sang-froid. Au moindre mouvement elle s'enfonce comme d'elle-même. Écoute bien, Yvonnet. Martin-Guerre va passer devant toi, et moi je resterai derrière. Si tu ne suis pas Martin, tu m'entends, si tu fais mine de broncher, je jure Dieu que tu ne tomberas pas et que tu ne feras pas tomber les autres; car je te clouerai avec mon poignard contre la muraille, jusqu'à ce qu'ils aient tous passé sur ton cadavre.

— Oh! pitié! monseigneur! j'obéirai! s'écria Yvonnet, guéri d'une terreur par une autre plus forte.

— Martin, dit le vicomte d'Exmès, tu m'as entendu. Passe devant.

Martin-Guerre exécuta à son tour le mouvement qu'il avait vu faire à son maître, et se trouva dès lors le premier.

— Marche! dit Gabriel.

Martin se mit à monter bravement, et Yvonnet, que Gabriel, en ne se servant que de la main gauche et des pieds, menaçait toujours de son poignard, oublia son vertige et suivit l'écuyer.

Les quatorze hommes franchirent ainsi les cent cinquante derniers échelons.

— Parbleu! pensait Martin-Guerre à qui la bonne humeur revint quand il vit diminuer la distance qui le séparait du sommet de la tour, parbleu! monseigneur a trouvé là un remède souverain contre le vertige!

Il achevait cette joyeuse réflexion, lorsque sa tête se trouva au niveau du rebord de la plate-forme.

— Est-ce vous? demanda une voix inconnue à Martin.

— Parbleu! répondit l'écuyer d'un ton dégagé.

— Il était temps! reprit la sentinelle. Avant cinq minutes, la troisième ronde va passer.

— Bon! c'est nous qui la recevrons, dit Martin-Guerre.

Et il posa victorieusement un genou sur le rebord de pierre.

— Ah! s'écria tout à coup l'homme du fort en cherchant à le mieux distinguer dans l'ombre, comment t'appelles-tu?

— Eh! Martin-Guerre...

Il n'acheva pas. Pierre Peuquoy, c'était bien lui, ne lui laissa pas poser l'autre genou, et, le poussant avec fureur de la paume de ses deux mains, le précipita dans l'abîme.

— Jésus! dit seulement le pauvre Martin-Guerre.

Et il tomba, mais sans crier, et en se détournant, par un

ernier et sublime effort, pour ne pas faire tomber avec
ui ses compagnons et son maître.

Yvonnet qui le suivait, et qui, en sentant de nouveau le
ol ferme sous ses pas, recouvra tout à fait son sang-froid
t son audace, Yvonnet s'élança sur la plate-forme, et,
près lui, Gabriel et tous les autres.

Pierre Peuquoy ne leur opposa aucune résistance. Il
stait debout, insensible et comme pétrifié.

— Malheureux! lui dit le vicomte d'Exmès en le saisis-
nt et le secouant par le bras. Quelle fureur insensée vous
pris? Que vous avait fait Martin-Guerre?

— A moi? rien, répondit l'armurier d'une voix sourde.
ais à Babette! à ma sœur !...

— Ah! j'avais oublié! s'écria Gabriel frappé. Pauvre
artin?... Mais ce n'est pas lui!... Ne peut-on le sauver
ncore.

— Le sauve ''une chute de plus de deux cent cinquante
ieds sur le roc! dit Pierre Peuquoy avec un rire strident.
llez! monsieur le vicomte, vous ferez mieux, pour l'heu-
e, de songer à vous sauver vous-même avec vos compa-
ons.

— Mes compagnons, et mon père, et Diane! se dit le
une homme, rappelé par ces mots aux devoirs et aux
érils de sa situation. — C'est égal! reprit-il tout haut,
on pauvre Martin!...

— Ce n'est pas le moment de pleurer le coupable! in-
errompit Pierre Peuquoy.

— Coupable! il était innocent, vous dis-je! je vous le
rouverai. Mais l'instant n'est pas venu, vous avez raison.
oyons, êtes-vous toujours disposé à nous servir? demanda
abriel à l'armurier avec quelque brusquerie.

— Je suis dévoué à la France et à vous, répondit Pierre
euquoy.

— En bien! dit Gabriel, que nous reste-t-il à faire!

— Une ronde de nuit va passer, répondit le bourgeois.
l faudra garotter et bâillonner les quatre hommes qui la
omposent... Mais, ajouta-t-il, il n'est plus temps de les
urprendre. Les voici !

Comme Pierre Peuquoy parlait encore, la patrouille urbaine débouchait en effet d'un escalier intérieur sur la plate-forme. Si elle donnait l'alarme, tout était perdu peut-être.

Heureusement, les deux Scharfenstein, oncle et neveu, qui étaient très curieux et très fureteurs de leur nature, rôdaient déjà de ce côté-là. Les hommes de la ronde n'eurent pas le temps de jeter un cri. Une large main, fermant tout à coup à chacun d'eux la bouche par derrière, les renversa de plus sur le dos fort vigoureusement.

Pilletrousse et deux autres accourent, et, dès-lors, purent sans peine bâillonner et désarmer le quatre miliciens stupéfaits.

— Bien engagé ! dit Pierre Peuquoy. Maintenant, monseigneur, il faut s'assurer des autres sentinelles, et puis descendre hardiment aux corps-de-garde. Nous avons deux postes à emporter. Mais ne craignez point d'être accablés par le nombre. Plus de la moitié de la milice urbaine, pratiquée par Jean et par moi, est dévouée aux Français et les attend pour les seconder. Je vais descendre le premier pour avertir ces alliés de votre réussite. Occupez-vous, pendant ce temps, des factionnaires. Quand je remonterai, mes paroles auront fait déjà les trois quarts de la besogne.

— Ah ! je vous remercierais, Peuquoy, dit Gabriel, si cette mort de Martin-Guerre... Et pourtant, ce crime n'était pour vous que justice !

— Encore une fois, laissez cela à Dieu et à ma conscience, monsieur d'Exmès, reprit gravement le rigide bourgeois. Je vous quitte. Agissez de votre côté, tandis que j'agirai du mien.

Tout se passa à peu près comme Pierre Peuquoy l'avait prévu. Les factionnaires appartenaient en grande partie à la cause des Français. Un seul qui voulut résister fut bientôt lié et mis hors d'état de nuire. Quant l'armurier remonta, accompagné de Jean Peuquoy et de quelques amis sûrs, tout le haut du fort de Risbank était déjà au pouvoir du vicomte d'Exmès.

Il s'agissait maintenant de se rendre maître des corps-de-garde. Avec le renfort qui lui amenaient les Peuquoy, Gabriel n'hésita pas à y descendre sur-le-champ.

On profita habilement du premier moment de surprise et d'indécision.

A cette heure matinale, la plupart de ceux qui tenaient pour les Anglais par leur naissance ou par leurs intérêts dormaient encore, en toute sécurité, sur leurs lits de camp. Avant qu'ils ne s'éveillâssent, pour ainsi dire, ils étaient déjà garrottés.

Le tumulte, car ce ne fut pas un combat, ne dura que quelques minutes. Les amis de Peuquoy criaient : Vive Henri II ! Vive la France ! Les neutres et les indifférens se rangèrent immédiatement, comme c'est la coutume, du côté du succès. Ceux qui essayèrent quelque résistance durent bientôt céder au nombre. Il n'y eut, en tout, que deux morts et cinq blessés; et l'on ne tira que trois coups d'arquebuse. Le pieux Lactance eut la douleur d'avoir sur son compte deux de ces blessés et un de ces morts. Par bonheur, il avait de la marge !

Six heures n'avaient pas sonné, que tout au fort de Risank était soumis aux Français. Les récalcitrans et les suspects étaient enfermés en lieu sûr, et tout le reste de la garde urbaine entourait et saluait Gabriel comme un libérateur.

Ainsi fut emporté presque sans coup férir, en moins 'une heure, par un effort étrange et surhumain, ce fort que les Anglais n'avaient même pas songé à munir, tant la mer seule semblait puissamment le défendre ! ce fort qui était cependant la clef du port de Calais, la clef de Calais même !

L'affaire fut si bien et si promptement menée que la tour de Risbank était prise et que le vicomte d'Exmès y avait placé de nouvelles sentinelles avec un nouveau mot d'ordre, sans qu'on en sût rien dans la ville.

— Mais tant que Calais ne se sera pas rendu aussi, dit Pierre Peuquoy à Gabriel, je ne regarde pas notre tâche comme terminée. Aussi, monsieur le vicomte, je suis d'avis que vous gardiez Jean et la moitié de nos hommes pour maintenir le fort de Risbank, et que vous me laissiez rentrer dans la ville avec l'autre moitié. Nous y servirons, au besoin, les Français mieux qu'ici par quelque utile diversion. Après les cordes de Jean, il est bon d'utiliser les armes de Pierre.

— Ne craignez-vous pas, dit Gabriel, que lord Wentworth furieux ne vous fasse un mauvais parti ?

— Soyez tranquille ! reprit Pierre Peuquoy, j'agirai de ruse : avec nos oppresseurs de deux siècles, c'est de bonne guerre. S'il le faut, j'accuserai Jean de nous avoir trahis. Nous aurons été surpris par des forces supérieures, et contraints, malgré notre résistance, de nous rendre à discrétion. On aura chassé du fort ceux d'entre nous qui se seront refusé à reconnaître votre victoire. Lord Wentworth est trop bas dans ses affaires pour ne pas paraître nous croire et ne pas nous remercier.

— Soit ! rentrez donc dans Calais, reprit Gabriel, vous êtes, je le vois, aussi adroit que brave. Et il est certain que vous pourrez m'aider si, par exemple, de mon côté je tente quelque sortie.

— Oh ! ne risquez pas cela, je vous y engage ! dit Pierre Peuquoy. Vous n'êtes pas assez en force, et vous avez peu à gagner et tout à perdre à une sortie. Vous voilà à votre tour inattaquable derrière ces bonnes murailles. Restez-ici. Si vous preniez l'offensive, lord Wentworth pourrait bien vous regagner le fort de Risbank. Et après avoir tant fait, ce serait grand dommage de tout défaire.

— Mais quoi ! reprit Gabriel, vais-je rester oisif et l'épée au côté, tandis que monsieur de Guise et tous les nôtres se battent et jouent leur vie ?...

— Leur vie est à eux, monseigneur, et le fort de Risbank est à la France, répondit le prudent bourgeois. Écoutez cependant : Quand je jugerai le moment favorable et qu'il ne faudra plus qu'un dernier coup décisif pour arracher Calais aux Anglais, je ferai soulever et ceux que j'emmène et tous les habitans qui partagent mes opinions. Alors, comme tout sera mûr pour la victoire, vous pourrez sortir, pour nous donner un coup de main et pour ouvrir la ville au duc de Guise.

— Mais qui m'avertira que je puis me hasarder ? demanda le vicomte d'Exmès.

— Vous m'allez rendre ce cor que je vous avais confié,

dit Pierre Peuquoy, dont le son m'a servi à vous reconnaître. Quand, du fort de Risbank, on l'entendra de nouveau sonner, sortez sans crainte, et vous pourrez une seconde fois participer au triomphe que vous avez si bien préparé.

Gabriel remercia cordialement Pierre Peuquoy, choisit avec lui les hommes qui devaient rentrer dans la ville pour seconder les Français au besoin, et les accompagna gracieusement jusqu'aux portes de ce fort de Risbank dont ils étaient censés expulsés avec honte.

Quand ce fut fait, il était sept heures et demie, et le jour commençait à blanchir dans le ciel.

Gabriel voulut éveiller lui-même à ce que les étendards de France, qui devaient tranquilliser monsieur de Guise et épouvanter les vaisseaux anglais, fussent placés sur le fort de Risbank. Il monta en conséquence sur la plate-forme témoin des événemens de cette nuit terrible et glorieuse.

Il s'approcha, tout pâle, de l'endroit où l'échelle de cordes avait été attachée, et d'où le pauvre Martin-Guerre, victime de la plus fatale méprise, avait été précipité.

Il se pencha en frémissant, pensant apercevoir sur le roc le cadavre mutilé de son fidèle écuyer.

Mais son regard ne le trouva pas d'abord et dut le chercher, avec une surprise mêlée d'un commencement d'espoir.

Une gargouille de plomb, par où s'écoulaient les eaux pluviales de la tour, avait en effet arrêté le corps à moitié chemin dans sa chute formidable, et c'est là que Gabriel le vit suspendu, plié en deux, immobile.

Il le crut sans vie, au premier aspect. Mais il voulait du moins lui rendre les derniers devoirs.

Pilletrousse qui était là, pleurant, que Martin-Guerre avait toujours aimé, associa son dévouement à la pieuse pensée de son maître. Il se fit solidement attacher à l'échelle de cordes de la nuit et se risqua dans l'abîme.

Quand il remonta, non sans peine, le corps de son ami, on s'aperçut que Martin respirait encore.

Un chirurgien appelé constata aussi la vie, et le brave écuyer reprit en effet un peu connaissance.

Mais ce fut pour souffrir davantage. Martin-Guerre était dans un cruel état. Il avait un bras démis et une cuisse cassée.

Le chirurgien pouvait remettre le bras, mais il jugeait l'amputation de la jambe nécessaire et n'osait cependant prendre sur lui une opération aussi difficile.

Plus que jamais. Gabriel se dépitait d'être enfermé vainqueur dans le fort de Risbank. L'attente, qui était déjà bien pénible, devenait atroce.

Si l'on eût pu communiquer avec le maître-expert Ambroise Paré, Martin-Guerre était sauvé peut-être.

XX.

LORD WENTWORTH AUX ABOIS.

Le duc de Guise, bien qu'avec la réflexion il ne pût croire au succès d'une entreprise aussi téméraire, voulut cependant s'assurer par lui-même si le vicomte d'Exmès avait ou non réussi. Dans la passe difficile où il se trouvait, on espère même l'impossible.

Avant huit heures, il arrivait donc à cheval, avec une suite peu nombreuse, à la falaise que lui avait indiquée Gabriel, et d'où l'on pouvait en effet, au moyen d'une longue-vue, apercevoir le fort de Risbank.

Au premier regard que le duc jeta dans la direction du fort, il poussa un cri de triomphe.

Il ne se trompait pas! il reconnaissait bien l'étendard et les couleurs de France! Ceux qui l'entouraient lui affirmaient que ce n'était pas une illusion. et partageaient sa joie.

— Mon brave Gabriel! s'écria-t-il. Il est véritablement venu à bout de ce prodige! N'est-il pas supérieur à moi qui doutais? Maintenant nous avons, grâce à lui, tout loide préparer et d'assurer la prise de Calais. Viennent les cours d'Angleterre, c'est Gabriel qui se chargera de les cevoir !

— Monseigneur, il semblo que vous les ayez appelés, un des suivans du duc qui, en ce moment, dirigeait la gue-vue du côté de la mer. Regardez, monseigneur, né là-t-il pas à l'horizon les voiles anglaises?

— Elles auraient fait diligence! repartit monsieur de· ise. Voyons cela.

Il prit la lorgnette et regarda à son tour.

— Ce sont bien vraiment nos Anglais ! dit-il. Diantre ! n'ont pas perdu de temps, et je ne les attendais pas si-t ! Savez-vous que si, à cette heure, nous avions attaqué Vieux-Château, l'arrivée subite de ces renforts nous eût ué un assez vilain tour. Double sujet de reconnaissance vers monsieur d'Exmès ! Il ne nous donne pas seulement victoire, il nous sauve la honte de la défaite. Mais, puis-e nous ne sommes plus pressés, voyons comment les uveaux venus vont se conduire, et comment, de son côté, jeune gouverneur du fort de Risbank se comportera avec x.

Il faisait tout à fait jour quand les vaisseaux anglais ar-èrent en vue du fort.

Le drapeau français leur apparut, comme un spectre me-çant, aux premières lueurs du matin.

Et, comme pour leur confirmer cette apparition moula, briel les fit saluer de trois ou quatre coups de canon.

Il n'y avait donc pas à en douter! c'était bien l'étendard France qui *ventelait* sur la tour anglaise. Il fallait donc e, comme la tour, la ville fût déjà au pouvoir des assié-ans. Les renforts, malgré leur grande hâte, arrivaient op lard.

Après quelques minutes données à la surprise et à l'ir-solution, les vaisseaux anglais parurent s'éloigner peu à u et retourner vers Douvres.

Ils amenaient bien des forces suffisantes pour secourir lais mais non pour le reprendre.

— Vive Dieu ! s'écria le duc de Guise ravi, parlez-moi de Gabriel! Il sait aussi bien garder qu'il sait conquérir! Il

nous a mis Calais dans les mains, et nous n'avons pl
qu'à les serrer pour tenir la belle ville.

Et, remontant à cheval, il revint tout joyeux au
presser les travaux du siége.

Les événemens humains ont presque toujours une do
ble face, et, quand ils font rire les uns, font pleurer les a
tres. Dans le même moment où le duc de Guise se frottai
les mains, lord Wentworth s'arrachait les cheveux.

Après une nuit agitée, comme nous l'avons vu, de pre
sentimens sinistres, lord Wentworth s'était enfin endor
vers le matin, et sortait seulement de sa chambre quan
les prétendus vaincus du fort de Risbank, Pierre Peuquo
à leur tête, apportèrent dans la ville la fatale nouvelle.

Le gouverneur n'en fut, pour ainsi dire, informé que l
dernier.

Dans sa douleur et sa colère, il ne pouvait en croire se
oreilles. Il ordonna que le chef de ces fugitifs lui fû
amené.

On introduisit bientôt auprès de lui Pierre Peuquoy, qu
entra l'oreille basse et avec une mine fort bien composé
pour la circonstance.

Le rusé bourgeois raconta, tout terrifié encore, l'assau
de la nuit, et dépeignit les *trois cents* farouches aventu
riers qui avaient escaladé tout à coup le fort de Risbank
aidés sans aucun doute par une trahison, que lui, Pierr
Peuquoy, n'avait pas eu le temps d'approfondir.

— Mais qui commandait ces trois cents hommes? de
manda lord Wentworth.

—Mon Dieu ! votre ancien prisonnier, monsieur d'Exmès
répondit ingénuement l'armurier.

— Oh ! mes songes éveillés ! s'écria le gouverneur.

Puis, les sourcils froncés, frappé d'un souvenir inévi-
table :

— Eh ! mais, dit-il à Pierre Peuquoy, monsieur d'Exmès, pendant son séjour ici, avait été votre hôte ce me
semble?

—Oui, monseigneur, répondit Pierre sans se troubler.
Aussi, ai-je tout lieu de croire, pourquoi vous le cacher ?

que mon cousin Jean, le tisserand, a trempé dans cette machination plus qu'il n'eût fallu.

Lord Wentworth regarda le bourgeois de travers. Mais le bourgeois regarda intrépidement lord Wentworth en face.

Comme sa hardiesse l'avait conjecturé, le gouverneur se sentait trop faible et savait Pierre Peuquoy trop puissant dans la ville pour laisser paraître ses soupçons.

Après lui avoir demandé quelques dernières informations, il le congédia avec des paroles tristes, mais amicales.

Resté seul, lord Wentworth tomba dans un accablement profond.

N'y avait-il pas de quoi! La ville, réduite à sa faible garnison, fermée désormais à tout secours venant de terre ou de mer, serrée entre le fort de Nieullay et le fort de Risbank, qui l'accablaient au lieu de la défendre, la ville ne pouvait plus tenir qu'un petit nombre de jours, ou peut-être même un petit nombre d'heures.

Horrible condition pour le superbe orgueil de lord Wentworth.

— N'importe! se dit-il tout bas à lui-même, pâle encore d'étonnement et de rage, n'importe! je leur vendrai cher leur victoire. Calais est maintenant à eux, c'est trop certain! mais enfin je m'y maintiendrai jusqu'au bout, et leur ferai payer une si précieuse conquête du plus de cadavres que je pourrai. Et quant à l'amoureux de la belle Diane de Castro...

Il s'arrêta, une pensée infernale éclaira d'une lueur de joie son visage sombre.

— Quant à l'amoureux de la belle Diane, reprit-il avec une sorte de complaisance, si je m'ensevelis, comme je le dois, comme je le veux, sous les ruines de Calais, nous tâcherons du moins qu'il n'ait pas trop à se réjouir de notre mort! et son rival agonisant et vaincu lui réserve aussi, qu'il y prenne garde! une effrayante surprise.

Là-dessus, il s'élança hors de son hôtel pour ranimer les courages et donner ses ordres. Raffermi et calmé, en quelque sorte, par je ne sais quel sinistre dessein, il déploya un sang-froid tel que son désespoir même rendit à plus d'un esprit hésitant l'espérance.

Il n'entre pas dans le plan de ce livre de raconter au long tous les détails du siége de Calais. François de Rabutin, dans ses *Guerres de Belgique*, vous les donnera dans toute leur prolixité.

Les journées du 5 et du 6 janvier se consumèrent en efforts également énergiques de la part des assiégeans et de la part des assiégés. Travailleurs et soldats agissaient des deux côtés avec le même courage et la même héroïque obstination.

Mais la belle résistance de lord Wentworth était paralysée par une force supérieure : le maréchal Strozzi, qui conduisait les travaux du siége, semblait deviner tous les moyens de défense et tous les mouvemens des Anglais, comme si les remparts de Calais eussent été transparens.

Il fallait que l'ennemi se fût procuré un plan de la ville!

Ce plan, nous savons qui l'avait fourni au duc de Guise.

Ainsi le vicomte d'Exmès, même absent, même oisif, était encore utile aux siens, et, comme le faisait remarquer monsieur de Guise dans sa reconnaissante équité, son influence salutaire exerçait ses effets même de loin.

Cependant, l'impuissance à laquelle il se trouvait réduit lui pesait bien lourdement, au bouillant jeune homme! Emprisonné dans sa conquête, il était obligé d'employer son activité à des soins de surveillance qu'il trouvait trop faciles et trop vite remplis.

Quand il avait fait sa ronde de toutes les heures avec cette attentive vigilance que lui avait apprise la défense de Saint-Quentin, il revenait d'ordinaire s'asseoir au chevet de Martin-Guerre pour le consoler et l'encourager.

Le brave écuyer endurait ses souffrances avec une patience et une égalité d'âme admirables. Mais ce qui l'étonnait et l'indignait douloureusement, c'était le méchant procédé dont Pierre Peuquoy avait cru devoir user à son égard.

La naïveté de son chagrin et de sa surprise, quand il s'interrogeait sur ce sujet obscur, eût dissipé les derniers soupçons que Gabriel aurait pu conserver encore sur la bonne foi de Martin.

Le jeune homme se décida donc à raconter à Martin-Guerre sa propre histoire, telle du moins qu'il la présumait d'après les apparences et ses conjectures : il était maintenant évident pour lui qu'un fourbe avait profité de sa merveilleuse ressemblance avec Martin pour commettre, sous le nom de celui-ci, toutes sortes d'actions vilaines et répréhensibles dont il se souciait peu d'accepter la responsabilité, et, aussi, pour accaparer sans doute tous les avantages et bénéfices qu'il avait pu détourner de son Sosie sur lui-même.

Cette révélation, Gabriel eut soin de la faire en présence de Jean Peuquoy. Jean s'affligeait et s'effrayait, dans sa conscience d'honnête homme, des suites de la fatale méprise. Mais il s'inquiétait surtout de celui qui les avait tous abusés. Qu'était ce misérable ? était-il marié aussi ? où se cachait-il ?...

Martin-Guerre, de son côté, s'épouvantait à l'idée d'une perversité si grande. Tout en se réjouissant de voir sa conscience déchargée d'un tas de méfaits qu'elle s'était si longtemps reprochés, il se désolait en pensant que son nom avait été porté et sa réputation compromise par un tel misérable. Et qui sait à quels excès le coquin se livrait encore, à l'abri de son pseudonyme, à cette heure même où Martin gisait à sa place sur un lit de douleur !

Ce qui surtout remplit de tristesse et de pitié le cœur du bon Martin-Guerre, ce fut l'épisode de Babette Peuquoy. Oh ! il excusait à présent la brutalité de Pierre. Non-seulement il lui pardonnait, mais il l'approuvait. Il avait très bien fait certainement de venger ainsi son honneur indignement outragé ! C'était à présent Martin-Guerre qui consolait et rassurait Jean Peuquoy consterné.

Le bon écuyer, dans ses félicitations au frère de Babette, n'oubliait qu'une chose, c'est qu'en somme c'était lui qui avait payé pour le vrai coupable.

Lorsque Gabriel, en souriant, le lui fit observer :

— Eh bien ! n'importe ! dit Martin-Guerre, je bénis encore mon accident ! du moins, si j'y survis, ma pauvre jambe boiteuse, ou encore mieux absente, servira à me distinguer de l'imposteur et du traître.

Mais, hélas! cette médiocre consolation qu'espérait là Martin était encore fort problématique; car survivrait-il? le chirurgien de la garde urbaine n'en répondait pas. Il eût fallu les prompts secours d'un praticien habile, et deux jours allaient bientôt s'écouler sans que l'état alarmant de Martin-Guerre fût autrement soulagé que par quelques pansemens insuffisans.

Ce n'était pas là pour Gabriel un de ses moindres sujets d'impatience, et bien souvent, la nuit comme le jour, il se dressait et prêtait l'oreille pour écouter s'il n'entendrait pas ce son attendu du cor qui le devait tirer enfin de son oisiveté forcée. Mais nul bruit de ce genre ne venait varier le bruit lointain et monotone des deux artilleries d'Angleterre et de France.

Seulement, dans la soirée du 6 janvier, comme Gabriel, depuis trente-six heures déjà, était en possession du fort de Risbank, il crut distinguer du côté de la ville un tumulte plus grand que de coutume et des clameurs inusitées de triomphe ou de détresse.

Les Français venaient, après une lutte des plus chaudes, d'entrer en vainqueurs au Vieux-Château.

Calais ne pouvait pas dorénavant résister plus de vingt-quatre heures.

Néanmoins, toute la journée du 7 se passa en efforts inouïs de la part des Anglais pour reprendre une position si importante et pour se maintenir sur les derniers points qu'ils possédaient encore.·

Mais monsieur de Guise, loin de laisser l'ennemi reconquérir un pouce de terrain, en gagnait peu à peu sur lui; si bien qu'il devint bientôt évident que le lendemain ne verrait pas Calais sous la domination anglaise.

Il était trois heures de l'après-midi : lord Wentworth, qui ne s'était pas ménagé depuis sept jours, et qu'on avait constamment vu au premier rang, donnant la mort et la bravant, jugea qu'il ne restait guère aux siens que deux heures de force physique et d'énergie morale.

Alors, il appela lord Derby.

— Combien croyez-vous, lui demanda-t-il, que nous puissions tenir encore ?

— Pas plus de trois heures, je le crains, répondit tristement lord Derby.

— Mais vous répondriez de deux heures, n'est-ce pas ? reprit le gouverneur.

— Sauf quelque événement imprévu, j'en répondrais, dit lord Derby en mesurant le chemin que les Français avaient à faire encore.

— Eh bien ! ami, dit lord Wentworth, je vous confie le commandement et me retire. Si les Anglais, dans deux heures, mais pas avant, vous entendez ! si, dans deux heures, les nôtres n'ont pas la chance plus favorable. et cela n'est que trop probable, je vous permets, je vous ordonne même, pour mieux mettre votre responsabilité à couvert, de faire sonner la retraite et de demander à capituler.

— Dans deux heures, cela suffit, milord, dit lord Derby.

Lord Wentworth fit part à son lieutenant des conditions qu'il pouvait exiger et que le duc de Guise lui accorderait sans nul doute.

— Mais, lui fit remarquer lord Derby, vous vous oubliez dans ces conditions, milord. Je dois demander aussi à monsieur de Guise qu'il vous reçoive à rançon, n'est-ce pas ?

Un feu sombre brilla dans le morne regard de lord Wentworth.

— Non, non, reprit-il avec un singulier sourire, ne vous occupez pas de moi, ami. Je me suis assuré moi-même tout ce qu'il me faut, tout ce que je souhaite encore.

— Cependant... voulut objecter lord Derby.

— Assez ! dit le gouverneur avec autorité. Faites seulement ce que je vous dis, rien de plus. Adieu. Vous me rendrez ce témoignage en Angleterre que j'ai fait ce qu'il était humainement possible de faire pour défendre ma ville, et que je n'ai cédé qu'à la fatalité ? Pour vous, luttez aussi jusqu'au dernier moment, mais ménagez l'honneur et le sang anglais, Derby. C'est mon dernier mot. Adieu.

Et sans vouloir en dire et en entendre davantage, lord

Wentworth, après avoir serré la main de lord Derby, quitta le lieu du combat, et se retira seul dans son hôtel désert, en défendant, par les ordres les plus sévères, qu'on l'y suivît sous aucun prétexte.

Il était sûr d'avoir au moins deux heures devant lui.

XXI.

AMOUR DÉDAIGNÉ.

Lord Wentworth se croyait bien certain de deux choses d'abord, il lui restait deux bonnes heures avant la reddition de Calais, et lord Derby ne demanderait assurément à capituler qu'après cinq heures. Ensuite, il allait trouver son hôtel entièrement vide ; car il avait eu la précaution d'envoyer aussi ses gens à la brèche depuis le matin. André, le page français de madame de Castro, avait été enfermé par ses ordres. Diane devait être seule avec une ou deux femmes.

Tout était en effet désert et comme mort sur les pas de lord Wentworth rentrant chez lui, et, Calais, pareil à un corps dont la vie se retire, avait concentré sa dernière énergie à l'endroit où l'on combattait.

Lord Wentworth morne, farouche et, en quelque sorte, ivre de désespoir, alla droit au logement qu'occupait madame de Castro.

Il ne se fit pas annoncer à Diane, comme c'était son habitude, mais il entra brusquement, en maître, dans la chambre où elle se trouvait avec une des suivantes qu'il lui avait données.

Sans saluer Diane stupéfaite, ce fut à cette suivante qu'il s'adressa impérieusement :

— Vous, dit-il, sortez sur-le-champ ! Il se peut que les Français entrent dès ce soir dans la ville, et je n'ai le loi-

'r ni le moyen de vous protéger. Allez retrouver votre
ère. C'est là votre place. Allez tout de suite, et dites aux
eux ou trois femmes qui sont ici que je veux qu'elles en
ent autant sur l'heure.

— Mais, milord... objecta la suivante.

— Ah! reprit le gouverneur en frappant du pied avec
lère, n'avez-vous donc pas entendu que j'ai dit : Je veux!

— Pourtant, milord... voulut dire Diane à son tour.

— J'ai dit : Je veux! madame, repartit lord Wentworth
ec un geste inflexible.

La suivante, terrifiée, sortit.

— Je ne vous reconnais pas, milord, en vérité, reprit
'ane après un silence plein d'angoisse.

— C'est que vous ne m'avez pas vu encore vaincu, ma—
me, reprit lord Wentworth avec un amer sourire. Car
us avez été pour moi un excellent prophète de ruine et
malédiction, et j'étais en vérité un insensé de ne pas
us croire. Je suis vaincu, tout à fait vaincu, vaincu
s espoir et sans ressources. Réjouissez-vous!

— Le succès des Français est-il vraiment assuré à ce
int? dit Diane qui avait bien de la peine à dissimuler sa
e.

— Comment ne serait-il point assuré, madame? Le fort
Nieullay, le fort de Risbank, le Vieux-Château sont en
r pouvoir. Ils peuvent prendre la ville entre trois feux.
ez! Calais est bien à eux. Réjouissez-vous.

Oh! reprit Diane, c'est qu'avec un homme comme
s pour adversaire, milord, on doit n'être jamais cer-
de la victoire, et, malgré moi, oui, je l'avoue et vous
comprendrez, malgré moi, j'en doute encore.

Eh! madame, s'écria lord Wentworth, ne voyez-vous
que j'ai déserté la partie? Après avoir assisté jusqu'au
t à la bataille, ne voyez-vous pas que je n'ai pas voulu
ister à la défaite, et que c'est pour cela que je suis ici?
d Derby dans une heure et demie va se rendre. Dans
heure et demie, madame, les Français entreront
mphans dans Calais, et le vicomte d'Exmès avec eux.
ouissez-vous !

C'est que, milord, vous dites cela d'un tel ton, qu'on

ne sait pas si l'on doit vous croire, dit Diane, qui cependant commençait à espérer, et dont le regard, dont le sourire rayonnaient à cette pensée de délivrance.

— Alors pour vous persuader, madame, reprit lord Wentworth, car je tiens à vous persuader, je prendrai une autre manière, et je vous dirai : — Madame, dans une heure et demie, les Français entreront ici triomphans, et le vicomte d'Exmès avec eux. Tremblez!

— Que voulez-vous dire? s'écria Diane pâlissante.

— Quoi! ne suis-je pas assez clair? dit lord Wentworth en se rapprochant de Diane avec un rire menaçant. Je vous dis : — Dans une heure et demie, madame, nos rôles seront changés. Vous serez libre et je serai prisonnier. Le vicomte d'Exmès viendra vous rouvrir la liberté, l'amour, le bonheur, et me faire jeter, moi, dans quelque cul de basse fosse. Tremblez!

— Mais pourquoi dois-je trembler? reprit Diane en reculant jusqu'au mur sous le sombre et ardent regard de cet homme.

— Mon Dieu! c'est bien facile à comprendre, dit lord Wentworth. En ce moment, je suis le maître, je serai l'esclave dans une heure et demie, ou plutôt dans une heur un quart, car les minutes passent. Dans une heure u quart je serai en votre pouvoir; à présent vous êtes a mien. Dans une heure un quart, le vicomte d'Exmès ser ici; dans ce moment, c'est moi qui y suis. Donc, réjouis sez-vous et tremblez, madame!

— Milord! milord! s'écria la pauvre Diane repoussan palpitante lord Wentworth, que voulez-vous de moi?

— Ce que je veux de toi? toi! dit le gouverneur d'un voix sourde.

— Ne m'approchez pas! ou je crie, j'appelle, et je vou déshonore, misérable! reprit Diane au comble de l'effro'

— Crie et appelle, cela m'est bien égal, dit lord Went worth avec une tranquillité sinistre. L'hôtel est désert, l rues sont désertes. Nul ne viendra à tes cris, du moi avant une heure. Vois : je n'ai pas même pris la peine d fermer portes ni fenêtres, tant je suis sûr qu'on ne vie dra pas avant une heure.

— Mais dans une heure enfin on viendra, reprit Diane, t je vous accuserai, je vous dénoncerai, on vous tuera.

— Non, dit froidement lord Wentworth, c'est moi qui me uerai. Crois-tu que je veuille survivre à la prise de Calais! dans une heure je me tuerai, j'y suis résolu. Ne parons pas de cela. Mais, auparavant, je veux te prendre à on amant et satisfaire à la fois, dans une volupté terrible t suprême, et ma vengeance et mon amour. Allons! la elle, vos refus et vos dédains ne sont plus de saison, je e prie plus, j'ordonne! je n'implore plus, j'exige!

— Et moi, je meurs! s'écria Diane en tirant de son sein ın couteau.

Mais, avant qu'elle eût le temps de se frapper, lord entworth s'était élancé vers elle, avait saisi ses petites ains frêles dans ses mains vigoureuses, lui avait arraché couteau et l'avait jeté bien loin.

— Pas encore! s'écria lord Wentworth avec un effrayant ourire. Je ne veux pas, madame, que vous vous frappiez ncore. Après, vous ferez ce que vous voudrez, et, si vous imez mieux mourir avec moi que de vivre avec lui, vous rez certainement libre. Mais cette dernière heure, car il 'y a plus qu'une heure à présent, cette dernière heure de otre existence m'appartient; je n'ai que cette heure pour e dédommager de l'éternité de l'enfer. Croyez donc bien ue je n'y renoncerai pas.

Il voulut la saisir. Alors, défaillante, et sentant que ses orces lui échappaient, elle se jeta à ses pieds.

— Grâce! milord, cria-t-elle, grâce! je vous demande âce et pardon à genoux. Par votre mère! souvenez-vous ue vous êtes un gentilhomme.

— Un gentilhomme! reprit lord Wentworth en secouant a tête, oui, j'étais un gentilhomme et je me suis comporté n gentilhomme, ce me semble, tant que je triomphais, nt que j'espérais, tant que je vivais. Mais maintenant, je e suis plus un gentilhomme, je suis tout simplement un omme, un homme qui va mourir et qui veut se venger.

Il releva madame de Castro, gisant à ses genoux, d'une treinte effrénée. Le beau corps abandonné de Diane se meurtrissait à la peau de buffle de son ceinturon. Elle voulait prier, crier, elle ne pouvait plus.

En ce moment, il se fit un grand tumulte dans la rue.

— Ah ! cria seulement Diane dont l'œil éteint se ranima encore sur un peu d'espérance.

— Bon ! dit Wentworth avec un rire infernal, il paraît que les habitans commencent à se piller entre eux, en attendant les ennemis. Soit ! je trouve qu'ils font bien, ma foi ! C'est encore au gouverneur à leur donner ici l'exemple.

Il souleva Diane, comme il eût pu faire d'un enfant, et la porta pantelante et brisée par ses propres efforts sur un lit de repos qu'il y avait là.

— Grâce ! put-elle dire encore.

— Non ! non, reprit lord Wentworth. Tu es trop belle ! Elle s'évanouit...

Mais le gouverneur n'avait pas eu le temps de poser sa bouche sur les lèvres décolorées de Diane, quand, e tumulte se rapprochant, la porte s'ouvrit avec fracas.

Le vicomte d'Exmès, les deux Peuquoy et trois ou quatre archers français parurent sur le seuil.

Gabriel bondit jusqu'à lord Wentworth, l'épée à la main, avec un cri terrible :

— Misérable !

Lord Wentworth, les dents serrées, saisit aussi son épée laissée sur un fauteuil.

— Arrière ! fit Gabriel aux siens qui allaient intervenir. Je veux être seul à châtier l'infâme.

Les deux adversaires, sans ajouter une parole, croisèrent le fer avec furie.

Pierre et Jean Peuquoy, et leurs compagnons, se rangèrent pour leur faire place, témoins muets mais non pas indifférens de ce combat mortel.

Diane était toujours étendue sans connaissance.

On a d'ailleurs deviné comment ce secours providentiel était arrivé à la prisonnière sans défense plus tôt que lord Wentworth ne s'y attendait.

Pierre Peuquoy, pendant les deux jours précédens, avait, selon sa promesse à Gabriel, excité et armé ceux qui tenaient secrètement avec lui pour le parti de la Fran-

e. Or, la victoire n'étant plus douteuse, ceux-là étaient
venus naturellement assez nombreux. C'étaient, pour la
lupart, des bourgeois avisés et prudens qui s'accordaient
us à penser que, puisqu'il n'y avait plus moyen de ré-
ister, le mieux était, après tout, de se ménager la meil-
eure capitulation possible.

L'armurier, qui ne voulait frapper qu'avec toute sûreté
coup décisif, attendit que sa troupe fût assez forte et
siége assez avancé pour ne pas courir le risque d'expo-
r gratuitement la vie de ceux qui s'étaient fiés à lui. Dès
ue le Vieux-Château fut pris, il avait résolu d'agir. Mais
n'avait pas pu réunir sans quelques retards ses conspira-
urs disséminés. Ce fut seulement au moment où lord
entworth venait de quitter la brèche que, derrière lui,
mouvement intérieur se manifesta.

Mais plus ce mouvement avait été lentement préparé,
s il fut irrésistible.

Et d'abord le son retentissant du cor de Pierre Peuquoy
ait fait, comme par enchantement, se précipiter hors du
t de Risbank le vicomte d'Exmès, Jean, et la moitié de
urs hommes. Le faible détachement qui gardait la ville
ce côté fut promptement désarmé et la porte ouverte
x Français.

Puis, tout le parti des Peuquoy, grossi par ce renfort et
ardi par le premier et facile succès, s'élança vers la
che, où lord Derby tâchait de tomber le plus honora-
ment possible,

Mais, quand cette sorte de révolte prit ainsi entre deux
x le lieutenant de lord Wentworth, que lui restait-il à
re ? Le drapeau français était déjà entré dans Calais avec
vicomte d'Exmès. La milice urbaine soulevée, menait d'ouvrir elle-même les portes aux assiégeans. Lord
rby préféra se rendre tout de suite. Il ne faisait en som-
qu'avancer un peu l'exécution des ordres laissés par le
uverneur, et une heure et demie de résistance inutile,
and même cette résistance ne fût pas devenue impossi-
, ne retirait rien à la défaite et pouvait ajouter au repré-
illes.

ord Derby envoya des parlementaires au duc de Guise.

C'était tout ce que demandaient pour le moment Gabriel et les Peuquoy. L'absence remarquée de lord Wentworth les inquiétait. Ils laissèrent donc la brèche, où retentissaient les derniers coups de feu, et, poussés par un secret pressentiment, prirent, avec deux ou trois soldats dévoués, le chemin connu de l'hôtel du gouverneur.

Toutes les portes étaient ouvertes, et ils pénétrèrent sans aucune difficulté jusqu'à la chambre de madame de Castro, où les entraînait Gabriel.

Il était temps ! et l'épée brandie de l'amant de Diane s'étendit à propos sur la fille de Henri II pour la préserver du plus lâche des attentats.

Le combat de Gabriel et du gouverneur fut assez long. Les deux adversaires semblaient également experts aux choses de l'escrime. Ils montraient l'un et l'autre le même sang-froid dans la même fureur. Leurs fers s'enroulaient comme deux serpens et se croisaient comme deux éclairs.

Cependant, au bout de deux minutes, l'épée de lord Wentworth lui échappa des mains, enlevée par un vigoureux contre du vicomte d'Exmès.

Lord Wentworth voulut rompre pour éviter le coup, glissa sur le parquet et tomba.

La colère, le mépris, la haine et tous les sentimens violens qui fermentaient au cœur de Gabriel n'y laissaient plus de place pour la générosité. Il n'avait pas de ménagemens à garder avec un pareil ennemi. Il fut à l'instant sur lui, l'épée levée sur sa poitrine.

Il n'était aucun des assistans de cette scène, émus d'une indignation si récente, qui eût voulu arrêter le bras vengeur.

Mais Diane de Castro, pendant ce combat, avait eu le temps de revenir de sa défaillance.

En rouvrant ses yeux appesantis, elle vit, elle comprit tout, et s'élança entre Gabriel et lord Wentworth.

Par une coïncidence sublime, le dernier cri qu'elle avait jeté en s'évanouissant fut le premier qu'elle poussa en reprenant ses sens :

— Grâce !

Elle priait pour celui-là même qu'elle avait inutilement prié.

Gabriel, à l'aspect chéri de Diane, à l'accent de sa voix toute-puissante, ne sentit plus que sa tendresse et son amour. La clémence succéda tout à coup dans son âme à la rage.

— Vous voulez donc qu'il vive, Diane? demanda-t-il à la bien-aimée.

— Je vous en prie, Gabriel, dit-elle, ne faut-il pas qu'il ait le temps de se repentir !

— Soit ! dit le jeune homme, que l'ange sauve le démon, c'est son rôle.

Et, tout en maintenant toujours sous son genou vainqueur lord Wentworth furieux et rugissant :

— Vous autres, dit-il tranquillement aux Peuquoy et aux archers, approchez-vous et liez cet homme pendant que je le tiens. Puis, vous le jetterez dans la prison de son propre hôtel, jusqu'à ce que monsieur le duc de Guise ait décidé de son sort.

— Non, tuez-moi ! tuez-moi ! criait lord Wentworth en se débattant.

— Faites ce que je dis, poursuivit Gabriel sans lâcher prise. Je commence à croire que la vie le punira plus que la mort.

On obéit au vicomte d'Exmès, et lord Wentworth eut beau se démener, écumer et injurier, il fut en un instant bâillonné et garrotté. Puis, deux ou trois hommes le prirent dans leurs bras et emportèrent, sans plus de cérémonie, l'ex-gouverneur de Calais.

Gabriel s'adressa alors à Jean Peuquoy, en présence de son cousin.

— Ami, lui dit-il, j'ai raconté devant vous à Martin-Guerre sa singulière histoire, et vous possédez maintenant les preuves de son innocence. Vous avez déploré la cruelle méprise qui a frappé l'innocent au lieu du coupable, et vous ne demandez, je le sais, qu'à soulager le plus vite possible la rude souffrance qu'il endure pour un autre en ce moment. Rendez-moi donc un service...

— Je devine, interrompit le brave Jean Peuquoy. Il faut,

n'est-ce pas, que j'aille chercher et trouver cet Ambroise Paré qui doit sauver votre pauvre écuyer ? J'y cours, et, pour qu'il soit mieux soigné, je le ferai transporter sur-le-champ chez nous, si la chose peut se faire sans danger pour lui.

Pierre Peuquoy, stupéfait, regardait et écoutait Gabriel et son cousin, comme s'il eût été sous l'empire d'un rêve

— Venez, Pierre, lui dit Jean, vous m'aiderez en tout ceci. Ah ! oui, vous êtes étonné, vous ne comprenez pas ; je vous expliquerai cela, chemin faisant, et vous convaincrai de ma conviction sans peine. Vous serez le premier ensuite, je vous connais, à vouloir réparer le mal que vous avez involontairement commis.

Là-dessus, après avoir salué Diane et Gabriel, Jean sortit, emmenant Pierre qui déjà le questionnait.

Quand madame de Castro demeura seule avec Gabriel, elle tomba à genoux par un premier mouvement de piété et de gratitude, et, levant les yeux et les mains, en même temps vers le ciel et vers celui qui avait été l'instrument de son salut :

— Soyez béni, mon Dieu ! dit-elle. Soyez béni deux fois : pour m'avoir sauvée, et pour m'avoir sauvée par lui !

XXII.

AMOUR PARTAGÉ.

Puis, Diane se jeta dans les bras de Gabriel.

— Et vous, Gabriel, dit-elle, il faut aussi que je vous remercie et que je vous bénisse. Dans le dernier éclair de ma pensée, j'invoquais mon ange sauveur, et vous êtes venu. Merci ! merci !

— Oh ! dit-il, Diane, que j'ai souffert depuis que je ne

vous ai vue, et qu'il y a longtemps que je ne vous ai vue !

— Et moi donc ! s'écria-t-elle.

Ils se mirent alors à se raconter, avec des longueurs peu dramatiques, il faut en convenir, ce qu'ils avaient fait et senti, chacun de leur côté, pendant cette dure absence.

Calais, le duc de Guise, les vaincus, les vainqueurs, tout était oublié. Toutes les rumeurs et toutes les passions qui entouraient les deux amoureux ne parvenaient plus jusqu'à eux. Perdus dans leur monde d'amour et d'ivresse, ils ne voyaient plus, ils n'entendaient plus l'autre triste monde.

Quand on a subi tant de douleurs et tant d'épouvantes, l'âme s'affaiblit et s'amollit en quelque sorte par la souffrance, et, forte contre la peine, ne sait plus résister au bonheur. Dans cette tiède atmosphère de pures émotions, Diane et Gabriel se laissaient aller avec abandon aux douceurs, bien inaccoutumées depuis longtemps pour eux, du calme et de la joie.

A la scène d'amour violent que nous avons rapportée en succéda alors une autre, à la fois pareille et différente.

— Qu'on est bien près de vous, ami ! disait Diane. Au lieu de la présence de cet homme impie que je haïssais et dont l'amour me faisait peur, quelle ivresse que d'avoir votre présence rassurante et chérie !

— Et moi, reprit Gabriel, depuis notre enfance, où nous étions heureux sans le savoir, je ne me rappelle pas, Diane, avoir eu, dans ma pauvre vie agitée et isolée, un seul moment comparable à celui-ci !

Ils gardèrent un moment le silence, absorbés par une contemplation réciproque.

Diane reprit :

— Venez donc là vous asseoir près de moi, Gabriel : le croiriez-vous, ami ? cet instant qui nous réunit d'une façon si inespérée, je l'ai pourtant rêvé et presque prévu, dans ma captivité même. Il me semblait toujours que ma délivrance me viendrait de vous, et qu'en un danger suprême, ce serait vous, mon chevalier, que Dieu amènerait tout à coup pour me sauver.

— Pour moi, reprit Gabriel, c'est votre pensée, Diane,

qui m'attirait à la fois comme un aimant et me guidait comme une lumière. L'avouerai-je à vous et à ma conscience? bien que d'autres puissans mobiles eussent dû m'y pousser, je n'aurais peut-être pas conçu, Diane, cette idée, qui est mienne, de prendre Calais, je ne l'aurais pas exécutée par des moyens vraiment téméraires, si vous n'aviez été prisonnière ici, si l'instinct des périls que vous y couriez ne m'eût animé et encouragé. Sans l'espoir de vous secourir, sans l'autre intérêt sacré que ma vie poursuit aussi, Calais serait encore au pouvoir des Anglais. Pourvu que Dieu ne me punisse pas, dans son équité, de n'avoir voulu et fait le bien que dans des vues intéressées !

Le vicomte d'Exmès pensait en ce moment à la scène de la rue Saint-Jacques, à l'abnégation d'Ambroise Paré, et à cette rigide croyance de l'amiral, que le ciel veut des mains pures pour les causes pures.

Mais la voix aimée de Diane le rassura un peu en s'écriant :

— Dieu vous punir, vous, Gabriel! Dieu vous punir d'avoir été grand et généreux !

— Qui sait? dit-il, en interrogeant le ciel par un regard chargé d'une sorte de mélancolique pressentiment.

— Je sais, moi, reprit Diane avec son charmant sourire.

Elle était si ravissante en disant cela, que Gabriel, frappé de cet éclat, et distrait de toute autre pensée, ne put s'empêcher de s'écrier :

— Oh! vous êtes belle comme un ange, Diane !

— Vous êtes vaillant comme un héros, Gabriel! dit Diane.

Ils étaient assis tout près l'un de l'autre ; leurs mains, par hasard, se rencontrèrent et se pressèrent. La nuit commençait d'ailleurs à se faire.

Diane, la rougeur au front, se leva et fit quelques pas dans la chambre.

— Vous vous éloignez, vous me fuyez, Diane ! reprit tristement le jeune homme.

— Oh! non, fit-elle vivement en se rapprochant. Avec vous, c'est bien différent ! Je n'ai pas peur, ami !

Diane avait tort : le danger était autre ; mais c'était toujours le danger, et l'ami n'était pas moins à craindre peut-
être que l'ennemi.

— A la bonne heure, Diane ! dit Gabriel en prenant la
petite main blanche et douce qu'elle lui abandonnait de
nouveau ; à la bonne heure ! laissons-nous être heureux
un peu, après avoir tant souffert. Laissons nos âmes se dé-
tendre et se reposer dans la confiance et dans la joie.

— Oui, c'est vrai ; on est si bien près de vous, Gabriel !
reprit Diane. Oublions un moment, tant pis ! le monde et
le bruit d'alentour. Cette heure délicieuse et unique, sa-
vourons-la ; Dieu, je crois, nous le permet, sans trouble
et sans crainte. Vous avez raison : pourquoi avons-nous
tant souffert aussi !

Par un gentil mouvement qui lui était familier lorsqu'elle était enfant, elle posa sa tête charmante sur l'é-
paule de Gabriel ; ses grands yeux de velours se fermèrent
lentement ; ses cheveux effleurèrent les lèvres de l'ardent
jeune homme.

Ce fut lui qui, à son tour, se leva, tout frémissant et
éperdu.

— Eh bien ? dit Diane en rouvrant ses yeux étonnés et
languissans.

Il tomba tout pâle à genoux devant elle, et ses mains
l'entourèrent.

— Eh bien ! Diane, je t'aime ! cria-t-il du fond du cœur.

— Je t'aime, Gabriel ! répondit Diane, sans frayeur et
comme obéissant à l'irrésistible instinct de son cœur.

Comment leurs visages se rapprochèrent, comment
leurs lèvres s'unirent ; comment, dans ce baiser, se confondirent leurs âmes, Dieu seul le sait ; car il est certain
qu'ils ne le surent pas eux-mêmes.

Mais, tout à coup, Gabriel, qui sentait sa raison vacil-
ler devant le vertige du bonheur, s'arracha d'auprès de
Diane.

— Diane, laissez-moi !... laissez-moi fuir ! s'écria-t-il
avec un accent de terreur profonde.

— Fuir ! et pourquoi fuir ? demanda-t-elle, surprise.

— Diane ! Diane ! si vous étiez ma sœur ! reprit Gabriel hors de lui.

— Votre sœur ! répéta Diane anéantie, foudroyée.

Gabriel s'arrêta, étonné et comme étourdi de ses propres paroles, et, passant la main sur son front brûlant :

— Qu'ai-je donc dit ? se demanda-t-il à voix haute.

— Qu'avez-vous dit en effet ? reprit Diane. Faut-il la prendre à la lettre, cette terrible parole ? Quel est le mot de cet effrayant mystère ? serais-je réellement votre sœur, mon Dieu !

— Ma sœur ? vous ai-je avoué que vous étiez ma sœur ? dit Gabriel ?

— Ah ! c'est donc la vérité ! s'écria Diane palpitante.

— Non, ce n'est pas, ce ne peut pas être la vérité ! je ne la sais pas, qui peut la savoir ? Et, d'ailleurs, je ne dois rien vous dire de tout cela ! C'est un secret de vie et de mort que j'ai juré de garder ! Ah ! céleste miséricorde ! j'avais conservé mon sang-froid et ma raison dans les souffrances et les malheurs ; faut-il que la première goutte de bonheur qui touche mes lèvres m'enivre jusqu'à la démence, jusqu'à l'oubli de mes sermens !

— Gabriel, reprit gravement madame de Castro, Dieu sait que ce n'est pas une vaine curiosité qui m'anime ; mais vous m'en avez dit trop ou trop peu pour mon repos. Il faut achever maintenant.

— Impossible ! impossible ! s'écria Gabriel avec une sorte d'effroi.

— Et pourquoi impossible ? dit Diane. Quelque chose en moi m'assure que ces secrets m'appartiennent aussi bien qu'à vous, et que vous n'avez pas le droit de me les cacher.

— C'est juste cela, reprit Gabriel, et vous avez certainement autant de droits que moi à ces douleurs. Mais, puisque le poids m'en accable seul, n'en demandez pas la moitié.

— Si fait, je la demande, je la veux, je l'exige, cette moitié de vos peines ! repartit Diane, et, pour dire encore plus, Gabriel, mon ami, je l'implore ! me la refuserez-vous ?

— Mais j'ai juré au roi ! dit Gabriel avec anxiété.

— Vous avez juré? reprit Diane. Eh bien, observez loyalement ce serment envers les étrangers, les indifférens, envers les amis mêmes, ce sera bien fait à vous. Mais avec moi qui, de votre propre aveu, ai dans ce mystère les mêmes intérêts que vous, pouvez-vous, devez-vous garder un injurieux silence? Non, Gabriel, si vous avez quelque pitié de moi. Mes doutes, mes inquiétudes à ce sujet ont déjà bien assez torturé mon cœur! Sur ce point, sinon hélas! dans les autres accidens de votre vie, je suis, en quelque sorte, un autre vous-même. Est-ce que vous vous parjurez, dites, quand vous pensez à votre secret dans la solitude de votre conscience? Croyez-vous que mon âme profonde et sincère, et mûrie par tant d'épreuves, ne saura pas, comme la vôtre, contenir et renfermer jalousement le dépôt confié, de joie ou d'amertume, qui est à elle comme à vous ?

La voix douce et caressante de Diane continua, remuant les fibres intimes du jeune homme comme un instrument docile :

— Et puis, Gabriel, puisque le sort nous défend d'être joints dans l'amour et dans le bonheur, comment avez-vous le courage de récuser encore la seule communauté qui nous soit permise, celle de la tristesse? Ne souffrirons-nous pas moins en souffrant du moins ensemble? Voyez donc ! n'est-il pas bien douloureux de songer que l'unique lien qui devrait nous réunir nous sépare !

Et, sentant que Gabriel, à moitié vaincu, hésitait cependant encore :

— Prenez garde, d'ailleurs ! reprit Diane, si vous persistez à vous taire, pourquoi ne reprendrais-je pas avec vous e langage qui vous cause à présent, je ne sais pourquoi, tant d'épouvante et d'angoisse, mais que vous-même, près tout, avez autrefois appris à ma bouche et à mon cœur. Enfin, votre fiancée a le droit de vous répéter qu'elle vous aime, qu'elle n'aime que vous. Votre promise devant iou peut bien, dans ses chastes caresses, approcher ainsi tête de votre épaule et ses lèvres de votre front...

Mais Gabriel, le cœur serré, écarta de nouveau Diane en frémissant.

— Non ! s'écria-t-il, ayez pitié de ma raison, Diane, je vous en supplie. Vous voulez donc absolument le savoir tout entier notre redoutable secret? Eh bien! devant un crime possible, il m'échappe ! Oui, Diane, il faut les prendre à la lettre les paroles que ma fièvre avait laissé tomber tout à l'heure. Diane, vous êtes peut-être la fille du comte de Montgommery, mon père ! vous êtes peut-être ma sœur !

— Sainte Vierge ! murmura madame de Castro écrasée par cette révélation.

— Mais comment donc cela se fait-il ? reprit-elle.

— J'aurais voulu, lui dit Gabriel, que votre vie pure et calme ne connût jamais cette histoire pleine d'épouvante et de crimes. Mais je sens bien, hélas ! qu'à la fin mes seules forces ne sont plus suffisantes contre mon amour. Il faut que vous m'aidiez contre vous-même, Diane, et je vais tout vous dire.

— Je vous écoute, effrayée mais attentive, reprit Diane.

Gabriel alors lui raconta tout, en effet : comment son père avait aimé madame de Poitiers, et, au vu de toute la cour, avait paru aimé d'elle ; comment le dauphin, aujourd'hui roi, était devenu son rival ; comment le comte de Montgommery avait disparu un jour, et comment Aloyse avait été à même de savoir et de révéler à son fils ce qu'il était devenu. Mais c'était tout ce que savait la nourrice, et, puisque madame de Poitiers refusait obstinément de l'avouer, le comte de Montgommery seul pouvait dire, s'il vivait encore, le secret de la naissance de Diane.

Quand Gabriel eut achevé ce lugubre récit :

— C'est affreux! s'écria Diane. Mais alors, quelle que soit l'issue, ami, il y aura donc un malheur au bout de notre destin! Si je suis la fille du comte de Montgommery, vous êtes mon frère, Gabriel. Si je suis la fille du roi, vous êtes l'ennemi justement irrité de mon père. Dans tous les cas, nous sommes séparés.

— Non, Diane, répondit Gabriel. Notre malheur, grâce à Dieu, n'est pas tout à fait sans espérance. Puisque j'ai commencé à tout vous dire, je vais achever. Aussi bien, je sens que vous aviez raison : cette confidence m'a soulagé, et mon secret, après tout, n'est pas sorti de mon cœur pour être entré dans le vôtre.

Gabriel apprit alors à madame de Castro le pacte étrange et dangereux qu'il avait conclu avec Henri II, et la promesse solennelle du roi de rendre la liberté au comte de Montgommery, si le vicomte de Montgommery, après avoir défendu Saint-Quentin contre les Espagnols, reprenait Calais aux Anglais.

Or, Calais était depuis une heure ville française, et Gabriel pouvait croire sans vanité qu'il avait été pour beaucoup dans ce glorieux résultat.

A mesure qu'il parlait, l'espoir dissipait peu à peu la tristesse du visage de Diane, comme l'aurore dissipe les ténèbres :

Quand Gabriel eut fini, elle se recueillit un instant, pensive, puis, lui tendant la main :

— Mon pauvre Gabriel, lui dit-elle avec fermeté, il y a pour nous sans doute dans le passé et dans l'avenir de quoi beaucoup penser et beaucoup souffrir. Mais ne nous arrêtons pas à cela, mon ami. Nous ne devons pas nous attendrir et nous amollir. Pour ma part, je tâcherai de me montrer forte et courageuse comme vous et avec vous. L'essentiel est actuellement d'agir et de dénouer notre sort d'une façon ou d'une autre. Nos angoisses touchent, je crois, à leur terme. Vous avez dès à présent tenu, et au-delà, vos engagemens envers le roi. Le roi tiendra, je l'espère, les siens envers vous. C'est sur cette attente qu'il faut concentrer désormais tous nos sentimens et toutes nos pensées. Que comptez-vous faire maintenant ?

— Monsieur le duc de Guise, répondit Gabriel, a été le confident et le complice illustre de tout ce que j'ai tenté 'ci. Je sais que, sans lui, je n'aurais rien fait ; mais il sait qu'il n'aurait rien fait sans moi. C'est lui, lui seul qui peut et qui doit attester au roi la part que j'ai eue dans cette ouvelle conquête. J'ai d'autant plus lieu d'attendre de lui et acte de justice qu'il s'est, pour la seconde fois, ces 'ours-ci, solennellement engagé à me rendre ce témoignae. Or, je vais de ce pas rappeler sa promesse à monsieur de Guise, réclamer de lui une lettre pour **Sa Majesté**, puis, ma présence ici n'étant plus nécessaire, partir sur-le-champ pour Paris...

Comme Gabriel parlait encore avec animation, et que Diane l'écoutait l'œil brillant d'espérance, la porte s'ouvrit, et Jean Peuquoy parut, défait et consterné.

— Eh bien ! qu'y a-t-il demanda Gabriel inquiet. Martin-Guerre est-il plus mal ?

— Non, monsieur le vicomte, répondit Jean Peuquoy. Martin-Guerre, transporté chez nous par mes soins, a déjà été visité par maître Ambroise Paré. Bien que l'amputation de la jambe soit jugée nécessaire, maître Paré croit pouvoir assurer que votre vaillant serviteur survivra à l'opération.

— L'excellente nouvelle ! dit Gabriel. Ambroise Paré est encore près de lui sans doute ?

— Monseigneur, reprit tristement le bourgeois, il a été obligé de le quitter pour un autre blessé plus considérable et plus désespéré...

— Qui donc cela ? demanda Gabriel en changeant de couleur. Le maréchal Strozzi ? monsieur de Nevers ?...

— Monsieur le duc de Guise, qui se meurt en ce moment, répondit Jean Peuquoy.

Gabriel et Diane jetèrent en même temps un cri de douleur.

— Et je disais que nous touchions au terme de nos angoisses ! reprit après un silence madame de Castro. O mon Dieu ! mon Dieu ! mon Dieu !

— N'appelez pas Dieu, madame ! dit Gabriel avec un mélancolique sourire. Dieu est juste et punit justement mon égoïsme. Je n'avais pris Calais que pour mon père et vous. Dieu veut que je l'aie pris seulement pour la France.

XXIII.

LE BALAFRÉ.

Néanmoins, toute espérance n'était pas morte pour Gabriel et Diane, puisqu'enfin le duc de Guise respirait encore. Les malheureux se rattachent avidement à la chance la plus incertaine, comme les naufragés à quelque débris flottant.

Le vicomte d'Exmès quitta donc Diane pour aller voir par lui-même jusqu'où portait le nouveau coup qui venait les frapper, au moment même où la mauvaise fortune semblait se relâcher pour eux de ses rigueurs.

Jean Peuquoy, qui l'accompagna, lui raconta, chemin faisant, ce qui s'était passé.

Lord Derby, sommé par les bourgeois mutinés de se rendre avant l'heure fixée par lord Wentworth, venait d'envoyer au duc de Guise des parlementaires pour traiter de la capitulation.

Cependant, sur plusieurs points le combat durait encore, plus acharné dans ses derniers efforts par la colère des vaincus et l'impatience des vainqueurs.

François de Lorraine, aussi intrépide soldat qu'habile général, se montrait à l'endroit où la mêlée semblait la plus chaude et la plus périlleuse.

C'était à une brèche déjà à moitié emportée, au delà d'un fossé entièrement comblé.

Le duc de Guise à cheval, en butte aux traits dirigés sur lui de toutes parts, animait tranquillement les siens et de l'exemple et de la parole.

Tout à coup il aperçut, au-dessus de la brèche, le drapeau blanc des parlementaires.

Un fier sourire effleura son noble visage; car c'était la consécration définitive de sa victoire qu'il voyait ainsi venir à lui.

— Arrêtez! cria-t-il, au milieu du fracas, à ceux qui l'entouraient. Calais se rend : Bas les armes

Il leva la visière de son casque, et, poussant son cheval, il fit quelque pas en avant, les yeux fixés sur ce drapeau, signal de son triomphe et de la paix.

L'ombre, d'ailleurs, commençait à tomber, et le tumulte n'avait pas cessé.

Un homme d'armes anglais, qui vraisemblablement n'avait, ni vu les parlementaires, ni entendu, dans le bruit, le cri de monsieur de Guise, s'élança à la bride du cheval qu'il fit reculer, et, comme le duc distrait, sans même regarder l'obstacle qui l'arrêtait ainsi, donnait de l'éperon pour passer outre, l'homme le frappa de sa lance à la tête.

— On n'a pu me dire, continua Jean Peuquoy, à quel endroit du visage monsieur le duc de Guise avait été atteint; mais il est certain que la blessure est terrible. Le bois de la lance s'est brisé et le fer est resté dans la plaie. Le duc, sans prononcer une parole, est tombé, le front en avant, sur le pommeau de sa selle. Il paraît que l'Anglais qui avait porté ce coup désastreux a été mis en pièces par les Français furieux. Mais cela n'a pas sauvé monsieur de Guise, hélas! On l'a emporté comme mort. Depuis, il n'a seulement pas repris connaissance.

— De sorte que Calais n'est pas même à nous? demanda Gabriel.

— Oh! si fait! répondit Jean Peuquoy. Monsieur le duc de Nevers a reçu les parlementaires et a imposé en maître les conditions les plus avantageuses. Mais le gain d'une telle ville compensera à peine pour la France la perte d'un tel héros.

— Mon Dieu! vous le regardez donc déjà comme trépassé? dit en frissonnant Gabriel.

— Hélas! hélas! fit pour toute réponse le tisserand en hochant la tête.

— Et où me menez-vous de ce pas? reprit Gabriel. Vous savez donc où on l'a transporté?

— Dans le corps de garde du Château-Neuf, a dit à maître Ambroise Paré l'homme qui nous a donné la fatale nouvelle. Maître Paré a voulu y courir tout de suite, Pierre lui a montré le chemin, et moi je suis venue vous avertir. Je pressentais bien que cela était important pour vous, et que, dans cette circonstance, vous auriez sans doute quelque chose à faire.

— Je n'ai qu'à me désoler comme les autres et plus que les autres, dit le vicomte d'Exmès.

— Mais, ajouta-t-il, autant que la nuit me permet de distinguer les objets, il me semble que nous approchons.

— Voici le Château-Neuf, en effet, dit Jean Peuquoy.

Bourgeois et soldats, une immense foule agitée, pressée et murmurante, encombrait les abords du corps de garde où le duc de Guise avait été porté. Les questions, les conjectures et les commentaires circulaient dans les groupes inquiets, comme un souffle de vent entre les ombrages sonores d'une forêt.

Le vicomte d'Exmès et Jean Peuquoy eurent bien de la peine à percer toute cette foule pour arriver jusqu'aux marches du corps de garde dont un fort détachement de piquiers et hallebardiers défendait l'entrée. Quelques-uns d'entre eux tenaient des torches allumées que projetaient leurs lueurs rougeâtres sur les masses mouvantes du peuple.

Gabriel tressaillit en apercevant, à cette lumière incertaine, debout au bas des marches, Ambroise Paré sombre, immobile, les sourcils contractés, et serrant convulsivement de ses bras croisés sa poitrine émue. Des larmes de douleur et d'indignation étincelaient dans son beau regard.

Derrière lui se tenait Pierre Peuquoy, aussi morne et aussi abattu que lui.

— Vous ici, maître Paré! s'écria Gabriel. Mais que faites-vous là? Si monsieur le duc de Guise a encore un souffle de vie, votre place est à ses côtés!

— Eh! ce n'est pas à moi qu'il faut dire cela, monsieur d'Exmès! reprit vivement le chirurgien, lorsque, levant les yeux, il reconnut Gabriel. Dites-le, si vous avez sur eux quelque autorité, à ces gardes stupides.

— Quoi ! vous refusent-ils donc le passage? demanda Gabriel.

— Sans vouloir rien entendre, reprit Ambroise Paré. Oh! songer que Dieu fait peut-être dépendre une si précieuse existence de si misérables fatalités!

— Mais il faut que vous entriez ! dit Gabriel, vous vous y serez mal pris.

— Nous avons supplié d'abord, dit Peuquoy intervenant, nous avons menacé ensuite. Ils ont répondu à nos prières par des rires, à nos menaces par des coups. Maître Paré, qui voulait forcer le passage, a été violemment repoussé, et atteint, je crois, par le bois d'une hallebarde.

— C'est tout simple! reprit Ambroise Paré avec amertume, je n'ai ni collier d'or ni éperons; je n'ai que le coup d'œil prompt et la main sûre.

— Attendez, dit Gabriel, je saurai bien vous faire entrer, moi.

Il s'avança vers les marches du corps de garde. Mais un piquier, tout en s'inclinant à sa vue, lui barra le passage.

— Pardon, lui dit-il respectueusement, nous avons reçu pour consigne de ne plus laisser pénétrer qui que ce soit.

— Drôle ! reprit Gabriel qui pourtant se modérait encore, ta consigne est-elle pour le vicomte d'Exmès, capitaine aux gardes de Sa Majesté, et l'ami de monsieur de Guise? Où est ton chef, que je lui parle ?

— Monseigneur, il garde la porte intérieure, reprit plus humblement le piquier.

— Je vais donc à lui, reprit impérieusement le vicomte d'Exmès. Venez, maître Paré, suivez-moi.

— Monseigneur, passez, vous, puisque vous l'exigez, fît le soldat. Mais celui-là ne passera pas.

— Et pourquoi cela? demanda Gabriel. Pourquoi le chirurgien n'irait-il point au blessé?

— Tous les chirurgiens, médecins et myrrhes, reprit le piquier, du moins tous ceux qui sont reconnus et patentés, ont été appelés auprès de monseigneur. Il n'en manque pas un, nous a-t-on dit.

— Eh ! voilà justement ce qui m'épouvante ! dit avec un dédain ironique Ambroise Paré.

— Celui-ci n'a pas brevet en poche, continua le soldat. Je le connais bien. Il en a sauvé plus d'un au camp, c'est vrai ; mais il n'est point fait pour les ducs !

— Pas tant de phrases ! s'écria Gabriel en frappant du pied avec impatience. Je veux, moi, que maître Paré passe avec moi.

— Impossible, monsieur le vicomte.

— J'ai dit : je veux ! drôle !

— Songez, reprit le soldat, que ma consigne m'ordonne de vous désobéir.

— Ah ! s'écria douloureusement Ambroise, le duc meurt peut-être pendant ces ridicules débats ?

Ce cri eût dissipé toutes les hésitations de Gabriel, si l'impétueux jeune homme avait pu en conserver dans un pareil moment.

— Vous voulez donc absolument que je vous traite comme des Anglais ! cria-t-il aux hallebardiers. Tant pis pour vous alors ! La vie de monsieur de Guise vaut bien vingt existences comme les vôtres, après tout. Nous allons voir si vos piques oseront toucher mon épée.

Sa lame flamboya hors du fourreau comme un éclair, et, entraînant derrière lui Ambroise Paré, il monta, l'épée haute, les marches du corps-de-garde.

Il y avait tant de menace dans son attitude et dans son regard ; il y avait tant de puissance dans le calme et l'attitude du chirurgien ; puis, la personne et la volonté d'un gentilhomme avaient à cette époque un tel prestige, que les gardes subjugués s'écartèrent et baissèrent leurs armes, moins devant le fer que devant le nom du vicomte d'Exmès.

— Eh ! laissez-le ! cria une voix dans le peuple. Ils ont vraiment l'air d'être envoyés de Dieu pour sauver le duc de Guise.

Gabriel et Ambroise Paré arrivèrent donc sans autres obstacles à la porte du corps de garde.

Dans l'étroit vestibule qui précédait la grande salle, il y avait encore le lieutenant des soldats du dehors, avec trois ou quatre hommes.

Mais le vicomte d'Exmès, sans s'arrêter, lui dit d'une voix brève et qui ne voulait pas de réplique :

— J'amène à monseigneur un nouveau chirurgien.

Le lieutenant s'inclina et laissa passer sans la moindre objection.

Gabriel et Paré entrèrent.

L'attention de tous était trop vivement et trop cruellement distraite ailleurs pour qu'on prît garde à leur arrivée.

Le spectacle qui s'offrit à eux était vraiment terrible et navrant.

Au milieu de la salle, sur un lit de camp, était étendu le duc de Guise, toujours immobile et sans connaissance, la figure inondée de sang.

Il avait le visage traversé de part en part ; le fer de la lance, après avoir percé la joue au-dessous de l'œil droit, avait pénétré jusqu'à la nuque au-dessous de l'oreille gauche, et le tronçon brisé sortait d'un demi-pied de la tête ainsi fracassée. La plaie était horrible à voir.

Autour du lit se tenaient dix ou douze médecins et chirurgiens, consternés au milieu de la désolation générale.

Mais ils n'agissaient pas, ils regardaient seulement et ils parlaient.

Au moment où Gabriel entra avec Ambroise Paré, un d'eux disait à voix haute :

— Ainsi, après nous être concertés, nous nous voyons dans la douloureuse nécessité de convenir que monsieur le duc de Guise est frappé mortellement, sans espoir et sans remède ; car, pour avoir quelque chance de le sauver, il faudrait que ce tronçon de lance fût retiré de la tête : et l'arracher, ce serait à coup sûr tuer monseigneur.

— Donc, vous aimez mieux le laisser mourir ! dit hardiment, derrière les spectateurs du premier rang, Ambroise Paré, qui de loin avait jugé d'un coup d'œil l'état, presque désespéré en effet, de l'illustre blessé.

Le chirurgien qui avait parlé releva la tête pour chercher son audacieux interrupteur, et, ne le voyant pas, reprit :

— Quel téméraire oserait porter ses mains impies sur

cet auguste visage, et risquer, sans certitude, d'achever un tel mourant?

. — Moi! dit Ambroise Paré en s'avançant, le front haut, dans le cercle des chirurgiens.

Et, sans se préoccuper davantage de ceux qui l'entouraient et des murmures de surprise qu'avaient excités ses paroles, il se pencha sur le duc pour voir de plus près sa blessure.

— Ah! c'est maître Ambroise Paré! reprit avec dédain le chirurgien en chef en reconnaissant l'insensé qui osait émettre un avis différent du sien. Maître Ambroise Paré oublie, ajouta-t-il, qu'il n'a pas l'honneur d'être au nombre des chirurgiens du duc de Guise.

— Dites plutôt, reprit Ambroise, que je suis son seul chirurgien, puisque ses chirurgiens ordinaires l'abandonnent. D'ailleurs, il y a quelques jours, le duc de Guise, après une opération qui réussit sous ses yeux, voulut bien me dire, et très sérieusement, sinon officiellement, qu'au besoin désormais il réclamerait mes services. Monsieur le vicomte d'Exmès qui était présent peut l'attester.

— C'est la vérité, je le déclare, dit Gabriel.

Ambroise Paré était déjà retourné au corps, en apparence inanimé, du duc, et examinait de nouveau la blessure.

— Eh bien? demanda le chirurgien en chef avec un sourire ironique; après examen, persistez-vous encore à vouloir arracher le fer de la plaie?

— Après examen, je persiste, dit Ambroise Paré résolument.

— Et de quel merveilleux instrument comptez-vous donc vous servir?

— Mais de mes mains, dit Ambroise.

— Je proteste hautement, s'écria le chirurgien furieux, contre la profanation de cette agonie.

— Et nous protestons avec vous, acclamèrent tous ses confrères.

— Avec-vous quelque moyen de sauver le prince? reprit Ambroise Paré.

— Non, la chose est impossible! dirent-ils tous.

— Il est donc à moi, dit Ambroise en étendant la main sur le corps comme pour en prendre possession.

— Et nous, retirons-nous, reprit le chirurgien en chef, qui fit en effet avec les siens un mouvement de retraite.

— Mais qu'allez-vous faire ? demandait-on de tous côtés à Ambroise.

— Le duc de Guise est mort pour tous, répondit-il, je vais agir comme s'il était mort.

Ce disant, il se débarrassait de son pourpoint et relevait ses manches.

— Faire de telles expériences sur monseigneur, *tanquàm in animá vili !* dit en joignant les mains un vieux médecin scandalisé.

— Eh ! répondit Ambroise, sans quitter des yeux le blessé, je vais le traiter en effet, non comme un homme, non pas même comme une âme vile, mais comme une chose. Regardez.

Il mit hardiment le pied sur la poitrine du duc.

Un murmure mêlé de terreur, de doute et de menace, courut dans l'assemblée.

— Prenez garde, maître ! dit monsieur de Nevers, en touchant l'épaule d'Ambroise Paré; prenez garde ! Si vous échouez, je ne réponds pas de la colère des amis et serviteurs du duc.

— Ah ! fit Ambroise avec un sourire triste en se retournant.

— Vous risquez votre tête ! reprit un autre.

Ambroise Paré regarda le ciel ; puis, avec une gravité mélancolique :

— Soit ! dit-il, je risquerai ma tête pour essayer de sauver celle-ci. Mais, au moins, reprit-il avec un fier regard, au moins qu'on me laisse tranquille !

Tous s'écartèrent avec une sorte de respect devant la domination du génie.

On n'entendit plus, dans un silence solennel, que les respirations haletantes.

Ambroise Paré posa le genou gauche sur la poitrine du duc ; puis, se penchant, prit seulement avec ses ongles, comme il l'avait dit, le bois de la lance, et l'ébranla par egré, doucement d'abord, et plus fort ensuite.

Le duc tressaillit comme dans une souffrance horrible.

L'effroi avait mis sur tous les fronts des assistans la même pâleur.

Ambroise Paré s'arrêta lui-même une seconde, comme épouvanté. Une sueur d'angoisse mouillait son front. Mais il se remit presque aussitôt à l'œuvre.

Au bout d'une minute, plus longue qu'une heure, le fer sortit enfin de la blessure.

Ambroise Paré le jeta vivement loin de lui, et, vite, se courba sur la plaie béante.

Quand il se releva, un éclair de joie illuminait son vige. Mais bientôt, redevenant sérieux, il tomba à genoux, oignit les mains vers Dieu, et une larme de bonheur coula ntement sur sa joue.

Ce fut un moment sublime. Sans que le grand chirurgien eût parlé, on comprenait qu'il y avait maintenant de l'espoir. Des serviteurs du duc pleuraient à chaudes larmes; d'autres baisaient par derrière l'habit d'Ambroise aré.

Mais on se taisait, on attendait sa première parole.

Il dit enfin de sa voix grave, quoique émue :

— Je réponds à présent de la vie de monseigneur de uise.

Et, en effet, une heure après, le duc de Guise avait reouvré la connaissance et même la parole.

Ambroise Paré achevait de bander la blessure, et Gariel se tenait à côté du lit où le chirurgien avait fait ansporter son auguste client.

— Ainsi, Gabriel, disait le duc, je vous dois, non-seuleent la prise de Calais, mais aussi la vie, puisque c'est ous qui avez amené, presque de force, auprès de moi aître Paré.

— Oui, monseigneur, reprenait Ambroise, sans monieur d'Exmès, ils ne me laissaient pas même approcher e vous.

— O mes deux sauveurs ! dit François de Lorraine.

— Ne parlez pas tant, monseigneur, je vous en supplie, reprit le chirurgien.

— Allons, je me tais. Mais un mot cependant, une seule question.

— Qu'est-ce que c'est, monseigneur?

— Croyez-vous, maître Paré, demanda le duc, que les suites de cette horrible blessure n'altéreront ni ma santé, ni ma pensée?

— J'en suis sûr, monseigneur, dit Ambroise. Mais il vous en restera, je le crains, une cicatrice, une balafre...

— Une cicatrice! s'écria le duc, oh! ce n'est rien cela! cela orne un visage guerrier! et c'est un sobriquet qui ne me déplairait pas que celui de *balafré*.

On sait que les contemporains et la postérité ont été de l'avis du duc de Guise, lequel dès lors, comme son fils depuis, fut surnommé le Balafré par son siècle et par l'histoire.

XXIV

DÉNOUEMENT PARTIEL.

Nous sommes au 8 janvier, lendemain du jour où Gabriel d'Exmès a rendu au roi de France sa plus belle ville perdue, Calais, et son plus grand capitaine en danger, le duc de Guise.

Mais il ne s'agit plus ici de ces questions d'où l'avenir des nations dépend, il s'agit tout simplement d'intérêts bourgeois et d'affaires de famille. De la brèche devant Calais, et du lit de mort de François de Lorraine, nous passons à la salle basse de la maison des Peuquoy.

C'est là que, pour lui éviter de la fatigue, Jean Peuquoy avait fait transporter Martin-Guerre; c'est là que, la veille au soir, Ambroise Paré avait, avec son bonheur habituel, pratiqué sur le brave écuyer une amputation jugée nécessaire.

Ainsi, ce qui jusque-là n'avait été qu'espérance, était evenu certitude. Martin-Guerre, il est vrai, resterait estropié, mais Martin-Guerre vivrait.

Peindre les regrets ou, pour mieux dire, les remords de ierre Peuquoy, quand il avait appris de Jean la vérité, erait impossible. Cette âme rigide, mais probe et loyale, e devait jamais se pardonner une si cruelle méprise. 'honnête armurier conjurait à chaque instant Martinuerre, de demander ou d'accepter tout ce qu'il possédait, ras et cœur, biens et vie.

Mais on sait que Martin-Guerre n'avait pas attendu l'exression de ce repentir pour pardonner à Pierre Peuquoy, t, qui plus est, pour l'approuver.

Ils étaient donc pour le mieux ensemble, et on ne s'énnera plus, dès lors, de voir se passer auprès de Martinuerre, qui était désormais de la famille, un conseil domesque pareil à celui auquel nous avons assisté déjà pendant e bombardement.

Le vicomte d'Exmès, qui repartait le soir même pour Pa-, était aussi de cette délibération, moins pénible après ut que la précédente pour ses vaillans alliés du fort de isbank.

En effet, la réparation qu'avait à exiger l'honneur des euquoy n'était sans doute plus dorénavant impossible. e vrai Martin-Guerre était marié, mais rien ne prouvait ue le séducteur de Babette le fût. Il n'y avait plus qu'à etrouver le coupable.

Aussi le visage de Pierre Peuquoy, exprimait plus de sénité et de calme. Celui de Jean, au contraire, était assez iste, et Babette, de son côté, paraissait fort abattue.

Gabriel les observait tous en silence, et Martin-Guerre, tendu sur son lit de souffrance, se désolait de ne rien pouoir pour ses nouveaux amis que leur fournir des renseiemens bien vagues et bien incertains sur la personne e son Sosie.

Pierre et Jean Peuquoy, revenaient, dans le moment, 'auprès de monsieur de Guise. Le duc n'avait pas voulu rder plus longtemps à remercier les braves bourgeois pariotes de la part efficace et glorieuse qu'ils avaient eue dans la reddition de la ville ; Gabriel, sur sa demande expresse, les lui avait amenés.

Pierre Peuquoy racontait, tout fier et joyeux, à Babette, les détails de cette présentation.

— Oui, ma sœur, disait-il ; quand monsieur d'Exmès a eu raconté au duc de Guise notre coopération en tout ceci, dans des termes certainement trop flatteurs et trop exagérés, ce grand homme a daigné nous témoigner, à Jean et à moi, sa satisfaction, avec une grâce et une bonté dont, pour ma part, je ne perdrai jamais la mémoire, lors même que je vivrais plus de cent ans. Mais il m'a surtout réjoui et touché en ajoutant qu'il désirait à son tour nous être utile, et me demandant en quoi il pourrait nous servir. Ce n'est pourtant pas que je sois intéressé, tu me connais, Babette. Seulement, sais-tu quel service je compte réclamer de lui ?...

— Non, en vérité, mon frère, murmura Babette.

— Eh bien ! sœur, reprit Pierre Peuquoy, dès que nous aurons trouvé celui qui t'a si indignement trompée, et nous le trouverons, sois en sûre ! je demanderai à monsieur de Guise de m'aider de son crédit pour te faire rendre l'honneur. Nous n'avons ni force, ni richesse par nous-mêmes, et un tel appui nous sera peut-être nécessaire pour obtenir justice.

— Et si, même avec cet appui, la justice vous fait défaut, cousin ? demanda Jean.

— Grâce à ce bras, reprit Pierre avec énergie, la vengeance du moins ne me manquerait pas. Et cependant continua-t-il en baissant la voix, et en jetant du côté de Martin-Guerre un regard timide, je dois convenir que la violence m'a jusqu'ici réussi bien mal.

Il se tut et resta pensif une minute. Quand il sortit de cette distraction rêveuse, il s'aperçut avec surprise que Babette pleurait.

— Eh bien, qu'y a-t-il donc, sœur ? demanda-t-il.

— Ah ! je suis bien malheureuse ! s'écria Babette en sanglotant.

— Malheureuse ! et pourquoi ? l'avenir, il me semble, se rassérène...

Il se rembrunit, reprit-elle.

Non, tout ira bien, sois tranquille, dit Pierre Peuquoy. e une douce réparation et un châtiment terrible on ne ait hésiter. Ton amant va revenir à toi, tu seras sa me...

Et si je le refuse pour mari, moi? s'écria Babette.

ean Peuquoy ne put retenir un mouvement joyeux qui happa point à Gabriel.

Le refuser? reprit Pierre au comble de l'étonnement. 's tu l'aimais !

J'aimais, dit Babette, celui qui souffrait, qui paraíst m'aimer, qui me témoignait du respect et de la tensse. Mais celui qui m'a trompée, qui m'a menti, qui m'adonne, celui qui avait volé, pour surprendre un paucœur, le langage, le nom, et peut-être les habits d'un e, ah ! celui-là, je le hais et je le méprise.

— Mais enfin, s'il t'épousait? reprit Pierre Peuquoy.

Il m'épouserait, dit Babette, parce qu'il y serait cont, ou bien parce qu'il espérerait les faveurs du duc de 'se. Il me donnerait son nom par peur ou par cupidité. ! non ! à mon tour je ne veux plus de lui, moi !

Babette, reprit sévèrement Pierre Peuquoy, vous n'à-pas le droit de dire : Je ne veux pas de lui.

Mon bon frère, par grâce ! par pitié ! s'écria Babette rée, ne me forcez pas à épouser celui que vous nomz vous-même un misérable et un lâche.

Babette, songez à votre front sans honneur !

J'aime mieux avoir à rougir de mon amour un ins-, que d'avoir à rougir de mon mari toute ma vie.

Babette, songez à votre enfant sans père !

Il vaut mieux pour lui, je crois, dit Babette, perdre père qui le détesterait, que sa mère qui l'adorera. Or, lle épouse cet homme, sa mère mourra certainement honte et de chagrin.

Ainsi, Babette, vous fermez l'oreille à mes remontrânet à mes prières ?

J'implore votre affection, mon frère, et votre pitié.

Eh bien ! dit Pierre Peuquoy, ma pitié et mon affec-vônt donc vous répondre avec douleur, mais avec

fermeté. Comme il est nécessaire avant toute chose, Bab
te, que vous viviez estimée des autres et de vous-mê
comme je vous préférerais malheureuse à déshonor
vû que déshonorée vous seriez malheureuse deux foi
je veux, moi, votre frère, votre aîné, le chef de votre f
mille, je veux, vous m'entendez bien ! que vous épousie
s'il y consent, celui qui vous a perdue et qui seul pe
vous rendre actuellement cet honneur qu'il vous a pri
La loi et la religion m'arment vis-à-vis de vous d'une au
rité dont j'userais au besoin, je vous en préviens, po
vous contraindre à ce que je considère comme votre d
voir envers Dieu, envers votre famille, envers votre enfa
et envers vous-même.

— Vous me condamnez à mort, mon frère, reprit
bette d'une voix altérée ; c'est bien, je me résigne, puisqu
c'est mon destin, puisque c'est mon châtiment. puisqu
personne n'intercède pour moi.

Elle regardait, en parlant ainsi, Gabriel et Jean Peu
quoy qui se taisaient tous deux, celui-ci parce qu'il souf
frait, celui-là parce qu'il voulait observer.

Mais, à l'appel direct de Babette, Jean Peuquoy ne su
point se contenir, et, s'adressant à elle, mais en se tour
nant vers Pierre, il reprit avec une amertume ironique
qui n'était pourtant guère dans son caractère :

— Qui voulez-vous qui intercède pour vous, Babette
Est-ce que la chose qu'exige de vous votre frère n'est pa
tout à fait juste et sage ? Sa manière de voir est admira
ble, en vérité ! Il a principalement à cœur l'honneur de
famille et le vôtre, et, pour sauvegarder cet honneur, qu
fait-il ? il vous contraint d'épouser un faussaire. C'est merveilleux ! Il est vrai que ce misérable, une fois entré da
la famille, la déshonorera probablement par sa conduite. I
est certain que monsieur d'Exmès ici présent ne manque
pas de lui demander, au nom de Martin-Guerre, u
compte sévère d'une infâme substitution de personne, e
que ceci pourra bien vous conduire devant les juges, B
bette, comme femme de cet odieux voleur de nom. Ma
qu'importe ! Vous ne lui en appartiendrez pas moins a
titre le plus légitime, votre enfant n'en sera pas moins l

fils reconnu et avéré du faux Martin-Guerre. Vous mour-
rez peut-être de honte comme épouse ; mais votre réputation de jeune fille demeurera intacte aux yeux de tous.

Jean Peuquoy s'exprimait avec une chaleur et une indignation qui frappèrent de surprise Babette elle-même.

— Je ne vous reconnais pas, Jean! lui dit Pierre avec
étonnement. Est-ce bien vous qui parlez, vous si modéré,
si calme?...

— C'est parce que je suis calme et modéré, reprit Jean,
que je vois mieux la situation où vous voulez inconsidéré-
ment nous entraîner aujourd'hui.

— Croyez-vous donc, reprit Pierre Peuquoy, que j'ac-
cepterais plus aisément l'infamie de mon beau-frère que
le déshonneur de ma sœur? Non, si nous retrouvons le séducteur de Babette, j'espère qu'après tout sa fraude n'aura
usé de préjudice qu'à nous et à Martin-Guerre ; et, en
e cas, je compte sur le dévouement de l'excellent Martin
our se désister d'une plainte qui tomberait sur des inno-
ns en même temps qne sur le coupable.

— Oh! dit de son lit Martin-Guerre, je n'ai point l'âme
ndicative et ne veux pas la mort du pécheur. Qu'il vous
aie sa dette et je le tiens quitte envers moi.

— Voilà qui est superbe pour le passé! reprit Jean Peu-
uoy, qui paraissait médiocrement charmé de la clémence
e l'écuyer. Mais l'avenir? qui nous répondra de l'avenir?

— C'est moi qui y veillerai, dit Pierre. L'époux de Ba-
tte ne quittera pas mes yeux, et il faudra bien qu'il reste
onnête homme et marche droit, ou sinon...

— Vous vous ferez encore justice vous-même, n'est-ce
as? interrompit Jean. Il sera bien temps! Babette, en at-
endant, n'en aura pas moins été sacrifiée!

— Eh! mais, Jean, reprit Pierre avec quelque impatience,
i la position est difficile, je la subis, je ne l'ai pas faite.
ous qui parlez, avez-vous trouvé une issue autre que
elle que je propose?

— Oui, sans doute, il y a une autre issue, dit Jean Peu-
uoy.

— Laquelle? demandèrent à la fois Pierre et Babette, et

Pierre, il faut le dire, avec autant d'empressement que sa sœur.

Le vicomte d'Exmès gardait toujours le silence, mais il redoubla d'attention.

— Eh bien, dit Jean Peuquoy, ne peut-il pas se rencontrer un honnête homme, qui, touché plus qu'effrayé du malheur de Babette, consente à lui donner son nom !

Pierre hocha la tête d'un air d'incrédulité.

— N'espérons pas cela, dit-il. Pour fermer ainsi les yeux, il faudrait être ou amoureux ou lâche. Dans tous les cas, nous serions obligés d'initier à notre douloureux secret des étrangers, des indifférens; et, quoique monsieur d'Exmès et Martin soient pour nous des amis dévoués, je regrette déjà que les circonstances leur aient révélé ce qui n'eût pas dû sortir de la famille.

Jean Peuquoy reprit avec une émotion qu'il essayait vainement de dissimuler :

— Je ne proposerais pas à Babette un lâche pour époux, mais votre autre supposition, Pierre, n'est-elle pas également admissible ? Si quelqu'un aimait ma cousine, si, à lui aussi, les événemens avaient appris la faute mais en même temps le repentir, et s'il était résolu, pour s'assurer un avenir heureux et calme, d'oublier un passé que Babette, à coup sûr, voudrait effacer à force de vertus ?... Si cela était, que diriez-vous, Pierre ? Babette, que diriez-vous ?

— Oh ! cela ne se peut pas ! c'est un rêve ! s'écria Babette, dont les yeux s'illuminèrent pourtant d'un rayon d'espoir.

— Connaîtriez-vous un tel homme, Jean ? demanda Pierre Peuquoy plus positif. Ou bien n'est-ce, de votre part, qu'une hypothèse, et, comme dit Babette, un rêve ?

Jean Peuquoy, à cette question précise, hésita, balbutia, se troubla...

Il ne remarquait pas l'attention silencieuse et profonde dont Gabriel suivait tous ses mouvemens; il était absorbé tout entier à regarder Babette qui, palpitante et les yeux baissés, semblait ressentir une émotion, que le brave tisse-

rand, peu expert en ces matières, ne savait en quel sens
terpréter.

Il ne se détermina pas pour une traduction favorable à
ses désirs : car ce fut d'un ton piteux qu'il répondit à l'in-
terpellation directe de son cousin :

— Hélas ! Pierre, il est vraisemblable, je l'avouerai, que
tout ce que j'ai dit n'était qu'un songe : il ne suffirait pas,
en effet, pour la réalisation de mon rêve, que Babette fût
beaucoup aimée, il faudrait aussi qu'elle aimât un peu;
sans quoi, elle serait encore malheureuse. Or, celui qui
voudrait acheter ainsi de Babette son bonheur au prix de
l'oubli aurait sans doute, de son côté, à se faire pardonner
elque désavantage, et ne serait probablement ni jeune,
i beau, ni, en un mot, aimable. Il n'y a donc pas d'ap-
rence que Babette elle-même consentît à devenir sa
femme, et c'est pourquoi tout ce que j'ai dit n'était, je le
crains, qu'un songe.

— Oui, c'était un songe! reprit tristement Babette, mais
non pas, mon cousin, pour les raisons que vous dites.
L'homme assez généreux pour me secourir d'un pareil dévouement, fût-il le vieillard le plus flétri et le plus mô-
rose, je devrais, moi, le trouver jeune; car son action té-
moignerait d'une fraîcheur d'âme qu'on n'a pas toujours à
vingt ans; je devrais le trouver beau ; car de si bonnes
et si charitables pensées ne peuvent laisser qu'une noble
empreinte sur un visage; je devrais enfin le trouver aimable, car il m'aurait donné la plus grande preuve d'amour
qu'une femme pût recevoir. Mon devoir et ma joie seraient
donc de l'aimer toute ma vie, de tout mon cœur, et ce serait bien simple. Mais ce qui est impossible et invraisemblable c'est de trouver une abnégation comme celle que
vous imaginiez, mon cousin, pour une pauvre fille comme
moi sans beauté et sans honneur. Il est peut-être des hommes assez grands et assez clémens pour concevoir un
instant l'idée d'un pareil sacrifice, et c'est déjà beaucoup;
mais, avec la réflexion, ceux-là même douteraient, ceux-
là reculeraient au dernier moment, et moi je retomberais
de mon espérance dans mon désespoir. Voilà, mon bon

Jean, les vraies raisons pour lesquelles ce que vous avez dit n'était qu'un songe.

— Et si pourtant c'était la vérité ? fit tout à coup Gabriel en se levant.

— Comment ? que dites-vous ? s'écria Babette Peuquoy éperdue.

— Je dis, Babette, reprit Gabriel, que cet homme si dévoué, si généreux existe.

— Vous le connaissez ? demanda Pierre tout ému.

— Je le connais, répondit en souriant le jeune homme. Il vous aime en effet, Babette, mais d'une affection aussi paternelle que tendre, d'une affection qui aime à protéger, à pardonner même. Aussi pouvez-vous accepter sans arrière-pensée son sacrifice où ne se mêle aucun mépris, et qui n'est inspiré que par la pitié la plus douce et le plus sincère dévouement. D'ailleurs, vous donnerez autant que vous recevrez, Babette, vous recevrez l'honneur mais vous donnerez le bonheur ; car celui qui vous aime est seul, isolé au monde, sans joie, sans intérêts, sans avenir, et vous lui apporterez tout cela, et, si vous l'agréez, vous le rendrez aussi heureux aujourd'hui qu'il vous rendra un jour heureuse... N'est-il pas vrai, Jean Peuquoy ?...

— Mais.... monsieur le vicomte... j'ignore... balbutia Jean tremblant comme la feuille.

— Oui, Jean, poursuivit toujours Gabriel souriant, oui, vous ignorez peut-être en effet une chose : c'est que, de son côté, Babette a pour celui dont elle est aimée non-seulement une profonde estime, non-seulement une reconnaissance sentie, mais aussi une pieuse tendresse. Babette a, sinon deviné, du moins pressenti vaguement l'amour dont elle était l'objet, et elle en a été d'abord relevée à ses propres yeux, et puis touchée, et puis heureuse. C'est depuis ce temps qu'elle a conçu une si violente aversion contre le misérable qui l'a trompée. C'est pour cela qu'elle suppliait tout à l'heure à genoux son frère de ne pas l'unir à celui qu'elle a cru seulement aimer par une sorte d'erreur et de surprise, et qu'elle exècre aujourd'hui de toute son affection pour celui qui veut la sauver... Est-ce que je me trompe, Babette ?...

— En vérité... monseigneur... je ne sais, dit Babette
pâle comme la neige.

— L'une ne sait pas, l'autre ignore, reprit Gabriel. Com-
ent, Babette! comment, Jean, vous ne savez rien de vos
propres consciences? vous ignorez vos propres sentimens?
Allons donc c'est impossible! Ce n'est pas moi qui vous
révèle, Babette, que Jean vous aime! Vous vous doutiez
avant moi, Jean, que vous étiez aimé de Babette!

— Se peut-il! s'écria Pierre Peuquoy ravi, non, ce serait
trop de joie!

— Eh! voyez-les! lui dit Gabriel.

Babette et Jean s'étaient regardés, encore irrésolus et à
moitié incrédules.

Et puis, Jean lut dans les yeux de Babette une si fervente
econnaissance, et Babette dans les yeux de Jean une
rière si touchante, qu'ils furent tout d'un coup convain-
cus et décidés.

Sans savoir comment cela s'était fait, ils se trouvèrent
ans les bras l'un de l'autre.

Pierre Peuquoy, dans son ravissement, n'avait pas la
rce de prononcer une parole, mais il serrait la main de
ean, d'une étreinte plus éloquente que tous les langages
u monde.

Pour Martin-Guerre, il s'était, à tous risques, soulevé
ur son séant, et des larmes de joie plein la paupière, battait des mains avec enthousiasme à ce dénoûment inat-
ndu.

Quand ces premiers transports furent un peu apaisés :

— Voilà donc qui est conclu, dit Gabriel. Jean Peuquoy
épousera Babette Peuquoy le plus promptement possible,
t avant de s'installer près de leur frère, ils viendront
hez moi passer quelques mois à Paris. Ainsi le secret de
Babette, triste cause de cet heureux mariage, mourra en-
seveli dans les cinq loyales poitrines de ceux qui sont ici
résens; un sixième pourrait trahir ce secret; mais celui-
à, s'il s'informait du sort de Babette, ce qui est douteux,
'aurait plus longtemps à les troubler, c'est moi qui vous
n répouds! Vous pouvez donc, mes bons et chers amis,

vivre désormais contens et tranquilles, et vous abandonner en toute sécurité à l'avenir.

— Mon noble et généreux hôte ! dit Pierre Peuquoy en baisant la main de Gabriel.

— C'est à vous, à vous seul, reprit Jean, que nous devons notre bonheur, tout comme le roi vous doit Calais.

— Et chaque jour, matin et soir, dit Babette, nous prierons Dieu ardemment pour notre sauveur.

— Oui, Babette, reprit Gabriel ému, oui, je vous remercie de cette pensée ; priez Dieu pour que votre sauveur puisse à présent se sauver lui-même !

XXV.

HEUREUX AUSPICES.

— Oh ! répondit Babette Peuquoy au doute mélancolique de Gabriel, ne réussissez-vous pas dans tout ce que vous entreprenez ? dans la défense de Saint-Quentin et la prise de Calais, comme dans la conclusion du mariage de la pauvre Babette ?

— Oui, c'est vrai, reprit Gabriel avec un triste sourire, Dieu consent à ce que les obstacles les plus invincibles et les plus effrayans de ma route se dissipent devant moi comme par enchantement. Mais hélas ! ce n'est pas une raison, ma chère enfant, pour que je touche à mon but souhaité.

— Bon ! fit Jean Peuquoy, vous avez fait trop d'heureux pour n'être pas à la fin heureux vous-même !

— J'accepte cet augure, Jean, répondit Gabriel, et rien ne pourrait être pour moi d'un plus favorable présage que de laisser mes amis de Calais dans la paix et dans la joie. Mais, vous le savez, il faut à présent que je les quitte, qui sait ? pour la douleur et les larmes, peut-être ! Ne laissons du moins aucun souci en arrière, et réglons bien tout ce qui nous intéresse.

On fixa alors l'époque du mariage, auquel Gabriel, à son grand regret, ne devait pas assister, puis le jour du départ pour Paris de Babette et de Jean.

— Il se peut, dit tristement Gabriel, que vous ne me trouviez pas à mon hôtel pour vous recevoir. Cette prévision ne se réalisera point, j'espère, mais enfin je serai peut-être obligé de m'absenter pour un temps de Paris et de la cour. N'importe ! venez toujours. Aloyse, ma bonne nourrice, vous accueillera à ma place aussi bien que je le ferais moi-même. Pensez quelquefois avec elle à votre hôte absent.

Quant à Martin-Guerre, il devait, malgré qu'il en eût, demeurer à Calais. Ambroise Paré avait déclaré que sa convalescence serait longue, et exigerait les plus grands soins et les plus grands ménagemens. Son dépit n'y faisait donc rien, il fallait que Martin se résignât.

— Mais, dès que tu seras guéri, mon fidèle, lui dit le vicomte d'Exmès, reviens aussi à Paris, et, quoiqu'il m'arrive, je tiendrai ma promesse, sois tranquille ! et te délivrerai de ton étrange persécuteur. J'y suis maintenant doublement engagé.

— Oh ! monseigneur, pensez à vous et non à moi, dit Martin-Guerre.

— Toute dette sera payée, reprit Gabriel. Mais adieu, mes bon amis. Voici l'heure où je dois retourner auprès de monsieur de Guise. Je lui ai demandé en votre présence certaines grâces qu'il accordera, je pense, si j'ai pu le servir en ces derniers événemens.

Mais les Peuquoy ne voulùrent pas accepter ainsi les adieux de Gabriel. Ils iraient l'attendre à trois heures à la Porte de Paris pour prendre congé de lui et le revoir encore une fois.

Martin-Guerre seul se séparait en ce moment de son maître, non sans regret et sans chagrin. Mais Gabriel le consola un peu avec quelques-unes de ces bonnes paroles qu'il savait trouver.

Un quart d'heure après le vicomte d'Exmès était introduit auprès du duc de Guise.

— Vous voilà donc, ambitieux ! lui dit en riant, quand il le vit entrer, François de Lorraine.

— Toute mon ambition a été de vous seconder de mon mieux, monseigneur, dit Gabriel.

— Oh ! de ce côté-là, vous ne vous en êtes pas tenu à l'ambition, reprit le Balafré. (Nous pouvons à présent donner au duc ce nom, ou pour mieux dire, ce titre.) Je vous appelle ambitieux, Gabriel, continua-t-il avec enjouement, à cause des demandes nombreuses et exorbitantes que vous m'avez adressées, et auxquelles je ne sais trop en vérité si je pourrai satisfaire !

— Je les ai, en effet, mesurées à votre générosité plus qu'à mes mérites, monseigneur, dit Gabriel.

— Vous avez alors de ma générosité une belle opinion ! reprit le duc de Guise avec une douce raillerie. Je vous en fais juge, monsieur de Vaudemont, dit-il à un seigneur assis près de son lit, et, qui, dans l'instant, lui rendait visite. Je vous en fais juge, et vous allez voir s'il est permis de présenter à un prince d'aussi piètres requêtes.

— Prenez donc que j'ai mal dit, monseigneur, repartit Gabriel, et que j'ai seulement mesuré mes demandes à mes mérites, et non pas à votre générosité.

— Faussement répliqué encore ! dit le duc ; car votre valeur est cent fois au-dessus de mon pouvoir. Or, écoutez un peu, monsieur de Vaudemont, les faveurs inouïes que réclame de moi le vicomte d'Exmès.

— Je prononce d'avance, monseigneur, dit le marquis de Vaudemont, qu'elles seront toujours trop peu de chose, et pour vous et pour lui. Cependant, voyons-les.

— Premièrement, reprit le duc de Guise, monsieur d'Exmès me demande de ramener avec moi à Paris, mais jusque-là d'employer à mon gré, la petite troupe qu'il avait enrôlée pour son propre compte. Il ne se réserve que quatre hommes de suite jusqu'à Paris. Et ces vaillans qu'il me prête ainsi, sous couleur de me les recommander, ne sont autres, monsieur de Vaudemont, que les diables incarnés qui ont pris avec lui, par une escalade titanique,

cet inexpugnable fort de Risbank. Eh bien ! lequel déjà de
monsieur d'Exmès ou de moi rend service à l'autre en
ceci ?

— Je dois convenir que c'est monsieur d'Exmès, dit le
marquis de Vaudemont.

— Et, ma foi ! j'accepte cette nouvelle obligation, reprit
gaîment le duc de Guise. Je ne gâterai point par l'oisiveté
vos huit braves, Gabriel. Dès que je pourrai me lever, je
les emmène avec moi devant Ham ; car je ne veux pas
laisser à ces Anglais un pouce de terre dans notre France.
Malemort lui-même, l'éternel blessé, y viendra aussi. Maître
Paré lui a promis qu'il serait guéri en même temps que
moi.

— Il va être bien heureux, monseigneur ! dit Gabriel.

— Voilà donc, reprit le Balafré, une première grâce accordée, et sans trop d'effort de ma part. Pour seconde obligation, monsieur d'Exmès me rappelle qu'il y a ici, à Calais, madame Diane de Castro, la fille du roi, que vous
connaissez, monsieur de Vaudemont, et que les Anglais
détenaient prisonnière. Le vicomte d'Exmès, au milieu des
préoccupations qui m'assaillent, me fait très-à-propos songer à assurer à cette dame du sang royal la protection et
les honneurs qui lui sont dûs. Est-ce encore là, oui ou non,
un service que me rend monsieur d'Exmès ?

— Sans aucun doute, répondit le marquis de Vaudemont.

— Ce second point est donc réglé, dit le duc de Guise,
Mes ordres sont déjà donnés, et, bien que je passe pour
assez mauvais courtisan, je tiens trop à mes devoirs de
gentilhomme envers les dames pour oublier actuellement
les égards commandés par la personne et le rang de madame de Castro, laquelle sera accompagnée à Paris, quand
et comme elle le voudra, par une escorte convenable.

Gabriel s'inclina devant le duc pour tout remerciement,
craignant de laisser voir l'intérêt et l'importance qu'il ajoutait à cette promesse.

— Troisièmement, reprit le duc de Guise, lord Wentworth, l'ex-gouverneur anglais de cette ville, avait été fait
prisonnier par le vicomte d'Exmès. Dans la capitulation

accordée à lord Derby, nous nous engagions à le recevoir à rançon, mais monsieur d'Exmès auquel prisonnier et rançon appartiennent, nous permet de nous montrer plus généreux encore. Il demande en effet l'autorisation de renvoyer en Angleterre lord Wentworth, sans que celui-ci ait à payer aucun prix pour sa liberté. Cette action ne va-t-elle pas faire grand honneur, au-delà du détroit, à notre courtoisie, et monsieur d'Exmès ne nous rend-il pas encore ainsi un vrai service ?

— De la noble façon dont l'entend monseigneur, la chose est certaine, dit monsieur de Vaudemont.

— Aussi, reprit le duc, soyez satisfait, Gabriel ; monsieur de Thermes est allé, de votre part et de la mienne, délivrer lord Wentworth et lui rendre son épée. Dès qu'il le souhaitera, il pourra partir.

— Je vous remercie, monseigneur, dit Gabriel ; mais ne me croyez pas si magnanime. Je ne fais qu'acquitter quelques gracieux procédés de lord Wentworth à mon égard quand j'étais moi-même son prisonnier, et lui donner en même temps une leçon de prud'homie dont il comprendra, je le présume, le reproche et l'allusion tacites.

— Vous avez plus que tout autre le droit d'être sévère sur ces questions, dit sérieusement le duc de Guise.

— Maintenant, monseigneur, reprit Gabriel qui voyait avec inquiétude son principal souci passé sous silence par le duc de Guise, permettez-moi de vous rappeler ce que vous aviez bien voulu me promettre sous ma tente, la veille de la prise du fort de Risbank.

— Attendez donc, ô jeune homme impatient ! dit le Balafré. Après les trois éminens services que je vous rends, et que monsieur de Vaudemont a constatés, j'ai bien le droit, à mon tour, d'en réclamer un de vous. Je vous demande donc, puisque vous partez tantôt pour Paris, d'y porter et d'y présenter au roi les clefs de Calais...

— Oh ! monseigneur ! interrompit Gabriel avec une effusion de gratitude.

— Cela ne vous gênera pas trop, je pense, reprit le duc. Vous avez déjà d'ailleurs l'habitude de ces sortes de messages, vous qui vous étiez chargé des drapeaux de notre campagne d'Italie.

— Ah! vous savez doubler les bienfaits par la bonne grâce, monseigneur! s'écria Gabriel ravi.

— De plus, continua le duc de Guise, vous remettrez à Sa Majesté, par la même occasion, une copie de la capitulation, et cette lettre qui lui annonce notre succès, et que j'ai écrite tout entière de ma main ce matin, en dépit des prescriptions de maître Ambroise Paré. Mais, ajouta-t-il d'un air significatif, nul n'aurait pu sans doute, avec autant d'autorité que moi, vous rendre justice, Gabriel, e vous faire rendre justice. Or, vous serez content de moi, je l'espère, et, par conséquent, content du roi. Tenez, ami, voici cette lettre, voici, là, les clefs. Je n'ai pas besoin de vous recommander d'en prendre soin.

— Et moi, monseigneur, je n'ai pas besoin de me dire vôtre à la vie à la mort, reprit Gabriel d'une voix émue.

Il prit le coffret de bois sculpté et la lettre cachetée que lui tendait le duc de Guise. C'étaient là les précieux talismans qui lui vaudraient peut-être, et la liberté de son père et son propre bonheur!

— A présent, je ne vous retiens plus, dit le duc de Guise. Vous avez probablement hâte de partir, et moi, moins heureux que vous, j'éprouve, après cette matinée agitée, une fatigue qui, plus impérieusement encore que maître Paré, m'ordonne quelques heures de repos.

— Adieu donc, et, de nouveau, merci, monseigneur, reprit le vicomte d'Exmès.

En ce moment rentra, tout consterné, monsieur de Thermes, que le duc de Guise avait envoyé à lord Wentworth.

— Ah! dit le duc à Gabriel en l'apercevant, notre ambassadeur auprès du vainqueur ne partira pas sans avoir revu notre ambassadeur auprès du vaincu. Eh! mais, ajouta-t-il, qu'y a-t-il donc, de Thermes? Vous paraissez tout chagrin?

— Aussi, le suis-je, monseigneur, dit monsieur de Thermes.

— Quoi! qu'est-il arrivé? demanda le Balafré. Est-ce que lord Wentworth?...

— Lord Wentworth auquel, d'apres vos ordres, monseigneur, j'avais annoncé sa délivrance et remis son épée, a froidement et sans mot dire accepté cette faveur. Je le quittais, étonné de cette réserve, quand de grands cris m'ont rappelé auprès de lui. Lord Wentworth, pour premier usage de sa liberté, s'était passé au travers du corps cette épée que je venais de lui rendre. Il est mort sur le coup et je n'ai revu que son cadavre.

— Ah! s'écria le duc de Guise, c'est le désespoir de sa défaite qui l'aura poussé à cette extrémité. Ne le pensez-vous pas, Gabriel? C'est un véritable malheur!

— Non, monseigneur, répondit Gabriel avec une gravité triste, non, lord Wentworth n'est pas mort parce qu'il avait été vaincu.

— Comment! mais quelle cause alors?... demanda le Balafré.

— Cette cause, permettez-moi de vous la taire, monseigneur, reprit le vicomte d'Exmès. J'eusse gardé ce secret à la vie de lord Wentworth, je le garderai encore plus à sa tombe! Cependant, devant ce fier trépas, continua Gabriel en baissant la voix, je puis vous confier, à vous, monseigneur, qu'à sa place, j'eusse agi comme il vient d'agir. Oui, lord Wentworth a bien fait! car, n'eût-il pas eu à rougir devant moi, la conscience d'un gentilhomme est déjà un témoin assez importun pour qu'on doive, à tout prix lui imposer silence, et, quand on a l'honneur d'appartenir à la noblesse d'un noble pays, il est de ces chutes fatales dont on ne se relève qu'en tombant mort.

— Je vous comprends, Gabriel, dit le duc de Guise. Nous n'avons donc plus qu'à rendre à lord Wentworth les honneurs suprêmes.

— Il en est maintenant digne, reprit Gabriel, et, tout en déplorant amèrement cette fin... nécessaire, j'aime néanmoins à pouvoir encore estimer et regretter, en partant, celui dont je fus l'hôte en cette ville.

Quand il eut pris, quelques instans après, congé du duc de Guise avec de nouveaux remercîmens, Gabriel alla droit à l'ancien hôtel du gouverneur où madame de Castro demeurait encore.

Il n'avait pas revu Diane depuis la veille ; mais elle avait bien vite appris, avec tout Calais, l'heureuse intervention d'Ambroise Paré et le salut du duc de Guise. Gabriel la trouva donc calme et raffermie.

Les amoureux sont superstitieux, et cette tranquillité de sa bien-aimée lui fit du bien.

Diane fut naturellement plus contente encore quand le vicomte d'Exmès lui rapporta ce qui venait de se passer entre le duc de Guise et lui, et montra cette lettre et ce coffret qu'il avait achetés par tant et de si grands périls.

Cependant, même au milieu de cette joie, elle donna un regret de chrétienne à la triste fin de ce lord Wentworth qui l'avait, il est vrai, outragée une heure, mais qui, pendant trois mois, l'avait respectée et protégée.

— Que Dieu lui pardonne comme je lui pardonne ! dit-elle.

Gabriel lui parla ensuite de Martin-Guerre, des Peuquoy, de la protection que lui assurait, à elle, Diane, monsieur de Guise... Il lui parla encore de tout ce qui l'entourait.

Il eût voulu trouver, pour rester, mille autres sujets d'entretien, et pourtant la pensée qui l'appelait à Paris le préoccupait bien impérieusement. Il souhaitait partir et demeurer, il était à la fois heureux et inquiet.

Enfin, l'heure s'avançant, il fallut bien que Gabriel annonçât son départ qu'il ne pouvait plus retarder que de peu d'instans.

— Vous partez, Gabriel ? tant mieux pour cent raisons ! dit Diane. Je n'avais pas le courage de vous parler de ce départ, et, toutefois, en ne le différant point, vous me donnez la plus grande preuve d'affection que je puisse recevoir de vous. Oui, mon ami, partez, pour que j'aie moins longtemps à souffrir et à attendre. Partez, pour que notre sort se décide plus promptement.

— Soyez bénie pour ce bon courage qui soutient le mien ! lui dit Gabriel.

— Oui, tout à l'heure, reprit Diane, je sentais en vous écoutant et vous deviez, en me parlant, éprouver je ne sais quelle gêne. Nous causions de cent choses, et nous n'osions aborder la vraie question de nos cœurs et de nos existences. Mais, puisque vous partez dans quelques minutes, nous pouvons revenir sans crainte au seul sujet qui nous intéresse.

— Vous lisez du même coup d'œil dans mon âme et dans la vôtre, reprit Gabriel.

— Ecoutez-moi donc, dit Diane. Outre cette lettre que vous portez au roi, de la part du duc de Guise, vous en remettrez à Sa Majesté une autre de moi, que j'ai écrite cette nuit et que voici. Je lui raconte comment vous m'avez délivrée et sauvée. Ainsi, il sera clair pour lui et pour tous que vous avez rendu au roi de France sa cité, et au père sa fille. Je parle ainsi ; car j'espère que les sentimens de Henri II pour moi ne se trompent pas, et que j'ai bien le droit de l'appeler mon père.

— Chère Diane ! puissiez-vous dire vrai ! s'écria Gabriel.

— Je vous envie, Gabriel, reprit madame de Castro, vous soulèverez avant moi le voile de nos destinées. Cependant je vous suivrai de près, ami. Puisque monsieur de Guise est si bien disposé pour moi, je lui demanderai à partir dès demain, et, quoiqu'il me faille voyager plus lentement que vous, vous ne me précéderez pourtant à Paris que de peu de jours.

— Oh ! oui, venez vite, dit Gabriel, votre présence me portera bonheur, il me semble.

— En tout cas, reprit Diane, je ne veux pas être entièrement absente de vous ; je veux que quelqu'un me rappelle de temps en temps à votre pensée. Puisque vous êtes forcé de laisser ici votre fidèle écuyer Martin Guerre, prenez avec vous le page français que lord Wentworth avait placé près de moi. André n'est qu'un enfant, il a dix-sept ans à peine, et son caractère est peut-être plus jeune encore que son âge ; mais il est dévoué, loyal, et pourra vous rendre service. Acceptez-le de moi. Parmi les autres rudes compagnons qui vous accompagnent, ce sera un serviteur plus aimant et plus doux que j'aimerai à savoir à vos côtés.

— Oh ! merci de ce soin délicat, dit Gabriel. Mais vous savez que je pars dans peu d'instans...

— André est prévenu, dit Diane. Si vous saviez comme il est fier de vous appartenir ! Il a dû se préparer, et je n'ai plus qu'à lui donner quelques dernières instructions. Pendant que vous ferez vos adieux à cette bonne famille des Peuquoy, André vous rejoindra, avant que vous soyez sorti de Calais.

— J'accepte donc avec joie ! reprit Gabriel. J'aurai du moins quelqu'un à qui parler parfois de vous.

— J'y avais aussi pensé ! dit madame de Castro en rougissant un peu. Mais maintenant, adieu, reprit-elle vivement, il faut nous dire adieu.

— Oh ! non pas adieu, fit Gabriel, c'est le triste mot de la séparation ; non pas adieu, mais au revoir !

— Hélas ! dit Diane, quand et surtout comment nous reverrons-nous ! Si l'énigme de notre sort se résout par le malheur, le mieux ne sera-t-il pas de ne nous revoir jamais ?

— Oh ! ne dites pas cela, Diane ! s'écria Gabriel, ne dites pas cela. D'ailleurs, si ce n'est moi, qui pourra vous apprendre le dénouement funeste ou prospère ?

— Ah ! Dieu ! reprit Diane en frissonnant, qu'il soit prospère ou funeste, il me semble que, si je dois l'entendre de votre bouche, je mourrai de joie ou de douleur, rien qu'en vous écoutant.

— Cependant, comment faire pour que vous sachiez ?... dit Gabriel.

— Attendez une minute, reprit madame de Castro.

Elle tira de son doigt un anneau d'or ; puis, elle alla prendre dans un bahut le voile de religieuse qu'elle avait porté au couvent des Bénédictines de Saint-Quentin.

— Ecoutez, Gabriel, dit-elle solennellement. Comme il est probable que tout se décidera avant mon retour, envoyez André hors de Paris, à ma rencontre. Si Dieu est pour nous, il remettra cet anneau nuptial à la vicomtesse de Montgommery. Si notre espérance nous ment, au contraire, il remettra ce voile de religieuse à la sœur Bénie.

— Oh ! laissez-moi à vos pieds vous adorer comme un ange ! s'écria le jeune homme, l'âme pénétrée de ce touchant témoignage d'amour.

— Non, Gabriel, non, relevez-vous, reprit Diane ; soyons fermes et dignes devant les desseins de Dieu. Posez sur mon front un baiser chaste et fraternel, comme j'en pose un sur le vôtre, en vous douant, autant qu'il est en mon pouvoir, de foi et d'énergie.

Ils échangèrent en silence ce saint et douloureux baiser.

— Et maintenant, mon ami, reprit Diane, quittons-nous, il le faut, en nous disant, non pas adieu, puisque vous craignez ce mot ; mais au revoir, dans ce monde ou dans l'autre !

— Au revoir ! au revoir ! murmurait Gabriel.

Il serrait Diane d'une muette étreinte contre sa poitrine, il la regardait avec une sorte d'avidité, comme pour puiser dans ses beaux yeux la force dont il avait tant besoin.

Enfin, sur un signe triste mais expressif qu'elle lui fit, il la laissa aller, et, mettant à son doigt l'anneau, et le voile dans son sein :

— Au revoir, Diane ! dit-il encore une fois d'une voix étouffée.

— Gabriel, au revoir ! repartit Diane avec un geste d'espérance.

Gabriel s'enfuit en quelque sorte comme un insensé.

A une demi-heure de là, le vicomte d'Exmès, plus calme, sortait de cette ville de Calais qu'il venait de rendre à la France.

Il était à cheval, accompagné du jeune page André, qui l'avait rejoint, et de quatre de ses volontaires.

C'était Ambrosio, qui était bien aise d'emporter à Paris quelques menues marchandises anglaises dont il se déferait avantageusement dans le voisinage de la cour.

C'était Pilletrousse qui, dans une ville conquise, où il était maître et vainqueur... avec les autres, craignait les tentations et le retour de ses anciennes habitudes.

Pour Yvonnet, il n'avait pas trouvé dans ce provincial Calais un seul tailleur digne de sa confiance, et son costume avait été trop endommagé par tant d'épreuves pour être désormais présentable. On ne le lui remplacerait convenablement qu'à Paris.

Enfin, Lactance avait demandé à accompagner son maître pour aller s'assurer auprès de son confesseur que ses exploits n'avaient pas dépassé ses pénitences, et que l'actif de ses austérités égalait le passif de ses faits d'armes.

Pierre et Jean Peuquoy, avec Babette, avaient voulu accompagner à pied les cinq cavaliers jusqu'à la porte dite de Paris.

Là, il fallait absolument se séparer. Gabriel, de la voix et de la main, dit un dernier adieu à ses bons amis, qui, les les larmes aux yeux, lui envoyaient mille souhaits et mille bénédictions.

Mais les Peuquoy perdirent bientôt de vue la petite troupe, qui partit au trot et disparut à un tournant du chemin. Les braves bourgeois retournèrent, le cœur navré, auprès de Martin-Guerre.

Pour Gabriel, il se sentait grave, mais non pas triste.

Il espérait !

Une fois déjà, Gabriel avait ainsi quitté Calais, pour aller chercher à Paris une solution à sa destinée. Mais, cette fois-là, les circonstances étaient bien moins favorables : il était inquiet de Martin-Guerre, inquiet de Babette et des Peuquoy, inquiet de Diane qu'il laissait prisonnière au pouvoir de lord Wentworth amoureux. Enfin, ses vagues pressentimens de l'avenir ne lui disaient rien de bon ; car il n'avait fait, après tout, que prolonger la résistance d'une ville ; mais cette ville n'en était pas moins perdue pour la patrie. Etait-ce là un assez grand service pour une si grande récompense ?...

Aujourd'hui, il ne laissait derrière lui aucune fâcheuse préoccupation. Ses chers blessés, le général et l'écuyer, étaient sauvés l'un et l'autre, et Ambroise Paré répondait de leur guérison ; Babette Peuquoy allait épouser un homme qu'elle aimait et dont elle était aimée, et son honneur comme son bonheur étaient assurés désormais ; madame de Castro restait libre et reine dans une ville française, et, dès le lendemain, partirait pour rejoindre Gabriel à Paris.

Enfin, notre héros avait assez lutté avec la fortune pour pouvoir espérer qu'il l'avait lassée : l'entreprise qu'il avait

menée à bout en fournissant l'idée et les moyens de prendre Calais n'était pas de celles que l'on discute ou dont on
marchande le prix. La clef de la France rendue au roi de
France ! une telle prouesse légitimait sans aucun doute les
plus extrêmes ambitions, et celle du vicomte d'Exmès était
si juste et si sacrée !

Il espérait ! Les encouragemens persuasifs et les douces
promesses de Diane retentissaient encore à son oreille avec
les derniers vœux des Peuquoy. Gabriel regardait autour
de lui André dont la présence lui rappelait sa bien-aimée,
et les dévoués et vaillans soldats qui l'escortaient ; devant
lui, solidement attaché au pommeau de la selle, il voyait
le coffret qui contenait les clefs de Calais ; il touchait dans
son pourpoint la précieuse capitulation, et les plus précieuses lettres du duc de Guise et de madame de Castro ; l'anneau d'or de Diane brillait à son petit doigt. Que de gages
présens et éloquens de bonheur !

Le ciel même, tout bleu et sans nuages, semblait parler
d'espérance ; l'air vif mais pur laissait bien circuler le
sang dans les veines ; les mille bruits de la campagne au
crépuscule du soir avaient un caractère de calme et de
paix, et le soleil, qui se couchait dans sa splendeur de
pourpre, à la gauche de Gabriel, donnait à ses yeux et à sa
pensée le plus consolant spectacle.

Il était impossible de se mettre en route vers un but dé-
siré sous de plus heureux auspices !

Nous allons voir ce qui en advint.

XXVI.

UN QUATRAIN.

Le 12 janvier 1558, au soir, il y avait au Louvre, chez
la reine Catherine de Médicis, une de ces réceptions dont
nous avons déjà parlé, et qui réunissaient autour du roi
tous les princes et gentilshommes du royaume.

Celle-ci surtout était fort brillante et fort animée, bien que la guerre retînt en ce moment, dans le nord, auprès du duc de Guise, une bonne partie de la noblesse.

Il y avait là, parmi les femmes, outre Catherine la reine de droit, madame Diane de Poitiers la reine de fait, la jeune reine dauphine Marie Stuart, et la mélancolique princesse Elisabeth qui allait être reine d'Espagne, et que sa beauté déjà si admirée devait faire un jour si malheureuse.

Parmi les hommes, il y avait le chef actuel de la maison de Bourbon, Antoine, le roi équivoque de Navarre, prince indécis et faible, que sa femme au cœur viril, Jeanne d'Albret, avait envoyé à la cour de France pour tâcher de s'y faire rendre, par l'entremise de Henri II, les terres de Navarre que l'Espagne avait confisquées.

Mais Antoine de Navarre protégeait déjà les opinions calvinistes, et n'était pas vu d'un fort bon œil à une cour qui brûlait les hérétiques.

Son frère, Louis de Bourbon, prince de Condé, était là aussi ; mais lui savait se faire mieux respecter, sinon mieux aimer. Il était cependant calviniste plus avéré que le roi de Navarre, et on le donnait pour le chef secret des rebelles. Mais il avait eu le don de se faire aimer du peuple. Il montait hardiment à cheval et maniait habilement l'épée et la dague, bien qu'il eût la taille petite et les épaules un peu exagérées. Il était d'ailleurs galant, spirituel, aimait les femmes avec passion, et la chanson populaire disait de lui :

> Ce petit homme tant joli,
> Toujours cause et toujours rit,
> Et toujours baise sa mignonne.
> Dieu gard' de mal le petit homme.

Autour du roi de Navarre et du prince de Condé, se groupaient naturellement les gentilshommes qui, ouvertement ou secrètement, tenaient pour le parti de la réforme, l'amiral Coligny, La Renaudie, le baron de Castelnau qui, arrivé récemment de la Touraine, sa province, était ce jour-là même présenté pour la première fois à la cour.

L'assemblée, malgré les absens, était donc, on le voit, nombreuse et distinguée. Mais, au milieu du bruit, de l'agitation et de la joie, deux hommes restaient distraits, sérieux et presque tristes.

C'étaient, pour des motifs bien opposés, le roi et le connétable de Montmorency.

La personne de Henri II était au Louvre, mais sa pensée était à Calais.

Depuis trois semaines, depuis le départ du duc de Guise, il songeait sans cesse, nuit et jour, à cette expédition hasardeuse qui pouvait chasser à jamais les Anglais du royaume, mais qui pouvait aussi compromettre gravement le salut de la France.

Henri s'était reproché plus d'une fois d'avoir permis à monsieur de Guise un coup si dangereux.

Si l'entreprise avortait, quelle honte aux yeux de l'Europe! que d'efforts il faudrait pour réparer un tel échec! La journée de Saint-Laurent ne serait rien à côté de cela. Le connétable y avait subi la défaite, François de Lorraine serait allé la chercher.

Le roi qui, depuis trois jours, n'avait pas de nouvelles de l'armée de siége, était donc tristement préoccupé et n'écoutait qu'à peine les encouragemens et les assurances du cardinal de Lorraine qui, debout près de son fauteuil, essayait de ranimer son espoir.

Diane de Poitiers remarqua bien la sombre humeur de son royal amant; mais, comme elle voyait d'un autre côté monsieur de Montmorency pour le moins aussi morne, ce fut à lui qu'elle alla.

C'était aussi le siége de Calais qui tourmentait le connétable, mais, nous l'avons dit, dans un sens fort différent.

Le roi avait peur de la défaite, le connétable avait peur du succès.

Un succès, en effet, mettrait définitivement au premier rang le duc de Guise, et rejetterait tout à fait le connétable au second. Le salut de la France était la perte de ce pauvre connétable! et son égoïsme, il en faut convenir, avait toujours eu le pas sur son patriotisme.

Aussi reçut-il fort maussadement la belle favorite qui s'avançait souriante vers lui.

On se rappelle quel amour étrange et dépravé la maîtresse du roi le plus galant du monde portait à ce soudard brutal.

— Qu'a donc aujourd'hui mon vieux guerrier? lui demanda-t-elle de sa voix la plus caressante.

— Ah! vous aussi, vous me raillez, madame! dit Montmorency avec aigreur.

— Moi, vous railler, ami! Vous ne pensez pas à ce que vous dites.

— Je pense à ce que vous dites, vous, reprit le connétable en maugréant. Vous m'appelez votre vieux guerrier. Vieux? c'est vrai, je ne suis plus un muguet de vingt ans. Guerrier? non. Vous voyez bien qu'on ne me juge plus bon qu'à me montrer en parade avec une épée dans les salles du Louvre.

— Ne parlez pas ainsi, dit la favorite avec un doux regard. N'êtes-vous pas toujours *le connétable?*

— Qu'est-ce qu'un connétable, lorsqu'il y a un lieutenant général du royaume!

— Ce dernier titre passe avec les événemens qui l'ont fait déférer. Le vôtre, attaché sans révocation possible à la première dignité militaire du royaume, ne passera qu'avec vous.

— Aussi suis-je déjà passé et trépassé, dit le connétable avec un rire amer.

— Pourquoi dites-vous cela, ami? reprit madame de Poitiers. Vous n'avez pas cessé d'être puissant, et aussi redoutable aux ennemis publics du dehors qu'à vos ennemis personnels du dedans.

— Parlons sérieusement, Diane, et ne cherchons point à nous leurrer l'un l'autre avec des mots.

— Si je vous trompe, c'est que je me trompe, reprit Diane. Donnez-moi des preuves de la vérité, et non-seulement je reconnais sur-le-champ mon erreur, mais je la répare autant qu'il est en moi.

— Eh bien! dit le connétable, vous faites d'abord trembler devant moi les ennemis du dehors, ce sont là de consolantes paroles ; mais, effectivement, qui envoie-t-on contre ces ennemis? un général plus jeune et sans doute plus heureux que moi! qui, seulement, pourrait bien un jour se servir de ce bonheur pour son propre compte.

— Où voyez-vous que le duc de Guise réussira ? demanda Diane par la plus habile flatterie.

— Ses revers, reprit hypocritement le connétable, seraient pour la France un malheur affreux que je déplorerais amèrement pour mon pays ; mais ses succès deviendraient peut-être un malheur plus affreux encore que je redouterais pour mon roi.

— Croyez-vous donc, dit Diane, que l'ambition de monsieur de Guise ?...

— Je l'ai sondée, et elle est profonde, répondit l'envieux courtisan. Si, par un accident quelconque, il y avait un changement de règne, avez-vous songé, Diane, à ce que pourrait cette ambition, aidée de l'influence de Marie Stuart, sur l'esprit d'un roi jeune et sans expérience? Mon dévouement à vos intérêts m'a complétement aliéné la reine Catherine. Les Guise seraient plus souverains que le souverain.

— Un tel malheur est, Dieu merci ! bien improbable et bien éloigné, reprit Diane qui ne put s'empêcher de penser que son connétable de soixante ans préjugeait trop facilement la mort d'un roi de quarante.

— Il est contre nous d'autres chances plus rapprochées et presqu'aussi terribles, dit en hochant la tête d'un air grave monsieur de Montmorency.

— Ces chances contraires, quelles sont-elles, mon ami?

— Avez-vous perdu la mémoire, Diane ? ou faites-vous semblant d'ignorer qui est parti à Calais avec le duc de Guise, qui lui a soufflé, selon toute apparence, l'idée de cette téméraire entreprise, qui reviendra triomphant avec lui, s'il triomphe, en sachant peut-être se faire attribuer par lui une partie de l'honneur de la victoire?...

— Est-ce du vicomte d'Exmès que vous parlez? demanda Diane.

— Et de quel autre, madame? Si vous avez oublié son extravagante promesse, il s'en souvient, lui! Bien plus, le hasard est si singulier ! il est capable de la tenir et de venir réclamer hautement celle du roi.

— Impossible ! s'écria Diane.

— Qu'est-ce qui vous paraît impossible, madame ? que monsieur d'Exmès tienne sa parole ? ou que le roi tienne la sienne ?

— Les deux alternatives sont également folles et absurdes, et la seconde plus encore que la première.

— Si cependant la première se réalisait, dit le connétable, il faudrait bien que la seconde s'ensuivît ; le roi est faible sur ces questions d'honneur, il serait fort capable, madame, de se piquer d'une loyauté chevaleresque, et de livrer son secret et le nôtre en des mains ennemies...

— Encore une fois, c'est un rêve insensé ! s'écria Diane pâlissante.

— Enfin, Diane, ce rêve, si vous le touchiez de vos mains et le voyiez de vos yeux, que feriez-vous ?

— Mais, je ne sais, mon bon connétable, dit madame de Valentinois ; il faudrait aviser, chercher, agir. Tout plutôt que cette extrémité ! Si le roi nous abandonnait, eh bien ! nous nous passerions du roi, et, sûrs d'avance qu'il n'oserait nous désavouer après l'événement, nous nous servirions de notre pouvoir à nous, de notre crédit personnel.

— Ah ! c'est ici que je vous attendais ! dit le connétable ; notre pouvoir à nous, notre crédit personnel ! parlez du vôtre, madame ! mais, quant au mien, il est si bas, qu'à vrai dire je le considère comme mort. Mes ennemis du dedans, que tout à l'heure vous plaigniez si fort, auraient certes beau jeu avec moi à cette heure. Il n'y a pas de gentilhomme dans cette cour qui n'ait plus de pouvoir que ce piteux connétable. Aussi, voyez quel vide autour de ma personne ! c'est tout simple ! qui donc se soucierait de faire sa cour à une puissance déchue ? Il est donc plus sûr pour vous, madame, de ne pas désormais compter sur l'appui d'un vieux serviteur disgracié, sans amis, sans influence, voire même sans argent.

— Sans argent ? répéta Diane avec quelque incrédulité.

— Eh ! oui, pâsque Dieu ! madame, sans argent ! dit une seconde fois le connétable en colère, et c'est là peut-être, à mon âge, et après de tels services rendus, ce qu'il y a de plus douloureux ! La dernière guerre m'a ruiné, ma rançon et celle de quelques-uns de mes gens ont épuisé mes dernières ressources pécuniaires. Ils le savent bien ceux qui m'abandonnent ! Je serai réduit, un de ces jours, à m'en aller, par les rues, demandant l'aumône comme ce général carthaginois, Bélisaire, je crois, dont j'ai ouï parler à mon neveu l'amiral.

— Eh ! connétable, n'avez-vous plus d'amis ? reprit Diane, souriant à la fois de l'érudition et de la rapacité de son vieil amant.

— Non, fit le connétable, plus d'amis, vous dis-je.

Il ajouta avec l'accent le plus pathétique du monde :

— Les malheureux n'en ont pas.

— Je vais vous prouver le contraire, reprit Diane. Je vois bien maintenant d'où provient cette farouche humeur où vous étiez plongé. Mais que ne me le disiez-vous d'abord ! Vous manquez donc de confiance avec moi ? C'est mal. N'importe ! je ne prétends me venger qu'en amie. Dites-moi, le roi n'a-t-il pas levé un nouvel impôt la semaine passée ?

— Oui, ma chère Diane, répondit le connétable singulièrement radouci, un impôt fort juste et assez lourd pour subvenir aux frais de la guerre.

— Cela suffit, dit Diane, et je veux vous montrer tout de suite qu'une femme peut réparer, et au-delà, les injustices de la fortune à l'égard des gens de mérite comme vous. Henri me paraît aussi fort mal en train ; c'est égal ! je vais de ce pas l'aborder, et il faudra bien que vous conveniez ensuite que je suis une alliée fidèle et une bonne amie.

— Ah ! Diane aussi bonne que belle ! je le proclame dès à présent, dit galamment Montmorency.

— Mais, de votre côté, reprit Diane, quand j'aurai renouvelé les sources de votre crédit et de votre faveur, vous ne m'abandonnerez pas au besoin, n'est-il pas vrai, mon vieux lion ? et vous ne parlerez plus à votre amie dévouée de votre impuissance contre ses ennemis et les vôtres ?

— Eh ! chère Diane, tout ce que je suis et tout ce que je

puis n'est-il pas à vous ? dit le connétable, et, si je m'afflige parfois de la perte de mon influence, n'est-ce point uniquement parce que je crains de moins bien servir ma belle souveraine et maîtresse.

— Bon ! reprit Diane avec le plus prometteur de ses sourires.

Elle mit sa main blanche et royale sur les lèvres barbues de son adorateur émérite, qui y déposa un tendre baiser, puis, le rassurant par un dernier regard, elle se dirigea sans retard vers le roi.

Le cardinal de Lorraine était toujours près de Henri, faisant les affaires de son frère absent, et rassurant de toute son éloquence le roi sur l'issue à craindre de la téméraire expédition de Calais.

Mais Henri écoutait plutôt sa pensée inquiète que le consolant cardinal.

Ce fut en ce moment que madame Diane s'avança vers eux.

— Je gage, messire, dit-elle d'abord vivement au cardinal, que Votre Éminence dit du mal au roi de ce pauvre monsieur de Montmorency ?

— Oh ! madame, reprit Charles de Lorraine, étourdi de cette attaque imprévue, j'ose prendre à témoin Sa Majesté que le nom de monsieur le connétable n'a pas même été prononcé dans notre entretien.

— C'est vrai, dit nonchalamment le roi.

— Autre manière de le desservir ! fit Diane.

— Mais si je ne puis ni parler ni me taire sur le compte du connétable, que dois-je donc faire, madame, je vous prie ?

— Il faudrait en parler pour en dire du bien, repartit Diane.

— Soit donc ! reprit le rusé cardinal ; en ce cas, je dirai, car les ordres de la beauté m'ont toujours trouvé obéissant et soumis, je dirai que monsieur de Montmorency est n grand homme de guerre, qu'il a gagné la bataille de aint-Laurent et relevé la fortune de la France, et, qu'en e moment encore, pour achever son œuvre, il a pris une

glorieuse offensive contre les ennemis, et tente un mémo-
rable effort sous les murs de Calais.

— Calais ! Calais ! ah ! qui me donnera des nouvelles de
Calais ! murmura le roi qui, dans cette guerre de mots
entre le ministre et la favorite, n'avait entendu que ce
nom.

— Vous avez une admirable et chrétienne façon de louer,
monsieur le cardinal ! reprit Diane, et je vous fais mon
compliment d'une charité si caustique.

— C'est qu'en vérité, madame, dit Charles de Lorraine,
je ne vois pas du tout quel autre éloge on pourrait trouver
de ce pauvre monsieur de Montmorency, comme vous l'ap-
peliez tout à l'heure.

— Vous cherchez mal, messire, reprit Diane. Ne pourrait-on, par exemple, rendre justice au zèle avec lequel le
connétable organise à Paris les derniers moyens de défense,
et rassemble le peu de troupes qui restent à la France,
tandis que d'autres risquent et compromettent les vraies
forces de la patrie dans des expéditions aventureuses.

— Oh ! fit le cardinal.

— Hélas ! soupira le roi, à l'esprit duquel n'arrivait que
ce qui avait trait à son souci.

— Ne pourrait-on ajouter encore, reprit Diane, que si le
hasard n'a pas favorisé les magnifiques efforts de monsieur
de Montmorency, que si le malheur s'est déclaré contre lui,
il est du moins exempt de toute ambition personnelle, il
n'a d'autre cause, lui, que celle du pays, et il a sacrifié tout
à cette cause, tout ; sa vie, qu'il exposait le premier ; sa
liberté, qu'on lui a si longtemps ravie ; sa fortune même,
dont il ne lui reste plus rien à cette heure.

— Ah ! dit avec l'air de l'étonnement Charles de Lorraine.

— Oui, Votre Éminence, insista Diane, monsieur de
Montmorency, sachez-le bien, est ruiné.

— Ruiné ! vraiment ? reprit le cardinal.

— Et si bien ruiné, continua l'impudente favorite, que je
viens actuellement demander à Sa Majesté de secourir ce
loyal serviteur dans sa détresse.

Et comme le roi, toujours préoccupé, ne répondait pas :

— Oui, sire, dit Diane, s'adressant directement à lui pour appeler son attention, je vous adjure expressément de venir en aide à votre fidèle connétable, que le prix de sa rançon, et les frais considérables d'une guerre soutenue pour le service de Votre Majesté, ont privé de ses dernières ressources... Sire, vous m'écoutez?

— Madame, excusez-moi, dit Henri, mon attention ne saurait ce soir s'arrêter sur ce sujet. La pensée d'un désastre possible à Calais m'absorbe tout entier, vous le savez bien.

— C'est justement pour cela, reprit Diane, que Votre Majesté, ce me semble, doit ménager et favoriser l'homme qui s'applique d'avance à atténuer les effets de ce désastre s'il vient à tomber sur la France.

— Mais l'argent nous manque à nous-même autant qu'au connétable, dit le roi.

— Et ce nouvel impôt qu'on vient d'établir? reprit Diane.

— Cet argent, dit le cardinal, est destiné à la paie et à l'entretien des troupes.

— Alors, reprit Diane, la meilleure part doit en revenir u chef de ces troupes.

— Eh bien! ce chef est à Calais, répondit le cardinal.

— Non, il est à Paris, au Louvre, dit Diane.

— Vous voulez donc qu'on récompense la défaite, madame?

— Cela vaut encore mieux, monsieur le cardinal, que d'encourager la démence.

— Assez! interrompit le roi, ne voyez-vous pas que cette querelle me fatigue et m'offense. Savez-vous, madame, monsieur de Lorraine, savez-vous le quatrain que j'ai trouvé tantôt dans mon livre d'Heures?

— Un quatrain? répétèrent ensemble Diane et Charles de Lorraine.

— Si j'ai bonne mémoire, dit Henri, le voici :

« Sire, si vous laissez, comme Charles désire,
» Comme Diane fait, par trop vous gouverner,
» Fondre, pétrir, mollir, refondre et retourner,
» Sire, vous n'êtes plus, vous n'êtes plus que cire. »

Diane ne se déconcerta pas le moins du monde :

— Un jeu de mots galant ! dit-elle, qui m'attribue seulement sur l'esprit de Votre Majesté plus d'influence que ie n'en possède, hélas !

— Eh ! madame, reprit le roi, vous ne devriez pas abuser de cette influence justement parce que vous savez l'avoir.

— L'ai-je réellement, sire ?... dit Diane de sa voix douce. Votre Majesté m'accorde donc ce que je lui demande pour le connétable ?... `

— Soit ! dit ie roi importuné. Mais maintenant vous me laisserez, je pense, à mes douloureux pressentimens, à mes inquiétudes.

Le cardinal, devant cette faiblesse, ne sut que lever les yeux au ciel. Diane lui lança de côté un regard triomphant.

— Merci, Votre Majesté, dit-elle au roi. Je vous obéis en me retirant; mais bannissez le trouble et la crainte, sire ! la victoire aime les généreux, et m'est avis que vous vaincrez.

— Ah ! j'en accepte l'augure, Diane ! reprit Henri. Mais avec quels transports j'en recevrais la nouvelle ! Depuis quelque temps je ne dors plus, je n'existe plus. Mon Dieu ! que le pouvoir des rois est borné ! n'avoir aucun moyen d'apprendre ce qui se passe en ce moment à Calais ! Vous avez beau dire, monsieur le cardinal, ce silence de votre frère est effrayant. Ah ! des nouvelles de Calais ! qui donc m'en apportera ? Jésus !

L'huissier de service entra, et, s'inclinant dans le même instant devant le roi, annonça à voix haute :

— Un envoyé de monsieur de Guise, arrivant de Calais sollicite la faveur d'être admis par Sa Majesté.

— Un envoyé de Calais ! répéta le roi en se levant debout, l'œil brillant, se contenant à peine.

— Enfin ! dit le cardinal tout tremblant de crainte et de joie.

— Introduisez le messager de monsieur de Guise, introduisez-le sur-le-champ, reprit vivement le roi.

Il va sans dire que toutes les conversations s'étaient tues, que toutes les poitrines palpitaient, que tous les regards se tournaient vers la porte.

Gabriel entra au milieu d'un silence de statues.

XXVII.

LE VICOMTE DE MONTGOMMERY.

Gabriel était suivi, comme lors de son retour d'Italie, de quatre de ses gens, Ambrosio, Lactance, Yvonnet et Pilletrousse, lesquels portaient les drapeaux anglais, mais qui s'arrêtèrent en dehors sur le seuil de la porte.

Le jeune homme tenait lui-même, de ses deux mains, sur un coussin de velours, deux lettres et les clefs de ville.

A cette vue, le visage de Henri II exprima un singulier mélange de joie et de terreur.

Il croyait comprendre l'heureux message, mais le sévère messager l'inquiétait.

— Le vicomte d'Exmès ! murmurait-il en voyant Gabriel s'approcher de lui à pas lents.

Et madame de Poitiers et le connétable, échangeant entre eux un regard d'alarme, balbutiaient aussi à voix basse :

— Le vicomte d'Exmès !

Cependant Gabriel, solennel et grave, vint mettre un genou en terre devant le roi, et, d'une voix ferme :

— Sire, lui dit-il, voici les clefs de la ville de Calais qu'après sept jours de siége et trois assauts acharnés, les Anglais ont remises à monsieur le duc de Guise, et que monsieur le duc de Guise s'empresse de faire remettre à Votre Majesté.

— Calais est à nous ? demanda encore le roi, quoiqu'il eût parfaitement entendu.

— Calais est à vous, Sire, répéta Gabriel.

— Vive le roi ! crièrent d'une seule voix tous les assistants, à l'exception peut-être du connétable de Montmorency.

Henri II, qui ne pensait plus qu'à ses craintes dissipées et à ce triomphe éclatant de ses armes, salua d'un visage radieux l'assemblée émue.

— Merci, messieurs, merci ! dit-il ; j'accepte, au nom de la France, ces acclamations, mais elles ne doivent point s'adresser à moi seul : il est juste que la meilleure part en revienne au vaillant chef de l'entreprise, à mon noble cousin monsieur de Guise.

Des murmures d'approbation coururent dans l'assistance. Mais le temps n'était pas venu où l'on osât crier devant le roi : Vive le duc de Guise !

— Et, en l'absence de notre cher cousin, continua Henri, nous sommes heureux de pouvoir, du moins, adresser nos remerciemens et nos félicitations à vous qui le représentez ici, monsieur le cardinal de Lorraine, et à vous qu'il a chargé de cette glorieuse commission, monsieur le vicomte d'Exmès.

— Sire, dit respectueusement mais hardiment Gabriel en s'inclinant devant le roi, Sire, excusez-moi, je ne m'appelle plus le vicomte d'Exmès, maintenant.

— Comment ?... reprit Henri II en fronçant le sourcil.

— Sire, continua Gabriel, depuis le jour de la prise de Calais, j'ai cru pouvoir me nommer de mon vrai nom, de de mon vrai titre, le vicomte de Montgommery.

A ce nom qui, depuis tant d'années, n'avait pas été prononcé tout haut à la cour, il y eut, dans la foule, comme une explosion de surprise. Ce jeune homme s'intitulait le vicomte de Montgommery ; donc, le comte de Montgommery, son père sans doute, était vivant encore ! Après cette longue disparition, que signifiait le retour de ce vieux nom si fameux jadis ?

Le roi n'entendait pas ces commentaires, pour ainsi dire muets, mais il les devinait sans peine ; il était devenu plus blanc que sa fraise italienne, et ses lèvres tremblaient d'impatience et de colère.

Madame de Poitiers avait frémi aussi, et, dans son coin,

le connétable était sorti de son immobilité morne, et son vague regard s'était allumé.

— Qu'est-ce à dire, monsieur ? reprit le roi d'une voix qu'il modérait difficilement. Quel est ce nom que vous osez prendre ? et d'où vous vient tant de témérité ?

— Ce nom est le mien, Sire, dit avec calme Gabriel, et ce que Votre Majesté croit de la témérité n'est que de la confiance.

Il était évident que Gabriel avait voulu, par un coup d'audace, engager irrévocablement la partie, risquer le tout pour le tout, et fermer au roi comme à lui-même toute hésitation et tout retour.

Henri le comprit bien ainsi, mais il craignit son propre courroux, et, pour ajourner du moins l'éclat qu'il redoutait, il reprit :

— Votre affaire personnelle pourra venir plus tard, monsieur ; mais en ce moment, ne l'oubliez pas, vous êtes l'envoyé de monsieur de Guise, et vous n'avez pas achevé de emplir votre message, ce me semble.

— C'est juste, dit Gabriel avec un profond salut. Il me reste à présenter à Votre Majesté les drapeaux conquis sur es Anglais. Les voici. De plus, monsieur le duc de Guise écrit lui-même cette lettre au roi.

Il offrit sur le coussin la lettre du Balafré. Le roi la prit, rompit le cachet, déchira l'enveloppe, et, tendant la lettre vec vivacité au cardinal de Lorraine :

— A vous, monsieur le cardinal, lui dit-il, la joie de lire out haut cette lettre de votre frère. Elle n'est pas adressée u roi, mais à la France.

— Quoi ! sire ! dit le cardinal, Votre Majesté veut ?...

— Je désire, monsieur le cardinal, que vous acceptiez cet honneur qui vous est dû.

Charles de Lorraine s'inclina, prit avec respect des mains u roi la lettre qu'il déplia, et lut ce qui suit au milieu du plus profond silence :

« Sire,

» Calais est en notre pouvoir ; nous avons repris en une

semaine aux Anglais ce qui leur avait coûté, il y a deux siècles, un an de siége.

» Guines et Ham, les deux derniers points qu'ils possèdent encore en France, ne peuvent maintenant tenir bien longtemps ; j'ose promettre à Votre Majesté qu'avant quinze jours nos ennemis héréditaires seront définitivement expulsés de tout le royaume.

» J'ai cru devoir être généreux pour les vaincus. Ils nous ont consigné leur artillerie et leurs munitions ; mais la capitulation que j'ai consentie donne aux habitans de Calais qui le souhaiteraient le droit de se retirer avec leurs biens en Angleterre. Il eût peut-être été dangereux aussi de laisser, dans une ville si nouvellement occupée, cet actif ferment de révolte.

» Le nombre de nos morts et de nos blessés est peu considérable, grâce à la rapidité avec laquelle la place a été emportée.

» Le temps et le loisir me manquent, Sire, pour donner aujourd'hui à Votre Majesté de plus amples détails. Blessé moi-même grièvement... »

A cet endroit, le cardinal pâlit et s'arrêta.

— Quoi, notre cousin est blessé ! s'écria le roi feignant la sollicitude.

— Que Votre Majesté et Son Éminence se rassurent, dit Gabriel. Cette blessure de monsieur le duc de Guise n'aura pas de suites, grâce à Dieu ! Il ne doit lui en rester, à l'heure qu'il est, qu'une noble cicatrice au visage et le glorieux surnom de *Balafré*.

Le cardinal, en lisant quelques lignes d'avance, avait pu se convaincre par lui-même que Gabriel disait vrai, et tranquillisé il reprit la lecture en ces termes :

« Blessé moi-même grièvement, le jour même de notre entrée dans Calais, j'ai été sauvé par le prompt secours et l'admirable génie d'un jeune chirurgien, maître Ambroise Paré ; mais je suis faible encore, et privé, par conséquent, de la joie de m'entretenir longuement avec Votre Majesté.

» Elle pourra apprendre les autres détails de celui qui va lui porter, avec cette lettre, les clefs de la ville et les rapeaux anglais, et duquel il faut pourtant qu'avant de finir je parle à Votre Majesté.

» Car ce n'est pas à moi, Sire, que revient tout l'honeur de cette étonnante prise de Calais. J'ai tâché d'y conbuer de toutes mes forces avec nos vaillantes troupes; ais on en doit l'idée première, les moyens d'exécution et a réussite même au porteur de cette lettre, à monsieur e vicomte d'Exmès... »

— Il paraît, monsieur, interrompit le roi en s'adressant Gabriel, il paraît que notre cousin ne vous connaissait as encore sous votre nouveau nom.

— Sire, dit Gabriel, je n'aurais osé le prendre pour la remière fois qu'en présence même de Votre Majesté.

Le cardinal continua sur un signe du roi :

« J'avouerai, en effet, que je ne pensais pas même à ce up hardi, quand monsieur d'Exmès est venu me trouver u Louvre, m'a exposé le sublime dessein, a levé mes douet dissipé mes hésitations, et enfin a déterminé ce fait 'armes inouï qui suffirait, Sire, à la gloire d'un règne.

» Mais ce n'est pas tout : on ne pouvait risquer légèreent une expédition si grave; il fallait que le conseil de xpérience donnât raison au rêve du courage. Monsieur 'Exmès fournit à monsieur le maréchal Strozzi les moyens e s'introduire dans Calais sous un déguisement, et de véfier les chances de l'attaque et de la défense. De plus, il ous donna un plan exact et détaillé des remparts et des stes fortifiés, de sorte que nous nous avançâmes vers lais comme si ses murailles eussent été de verre.

» Sous les murs de la ville et dans les assauts, au fort e Nieullay, au Vieux-Château, partout, le vicomte d'Exès, à la tête d'une petite troupe levée à ses frais, fit enre des prodiges de valeur. Mais là, il fut seulement égal nombre de nos intrépides capitaines, qu'il est, je crois, possible de surpasser. Je m'appesantirai donc peu sur s marques de courage qu'il donna en toute occasion, our ne m'attacher qu'aux actions qui lui sont particuliès et personnelles.

» Ainsi, la prise du fort de Risbank, cette entrée de Calais, libre du côté de la mer, allait ouvrir passage à de formidables secours venus d'Angleterre. Dès lors nous étions écrasés, perdus. Notre gigantesque entreprise échouait au milieu des risées de l'Europe. Cependant, par quels moyens, sans vaisseaux, s'emparer d'une tour que défendait l'Océan? Eh bien ! le vicomte d'Exmès a fait ce miracle. La nuit, sur une barque, seul avec ses volontaires, à l'aide des intelligences qu'il s'était ménagées dans la place, il a pu, par une téméraire navigation, par une effrayante escalade, planter le drapeau français sur cet imprenable fort. »

Ici, malgré la présence du roi, un murmure d'admiration que rien ne put comprimer interrompit un moment la lecture, et s'échappa de cette foule illustre et vaillante, comme l'irrésistible accent de tous les cœurs.

L'attitude de Gabriel, debout, les yeux baissés, calme, digne et modeste, à deux pas du roi, ajoutait à l'impression causée par le récit du chevaleresque exploit, et charmait à la fois les jeunes femmes et les vieux soldats.

Le roi lui-même fut ému et fixa un regard déjà adouci sur le jeune héros de l'aventure épique.

Il n'y avait que madame de Poitiers qui mordait sa lèvre blanche, et monsieur de Montmorency qui fronçait son sourcil épais.

Le cardinal, après cette courte interruption, reprit la lettre de son frère.

« Le fort de Risbank gagné, la ville était à nous. Les vaisseaux anglais n'osèrent pas même tenter une attaque inutile. Trois jours après, nous entrions triomphans dans Calais, secondés encore par une heureuse diversion des alliés du vicomte d'Exmès dans la place, et par une énergique sortie du vicomte d'Exmès lui-même.

» C'est dans cette dernière lutte, Sire, que j'ai reçu cette terrible blessure qui a failli me coûter la vie, et, s'il m'est permis de rappeler un service personnel après tant de services publics, j'ajouterai que ce fut encore monsieur d'Ex-

ès qui, par la force presque, amena à mon lit de mort
attre Paré, le chirurgien qui m'a sauvé. »

— Oh ! monsieur, à mon tour, merci ! dit en s'inter-
mpant Charles de Lorraine d'une voix émue.

Puis, avec un accent plus chaleureux, il reprit, comme
c'eût été son frère même qui eût parlé.

« Sire, on n'attribue d'ordinaire l'honneur des grands
uccès pareils à celui-ci. qu'au chef sous lequel ils ont été
emportés. Monsieur d'Exmès, le premier, aussi modeste
ue grand, laisserait volontiers son nom s'effacer devant
mien. Néanmoins, il m'a semblé juste d'apprendre à
otre Majesté que le jeune homme qui lui remettra cette
ttre a vraiment été la tête et le bras de notre entreprise,
que, sans lui, Calais, à l'heure où j'écris ceci dans Ca-
is, serait encore à l'Angleterre. Monsieur d'Exmès m'a
dé de ne le déclarer, si je voulais, qu'au roi, mais
fin de le dire au roi. C'est ce que je fais ici d'une voix
uté avec reconnaissance et joie.

» Mon devoir était de donner à monsieur d'Exmès ce
lorieux certificat. Le reste est votre droit, Sire. Un droit
j'envie, mais que je ne peux ni ne veux usurper. Il
'est guère, ce semble, de présens qui puissent payer
lui d'une ville frontière reconquise et de l'intégrité d'un
yaume assuré.

» Il paraît cependant, monsieur d'Exmès me l'a dit, que
otre Majesté a dans la main un prix digne de sa con-
uête. Je le crois, Sire. Mais il n'y a en effet qu'un roi et
u'un grand roi comme Votre Majesté qui puisse récom-
enser, à peu près à sa valeur, ce royal exploit.

» Sur ce, je prie Dieu, Sire, qu'il vous donne une lon-
ue vie et un heureux règne.

» Et suis, de Votre Majesté,

» Le très humble et très obéissant serviteur et sujet,

» FRANÇOIS DE LORRAINE.

» A Calais, ce 9 janvier 1558. »

Quand Charles de Lorraine eut achevé ainsi sa lecture

et remis sa lettre aux mains du roi, le mouvement d'approbation qui était la félicitation contenue de toute cette cour se manifesta de nouveau, et, de nouveau, fit tressaillir le cœur de Gabriel, violemment ému sous son apparence tranquille. Si le respect n'eût imposé silence à l'enthousiasme, les applaudissemens auraient sans nul doute fêté avec éclat le jeune vainqueur.

Le roi sentit instinctivement cet élan général, qu'il partageait d'ailleurs un peu, et il ne put s'empêcher de dire à Gabriel, comme s'il eût été l'interprète du désir inexprimé de tous :

— C'est bien, monsieur ! c'est beau ce que vous avez fait ! Je souhaite que, comme monsieur de Guise me le donne à entendre, il me soit réellement possible de vous accorder une récompense digne de vous et digne de moi.

— Sire, répondit Gabriel, je n'en ambitionne qu'une seule, et Votre Majesté sait laquelle...

Puis, sur un mouvement de Henri, il se hâta de reprendre :

— Mais, pardon ! ma mission n'est pas encore tout à fait terminée, Sire.

— Qu'y a-t-il encore ? dit le roi.

— Sire, une lettre de madame de Castro pour Votre Majesté.

— De madame de Castro ? répéta vivement Henri.

D'un mouvement prompt et irréfléchi, il se leva de son fauteuil, descendit les deux marches de l'estrade royale pour prendre lui-même la lettre de Diane, et, baissant la voix :

— C'est vrai, monsieur, dit-il à Gabriel, vous ne rendez pas seulement sa fille au roi, vous rendez aussi sa fille au père. J'ai contracté deux dettes envers vous !... Mais voyons cette lettre...

Et, comme la cour, toujours immobile et muette, attendait avec respect les ordres du roi, Henri, gêné lui-même par ce silence observateur, reprit à voix haute :

— Que je ne contraigne pas, messieurs, l'expression de votre joie. Je n'ai plus rien à vous apprendre, le reste est affaire entre moi et l'envoyé de notre cousin de Guise.

Vous n'avez donc qu'à commenter l'heureuse nouvelle et à vous en féliciter, et vous êtes libres de le faire, messieurs.

La permission royale fut vite acceptée, les groupes causeurs se reformèrent, et bientôt l'on n'entendit plus que ce chuchotement indistinct et confus qui résulte dans les foules du bruit de cent conversations éparses.

Madame de Poitiers et le connétable pensaient encore seuls à épier le roi et Gabriel.

D'un coup d'œil éloquent, ils s'étaient communiqué leur crainte, et Diane, par un mouvement insensible, s'était rapprochée de son royal amant.

Henri ne remarquait pas le couple envieux, il était tout entier à la lettre de sa fille.

— Chère Diane !... pauvre chère Diane !... murmurait-il attendri.

Et, quand il eut terminé cette lecture, entraîné par sa nature de roi, dont le premier et le spontané mouvement était certainement généreux et loyal :

— Madame de Castro, dit-il à Gabriel presque à voix haute, me recommande aussi son libérateur, et c'est justice ! Elle me dit que vous ne lui avez pas seulement rendu la liberté, monsieur, vous lui avez aussi, à ce qu'il paraît, sauvé l'honneur.

— Oh ! j'ai fait mon devoir, Sire, dit Gabriel.

— C'est donc à moi à faire le mien à mon tour, reprit vivement Henri. A vous de parler à présent, monsieur. Dites, que souhaitez-vous de nous, *monsieur le vicomte de Montgommery ?*

XXVIII.

JOIE ET ANGOISSE.

Monsieur le vicomte de Montgommery ! A ce nom qui,
prononcé par le roi, contenait déjà plus qu'une promesse,
Gabriel tressaillit de bonheur.

Henri allait évidemment pardonner !

— Le voilà qui faiblit ! dit à voix basse madame de Poitiers au connétable qui s'était rapproché d'elle.

— Attendons notre tour, reprit monsieur de Montmorency sans se déconcerter.

— Sire, disait cependant au roi Gabriel, plus ému, selon
son habitude, par l'espoir que par la crainte, Sire, je n'ai
pas besoin de répéter à Votre Majesté quelle grâce j'ose
attendre de sa bonté, de sa clémence, un peu de sa justice.
Ce que Votre Majesté avait exigé de moi, j'espère l'avoir
fait... Ce que je demandais, Votre Majesté daignera-t-elle
le faire ?... A-t-elle oublié sa promesse, ou veut-elle bien
la tenir ?...

— Oui, monsieur, je la tiendrai, sous les conditions de
silence convenues, répondit Henri sans hésiter.

— Ces conditions, sire, j'engage de nouveau mon honneur qu'elles seront exactement et rigoureusement rem-
plies, dit le vicomte d'Exmès.

— Approchez-vous donc, monsieur, dit le roi.

Gabriel s'approcha, en effet. Le cardinal de Lorraine s'é-
carta discrètement. Mais madame de Poitiers, assise aussi
tout près de Henri, ne bougea pas, et put sans doute entendre ce qu'il disait, bien qu'il baissât la voix pour parler
au seul Gabriel.

Cette sorte de surveillance ne fit pourtant pas fléchir, il
faut en convenir, la volonté du roi, qui reprit avec fermeté :

— Monsieur le vicomte de Montgommery, vous êtes un vaillant que j'estime et que j'honore. Quand vous aurez ce que vous demandez, et ce que vous avez si bien conquis, nous ne serons pas, certes, encore quitte envers vous. Mais prenez toujours cet anneau. Demain matin, à huit heures, présentez-le au gouverneur du Châtelet; il sera prévenu d'ici-là, et vous rendra sur-le-champ l'objet de votre sainte et sublime ambition.

Gabriel, qui de joie sentit se dérober sous lui ses genoux, ne se retint pas et se laissa tomber aux pieds du roi.

— Ah! sire, lui dit-il, la poitrine inondée de bonheur et les yeux mouillés de douces larmes, sire, toute la volonté, toute l'énergie dont je crois avoir donné des preuves sont, pour le reste de ma vie, au service de mon dévouement à Votre Majesté, comme elles eussent été, je l'avoue, au service de ma haine, si vous aviez dit; Non!

— En vérité? fit le roi en souriant avec bonté.

— Oui, sire, je le confesse, et vous devez me comprendre puisque vous avez pardonné; oui, j'eusse poursuivi, je crois, Votre Majesté jusque dans ses enfans, comme je vous défendrai et vous aimerai encore en eux, sire. Devant Dieu, qui punit tôt ou tard les parjures, je garderai mon serment de fidélité, comme j'eusse tenu mon serment de vengeance!

— Allons! relevez-vous, monsieur, dit le roi en souriant toujours. Calmez-vous aussi, et, pour vous remettre, racontez-nous un peu en détail cette prise si inespérée de Calais, dont je ne me lasserai jamais, j'imagine, de parler et d'entendre parler.

Henri II garda ainsi plus d'une heure auprès de lui Gabriel, l'interrogeant et l'écoutant, et lui faisant répéter cent fois sans se lasser les mêmes détails.

Puis, il dut le céder aux dames avides de questionner à leur tour le jeune héros.

Et d'abord, le cardinal de Lorraine, assez mal renseigné sur les antécédens de Gabriel, et qui ne voyait en lui que l'ami et le protégé de son frère, voulut absolument le présenter lui-même à la reine.

Catherine de Médicis, en présence de toute la cour, fut

bien obligée de féliciter celui qui venait de gagner au roi une si belle victoire. Mais elle le fit avec une froideur et une hauteur marquées, et le sévère et dédaigneux regard de son œil gris démentait à mesure les paroles que sa bouche devait prononcer contre le gré de son cœur.

Gabriel, tout en adressant à Catherine de respectueux remerciemens, se sentait l'âme en quelque sorte glacée par ces complimens menteurs de la reine, sous lesquels, en se rappelant le passé, il lui semblait deviner une ironie secrète et comme une menace cachée.

Lorsqu'après avoir salué Catherine de Médicis, il se retourna pour se retirer, il crut avoir trouvé la cause du douloureux pressentiment qu'il avait éprouvé.

En effet, ses regards étant tombés du côté du roi, il vit avec épouvante que Diane de Poitiers s'était rapprochée de lui et lui parlait bas avec son méchant et sardonique sourire. Plus Henri II paraissait se défendre, plus elle avait l'air d'insister.

Elle appela ensuite le connétable, qui parla aussi pendant longtemps au roi avec vivacité.

Gabriel voyait tout cela de loin. Il ne perdait pas un seul des mouvemens de ses ennemis, et il souffrait le martyre.

Mais, dans le moment même où son cœur était ainsi déchiré, le jeune homme fut gaîment abordé et interrogé par la jeune reine-dauphine, Marie Stuart, qui l'accabla à la fois de complimens et de questions.

Gabriel, malgré son inquiétude, y répondit de son mieux.

— C'est magnifique! lui disait Marie enthousiasmée, n'est-il pas vrai, mon gentil dauphin? ajouta-t-elle en s'adressant à François, son jeune mari, qui joignit ses éloges à ceux de sa femme.

— Pour mériter de si bonnes paroles, que ne ferait-on pas? disait Gabriel dont les yeux distraits ne quittaient pas le groupe du roi, de Diane et du connétable.

— Quand je me sentais portée vers vous par je ne sais quelle sympathie, continua Marie Stuart avec sa grâce accoutumée, mon cœur m'avertissait sans doute que vous

fourniriez ce merveilleux exploit à la gloire de mon cher
oncle de Guise. Ah! tenez, je voudrais avoir, comme le
roi, le pouvoir de vous récompenser à mon tour. Mais une
femme, hélas! n'a pas de titres ni d'honneurs à sa disposition.

— Oh! vraiment, j'ai tout ce que je pouvais souhaiter
au monde! dit Gabriel. Le roi ne répond plus, il écoute
seulement! pensait-il en lui-même.

— C'est égal! reprit Marie Stuart, si j'avais le pouvoir,
je vous créerais, je crois, des souhaits pour pouvoir les accomplir. Mais, pour le moment, tout ce que j'ai, tenez,
c'est ce bouquet de violettes que le jardinier des Tournelles
m'a envoyé tantôt comme assez rare après ces dernières
gelées. Eh bien! monsieur d'Exmès, avec la permission de
monseigneur le dauphin, je vous les donne ces fleurs,
comme un souvenir de ce jour. Les acceptez-vous?

— Oh! madame!... s'écria Gabriel en baisant respectueusement la main qui les lui offrait.

— Les fleurs, reprit Marie Stuart songeuse, sont en
même temps un parfum pour la joie et une consolation
pour la tristesse. Je pourrai quelque jour être bien malheureuse! je ne le serai jamais tout à fait tant qu'on me
laissera des fleurs. Il est bien entendu qu'à vous, monsieur
d'Exmès, à vous heureux et triomphant, je n'offre celles-ci
que comme parfum.

— Qui sait? dit Gabriel en secouant la tête avec mélancolie, qui sait si le triomphant et l'heureux n'en a pas plutôt besoin comme consolation.

Ses regards, tandis qu'il parlait ainsi, étaient toujours
fixés sur le roi, qui, pour le coup, semblait réfléchir et
baisser la tête devant les représentations de plus en plus
vives de madame de Poitiers et du connétable.

Gabriel tremblait en pensant qu'assurément la favorite
avait entendu la promesse du roi, et qu'il devait être question entre eux de son père et de lui.

La jeune reine-dauphine s'était éloignée en se moquant
doucement des préoccupations de Gabriel.

L'amiral de Coligny l'aborda en ce moment, et, à son
tour, lui adressa ses félicitations cordiales sur la brillante

façon dont il avait soutenu et dépassé à Calais sa réputation de Saint-Quentin.

On n'avait jamais trouvé le pauvre jeune homme plus favorisé du sort et plus digne d'envie que depuis qu'il endurait des angoisses jusque-là inconnues.

— Vous valez autant, lui disait l'amiral, pour gagner des victoires que pour atténuer des défaites. Je suis tout fier d'avoir pressenti votre haut mérite, et je n'ai qu'un regret, c'est de n'avoir pas participé avec vous à ce beau fait d'armes, si heureux pour vous et si glorieux pour la France.

— L'occasion s'en retrouvera, monsieur l'amiral, dit Gabriel.

— J'en doute un peu, reprit Coligny avec quelque tristesse, Dieu veuille seulement que, si nous nous rencontrons encore sur un champ de bataille, ce ne soit pas dans deux camps opposés !

— Le ciel m'en préserve, en effet ! dit vivement Gabriel. Mais, qu'entendez-vous par ces paroles, monsieur l'amiral.

— On a brûlé vifs le mois dernier quatre religionnaires, dit Coligny. Les réformés, qui chaque jour croissent en nombre et en puissance, finiront par se lasser de ces odieuses et iniques persécutions. Ce jour-là, des deux partis qui divisent la France, il pourra, je le crains, se former deux armées.

— Eh bien ? demanda Gabriel.

— Eh bien ! monsieur d'Exmès, malgré la promenade que nous avons faite ensemble rue Saint-Jacques, vous avez gardé votre liberté et ne vous êtes engagé qu'à la discrétion. Or, vous me paraissez trop bien et trop justement en faveur pour n'être pas de l'armée du roi contre *l'hérésie*, comme on l'appelle.

— Je crois que vous vous trompez, monsieur l'amiral, dit Gabriel dont les yeux ne se détournaient pas du roi, j'ai lieu de penser, au contraire, que j'aurai bientôt le droit de marcher avec les opprimés contre les oppresseurs.

— Quoi ! qu'est-ce à dire ? demanda l'amiral. Vous pâlissez, Gabriel, votre voix s'altère ! qu'avez-vous donc ?

— Rien ! rien ! monsieur l'amiral. Mais il faut que je vous quitte. Au revoir ! à bientôt !

Gabriel venait de surprendre de loin un geste d'acquiescement échappé au roi, et monsieur de Montmorency s'était éloigné sur-le-champ en jetant à Diane un regard de triomphe.

Néanmoins, quelques minutes après, la réception fut close, et Gabriel, en allant saluer le roi pour prendre congé, osa lui dire :

— Sire, à demain.

— A demain, monsieur, répondit le roi.

Mais, en disant cela, Henri II ne regarda pas Gabriel en face ; il détournait même la vue ; il ne souriait plus, et madame de Poitiers souriait au contraire.

Gabriel, que chacun croyait voir radieux d'espérance et de joie, se retira l'épouvante et la douleur au cœur.

Tout le soir, il erra autour du Châtelet.

Il reprit un peu de courage en n'en voyant pas sortir monsieur de Montmorency.

Puis, il tâtait à son doigt l'anneau royal, et se rappelait ces paroles formelles de Henri II, qui n'admettaient pas le doute et ne pouvaient cacher un leurre : L'objet de votre sainte et sublime ambition vous sera rendu.

N'importe ! cette nuit qui séparait encore Gabriel du moment décisif allait lui paraître plus longue qu'une année !

XIX.

PRÉCAUTIONS.

Ce que pensa, ce que souffrit Gabriel pendant ces mortelles heures, Dieu seul le sut ; car en rentrant chez lui, il ne voulut rien dire ni à ses serviteurs, ni même à sa nourrice, et ce fut de ce moment-là que commença pour lui cette vie concentrée, et muette en quelque sorte, toute à l'action, avare de paroles, qu'il continua ridigement depuis, comme s'il eût fait, dans sa pensée, vœu de silence.

Ainsi, espérances déçues, énergiques résolutions, projets d'amour et de vengeance, tout ce que, dans cette nuit d'attente, Gabriel sentit, rêva et se jura à lui-même, tout resta un secret entre cette âme profonde et le Seigneur.

C'était à huit heures seulement qu'il pouvait se présenter au Châtelet avec l'anneau que lui avait remis le roi et qui devait ouvrir toutes les portes, non-seulement à lui, mais à son père.

Jusqu'à six heures du matin, Gabriel demeura seul dans sa chambre, sans vouloir recevoir personne.

A six heures, il descendit, vêtu et équipé comme pour un long voyage. Il avait déjà demandé la veille à sa nourrice tout l'or qu'elle pourrait lui réunir.

Les gens de sa maison s'empressèrent autour de lui, lui offrant leurs services. Les quatre volontaires qu'il avait ramené de Calais se mettaient surtout à sa disposition. Mais il les remercia amicalement, et les congédia, ne gardant auprès de lui que le page André, le dernier venu, et sa nourrice Aloyse.

— Ma bonne Aloyse, dit-il d'abord à cette dernière, j'attends ici de jour en jour deux hôtes, deux amis de Calais, Jean Peuquoy et sa femme Babette. Il se peut, Aloyse, que je ne sois pas là pour les recevoir. Mais, en mon absence même, en mon absence surtout, je te prie, Aloyse, de les accueillir et de les traiter comme s'ils étaient mon frère et ma sœur. Babette te connaît pour m'avoir entendu cent fois parler de toi. Elle aura en toi une confiance filiale ; aie pour elle, je t'en conjure au nom de l'affection que tu me portes, la tendresse et l'indulgence d'une mère.

— Je vous le promets, monseigneur, dit simplement la brave nourrice, et vous savez qu'avec moi cette seule parole suffit. Soyez tranquille sur vos hôtes. Rien ne leur manquera pour les soins de l'âme et du corps.

— Merci, Aloyse, dit Gabriel en lui pressant la main. A vous maintenant, André, reprit-il en s'adressant au page que lui avait donné madame Diane de Castro. J'ai certaines dernières commissions graves dont je veux charger quelqu'un de sûr, et c'est vous, André, qui les remplirez, vous qui remplacez pour moi mon fidèle Martin-Guerre.

— Je suis à vos ordres, monseigneur, dit André.

— Écoutez bien, reprit Gabriel ; je vais dans une heure quitter cette maison, seul. Si je reviens tantôt vous n'aurez rien à faire, ou plutôt je vous donnerai de nouveaux ordres. Mais il est possible que je ne revienne pas, que du oins je ne revienne ni aujourd'hui, ni demain, ni enfin de longtemps d'ici...

La nourrice leva toute éplorée les bras au ciel. André interrompit son maître.

— Pardon, monseigneur ! vous dites qu'il se peut que vous ne reveniez pas de longtemps d'ici ?

— Oui, André.

— Et je ne vous accompagne pas ! et, de longtemps d'ici eut-être, je ne vous reverrai ? reprit André qui, à cette ouvelle, parut à la fois triste et embarrassé.

— Sans doute, cela se peut ! dit Gabriel.

— Mais reprit le page, c'est que madame de Castro m'a-ait, avant mon départ, confié pour monseigneur un mes-e, une lettre...

— Et cette lettre vous ne me l'avez pas encore remise, ndré ? dit vivement Gabriel.

— Excusez-moi, monseigneur, répondit André, je ne de-ais vous la remettre que lorsqu'au retour de Louvre, je ous verrais bien triste ou bien furieux. Alors seulement, 'avait dit madame Diane, donnez à monsieur d'Exmès ette lettre, qui contient pour lui un avertissement ou une onsolation.

— Oh ! donnez, donnez vîte ! s'écria Gabriel. Conseil et soulagement ne peuvent, je le crains, m'arriver plus à propos.

André tira de son pourpoint la lettre soigneusement enveloppée et la remit à son nouveau maître, Gabriel la décacheta en hâte, et se retira pour la lire dans l'embrasure d'une croisée.

Voici ce que contenait cette lettre :

« Ami, parmi les angoisses et les rêves de cette dernière
» nuit qui doit, peut-être à jamais ! me séparer de vous, la
» pensée la plus cruelle qui ait déchiré mon cœur est cel-
» le-ci :

» Il se peut que, dans le grand et redoutable devoir que
» vous allez si courageusement accomplir, vous vous trou-
» viez en contact et en conflit avec le roi. Il se peut que
» l'issue imprévue de votre lutte vous force à le haïr ou
» vous pousse à le punir...

» Gabriel, je ne sais pas encore s'il est mon père ; mais
» je sais qu'il m'a jusqu'ici chérie comme son enfant. La
» seule prévision de votre vengeance me fait frémir en
» ce moment ; l'accomplissement de cette vengeance me
» ferait mourir.

» Et cependant, le devoir de ma naissance me contrain-
» dra peut-être à penser comme vous ; peut-être aurai-je
» aussi à venger celui qui sera mon père contre celui qui
» a été mon père, effroyable extrémité !

» Mais, tandis que le doute et les ténèbres flottent encore
» pour moi sur cette terrible question, tandis que j'ignore
» encore de quel côté doivent aller ma haine et mon
» amour, Gabriel, je vous en conjure, et, si vous m'avez
» aimée, vous m'obéirez, Gabriel, respectez la personne
» du roi.

» Je raisonne encore maintenant, sinon sans émotion,
» au moins sans passion, et je sens... il me semble, que ce
» n'est pas aux hommes à punir les hommes, mais à
» Dieu...

» Donc, ami, quoi qu'il arrive, ne prenez pas aux mains
» de Dieu le châtiment pour en frapper même un criminel.

» Si celui que j'ai nommé jusqu'ici mon père est cou-
» pable, il est homme, il peut l'être, ne vous faites pas
» son juge, encore moins son bourreau. Soyez tranquille,
» tout se paie au Seigneur, et le Seigneur vous vengera
» plus terriblement que vous ne pourriez le faire vous-
» même. Remettez sans crainte votre cause à sa justice.

» Mais, à moins que Dieu ne fasse de vous l'instrument
» involontaire, et en quelque sorte fatal, de cette justice
» impitoyable ; à moins qu'il ne se serve, malgré vous, de

» votre main ; à moins que vous ne portiez le coup sans
» voir et sans vouloir, Gabriel, ne condamnez pas vous-
» même et surtout n'exécutez pas vous-même la sentence.

» Faites cela pour l'amour de moi, ami. Grâce ! c'est
» la dernière prière et le dernier cri que veut jeter vers
» vous

» DIANE DE CASTRO. »

Gabriel relut deux fois cette lettre ; mais, pendant ces
deux lectures, André et la nourrice ne surprirent sur son
visage pâle d'autre signe que celui du sourire triste qui lui
était devenu familier.

Quand il eut replié et caché dans sa poitrine la lettre de
Diane, il resta quelque temps en silence, la tête penchée,
songeant.

Puis, s'éveillant pour ainsi dire de ce rêve :

— C'est bien, dit-il tout haut. Ce que j'ai à vous commander ne subsiste pas moins, André, et si, comme je vous
le disais, je ne reviens pas ici tantôt, que vous appreniez
sur mon compte quelque chose ou que vous n'entendiez
plus parler de moi, quoiqu'il advienne ou n'advienne pas
enfin, retenez bien mes paroles, voici ce qu'il vous faudra
faire.

— Je vous écoute, monseigneur, dit André, et je vous
obéirai exactement ; car je vous aime et vous suis dévoué.

— Madame de Castro, dit Gabriel, sera dans quelques
jours à Paris. Arrangez-vous de façon à être informé de son
retour le plus promptement possible.

— C'est facile cela, monseigneur, dit André.

— Allez même au-devant d'elle si vous pouvez, dit Gabriel, et remettez-lui de ma part ce paquet cacheté. Prenez bien garde de l'égarer, André, quoiqu'il ne contienne
pour tout le monde rien de précieux, un voile de femme,
rien de plus. N'importe ! vous lui remettrez ce voile vous-
même, à elle-même, et vous lui direz...

— Que lui dirai-je, monseigneur ? demanda André
voyant que son maître hésitait.

— Non, ne lui dites rien, reprit Gabriel, sinon qu'elle

est libre, et que je lui rends toutes ses promesses, même celle dont ce voile est le gage.

— Est-ce tout, monseigneur ? demanda le page.

— C'est tout, dit Gabriel... Si pourtant on n'avait plus du tout entendu parler de moi, André, et si vous voyiez madame de Castro s'en inquiéter un peu, vous ajouteriez... Mais à quoi bon? n'ajoutez rien, André, demandez-lui, si vous voulez, de vous prendre à son service. Sinon, revenez ici et attendez-y mon retour.

— Comme cela, vous reviendrez sûrement, monseigneur! demanda, les larmes aux yeux, la nourrice. C'est que, comme vous disiez qu'on n'entendrait peut-être plus parler de vous ?...

— Ce sera peut-être le mieux, bonne mère, si l'on n'entend plus parler de moi, reprit Gabriel. En ce cas-là, espère et attends-moi.

— Espérer! quand vous aurez disparu pour tous, et même pour votre nourrice! Ah ! c'est bien difficile cela! reprit Aloyse.

— Mais qui te dit que je disparaîtrai? repartit Gabriel. Ne faut-il pas tout prévoir. Pour moi, en vérité! quoique je prenne mes précautions, je compte bien t'embrasser tantôt, Aloyse, dans toute l'effusion de mon cœur! C'est là le plus probable ; car la Providence est une mère tendre pour qui l'implore. Et n'ai-je pas commencé par dire à André que toutes mes recommandations seraient vraisemblablement inutiles et non avenues, au cas presque certain de mon retour aujourd'hui?...

— Oh ! que Dieu vous bénisse pour ces bonnes paroles-là, monseigneur! s'écria la pauvre Aloyse toute émue.

— Et vous n'avez pas d'autres ordres à nous donner, monseigneur, pendant cette absence, que Dieu abrège ! demanda André.

— Attendez, dit Gabriel qu'un souvenir parut frapper, et, s'asseyant à une table, il écrivit la lettre qui suit à Coligny :

« Monsieur l'amiral,

» Je vais me faire instruire dans votre religion, et comp-
» tez-moi, dès aujourd'hui, pour un des vôtres.

» Que ce soit la foi, votre persuasive parole ou quelque
» autre motif qui détermine ma conversion, je n'en voue
» pas moins sans retour à votre cause, à celle de la reli-
» gion opprimée, mon cœur, ma vie et mon épée.

« Votre très humble compagnon et bon ami,

» GABRIEL DE MONTGOMMERY. »

— A remettre encore si je ne reviens pas, dit Gabriel en
donnant à André cette lettre cachetée. Et maintenant, mes
amis, il faut que je vous dise adieu et que je parte. Voici
l'heure...

Une demi-heure après, en effet, Gabriel frappait d'une
main tremblante à la porte du Châtelet.

XXX.

PRISONNIER AU SECRET.

Monsieur de Salvoison, le gouverneur du Châtelet qui
avait reçu Gabriel à sa première visite, était mort récemment, et le gouverneur actuel se nommait monsieur de
Sazerac.

Ce fut auprès de lui qu'on introduisit le jeune homme.

L'anxiété, de sa main de fer, serrait si rudement la gorge
au pauvre Gabriel qu'il ne put articuler une parole. Mais il
présenta en silence au gouverneur l'anneau que lui avait
donné le roi.

Monsieur de Sazerac s'inclina gravement.

— Je vous attendais, monsieur, dit-il à Gabriel. J'ai reçu
depuis une heure l'ordre qui vous concerne. Je dois, à la
seule vue de cet anneau, et sans vous demander d'autres
explications, remettre entre vos mains le prisonnier sans
nom détenu depuis de longues années au Châtelet sous le
numéro 21. Est-ce bien cela, monsieur ?

— Oui, oui, monsieur, répondit vivement Gabriel à qui l'espérance rendit la voix. Et cet ordre, monsieur le gouverneur ?...

— Je suis tout prêt à l'accomplir, monsieur.

— Oh ! oh ! vraiment ! dit Gabriel qui tremblait des pieds à la tête.

— Mais sans doute, répondit monsieur de Sazerac avec un accent où un indifférent aurait pu découvrir une nuance de tristesse et d'amertume.

Pour Gabriel, il était trop troublé et absorbé par sa joie !

— Ah ! c'est donc bien vrai ! s'écria-t-il. Je ne rêve pas. Mes yeux sont ouverts. C'étaient mes folles terreurs qui étaient des rêves. Vous allez me rendre ce prisonnier, monsieur ! Oh ! merci, mon Dieu ! Sire, merci ! Mais courons vite, je vous en supplie, monsieur.

Et il fit deux ou trois pas, comme pour précéder monsieur de Sazerac. Mais ses forces, si robustes contre la souffrance, défaillirent devant la joie. Il fut contraint de s'arrêter un moment. Son cœur battait si vite et si fort qu'il crut qu'il allait étouffer.

La pauvre nature humaine ne pouvait suffire à tant d'émotions accumulées.

La réalisation presque inattendue de si lointaines espérances, le but de toute une vie, le terme d'efforts surhumains atteint tout à coup ; la reconnaissance pour ce roi si loyal et ce Dieu si juste ; l'amour filial enfin satisfait ; un autre amour, plus ardent encore, enfin éclairé ; tant de sentimens touchés et excités à la fois, faisaient déborder l'âme de Gabriel.

Mais de ce trouble inexprimable, de ce bonheur insensé, ce qui peut-être s'exhalait le moins confusément encore, c'était comme un hymne d'actions de grâces à Henri II d'où lui venait toute cette ivresse.

Et Gabriel répétait dans son cœur reconnaissant le serment de dévouer sa vie à ce roi loyal et à ses enfans. Comment avait-il donc pu douter une minute de ce grand et excellent souverain !...

Puis, enfin, Gabriel secouant cette extase :

— Pardon ! monsieur, dit-il au gouverneur du Châtelet

qui s'était arrêté avec lui. Pardon de cette faiblesse qui
m'a un instant comme anéanti. C'est que la joie, voyez-
vous, est quelquefois si lourde à porter !

— Oh ! ne vous excusez pas, monsieur, je vous en conjure ! répondit d'une voix profonde le gouverneur.

Gabriel, frappé cette fois de cet accent, leva les yeux
sur monsieur de Sazerac.

Il était impossible de rencontrer une physionomie plus
bienveillante, plus ouverte et plus honnête. Tout dans ce
gouverneur de prison dénotait la sincérité et la bonté !

Eh bien ! chose étrange ! le sentiment qui dans le moment se peignait sur ce visage d'homme de bien, tandis
qu'il contemplait la joie expansive de Gabriel, c'était une
sorte de compassion attendrie !

Gabriel surprit cette expression singulière, et, saisi par
un pressentiment sinistre, il pâlit tout à coup.

Mais telle était sa nature, que cette crainte vague, intro-
duite soudainement dans son bonheur, ne fit que rendre
du ressort à ce vaillant esprit, et redressant sa haute
taille :

— Allons, monsieur, marchons, dit Gabriel au gouverneur. Me voici prêt et fort maintenant.

Le vicomte d'Exmès et monsieur de Sazerac descendi-
rent alors dans les prisons, précédés d'un valet qui portait
une torche.

Gabriel retrouvait à chaque pas ses lugubres souvenirs,
et reconnaissait aux détours des corridors et des escaliers
les murailles sombres qu'il avait déjà vues, et les sombres
impressions que, sans pouvoir se les expliquer, il avait
ressenties là autrefois.

Quand on arriva à la porte de fer du cachot où il avait
visité avec un serrement de cœur si étrange le prisonnier
hâve et muet, il n'hésita pas une seconde et s'arrêta court.

— C'est là, dit-il la poitrine oppressée.

Mais monsieur de Sazerac secoua la tête avec tristesse.

— Non, reprit-il, ce n'est pas là encore.

— Comment ! pas là encore ! s'écria Gabriel. Est-ce que
vous voulez me railler, monsieur ?

— Oh ! monsieur, dit le gouverneur d'un ton de doux reproche.

Une sueur froide mouilla le front de Gabriel.

— Pardon ! pardon ! reprit-il. Mais que signifient ces paroles ? Oh ! parlez, parlez vite.

— Depuis hier soir, monsieur, j'ai la douloureuse mission de vous l'apprendre, le prisonnier au secret enfermé dans cette prison a dû être transféré un étage encore au-dessous.

— Ah ! dit Gabriel comme égaré. Et pourquoi cela ?

— On l'avait prévenu, monsieur, vous le savez, je crois, que s'il essayait seulement de parler à qui que ce fût, s'il poussait le moindre cri, balbutiait le moindre nom, fût-il même interpellé, il serait transporté sur-le-champ dans un autre cachot plus profond encore, plus redoutable et plus mortel que le sien.

— Je sais cela, murmura Gabriel, si bas que le gouverneur ne l'entendit point.

— Une fois déjà, monsieur, poursuivit monsieur de Sazerac, le prisonnier avait osé contrevenir à cet ordre, et c'est alors qu'on l'avait jeté dans cette prison, déjà bien cruelle ! que voici et où vous l'avez vu. Il paraît, monsieur, on m'a dit, que vous aviez été informé dans le temps de cette condamnation au silence qu'il subissait tout vivant.

— En effet, en effet, dit Gabriel avec une espèce d'impatience terrible. Eh bien ! monsieur ?...

— Eh bien ! reprit péniblement monsieur de Sazerac, hier au soir, un peu avant la fermeture des portes extérieures, un homme est venu au Châtelet, un homme puissant dont je dois taire le nom.

— N'importe, allez ! dit Gabriel.

— Cet homme, continua le gouverneur, a ordonné qu'on l'introduisît dans le cachot du numéro 21. Je l'ai accompagné seul. Il a adressé la parole au prisonnier sans obtenir d'abord de réponse, et j'espérais que le vieillard allait sortir vainqueur de cette épreuve ; car pendant une demi-heure, devant toutes les obsessions et les provocations, il a gardé un obstiné silence.

Gabriel poussa un profond soupir et leva les yeux au ciel, mais sans prononcer un mot pour ne pas interrompre le lugubre récit du gouverneur :

— Malheureusement, reprit celui-ci, le prisonnier, sur une dernière phrase qu'on lui a glissée à l'oreille, s'est levé sur son séant, des larmes ont jailli de ses yeux de pierre ! il a parlé, monsieur ! On m'a autorisé à vous rapporter tout ceci pour que vous croyiez mieux à mon attestation de gentilhomme lorsque j'ajoute : le prisonnier a parlé ; je vous affirme, hélas ! sur l'honneur, que je l'ai moi-même entendu.

— Et alors ? demanda Gabriel d'une voix brisée.

— Et alors, reprit monsieur de Sazerac, j'ai été sur-le-champ requis, malgré mes représentations et mes prières, d'accomplir le barbare devoir que m'impose ma charge, d'obéir à une autorité supérieure à la mienne, et qui, à mon défaut, eût vite trouvé des serviteurs plus dociles, et de faire transférer le prisonnier par son gardien muet dans le cachot placé au-dessous de celui-ci.

— Dans le cachot au-dessous de celui-ci ! cria Gabriel. Ah ! courons-y vite ! puisqu'enfin j'apporte la délivrance.

Le gouverneur hochait tristement la tête ; mais Gabriel ne vit pas ce signe, il heurtait déjà ses pieds aux marches glissantes et délabrées de l'escalier de pierre qui conduisait au plus profond abîme de la morne prison.

Monsieur de Sazerac avait pris la torche des mains du valet qu'il avait congédié d'un geste, et, mettant son mouchoir sur sa bouche, il suivit Gabriel.

A chaque pas que l'on descendait, l'air devenait de plus en plus rare et suffoquant.

Quand on atteignait le bas de l'escalier, la poitrine haletante avait peine à respirer, et l'on sentait tout de suite que es seules créatures qui pussent vivre plus de quelques minutes dans cette atmosphère de mort étaient les bêtes immondes qu'on écrasait avec horreur sous ses pieds.

Mais Gabriel ne pensait à rien de tout cela. Il prit des mains tremblantes du gouverneur la clef rouillée que celui-ci lui tendait, et, ouvrant la lourde porte vermoulue, il se précipita dans le cachot.

A la lueur de la torche, on pouvait voir dans un coin, sur une sorte de fumier de paille, un corps étendu.

Gabriel se jeta sur ce corps, le tira, le secoua, cria :

— Mon père !

Monsieur de Sazerac trembla d'effroi à ce cri.

Les bras et la tête du vieillard retombèrent inertes sous le mouvement que leur imprimait Gabriel.

XXXI.

LE COMTE DE MONTGOMMERY.

Gabriel, toujours à genoux, releva seulement sa tête pâle et effarée et promena autour de lui un regard sinistrement tranquille. Il avait simplement l'air de s'interroger et de réfléchir. Mais ce calme émut et effraya plus monsieur de Sazerac que tous les cris et tous les sanglots.

Puis, comme frappé d'une idée, Gabriel mit vivement sa main sur le cœur du cadavre.

Il écouta et chercha pendant une ou deux minutes.

— Rien ! dit-il ensuite d'une voix égale et douce, mais terrible par cela même ; rien ! le cœur ne bat plus du tout, mais la place est chaude encore.

— Quelle vigoureuse nature ! murmura le gouverneur ; il eût pu vivre encore longtemps.

Cependant, les yeux du cadavre étaient restés ouverts. Gabriel se pencha sur lui et les lui ferma pieusement. Puis il mit un respectueux baiser, le premier et le dernier, sur ces pauvres paupières éteintes que tant de larmes amères avaient dû mouiller.

— Monsieur, lui dit monsieur de Sazerac qui voulut absolument le distraire de cette affreuse contemplation, si le mort vous était cher...

— S'il m'était cher, monsieur ! interrompit Gabriel. Mais, oui, c'était mon père.

—Eh bien ! monsieur, si vous vouliez lui rendre les derniers devoirs, on m'a permis de vous le laisser enlever d'ici.

—Ah ! vraiment? reprit Gabriel avec le même calme effrayant. On est très juste pour moi alors, et l'on me tient exactement parole, je dois en convenir. Sachez, monsieur le gouverneur, qu'on m'avait juré devant Dieu de me rendre mon père. On me le rend, le voilà. Je reconnais qu'on ne s'était nullement engagé à me le rendre vivant.

Il partit d'un éclat de rire strident.

—Allons, du courage ? reprit monsieur de Sazerac. Il est temps de dire adieu à celui que vous pleurez.

—C'est ce que je fais, comme vous voyez, monsieur, reprit Gabriel.

—Oui, mais j'entends qu'il faut actuellement vous retirer. L'air qu'on respire ici n'est pas fait pour les poitrines des vivans, et un plus long séjour au milieu de ces miasmes délétères pourrait devenir dangereux.

—En voici sous nos yeux la preuve, dit Gabriel en montrant le corps.

—Allons ! allons ! venez, repartit le gouverneur qui voulat prendre le jeune homme sous le bras pour l'entraîner dehors,

—Eh bien! oui, je vous suivrai, dit Gabriel, mais par âce ! ajouta-t-il d'une voix suppliante, laissez-moi une minute encore.

Monsieur de Sazerac fit un geste d'acquiescement et s'éloigna jusqu'à la porte où l'air était un peu moins méphitique et épais.

Pour Gabriel, il resta à genoux près du cadavre, et, la tête penchée, les mains abandonnées, demeura quelques minutes immobile et muet, priant ou rêvant.

Que dit-il à son père mort? Demanda-t-il à ces lèvres touchées un peu trop tôt par le doigt fatal de la mort, le mot de l'énigme qu'il cherchait? Jura-t-il à la sainte victime de la venger en ce monde, en attendant que Dieu la vengeât dans l'autre? Chercha-t-il dans ces traits défigurés déjà ce qu'avait été ce père qu'il voyait pour la seconde fois, et quelle aurait pu être une vie douce et heureuse passée sous la protection de son amour? Songea-t-il enfin au passé ou à l'avenir, aux hommes ou au Seigneur, à la justice ou au pardon?

Ce morne dialogue entre un père mort et son fils resta encore un secret entre Gabriel et Dieu.

Quatre ou cinq minutes s'étaient écoulées.

La respiration commençait à manquer déjà à la poitrine des deux hommes qu'un devoir de piété et d'humanité avait amenés sous ces voûtes mortelles.

— Je vous en supplie à mon tour, dit à Gabriel le brave gouverneur, il est grandement temps de remonter.

— Me voici, dit Gabriel, me voici.

Il prit la main glacée de son père et la baisa; il se pencha sur son front humide et décomposé, et le baisa.

Tout cela sans pleurer. Il ne le pouvait pas.

— Au revoir! lui dit-il, au revoir!

Il se releva, toujours calme et ferme d'attitude, sinon de cœur, de front, sinon d'âme.

Il envoya à son père un dernier regard et un dernier baiser, et suivit monsieur de Sazerac d'un pas lent et grave.

En passant à l'étage supérieur, il demanda à revoir la cellule obscure et froide où le prisonnier avait laissé tant d'années et tant de pensées de douleur, et où lui, Gabriel, était entré déjà sans embrasser son père.

Il y passa encore quelques minutes de méditation muette et de curiosité avide et désolée.

Quand il remonta avec le gouverneur vers la lumière et la vie, monsieur de Sazerac, qui l'introduisit dans sa chambre, frissonna en le regardant au jour.

Mais il n'osa pas dire au jeune homme que des mèches blanches argentaient maintenant par place ses cheveux châtains.

Après une pause, il lui dit seulement d'une voix émue:

— Puis-je à présent quelque chose pour vous, monsieur? demandez, et je serai bien heureux de vous accorder tout ce que ne me défendent pas mes devoirs.

— Monsieur, reprit Gabriel, vous m'avez dit qu'on me permettrait de faire rendre au mort les derniers honneurs.

Ce soir, des hommes envoyés par moi viendront, et, si vous voulez bien faire mettre d'avance dans un cercueil le corps et leur laisser emporter ce cercueil, ils iront inhumer le prisonnier dans le caveau de sa famille.

— Cela suffit, monsieur, répondit monsieur de Sazerac, je dois cependant vous avertir qu'on a mis une condition à cette tolérance.

— Laquelle, monsieur? demanda froidement Gabriel.

— Celle de ne faire, conformément à une promesse que vous auriez donnée, aucun scandale à cette occasion.

— Je tiendrai aussi cette promesse, reprit Gabriel. Les hommes viendront à la nuit, et, sans savoir eux-mêmes de quoi il s'agit, transporteront seulement le corps rue des Jardins-Saint-Paul, dans le caveau funéraire des comtes de...

— Pardon! monsieur, interrompit vivement le gouverneur du Châtelet, je ne savais pas le nom du prisonnier, et ne veux ni ne dois le savoir. J'ai été obligé par mon devoir et ma parole de me taire avec vous sur bien des points; vous n'êtes donc pas tenu à moins de réserve à mon égard.

— Mais, moi, je n'ai rien à cacher, répondit fièrement Gabriel. Il n'y a que les coupables qui se cachent.

— Et vous êtes seulement au nombre des malheureux, dit le gouverneur. Voyons, cela ne vaut-il pas encore mieux?

— D'ailleurs, monsieur, continua Gabriel, ce que vous m'avez tu, je l'ai deviné, et je pourrais moi-même vous le dire. Tenez, par exemple, l'homme puissant qui est venu ici hier soir, et qui a voulu parler au prisonnier pour le faire parler, eh bien! je sais à peu près au moyen de quels charmes il a dû lui faire rompre le silence; ce silence d'où dépendait le reste de vie qu'il avait jusque-là disputé à ses bourreaux.

— Quoi! vous sauriez?... dit monsieur de Sazerac étonné.

— Mais, sans doute, reprit Gabriel, l'homme puissant a dit au vieillard : Votre fils vit! Ou bien : Votre fils vient de se couvrir de gloire! Ou encore : Votre fils va venir vous délivrer! Il lui a parlé de son fils, enfin, l'infâme!

Le gouverneur laissa échapper un mouvement de surprise.

— Et, à ce nom de son fils, continua Gabriel, le malheureux père qui avait su jusque-là se contenir devant son plus mortel ennemi, n'a pu maîtriser un élan de joie, et, muet pour la haine, s'est écrié pour l'amour. Est-ce vrai, cela, monsieur, dites?

Le gouverneur baissa la tête sans répondre.

— C'est vrai, puisque vous ne niez pas, reprit Gabriel. Vous voyez bien qu'il était inutile de vouloir me cacher ce que l'homme puissant avait dit au pauvre prisonnier! Et, quant à son nom, à cet homme, vous avez eu beau le passer aussi sous silence, voulez-vous que je vous le nomme?

— Monsieur! monsieur! s'écria monsieur de Sazerac avec vivacité. Nous sommes seuls, c'est vrai! pourtant, prenez garde! ne craignez-vous pas?...

— Je vous ai dit, repartit Gabriel, que je n'avais rien à craindre! Donc, cet homme s'appelle monsieur le connétable, duc de Montmorency, monsieur! Le bourreau n'est pas toujours masqué.

— Oh! monsieur! interrompit le gouverneur en jetant autour de lui des regards de terreur.

— Pour ce qui est du nom du prisonnier, continua tranquillement Gabriel, pour ce qui est de mon nom, vous les ignorez. Mais rien ne s'oppose à ce que je vous les dise. Au surplus, vous auriez pu me rencontrer déjà, et vous pourrez encore me rencontrer dans la vie. Puis, vous avez été bon pour moi dans ces momens suprêmes, et, quand vous m'entendrez nommer, ce qui vous arrivera peut-être d'ici à quelques mois, il sera bon que vous sachiez que l'homme dont on parle est votre obligé d'aujourd'hui.

— Et je serai, dit monsieur de Sazerac, heureux d'apprendre que le sort n'a pas toujours été aussi cruel envers vous.

— Oh! il n'est plus pour moi question de ces choses, dit Gabriel gravement. Mais, en tout cas, pour que vous sachiez mon nom, je m'appelle, depuis la mort de mon père

cette nuit dans cette prison, je m'appelle le comte de Montgommery.

Le gouverneur du Châtelet, comme pétrifié, ne trouva
pas un mot à dire.

— Là-dessus, adieu, monsieur, reprit Gabriel. Adieu et
merci. Que Dieu vous garde !

Il salua monsieur de Sazerac et sortit d'un pas ferme du
Châtelet.

Mais quand l'air extérieur et le grand jour le frappèrent,
il s'arrêta une minute, ébloui et chancelant. La vie l'étonnait en quelque sorte au sortir de cet enfer.

Pourtant, comme les passans commençaient à le considérer avec surprise, il rassembla ses forces et s'éloigna de
la fatale place.

Ce fut d'abord vers un endroit désert de la grève qu'il
se dirigea. Il tira ses tablettes et écrivit ceci à sa nourrice :

« Ma bonne Aloyse,

» Décidément, ne m'attends pas, je ne rentrerai pas aujourd'hui. J'ai besoin pour quelque temps d'être seul, de
marcher, de penser, d'attendre. Mais sois sans inquiétude
sur mon compte. Je te reviendrai sûrement.

» Ce soir, fais en sorte que tout repose de bonne heure
à l'hôtel. Toi, tu veilleras seule, et tu ouvriras à quatre
hommes qui viendront frapper à la grande porte un peu
avant dans la soirée, à l'heure où la rue est déserte.

» Tu conduiras toi-même ces quatre hommes, chargés
d'un fardeau lugubre et précieux, au caveau funéraire
de la famille.

» Tu leur montreras la tombe ouverte où ils doivent en-
sevelir celui qu'ils apporteront. Tu veilleras religieuse-
ment à ces funèbres apprêts. Puis, quand ils seront ter-
minés, tu donneras à chacun des hommes quatre écus
d'or, tu les reconduiras sans bruit, et tu reviendras ensuite
auprès de la tombe t'agenouiller et prier comme pour ton
maître et pour ton père.

» Moi aussi, à la même heure, je prierai, mais loin de
là. Il le faut. Je sens que la vue de cette tombe me jette-

rait dans d'imprudentes et violentes extrémités, j'ai besoin de demander plutôt conseil à la solitude et à Dieu.

» Au revoir, ma bonne Aloyse, au revoir. Rappelle à
André ce qui concerne madame de Castro, et souviens-toi
de ce qui concerne mes hôtes, Jean et Babette Peuquoy.
Au revoir, et que Dieu te garde !

» GABRIEL DE M. »

Cette lettre écrite, Gabriel chercha et trouva quatre
hommes de peuple, quatre ouvriers.

Il donna d'avance à chacun d'eux quatre écus d'or et
leur en promit autant après. Pour gagner cette somme,
l'un d'eux devait d'abord porter sur-le-champ une lettre à
son adresse ; puis, tous quatre n'avaient qu'à se présenter,
le soir même au Châtelet, un peu avant dix heures, à recevoir des mains du gouverneur monsieur de Sazerac un
cercueil, et à transporter ce cercueil secrètement et silen-
cieusement rue des Jardins-Saint-Paul, à l'hôtel où la
lettre était adressée.

Les pauvres ouvriers remercièrent Gabriel avec effusion
et, en le quittant, tout joyeux de l'aubaine, lui promirent
d'accomplir scrupuleusement ses ordres.

— Eh bien ! cela du moins fait quatre heureux, se dit Gabriel avec une joie triste, si l'on peut ainsi parler.

Il poursuivit ensuite sa route pour sortir de Paris.

Son chemin le conduisait devant le Louvre. Enveloppé
dans son manteau, et, les bras croisés sur sa poitrine, il
s'arrêta quelques minutes à considérer le château royal.

— A nous deux maintenant ! murmura-t-il avec un regard de défi.

Il se remit en marche, et, tout en allant, il se récitait
dans sa mémoire l'horoscope que maître Nostradamus
avait écrit autrefois pour le comte de Montgommery, et qui,
au dire du maître, par une coïncidence étrange, s'était
trouvé, selon les lois de l'astrologie, convenir exactement à
son fils :

> En joute, en amour, cettuy touchera
> Le front du roy,

Et cornes ou bien trou sanglant mettra
        Au front du roy,
Mais le veuille ou non, toujours blessera
        Le front du roy ;
Enfin, l'aimera, puis, las ! le tuera
        Dame du roy.

Gabriel songeait que cette singulière prédiction s'était accomplie de tout point pour son père. En effet, le comte de Montgommery qui, dans un jeu, avait, étant jeune, frappé le roi François Ier d'un tison embrasé à la tête, depuis, était devenu le rival du roi Henri en amour, et venait enfin d'être tué la veille, par cette même dame du roi qui l'avait aimé.

Or, jusqu'à présent, Gabriel, lui aussi, avait été aimé par une reine, par Catherine de Médicis.

Suivrait-il sa destinée jusqu'au bout ? Sa vengeance ou le sort devait-il de même lui faire vaincre et frapper *en joute* le roi ?

Si la chose arrivait, cela était bien égal ensuite à Gabriel que la dame du roi qui l'avait aimé le tuât tôt ou tard !

XXXII.

LE GENTILHOMME ERRANT.

La pauvre Aloyse, faite depuis longtemps à l'attente, à la solitude et à la douleur, passa encore une fois deux ou trois heures éternelles, assise devant la fenêtre, à regarder si elle ne verrait pas revenir son jeune maître bien-aimé.

Quand l'ouvrier que Gabriel avait chargé de sa lettre frappa à la porte, ce fut Aloyse qui courut ouvrir. Enfin, c'étaient des nouvelles !

Terribles nouvelles ! Aloyse, dès les premières lignes, sentit un voile s'étendre sur sa vue, et, pour cacher son émotion, dut rentrer promptement dans la chambre où elle acheva, non sans peine, de lire la lettre fatale avec des yeux gonflés de larmes.

Pourtant, comme c'était une nature forte et une âme vaillante, elle se raffermit, essuya ses pleurs, et sortit pour dire au messager :

— C'est bien. A ce soir. Je vous attendrai avec vos compagnons.

Le page André l'interrogea avec anxiété. Mais elle ajourna toute réponse au lendemain. Jusque là, elle avait assez à penser, assez à faire.

Le soir venu, elle envoya au lit de bonne heure les gens de la maison.

— Le maître ne reviendra sûrement pas cette nuit, leur dit-elle.

Mais, quand elle resta seule, elle pensa:

— Si! le maître reviendra! Mais hélas! ce ne sera pas le jeune, ce sera le vieux. Ce ne sera pas le vivant, ce sera le mort. Car quel cadavre m'ordonnerait-on de descendre dans la sépulture des comtes de Montgommery, si ce n'est celui du comte de Montgommery. O mon noble seigneur! vous pour qui est mort mon pauvre Perrot, vous êtes donc allé le rejoindre ce fidèle serviteur! Mais avez-vous donc emporté votre secret dans la tombe? O mystères! mystères! Partout le mystère et l'effroi! N'importe! sans savoir, sans comprendre, sans espérer, hélas! j'o béirai. C'est mon devoir, je le ferait mon Dieu !

Et la douloureuse rêverie d'Aloyse se termina en une ardente prière. C'est l'habitude de l'âme humaine, quand le poids de la vie lui devient trop lourd, de se réfugier dans le sein de Dieu.

Vers onze heures, les rues alors étaient entièrement désertes, un coup sourd retentit à la grand'porte.

Aloyse tressaillit et pâlit, mais, rassemblant tout son courage, elle alla, un flambeau à la main, ouvrir aux hommes chargés du fardeau lugubre.

Elle reçut avec un profond et respectueux salut le maître qui rentrait ainsi chez lui après une si longue absence. Puis, elle dit aux porteurs :

— Suivez-moi en faisant le moins de bruit possible. Je vais vous montrer le chemin.

Et, marchant devant eux avec sa lumière, elle les conduisit au caveau sépulcral.

Arrivés là, les hommes déposèrent le cercueil dans une des tombes ouvertes, replacèrent le couvercle de marbre noir, puis, ces pauvres gens que la souffrance avait rendus religieux envers la mort, ôtèrent leurs bonnets, s'agenouillèrent, et firent une courte prière pour l'âme du mort inconnu.

Quand ils se relevèrent, la nourrice les reconduisit en silence, et, sur le seuil de la porte, glissa dans la main de l'un d'entre eux la somme promise par Gabriel. Ils s'éloignèrent comme des ombres muettes, sans avoir prononcé une seule parole.

Pour Aloyse, elle redescendit au tombeau, et passa le reste de la nuit agenouillée à prier et à pleurer.

Le lendemain matin, André la trouva le front pâle mais calme, et elle se contenta de lui dire gravement :

— Mon enfant, nous devons toujours espérer, mais nous ne devons plus attendre monsieur le vicomte d'Exmès. Pensez donc à remplir les commissions dont il vous a chargé au cas où il ne reviendrait pas tout de suite.

— Cela suffit, dit tristement le page. Je compte, alors partir dès aujourd'hui pour aller au-devant de madame de Castro.

— Au nom du maître absent, je vous remercie de ce zèle, André, dit Aloyse.

L'enfant fit ce qu'il disait, et, le jour même, se mit en route.

Il alla, s'informant tout le long du chemin, de la noble voyageuse. Mais ce ne fut qu'à Amiens qu'il la retrouva.

Diane de Castro ne faisait que d'arriver dans cette ville, avec l'escorte que le duc de Guise avait donnée à la fille de Henri II. Elle était descendue se reposer quelques heures chez monsieur de Thuré, gouverneur de la place.

Dès que Diane aperçut le page, elle changea de couleur, mais, se maîtrisant, elle lui fit signe de la suivre dans la chambre voisine, et, lorsqu'ils furent seuls :

— Eh bien ? lui demanda-t-elle, que m'apportez-vous, André ?

— Rien que ceci, madame, répondit le page en lui re-mettant le voile enveloppé.

— Ah ! ce n'est pas l'anneau ! s'écria Diane.

C'est tout ce qu'elle vit d'abord, et puis, elle se remit un peu, et, prise de cette curiosité avide qui fait que les mal-heureux veulent aller jusqu'au fond de leur douleur, elle questionna vivement André.

— Monsieur d'Exmès ne vous a-t-il pas en outre chargé de quelque écrit pour moi ? lui dit-elle.

— Non, madame.

— Mais vous avez à me transmettre du moins quelque message de vive voix ?

— Hélas ! répondit le page en secouant la tête, monsieur d'Exmès a dit seulement qu'il vous rendait, madame, tou-tes vos promesses, même celle dont le voile est le gage ; il n'a rien ajouté de plus.

— Dans quelles circonstances, cependant, vous a-t-il en-voyé vers moi ? Il avait reçu de vous ma lettre ? Qu'a-t-il dit après l'avoir lue ? En remettant ceci entre vos mains, qu'a-t-il dit ? Parlez, André. Vous êtes dévoué et fidèle. L'intérêt de ma vie est peut-être dans vos réponses, et le moindre indice pourra me guider et me rassurer dans ces ténèbres.

— Madame, dit André, je vais vous apprendre tout ce que je sais. Mais ce que je sais est bien peu de chose.

— Oh ! dites ! dites toujours ! s'écria madame de Castro.

André raconta alors, sans rien omettre, car Gabriel ne lui avait pas recommandé le secret vis-à-vis de Diane, tout ce que son maître, avant de partir, leur avait recom-mandé à Aloyse et à lui André, dans la prévision que son absence pourrait se prolonger. Il dit les hésitations et les angoisses du jeune homme. Après la lecture de la lettre de Diane, Gabriel avait paru d'abord vouloir parler, et puis, il avait fini par garder le silence, ne laissant échapper que quelques paroles vagues. Enfin, André, selon sa promesse, n'oublia rien, ni un geste, ni un demi-mot, ni une réticence. Mais, comme il l'avait annoncé, il n'était guère instruit, et son récit ne fit qu'augmenter les doutes et les incertitudes de Diane.

Elle regardait tristement ce voile noir, le seul messager et le vrai symbole de sa destinée. Elle semblait l'interroger et lui demander conseil.

— En tout cas, se disait-elle, de deux choses l'une : ou Gabriel sait qu'il est mon frère, ou il a perdu toute espérance et tout moyen de pénétrer un jour le fatal secret. Je n'ai qu'à choisir entre ces deux malheurs. Oui, la chose est certaine, et je n'ai plus d'illusion dont je me puisse leurrer là-dessus. Mais Gabriel n'aurait-il pas dû m'épargner ces équivoques cruelles? Il me rend ma parole; pourquoi? Pourquoi ne me confie-t-il pas ce qu'il va devenir et ce qu'il veut faire lui-même? Ah! ce silence m'effraie plus que toutes les colères et toutes les menaces !

Et Diane s'interrogeait pour savoir si elle devait suivre son premier dessein, et rentrer, pour n'en plus sortir cette fois, dans quelque couvent de Paris ou de la province; ou si son devoir n'était pas plutôt de revenir à la cour, de chercher à revoir Gabriel, de lui arracher la vérité sur les événemens du passé et sur ses desseins de l'avenir, et de veiller, en toute occurrence, sur les jours peut-être menacés du roi, de son père...

De son père? mais Henri II était-il son père? n'était-elle pas précisément fille impie et coupable en entravant la vengeance qui voulait punir et frapper le roi. Terrible extrémité !

Mais Diane était une femme, et une femme tendre et généreuse. Elle se dit, que quoiqu'il advînt, on pouvait se repentir de la colère, jamais du pardon, et, entraînée par la pente naturelle de sa bonté, elle se détermina à retourner à Paris, et, jusqu'au jour où elle aurait des nouvelles rassurantes de Gabriel et de ses projets, à rester auprès du roi comme une défense et une sauvegarde. Gabriel lui-même n'aurait-il pas, qui sait, besoin de son intervention? Quand elle aurait sauvé ceux qu'elle aimait l'un de l'autre, il serait temps alors de se réfugier dans le sein de Dieu.

Cette résolution prise, la vaillante Diane n'hésita plus et continua sa route pour Paris.

Elle y arrivait trois jours après, et descendait au Louvre où Henri II l'accueillait avec une joie tout expansive et une tendresse toute paternelle.

Mais, malgré qu'elle en eût, elle ne put s'empêcher de recevoir ces témoignages d'affection avec tristesse et froideur, et le roi lui-même, qui se souvenait de l'inclination de Diane pour Gabriel, se sentait parfois embarrassé et ému en présence de sa fille. Elle lui rappelait des choses qu'il eût mieux aimé oublier.

Aussi n'osait-il plus lui parler de l'union autrefois projetée avec François de Montmorency, et, sur ce point du moins, madame de Castro fut tranquille.

Elle avait bien assez d'autres soucis. Ni à l'hôtel de Montgommery, ni au Louvre, ni nulle part on n'avait de nouvelles positives du vicomte d'Exmès.

Le jeune homme avait en quelque sorte disparu.

Des jours, des semaines, des mois entiers s'écoulaient, et Diane avait beau s'informer directement ou indirectement, nul ne pouvait dire ce que Gabriel était devenu.

Quelques-unes croyaient cependant l'avoir rencontré morne et sombre. Mais aucun ne lui avait parlé : l'âme en peine qu'ils avaient prise pour Gabriel les avait toujours évités et fuis dès le premier abord. D'ailleurs, tous différaient dans leurs témoignages sur le lieu où ils avaient vu passer le vicomte d'Exmès ; ceux-ci disaient à Saint-Germain, ceux-là à Fontainebleau, d'autres à Vincennes, et quelques-uns même à Paris. Quels fonds pouvait-on faire sur tant de rapports contradictoires ?

Et cependant beaucoup avaient raison. Gabriel, en effet, poussé par un terrible souvenir et par une pensée plus terrible, ne restait pas un jour à la même place. Un éternel besoin d'action et de mouvement le chassait d'un endroit dès qu'il y était arrivé. A pied ou à cheval, dans les villes ou dans les champs, il fallait qu'il allât sans cesse, pâle et sinistre, et pareil à l'antique Oreste poursuivi par les Furies.

Il errait d'ailleurs toujours dehors, sous le ciel, et n'entrait dans les maisons que lorsqu'il y était contraint par la nécessité.

Une fois pourtant, maître Ambroise Paré qui, ses blessés étant guéris et les hostilités un peu apaisées dans le
Nord, était revenu à Paris, vit arriver et s'asseoir chez lui
n ancienne connaissance le vicomte d'Exmès. Il le reçut
avec déférence et cordialité comme un gentilhomme et comme un ami.

Gabriel, en homme qui revient d'un pays étranger, interrogea le chirurgien sur des choses que personne n'ignorait.

Ainsi, après s'être d'abord informé de Martin-Guerre qui,
rétabli tout à fait, devait à cette heure être en route déjà
pour Paris, il le questionna sur le duc de Guise et l'armée.
Tout allait à merveille de ce côté. Le Balafré était devant
hionville ; le maréchal de Thermes avait pris Dunkerque ;
aspard de Tavannes s'était emparé de Guines et du pays
d'Oie. Il ne restait plus aux Anglais, ainsi que se l'était juré
nçois de Lorraine, un seul pouce de terre dans tout le
oyaume.

Gabriel écouta gravement et en apparence assez froidement ces bonnes nouvelles.

— Je vous remercie, maître, dit-il ensuite à Ambroise
; je me réjouis d'apprendre que, pour la France du
oins, notre entreprise de Calais ne sera pas tout à fait
ans résultat. Néanmoins ce n'était pas la curiosité de ces
hoses qui m'amenait surtout à vous. Maître, avant de
ous admirer à l'œuvre au chevet des blessés, je me sou-
ens que votre parole m'avait profondément remué, cer-
in jour de l'an passé, dans la petite maison de la rue
aint-Jacques. Maître, je viens m'entretenir avec vous de
s matières de religion où pénètre si avant la vue de votre
ensée. Vous avez définitivement embrassé la cause de la
éforme, je suppose ?

— Oui, monsieur d'Exmès, dit fermement Ambroise
aré. La correspondance qu'a bien voulu ouvrir avec moi
le grand Calvin a levé mes derniers doutes et mes derniers
crupules. Je suis maintenant le religionnaire le plus con-
aincu qui soit.

— Eh bien ! maître, dit le vicomte d'Exmès, voulez-vous
ire participer à vos lumières un néophyte de bonne vo-

lonté ? C'est de moi-même que je parle. Voulez-vous raffer-
mir ma foi hésitante comme vous remettez un membre
rompu ?

— C'est mon devoir de soulager, quand je le puis, les
âmes de mes semblables aussi bien que leurs corps, dit
Ambroise Paré. Je suis tout à vous, monsieur d'Exmès.

Et ils causèrent pendant plus de deux heures, Ambroise
Paré ardent et éloquent, Gabriel calme, triste et docile.

Au bout de ce temps, Gabriel se leva, et, serrant la main
du chirurgien :

— Merci, lui dit-il, cette conversation m'a fait grand
bien. Le temps n'est malheureusement pas encore venu
où je puisse me déclarer ouvertement Réformé. Dans l'intérêt même de la religion, il faut que j'attende. Sinon, ma
conversion pourrait bien exposer quelque jour votre sainte
cause à des persécutions, ou du moins à des calomnies.
Je sais ce que je dis. Mais je comprends maintenant, grâce
à vous, maître, que les vôtres marchent véritablement dans
la bonne voie, et, dès à présent, croyez que je suis avec
vous par le cœur, sinon par le fait. Adieu, maître Ambroise, adieu. Nous nous reverrons.

Et Gabriel, sans s'expliquer davantage, salua le chirurgien philosophe et sortit.

Dans les premiers jours du mois suivant, mai 1558, il
reparut pour la première fois depuis son départ mystérieux à l'hôtel de la rue des Jardins-Saint-Paul.

Il y avait là du nouveau. Martin-Guerre y était revenu
depuis quinze jours, et Jean Peuquoy y demeurait depuis
trois mois avec sa femme Babette.

Mais Dieu n'avait pas voulu que le dévouement de Jean
souffrît jusqu'au bout, ni peut-être que la faute de Babette
restât totalement impunie. Babette, quelques jours auparavant, était accouchée avant terme d'un enfant mort.

La pauvre mère avait beaucoup pleuré, mais elle avait
courbé la tête devant une douleur qui apparaissait à son
repentir comme une expiation ; et, de même que Jean
Peuquoy lui avait généreusement offert son sacrifice, elle
lui offrait sa résignation à son tour.

D'ailleurs, les consolations affectueuses de son mari et

les encouragemens maternels d'Aloyse ne manquèrent pas à la douce affligée.

Martin-Guerre aussi, avec sa bonhomie accoutumée, la réconfortait de son mieux.

Un jour, comme ils devisaient amicalement tous les quatre, la porte s'ouvrit, et, à leur grande surprise, à leur plus grande joie, le maître de la maison, le vicomte d'Exmès, entra tout à coup d'un pas lent et d'un air grave.

Quatre cris se confondirent en un seul, et Gabriel fut promptement entouré par ses deux hôtes, son écuyer et sa nourrice.

Les premiers transports apaisés, Aloyse voulut question-er celui que tout haut elle appelait son seigneur, mais e dans son cœur elle nommait toujours son enfant.

Qu'était-il devenu pendant cette longue absence ? que oulait-il faire, maintenant ? allait-il enfin rester parmi ux qui l'aimaient ?

Gabriel posa un doigt sur ses lèvres, et, d'un regard ste mais ferme, imposa d'abord silence à la tendre sol-citude d'Aloyse.

Il était évident qu'il ne voulait ou ne pouvait s'expli-uer ni sur le passé ni sur l'avenir.

Mais, en revanche, il interrogea Babette et Jean Peuquey eux-mêmes. N'avaient-ils manqué de rien ? Avaient-ils récemment des nouvelles de leur brave frère Pierre, té à Calais ?

Il plaignit avec émotion Babette, et tâcha aussi de la con-ler, autant qu'on peut consoler une mère qui pleure son ant.

Gabriel passa ainsi le reste du jour au milieu de ses amis t de ses serviteurs, bon et affectueux envers tous, mais ns secouer un seul instant la noire mélancolie qui sem-lait l'accabler.

Quant à Martin-Guerre, qui ne quittait pas des yeux son her maître enfin retrouvé, Gabriel lui parla et s'informa e lui avec beaucoup d'intérêt. Mais, de tout le jour, il ne it pas un mot de la promesse qu'il lui avait faite autre-is, et parut avoir oublié l'obligation qu'il avait prise de punir le voleur de nom et d'honneur qui avait si longtemps persécuté le pauvre Martin.

Martin-Guerre, de son côté, était trop respectueux et trop peu égoïste pour ramener la pensée du vicomte d'Exmès sur ce sujet.

Mais, quand vint le soir, Gabriel se leva, et, d'un ton qui n'admettait ni contradiction, ni réplique :

— Il faut à présent que je reparte, dit-il.

Puis se tournant vers Martin-Guerre, il ajouta :

— Mon brave Martin, je me suis occupé de toi dans mes courses, et, inconnu que j'étais, j'ai demandé, j'ai cherché, et je crois avoir trouvé les traces de la vérité qui t'intéresse : car je me souvenais bien de l'engagement que j'avais pris envers toi, Martin.

— Oh ! monseigneur ! s'écria l'écuyer tout heureux et tout confus.

— Donc, je te le répète, reprit Gabriel, j'ai recueilli des indices suffisans pour me croire maintenant sur la voie. Mais il faut que tu m'aides, ami. Pars, dès cette semaine, pour ton pays. Mais ne t'y rends pas directement. Sois seulement à Lyon d'aujourd'hui en un mois. Je t'y retrouverai et nous nous concerterons pour agir ensemble.

— Je vous obéirai, monseigneur, dit Martin-Guerre. Mais jusque-là ne vous reverrai-je pas ?

— Non, non, il faut que je sois seul dorénavant, reprit Gabriel avec énergie. Je m'en vais de nouveau, et n'essayez pas de me retenir, ce serait m'affliger inutilement. Adieu, mes bons amis. Martin, souviens-toi, dans un mois d'ici, à Lyon.

— Je vous y attendrai, monseigneur, dit l'écuyer.

Gabriel prit cordialement congé de Jean Peuquoy et de sa femme, serra dans ses mains les mains d'Aloyse, et, sans vouloir remarquer la douleur de sa bonne nourrice, partit encore une fois pour reprendre cette vie errante à laquelle il semblait s'être condamné.

XXXIII.

OU L'ON RETROUVE ARNAULD DU THILL.

Six semaines après, le 15 juin 1558, au village d'Artigues, Rieux, sur le seuil de la plus belle maison du bourg, vigne verte qui courait sur la brune muraille servait de ds à un tableau domestique et villageois qui, dans sa plicité un peu grossière, ne manquait pas toutefois d'un in accent.

Un homme qui, à en juger par ses pieds poudreux, ve- de faire une assez longue course, était assis là sur un c de bois, tendant nonchalamment ses souliers à une me qui, agenouillée devant lui, était en train de les lui ter.

L'homme fronçait les sourcils, la femme souriait.

— Auras-tu bientôt fini, Bertrande? dit l'homme dure- t. Tu es d'une maladresse et d'une lenteur qui me met- t hors de moi!

— Voilà qui est fait, Martin, dit doucement la femme.

— Voilà qui est fait? hum! grommela le prétendu Mar-. Où sont maintenant mes souliers de rechange? Là! je e que tu n'as pas eu seulement la précaution de les ap- rter, sotte femelle. Il va falloir que je reste pieds nus au ins deux minutes!

Bertrande courut dans la maison, et, en moins d'une onde, rapporta d'autres souliers qu'elle s'empressa de ausser elle-même à son maître et seigneur.

On a sans doute reconnu les personnages. C'était, sous nom de Martin-Guerre, Arnauld du Thill, toujours im- eux et brutal; c'était Bertrande de Rolles, infiniment ucie et prodigieusement mise à la raison.

— Et mon verre d'hydromel, où est-il? reprit Martin du me ton bourru.

— Il est là tout prêt, mon ami, dit craintivement Bertrande, et je vais te l'aller quérir.

— Toujours attendre ! reprit l'autre en frappant du pied avec impatience. Allons ! dépêche, ou sinon...

Un geste expressif acheva sa pensée.

Bertrande sortit et revint avec la rapidité de l'éclair. Martin lui prit des mains un plein verre d'hydromel qu'il avala d'un trait avec une évidente satisfaction.

— C'est bien ! daigna-t-il dire en rendant à sa femme le gobelet vide.

— Pauvre ami ! as-tu chaud ! se hasarda à dire alors celle-ci, en essuyant avec son mouchoir le front de son rude époux. Tiens, mets ton chapeau, de crainte d'un coup d'air. Tu es bien las, n'est-ce pas ?

— Eh ! reprit Martin-Guerre tout grognant, ne faut-il pas se conformer aux sots usages de ce sot pays, et, à chaque anniversaire de ses noces, aller inviter à dîner, dans tous les villages environnans, un tas de parens affamés?... J'avais, par ma foi ! oublié cette stupide coutume, et si tu ne me l'avais rappelée hier, Bertrande !... Enfin, la tournée est achevée ; dans deux heures, toute la parenté aux mâchoires voraces arrivera ici.

— Merci, mon ami, dit Bertrande. Tu as bien raison, c'est un usage absurde, mais enfin un usage impérieux auquel il faut se conformer, si l'on ne veut passer pour dédaigneux et insolens.

— Bien raisonné ! dit Martin-Guerre avec ironie. Et toi, fainéante, as-tu travaillé de ton côté, au moins ? la table est-elle dressée dans le verger ?

— Oui, Martin, comme tu l'avais ordonné.

— Tu es allée aussi inviter le juge ? demanda le tendre époux.

— Oui, Martin, dit Bertrande, et il a dit qu'il ferait son possible pour assister au repas.

— Qu'il ferait son possible ! s'écria Martin en colère. Ce n'est pas cela ! il faut qu'il y vienne ! Tu l'auras invité de travers ! je tiens à ménager ce juge, tu le sais, mais tu fais tout pour me déplaire. Sa présence était la seule chose qui me fît passer un peu sur la fastidieuse coutume et l'inutile corvée de ce ridicule anniversaire.

— Ridicule anniversaire! celui de notre mariage! reprit Bertrande les larmes aux yeux. Ah! Martin, tu es certaine-ment à présent un homme instruit, tu as beaucoup vu et beaucoup voyagé, tu peux mépriser les vieux préjugés du pays... mais n'importe! cet anniversaire me rappelle un temps où tu étais moins sévère et plus tendre pour ta pauvre femme.

— Oui, dit Martin avec un rire sardonique, et où ma femme était moins douce et plus acariâtre pour moi, où elle s'oubliait même quelquefois jusqu'à...

— Oh! Martin! Martin! s'écria Bertrande, ne rappelle pas ces souvenirs qui me font rougir, et dont j'ai peine à présent à me rendre compte.

— Et moi donc! quand je pense que j'ai pu être assez bête pour supporter.... Ah! ah! ah! Mais laissons cela : mon caractère s'est fort modifié, et le tien aussi, j'aime à te rendre cette justice. Comme tu dis, Bertrande, j'ai vu de-puis ce temps-là du pays. Tes mauvais procédés, en me forçant à courir le monde, m'ont contraint à gagner de l'expérience, et, en revenant ici l'an passé, j'ai pu rétablir les choses dans leur ordre naturel. Je n'ai eu pour cela qu'à rapporter avec moi un autre Martin appelé Martin-bâton. Aussi maintenant tout marche à souhait, et nous faisons vraiment le ménage le plus uni.

— C'est bien vrai, grâce à Dieu! dit Bertrande.

— Bertrande?

— Martin!

— Tu vas sur-le-champ, dit Martin-Guerre d'un ton ab-solu et souverain, tu vas retourner chez le juge d'Artigues. Tu renouvelleras tes instances, tu obtiendras de lui la pro-messe formelle de se rendre à notre repas, et, s'il n'y vient pas, songes-y, c'est à toi, à toi seule que je m'en prendrai. Va, Bertrande, et reviens vite.

— Je vais et je reviens, dit Bertrande en disparaissant à la minute.

Arnauld du Thill la suivit un instant d'un regard satis-fait. Puis, resté seul, il s'étendit paresseusement sur son banc de bois, humant l'air et clignant des yeux avec la béatitude égoïste et dédaigneuse d'un homme heureux qui n'a rien à craindre et rien à désirer.

Il ne vit pas un homme, un voyageur, qui, appuyé sur un bâton, marchait péniblement sur la route, solitaire à cette heure ardente, et qui, en apercevant Arnauld, s'arrêta devant lui :

— Pardon, compagnon, lui dit cet homme, n'y a-t-il pas, je vous prie, dans votre bourg, d'auberge où je puisse me reposer et dîner

— Non, vraiment, répondit Arnauld sans se déranger, et il faut que vous alliez à Rieux, à deux lieues d'ici, pour trouver une enseigne d'hôtelier.

— Deux lieues encore ! s'écria le voyageur, quand je n'en puis plus déjà de fatigue. Volontiers donnerais-je une pistole pour trouver tout de suite un gîte et un repas.

— Une pistole ! dit avec un mouvement Arnauld, toujours le même à l'endroit de l'argent. Eh bien ! mon brave homme, on pourra, si vous voulez, vous donner chez nous un lit dans un coin, et, quant au dîner, nous avons aujourd'hui un dîner d'anniversaire auquel un convive de plus ne paraîtra pas. Cela vous va-t-il, hein ?

— Sans doute, répondit le voyageur, je vous dis que je tombe de fatigue et de faim.

— Eh bien ! c'est chose dite, restez, reprit Arnauld, pour une pistole.

— La voici d'avance, dit le voyageur.

Arnauld du Thill se redressa pour la prendre et souleva en même temps le chapeau qui couvrait ses yeux et son visage.

L'étranger put alors seulement voir ses traits, et, reculant de surprise :

— Mon neveu ! s'écria-t-il. Arnauld du Thill !

Arnauld l'envisagea et pâlit, mais, se remettant aussitôt :

— Votre neveu ? dit-il, je ne vous reconnais pas. Qui êtes-vous ?

— Tu ne me reconnais pas, Arnauld ! reprit l'homme. Tu ne reconnais pas ton vieil oncle maternel, Carbon Bar-

reau, à qui tu as donné tant de souci comme à toute ta
famille d'ailleurs?...

— Par ma foi ! non, dit Arnauld avec un rire insolent.

— Eh quoi ! tu me renies et te renies ainsi ! reprit Carbon Barreau. Tu n'as pas fait, dis? mourir de chagrin ta
mère, ma sœur, une pauvre veuve que tu as abandonnée
à Sagias, voilà quelque dix ans ? Ah ! tu ne me reconnais
pas, mauvais cœur ! mais je te reconnais bien, moi !

— Je ne sais pas du tout ce que vous voulez me dire,
reprit l'impudent Arnauld sans se déconcerter. Je ne m'appelle pas Arnauld, mais Martin-Guerre, je ne suis pas de
Sagias, mais d'Artigues. Les vieux du pays m'ont vu naître
et l'attesteraient, et, si vous voulez qu'on se moque de vous,
vous n'avez qu'à répéter votre dire devant Bertrande de
Rolles ma femme et tous mes parens.

— Votre femme ! vos parens ! dit Carbon Barreau stupéfait. Pardon ! est-ce que je me serais véritablement trompé?
Mais non, c'est impossible ! une telle ressemblance...

— Au bout de dix ans est difficile à constater, interrompit Arnauld. Allez ! vous avez la berlue, mon brave
homme ! Mes vrais oncles et mes vrais parens, vous allez
les voir et les entendre vous-même tout à l'heure.

— Oh bien ! alors, reprit Carbon Barreau qui commençait à être convaincu, vous pouvez vous vanter de ressembler à mon neveu Arnauld du Thill, vous !

— C'est vous qui me l'apprenez, dit Arnauld, en ricar-
nant, et je ne m'en suis pas vanté encore.

— Ah ! quand je dis que vous pouvez vous en vanter,
reprit le bonhomme, ce n'est pas qu'il y ait de quoi être
fier de ressembler à un gueux pareil, au moins ! Je puis en
convenir puisque je suis de la famille ; mon neveu était
bien le plus affreux coquin qui se pût imaginer. Et quand
j'y pense, au fait, il serait fort invraisemblable qu'il vécut
encore! car, à l'heure qu'il est, il doit être depuis longtemps pendu, le misérable !

— Vous croyez ? reprit Arnauld du Thill avec quelque
amertume.

— J'en suis certain, monsieur Martin-Guerre, dit avec
assurance Carbon Barreau. Cela, d'ailleurs, ne vous fait

rien, n'est-ce pas, que je parle ainsi de ce drôle, puisque ce n'est pas vous, mon hôte ?

— Cela ne me fait rien absolument, dit Arnauld assez mal satisfait.

— Ah! monsieur, reprit l'oncle qui était un peu radoteur, que de fois me suis-je félicité, devant sa pauvre mère en larmes, d'être resté garçon, et de n'avoir jamais eu d'enfans, qui auraient pu, pareils à ce mauvais garnement, déshonorer mon nom, et désoler ma vie.

— Tiens, mais c'est juste, se dit Arnauld, l'oncle Carbon n'avait pas d'enfans, c'est-à-dire pas d'héritiers.

— A quoi pensez-vous, maître Martin ? demanda le voyageur.

— Je pense, dit doucereusement Arnauld, que, malgré vos assertions contraires, messire Carbon Barreau, vous seriez peut-être bien aise aujourd'hui d'avoir un fils, ou même, à défaut de fils, ce méchant neveu que vous regrettez si médiocrement, mais qui enfin vous serait une affection, une famille, et à qui vous pourriez transmettre vos biens après vous.

— Mes biens ?... dit Carbon Barreau.

— Sans doute, vos biens, reprit Arnaufd du Thill. Vous qui semez si libéralement les pistoles, vous ne devez pas être pauvre ! et cet Arnauld qui me ressemble serait votre héritier, je suppose. Pardieu ! voilà que je regrette de ne pas être un peu lui.

— Arnauld du Thill, s'il n'était pendu, serait mon héritier en effet, repartit gravement Carbon Barreau. Mais il ne tirerait pas grand profit de ma succession ; car je ne suis pas riche. J'offre une pistole pour me reposer et me rassasier un peu en ce moment, parce que je suis épuisé de lassitude et de faim ; cela n'empêche point, hélas ! ma bourse d'être légère... trop légère !

— Hum ? fit Arnauld du Thill avec incrédulité.

— Vous ne me croyez pas, maître Martin-Guerre ? à votre aise. Il n'en est pas moins vrai que je me rends présentement à Lyon, où M. le président du parlement, dont j'ai été vingt ans l'huissier, m'offre un asile et du pain pour le reste de mes jours. Il m'a envoyé vingt-cinq pistoles pour payer mes petites dettes et faire ma route, le généreux homme ! Mais ce qui m'en reste est tout ce que je possède. Et, par ainsi, mon héritage est trop peu de chose pour qu'Arnauld du Thill, quand même il vivrait encore, eût intérêt à le réclamer. C'est pourquoi...

— En voilà assez, bavard ! interrompit avec brusquerie Arnauld du Thill, mécontent. Est-ce que j'ai le temps d'écouter vos radotages ? Donnez-moi toujours votre pistole et entrez dans la maison, si cela vous plaît. Vous dînerez dans une heure, vous dormirez après, et nous serons quittes. Il n'y a pas besoin pour cela de tant de discours.

— Mais c'est vous qui m'interrogiez ? dit Carbon Barreau.

— Allons ! entrez-vous, bonhomme, ou n'entrez-vous pas ? Voici déjà quelques-uns de mes convives, et vous me permettrez bien de vous quitter pour eux. Entrez. J'agis avec vous sans façon, je ne vous conduis pas.

— Je le vois bien, dit Carbon Barreau.

Et il entra dans le logis, tout en maugréant contre les subits reviremens d'humeur de son hôte.

Trois heures après, on était encore à table sous les ormes. Les convives étaient au complet, et le juge d'Artigues, dont Arnauld tenait tant à se concilier la faveur, était assis à la place d'honneur.

Les bons vins et les propos joyeux circulaient. Les jeunes gens parlaient de l'avenir et les vieux du passé, et l'oncle Carbon Barreau avait pu s'assurer que son hôte s'appelait bien Martin-Guerre, et était connu et traité de tous les habitans d'Artigues comme un des leurs.

— Te rappelles-tu, Martin-Guerre, disait l'un, ce moine augustin, le frère Chrysostôme, qui nous a appris à lire à tous les deux ?

— Je me le rappelle, disait Arnauld.

— Te souviens-tu, cousin Martin, disait un autre, que c'est à ta noce qu'on a tiré pour la première fois des coups de fusil en réjouissance dans le pays ?

— Je m'en souviens, répondait Arnauld.

Et, comme pour raviver ses souvenirs, il embrassait sa femme, assise à ses côtés toute fière et joyeuse.

— Puisque vous avez si bonne mémoire, mon maître, dit tout à coup derrière les convives une voix haute et ferme apostrophant Arnauld du Thill, puisque vous vous souvenez de tant de choses, vous vous souviendrez bien aussi de moi, peut-être !

XXXIV.

LA JUSTICE DANS L'EMBARRAS.

Celui qui parlait ainsi, d'un ton impérieux, jeta le manteau brun et le large chapeau qui le cachaient, et les conviés d'Arnauld du Thill, qui s'étaient retournés en l'entendant, purent voir un jeune cavalier de fière mine et de riches habits.

A quelque distance, un serviteur tenait par la bride les deux chevaux qui les avaient amenés.

Tous se levèrent respectueusement, assez surpris et fort intrigués.

Pour Arnauld du Thill, il devint pâle comme un mort.

— Monsieur le vicomte d'Exmès ! murmura-t-il tout effaré.

— Eh bien ! reprit d'une voix tonnante Gabriel, en s'adressant à lui ; eh bien ! me reconnaissez-vous ?

Arnauld, après un moment d'hésitation, eut bien vite calculé ses chances et pris son parti.

— Sans doute, dit-il d'une voix qui tâchait d'être ferme, sans doute, je reconnais monsieur le vicomte d'Exmès pour l'avoir vu quelquefois au Louvre et ailleurs, du temps que j'étais au service de monsieur de Montmorency ; mais je ne puis croire que monseigneur me reconnaisse, moi pauvre et obscur serviteur du connétable.

— Vous oubliez, dit Gabriel, que vous avez été aussi le mien.

— Qui ? moi ! s'écria Arnauld feignant la plus profonde

surprise. Oh ! pardon, monseigneur se trompe assurément.

— Je suis tellement certain de ne pas me tromper, reprit Gabriel avec calme, que je requiers ouvertement le
juge d'Artigues, ici présent, de vous faire sur-le-champ arrêter et emprisonner. Est-ce clair, cela ?

Il y eut parmi les assistans un mouvement de terreur.
Le juge s'approcha fort étonné. Arnauld seul garda son
apparence tranquille.

— Puis-je savoir au moins de quel crime je suis accusé?
demanda-t-il.

— Je vous accuse, répondit Gabriel avec fermeté, de
vous être iniquement substitué au lieu et place de mon
écuyer Martin-Guerre, et de lui avoir méchamment et traî-
treusement volé son nom, sa maison et sa femme, à l'aide
d'une ressemblance si parfaite qu'elle passe l'imagination.

A cette accusation si nettement formulée, les conviés
s'entre-regardèrent tout stupéfaits.

— Qu'est-ce que cela signifie ? murmuraient-ils. Martin-
Guerre n'est pas Martin-Guerre ! Quelle diabolique sorcel-
lerie y a-t-il donc là-dessous?

Plusieurs de ces bonnes gens se signaient et pronon-
çaient tout bas des formules d'exorcisme. La plupart commençaient à considérer leur hôte avec épouvante.

Arnauld du Thill comprit qu'il était temps de frapper un
coup décisif pour ramener à lui les esprits ébranlés, et, se
tournant vers celle qu'il appelait sa femme :

— Bertrande ! s'écria-t-il, parle donc ! suis-je, oui ou
non, ton mari ?

La pauvre Bertrande, jusque-là effrayée, haletante, avait,
sans dire un mot, regardé seulement de ses yeux, tout
grands ouverts, tantôt Gabriel, tantôt son époux supposé.

Mais au geste souverain d'Arnauld du Thill, à son accent de menace, elle n'hésita pas, elle se jeta dans ses
bras avec effusion.

— Cher Martin-Guerre ! s'écria-t-elle.

A ces mots, le charme fut rompu et les murmures of-
fensifs se tournèrent contre le vicomte d'Exmès.

— Monsieur, lui dit Arnauld du Thill triomphant, en

présence du témoignage de ma femme, et de tous mes amis et parens qui m'entourent, persistez-vous dans votre étrange accusation ?

— Je persiste, dit simplement Gabriel.

— Un instant ! s'écria maître Carbon Barreau intervenant. Je savais bien, mon hôte, que je n'avais pas la berlue ! Puisqu'il y a quelque part un autre individu qui ressemble trait pour trait à celui-ci, j'affirme, moi, que l'un des deux est mon neveu Arnauld du Thill, natif de Sagias comme moi.

— Ah ! voici un secours providentiel qui arrive à point ! dit Gabriel. Maître, reprit-il en s'adressant au vieillard, reconnaissez-vous donc votre neveu dans cet homme ?

— En vérité, dit Carbon Barreau, je ne saurais distinguer si c'est lui ou l'autre ; mais je jurerais d'avance que, s'il y a imposture, elle est du fait de mon neveu, fort coutumier de la chose.

— Vous entendez, monsieur le juge ? dit Gabriel au magistrat ; quel que soit le coupable, le délit n'est déjà plus douteux.

— Mais enfin où donc est celui qui pour me frustrer se prétend frustré ? s'écria Arnauld du Thill audacieusement. Ne va-t-on pas me confronter avec lui ? Se cache-t-il ? qu'il se montre et qu'on en juge.

— Martin-Guerre, mon écuyer, dit Gabriel, s'est, d'après mon ordre, constitué le premier prisonnier à Rieux. Monsieur le juge, je suis le comte de Montgommery, ex-capitaine des gardes de Sa Majesté. L'accusé lui-même m'a reconnu. Je vous somme de le faire arrêter et emprisonner comme son accusateur. Quand ils seront l'un et l'autre sous la main de la justice, j'espère pouvoir aisément prouver de quel côté est la vérité et de quel côté l'imposture.

— C'est évident, monseigneur, dit à Gabriel le juge ébloui. Qu'on mène à la prison Martin-Guerre.

— Je m'y rends moi-même de ce pas, dit Arnauld, fort que je suis de mon innocence. Mes bons et chers amis, ajouta-t-il en s'adressant à la foule qu'il jugea prudent de se gagner, je compte sur vos loyaux témoignages pour me

secourir dans cette extrémité. Vous tous qui m'avez connu, vous me reconnaîtrez, n'est-ce pas ?

— Oui, oui, sois tranquille, Martin ! dirent tous les amis
et parens émus de cet appel.

Quant à Bertrande, elle avait pris le parti de s'évanouir.

Huit jours après, l'instruction du procès s'ouvrit devant
le tribunal de Rieux.

Un curieux et difficile procès assurément ! et qui méritait bien de devenir aussi célèbre qu'il l'est encore, après
trois cents ans, de nos jours.

Si Gabriel de Montgommery ne s'en était un peu mêlé,
il est probable que ces excellens juges de Rieux, auxquels
fut déférée l'affaire, ne s'en seraient jamais tirés.

Ce que Gabriel demanda avant tout, ce fut que les deux
adversaires ne fussent mis, jusqu'à nouvel ordre, en présence l'un de l'autre sous aucun prétexte. Les interroga-
toires et confrontations eurent lieu séparément, et Martin,
comme Arnauld du Thill, resta soumis au plus rigoureux
secret.

Martin-Guerre, enveloppé d'un manteau, fut amené tour
à tour en face de sa femme, de Carbon Barreau, de tous
ses voisins et parens.

Tous le reconnurent. C'était bien son visage, c'était sa
tournure. Il n'y avait pas à s'y tromper.

Mais tous reconnaissaient également Arnauld du Thill,
quand on le leur présentait à son tour.

Ils s'écriaient, ils s'épouvantaient, aucun ne trouva d'indice qui pût faire éclater la vérité.

Comment la distinguer en effet entre deux Sosies aussi
exactement semblables qu'Arnauld du Thill et Martin-
Guerre ?

— Le diable d'enfer y perdrait son latin, disait Carbon-
Barreau fort embarrassé de ses deux neveux.

Mais devant ce jeu inouï et merveilleux de la nature, ce
qui devait guider Gabriel et les juges, c'étaient, à défaut de
différences matérielles, les contradictions des faits et surtout les oppositions des caractères.

Dans le récit de leurs premières années, Arnauld et Martin, chacun de son côté, racontait les mêmes faits, rappe-

lait les mêmes dates, citait les mêmes noms avec une effrayante identité.

A l'appui de ses dires, Arnauld apportait de plus des lettres de Bertrande, des papiers de famille et l'anneau béni le jour de ses noces.

Mais Martin narrait comment Arnauld, après l'avoir fait pendre à Noyon, avait pu lui voler ces papiers et son anneau de mariage.

Donc, la perplexité des juges était toujours la même, leur incertitude toujours aussi grande. Les apparences et les indices étaient aussi clairs et aussi éloquens d'une part que de l'autre; les allégations des deux accusés semblaient aussi sincères.

Il fallait des preuves formelles et des témoignages évidens, pour trancher une question si ardue. Gabriel se chargea de les trouver et de les fournir.

D'abord, sur sa demande, le président du tribunal posa de nouveau à Martin et à Arnauld du Thill, interrogés toujours séparément d'ailleurs, cette question :

— Où avez-vous passé votre temps de douze à seize ans?

Réponse immédiate des deux accusés pris chacun à part :

— A Saint-Sébastien, en Biscaye, chez mon cousin Sanxi.

Sanxi était là, témoin assigné, et certifiait que le fait était exact.

Gabriel s'approcha de lui, et lui dit un mot à l'oreille.

Sanxi se prit à rire et interpella Arnauld en langue basque. Arnauld pâlit et ne dit mot.

— Comment? reprit Gabriel, vous avez passé quatre ans à Saint-Sébastien, et vous ne comprenez pas le patois du pays?

— Je l'ai oublié, balbutia Arnauld.

Martin-Guerre, soumis à cette épreuve à son tour, bavarda en basque pendant un quart d'heure à la grande joie du cousin Sanxi, et à la parfaite édification de l'assistance et des juges.

Cette première épreuve, qui commençait à faire luire la vérité dans les esprits, fut bientôt suivie d'une autre, laquelle, pour être renouvellée de l'Odyssée, n'en était pas moins significative.

Les habitans d'Artigues, de l'âge de Martin-Guerre, se rappelaient encore avec admiration et jalousie son habileté au jeu de paume.

Mais, depuis son retour, le faux Martin avait refusé toutes les parties qu'on lui proposait, sous prétexte d'une blessure reçue à la main droite.

Le véritable Martin-Guerre se fit au contraire un plaisir, en présence des juges, de tenir tête aux plus forts joueurs de paume.

Il joua même assis et toujours enveloppé de son manteau. Son second ne faisait que lui ramener les balles, qu'il lançait avec une dextérité vraiment merveilleuse.

De ce moment-là, la sympathie publique, si importante dans ces occasions, fut du côté de Martin, c'est-à-dire, chose assez rare ! du côté du bon droit.

Un dernier fait bizarre acheva de ruiner dans l'esprit es juges Arnauld du Thill.

Les deux accusés étaient absolument de la même taille ; ais Gabriel, à l'affût du moindre indice, avait cru remar- er que son brave écuyer avait le pied, son pied unique, élas ! beaucoup plus petit que le pied d'Arnauld du Thill. Le vieux cordonnier d'Artigues comparut devant le tri- nal, et apporta ses anciennes et nouvelles mesures.

— Oui, dit le brave homme, il est certain qu'autrefois -Guerre se chaussait à neuf points, et j'ai été bien pris en voyant qu'à son retour sa chaussure en portait ouze ; mais j'ai cru que c'était l'effet de ses longs voya- s.

Le véritable Martin-Guerre tendit alors fièrement au cor- onnier le pied unique que lui avait conservé la Providence, s doute pour le plus grand triomphe de la vérité. Le if cordonnier, après avoir mesuré, reconnut et proclama pied authentique qu'il avait chaussé autrefois, et qui, algré les longs voyages et sa double fatigue, était resté à u près le même.

Dès lors il n'y eut plus qu'un cri sur l'innocence de Mar- et sur la culpabilité d'Arnauld du Thill.

Mais ce n'était pas assez de ces preuves matérielles. Gabriel voulait encore des témoignages moraux.

Il produisit le paysan auquel Arnauld du Thill avait donné la commission étrange d'aller annoncer à Paris la pendaison de Martin-Guerre à Noyon. Le bonhomme raconta naïvement sa surprise en retrouvant rue des Jardins-Saint-Paul celui qu'il avait vu prendre la route de Lyon. C'était cette circonstance qui avait inspiré à Gabriel le premier soupçon de la vérité.

On entendit ensuite de nouveau Bertrande de Rolles.

La pauvre Bertrande, malgré le revirement de l'opinion, était toujours pour celui qui se faisait craindre.

Interrogée pourtant si elle n'avait pas remarqué de changement dans le caractère de son mari, depuis qu'il était revenu :

— Oh ! oui, certes, dit-elle, il est revenu bien changé, mais à son avantage, messieurs les juges, se hâta-t-elle d'ajouter.

Et, comme on la pressait de s'expliquer nettement :

— Autrefois, dit la naïve Bertrande, Martin était plus faible et plus benin qu'un mouton, et se laissait mener, voir même gourmer par moi, au point que j'en avais parfois honte. Mais il est revenu un homme, un maître. Il m'a prouvé sans réplique que j'avais en bien tort dans le temps, et que mon devoir de femme était d'obéir à sa parole et à sa baguette. A présent c'est lui qui ordonne et moi qui sers, lui qui lève la main et moi qui baisse la tête. C'est de ses voyages qu'il a rapporté cette autorité-là, et c'est depuis son retour que nos rôles à tous deux sont devenus ce qu'ils devaient être. Maintenant le pli en est pris et j'en suis bien aise.

D'autres habitans d'Artigues attestèrent à leur tour que l'ancien Martin-Guerre avait toujours été aussi inoffensif, pieux et bon, que le nouveau était agressif, impie et taquin.

Comme le cordonnier et comme Bertrande, ils avaient attribué ces changemens à ses voyages.

Le comte Gabriel de Montgommery daigna prendre enfin la parole au milieu du respectueux silence des juges et des assistans.

Il raconta par quelles étranges circonstances il avait en tour à tour à son service les deux Martin-Guerre, comment il avait été si longtemps à s'expliquer les variations d'humeur et de nature de son double écuyer, mais quels événemens l'avaient mis à la fin sur la voie.

Gabriel dit tout enfin, les terreurs de Martin, les trahisons d'Arnauld du Thill, les vertus de l'un, les crimes de l'autre ; il rendit nette et évidente à tous les yeux cette histoire obscure et embrouillée, et finit en demandant châtiment pour le coupable et réhabilitation pour l'innocent.

La justice de ce temps-là était moins complaisante et moins commode pour les accusés que celle de nos jours. C'est ainsi qu'Arnauld du Thill ignorait encore les charges accablantes acquises contre lui. Il avait bien vu avec inquiétude les épreuves de la langue basque et du jeu de paume tourner à sa confusion, mais il croyait après tout avoir donné des excuses suffisantes. Quant à l'essai du vieux cordonnier, il n'y avait rien compris. Enfin, il ne savait pas si Martin-Guerre, qu'on s'obstinait à lui cacher, s'était tiré mieux que lui, en somme, des interrogations et des difficultés.

Gabriel, mû par un sentiment d'équité et de générosité, avait exigé qu'Arnauld du Thill assistât au plaidoyer qui le chargeait, et pût au besoin y répondre. Martin, lui, n'avait qu'y faire et resta dans sa prison. Mais Arnauld y fut amené, pour qu'on pût le juger contradictoirement, et ne perdit pas un mot du récit convaincant de Gabriel.

Pourtant, quand le vicomte d'Exmès eut achevé, Arnauld du Thill, sans se laisser intimider ni décourager, se leva tranquillement et demanda la permission de se défendre. Le tribunal la lui aurait bien refusée ; mais Gabriel se joignit à lui, et Arnauld put parler.

Il parla admirablement. L'astucieux drôle avait réellement une éloquence naturelle, jointe à l'esprit le plus habile et le plus retors.

Gabriel s'était surtout appliqué à répandre la clarté de

l'évidence sur les ténébreuses aventures des deux Martin.
Arnauld s'appliqua à brouiller tous les fils et à jeter une
seconde fois dans l'esprit de ses juges une confusion salutaire. Il avoua lui-même ne rien comprendre à tous ces
événemens emmêlés de deux existences prises l'une pour
l'autre. Il n'avait pas à expliquer tous ces quiproquos dont
on l'embarrassait. Il devait seulement répondre de sa propre vie et justifier de ses propres actions. C'est ce qu'il
était prêt à faire.

Il reprit alors le récit logique et serré de ses faits et
gestes, depuis son enfance jusqu'au jour présent. Il interpella ses amis et parens, leur rappelant des circonstances
qu'ils avaient eux-mêmes oubliées, riant à de certains souvenirs, s'attendrissant à d'autres.

Il ne pouvait plus, il est vrai, parler le basque, ni jouer
à la paume ; mais tout le monde n'avait pas la mémoire des
langues, et il montrait la cicatrice de sa main. Quand
même son adversaire aurait satisfait les juges sur ces deux
points, rien n'était plus facile au bout du compte que d'apprendre un patois et de s'exercer à un jeu.

Finalement, le comte de Montgommery, induit certainement en erreur par quelque intrigant, l'accusait d'avoir
volé à son écuyer les papiers qui établissaient son état et
sa personnalité ; mais il n'y avait de ce fait aucune preuve.

Quant au paysan, qui pouvait affirmer que ce n'était pas
un compère du soi-disant Martin ?

Pour l'argent de la rançon que lui, Martin-Guerre, aurait volé au comte de Montgommery, il était en effet revenu à Artigues avec une certaine somme, mais plus forte
que celle annoncée par le comte, et il expliquait l'origine
de cette somme en exhibant le certificat de très haut et
très puissant seigneur, le connétable duc de Montmorency.

Arnauld du Thill, pour sa péroraison, fit jouer avec une
adresse infinie ce nom prestigieux du connétable aux
yeux des juges éblouis. Il suppliait instamment qu'on en-
voyât prendre des informations sur son compte auprès de
son illustre maître. Il était assuré que sa justification sor-
tirait nette et palpable de cette enquête.

Bref, le discours du rusé coquin fut si habile et si captieux, il s'exprima avec une telle chaleur, et l'impudence ressemble quelquefois si bien à l'innocence, que Gabriel vit les juges de nouveau indécis et ébranlés.

Il s'agissait donc de frapper un coup décisif, et Gabriel s'y détermina, quoique avec peine.

Il vint dire un mot à l'oreille du président, et celui-ci ordonna qu'on ramenât Arnauld du Thill dans sa prison, et qu'on introduisît Martin-Guerre.

FIN DU DEUXIÈME VOLUME.

TABLE DES CHAPITRES.

———

PARIS. IMP. SIMON RAÇON ET Cⁱᵉ, RUE D'ERFURTH, 1.

BIBLIOTHÈQUE CONTEMPORAINE

FORMAT IN-18 ANGLAIS

Ire SÉRIE
à 2 fr. le vol.

ALEX. DUMAS.
Le Vicomte de Bra-
gelonne. 6
Mém. d'un Médecin. 5
Les Quarante-Cinq. 3
Le comte de Monte-
Cristo. 6
Le Capitaine Paul. . 1
Chev. d'Harmental. 2
Tr. Mousquetaires. . 2
Vingt ans après. . . 3
La Reine Margot. . 2
La Dame de Mon-
soreau. 2
Jacques Ortis. . . . 1
Le Chev. de Maison-
Rouge. 1
Georges. 1
Fernande. 1
Pauline et Pascal
Bruno. 1
Souvenirs d'Antony. 1
Sylvandira. 1
Le Maître d'armes. 1
Fille du Régent. . . 1
Guerre des femmes. 2
Isabel de Bavière. . 2
Amaury. 1
Cécile. 1
Les Frères Corses. . 1
Impress. de Voyage.
— Suisse. . . . 3
— Le Corricolo. . 3
— Midi de la France. 2
— Bords du Rhin. . 1
— Capitaine Aréna. 1
Collier de la Reine. 2
Ange Pitou. 2
Les deux Diane. . . 3
Bâtard de Mauléon. 2
Acté. 1

E. DE GIRARDIN.
Études politiques. . 1
Questions financières,
et financières. 1
Le Pour et le Contre. 1
Bon sens, bonne foi. 1
Le Droit au travail
au Luxembourg et
à l'Assemblée na-
tionale 2

EM. SOUVESTRE.
Un Philosophe sous
les toits. 1
Conf. d'un ouvrier. 1
Derniers paysans. . 2
Chroniq. de la mer. 1
Scènes de la Chouan-
nerie. 1
Dans la prairie. . . 1
Les Clairières. . . . 1
Scènes de la vie in-
time. 1
Le Foyer breton. . 2
Sous les filets. . . 1
En Quarantaine. . . 1
Histoires d'autrefois. 1
Nouv. et romans. . 1
Derniers Bretons. . 2

PAUL FÉVAL.
Le Fils du diable. . 4
Myst. de Londres. . 3
Amours de Paris. . 2

GABRIEL RICHARD.
Voy. autour de ma
maîtresse. 1

LOUIS REYBAUD.
Jérôme Paturot à la
recherche de la
meilleure des Ré-
publiques. 4

BAB.-LARIBIÈRE.
Hist. de l'Assemblée
nationale consti-
tuante. 2

ALBERT AUBERT.
Les Illusions de jeu-
nesse. 1

F. LAMENNAIS.
La Société première 1

EUGÈNE SUE.
Les Sept Péchés ca-
pitaux. 6

IIe SÉRIE
à 3 fr. le vol.

LAMARTINE.
Geneviève. 1
3 mois au Pouvoir. . 1

JULES JANIN.
Hist. de la littéra-
ture dramatique. 2

PR. MÉRIMÉE.
Nouvelles (3e édit.). 1
Épisode de l'Hist. de
Russie. 1
Les Deux Héritages. 1
Études sur l'Hist.
romaine. 1
Mélanges historiq.
et littéraires. . . 1

DE STENDHAL.
De l'Amour. . . . 1
Prom. dans Rome. 2
Chartreuse de Parme 1
Rouge et Noir. . . 1
Romans et Nouvell. 1
Histoire de la pein-
ture en Italie. . . 1
Vie de Rossini. . . 1
Mém. d'un Touriste. 2
Racine et Shaks-
peare. 1

H. CONSCIENCE.
Scènes de la vie fla-
mande. 2
Veillées flamandes
(sous presse). . . 2
Guerre des Paysans
(sous presse). . . 1

CH. DE BERNARD.
Le Nœud Gordien. . 1
Gerfaut. 1
Le Paravent. . . . 1
L'Écueil. 1
Les Ailes d'Icare. . 1
La Peau du Lion. . 1
Un Homme sérieux. 1
Un Beau-Père. . . 1

HENRI BLAZE.
Écrivains et Poëtes
de l'Allemagne. . 1
Scèn. et Récits des
Camp. d'Autriche. 1
Épisode de l'Hist. du
Hanovre (s. pr.). 1

JOHN LEMOINE.
Études critiques et
biographiques. . . 1

GUST. PLANCHE.
Portraits d'Artistes. 2
Études sur l'École
française. 2

F. PONSARD.
Théâtre complet. . 1
Études antiques. . . 1

ÉMILE AUGIER.
Poésies complètes. . 1

A. DE BROGLIE.
Études morales et
littéraires. . . . 1

LOUIS REYBAUD.
Mœurs et Portraits. 2
Jérôme Paturot à la
recherche d'une
position sociale. . 1
Nouvelles. 1
Romans. 1
La Comtesse de Mau-
léon. 1
La Vie à rebours. . 1
Marines et Voyages. 1

Mme E. DE GIRARDIN.
Marguerite. 1
Nouvelles. 1
Le Vic. de Launay. 1
Le Marquis de Pon-
tanges. 1

ALPH. KARR.
Agathe et Cécile. . 1
Les Femmes. . . . 1
Soirées de Sainte-
Adresse. 1
Raoul Deslogés. . . 1
Lettres écrites de
mon jardin. . . . 1
Au bord de la mer
(sous presse). . . 1

MÉRY.
Les Nuits anglaises. 1
Les Nuits italiennes. 1
Les Nuits indiennes. 1

TH. GAUTIER.
Les Grotesques. . . 1
Constantinople . . . 1
En Grèce et en Afri-
que (s. presse). . 1

DE PONTMARTIN.
Contes et Nouvelles. 1
Causeries littéraires 1
Fond de la Coupe
(sous presse). . . 1

OCT. FEUILLET.
Scènes et Proverb. 1
Bellah. 1
Scènes et Comédies. 1

LÉON GOZLAN.
Hist. de 130 femmes 1
Les Vendanges. . . 1
Nouvelles. 1

D'HAUSSONVILLE.
Histoire de la poli-
tique extérieure
du gouvernement
franç. 1830-1848. 2

EUG. FORCADE.
Études historiques. 1
Hist. des causes de
la Guer. d'Orient. 1

HENRY MURGER.
Scèn. de la Bohème. 1
Scènes de la Vie de
jeunesse. 1
Le pays Latin. . . . 1
Scènes de campagne. 1
Les Buveurs d'eau. 1

CUVILLIER-FLEURY.
Portraits politiques
et révolutionnai-
res (2e édit.). . . 2
Études historiques
et littéraires. . . 2
Voyages et Voya-
geurs (sous pr.). . 1

JULES SANDEAU.
Catherine. 1
Nouvelles. 1
Sacs et Parchemins. 1
Un Héritage. . . . 1

**MARQUIS DE SAINTE-
AULAIRE.**
Les derniers Valois. 1

E. TEXIER.
Critiques et Récits. 1
Contes et Voyages. . 1

ALEX. DUMAS FILS
La Dame aux Camé-
lias (5e édit.). . . 1
Contes et Nouvelles. 1
La Vie à vingt ans. . 1
Antonine. 1
Avent. de 4 femmes
(sous presse). . . 1

AMÉDÉE ACHARD.
Les Châteaux en Es-
pagne. 1

AUGUST.
Nouvelles

ARNOU
Journal d'
Fille. .

L. RA
L'enfer
(traduct.
texte en

PAUL
Contes ro
Récits

PAUL DE
Caractères
du temp
Aventures
passé. .
Hist. senti
et militai

F. MALL
Le Collier

C. CAR
Soirées de

THÉOD.
Scènes et R
Pays d'o
Études et
(sous pr

CH. RE
D'Athènes
Ep très, C
Pastorale

HECT. B
Les Soirées
chestre. .

L. VI
Les États d

F. DE C
Léopold R

L.-P. D'
ex-roi des
Mon Journ
nements

DE GROI
Histoire de
de Lou
(2e édit.)

CHAMP
Contes vie
veaux.
Les Excen

ÉMILE
Histoire de
nation

PARIS. — TYP. SIMON RAÇON ET COMP., 1, RUE D'ERFURTH.

www.ingramcontent.com/pod-product-compliance
Lightning Source LLC
Chambersburg PA
CBHW052006020726
47501CB00004B/1032